反転する漱石

石原千秋

青土社

増補新版への序

漱石のジェンダー・トラブル

ひとが「ある」ジェンダーをもつと言えるだろうか。それとも、「あなたのジェンダーは何ですか」という質問に暗示されているように、ジェンダーとは、ひとがそうであると言えるような本質的な属性なのだろうか。（ジュディス・バトラー『ジェンダー・トラブル　フェミニズムとアイデンティティの攪乱』竹村和子訳、青土社、一九九九・四）

『虞美人草』の失敗から『三四郎』へ

漱石文学上の疑問の一つは、『虞美人草』（明治四〇年）のような無残な失敗作を書いてしまったにもかかわらず、なぜわずか一年余りで『三四郎』（明治四一年）という完成度の高い魅力的な小説を書きえたのかというところにある。

『虞美人草』は、藤尾という当時としてあたうる限り魅惑的な女性を書きながら、漱石の意図は彼女を罰することにあった。甲野欽吾は亡くなった父の遺志に従って、藤尾を従兄弟の宗近一と結婚させようとしていた。甲野家を〈父の名〉の下に敷かれた秩序に従属させようとしていたのである。しかし、藤尾はこれに逆らい、詩人の小野清三と結婚しようとした。

そこには、甲野家の後妻である欽吾の義母がなさぬ仲の欽吾を信頼できず、甲野家の遺産を奪おうとする企みが絡んではいたが、藤尾個人のやろうとしたことは、自分の意志で詩人の小野清三と結婚しようとすることだけのように見える。しかし、夏目漱石はこの〈自由恋愛〉を許さず、漱石自身の言葉を借りれば、藤尾を「道義心が欠乏した女」として「殺し」た。小説上は自死させた。義母が「改心」する、実に通俗的でつまらない結末。そして、甲野欽吾の「道義」を説く古くさい「哲学」でこの小説を締めくくった。

ところが、弟子をも含めた『虞美人草』の読者は、藤尾を近代にふさわしい、少し早くやってきた「新しい女」として熱烈に支持したのである。明治の読者は近代にふさわしい女の登場を待ち望んでいたが、漱石は生理的とも言っていいほど近代そのものを嫌悪していたようだ。

たとえば、明治四〇年に朝日新聞社に入社した漱石は、入社第一作の読者サービスとして、上野で開催された東京勧業博覧会を『虞美人草』に書き込んだ。この博覧会は当時新聞紙面を賑わせていたし、多くの雑誌がこぞって特集を組み、たくさんの「博覧会写真帖」が刊行された。しかし、「朝日新聞」を読む人々もこの光の祭典として開催された博覧会を楽しんだし（当時も夜の電飾は娯楽だった）、藤尾ほど博覧会が似合う女もいなかったのだ。しかし、博覧会を近代を象徴するイベントと考えていた漱石の書き方には、最大限の嫌悪感がこもっていた。

漱石の感性と読者の感性がまったくずれていたのだ。漱石は、手痛い失敗を経験したのである。『三四郎』を読む限り、漱石はこの『虞美人草』での失敗から痛切に学んだと思われるのだ。『虞美人草』と『三四郎』のできばえには、天と地ほどの違いがあるからだ。この一年余りの間に、いったい何があったのだろうか。

『坊っちゃん』の方法を使った『三四郎』

『虞美人草』で失敗した漱石が『三四郎』で採った方法は、好評だった『坊っちゃん』に似せて書くことだった。『坊っちゃん』と『三四郎』にはいくつかの共通点がある。

一つ目は、どちらも一種の〈枠小説〉となっていることだ。『坊っちゃん』の場合は〈東京→四国→東京〉となっており、「東京」が〈枠〉の役割を果たしている。『三四郎』は〈九州→東京→九州（?）〉となっており、「九州」が〈枠〉の役割を果たしている。方向は逆だが、いずれも場所によって区切られた一種の〈枠小説〉と言うことができる。このような〈枠〉の設定によって、主人公をごく自然に異文化に触れさせることが可能になった。

『三四郎』において、小川三四郎を上京青年に設定したことの意味は大きい。当時は東京と地方の差が現在とは比べものにならないほど大きかった。東京は近代都市としての体裁を整えつつあったが、地方の暮らしは、極端に言えばまだ江戸時代と地続きのようなところがかなりあった。そこで、『三四郎』は当時多く刊行されていた「東京遊学案内」のような読まれ方をしたことはまちがいないだろう。

上京青年にとって東京は戸惑い、驚くことばかりだった。三四郎も、何事にも「驚く」青年だった。

三四郎が東京で驚いたものは沢山ある。第一電車のちん〳〵鳴るので驚いた。それから其のちん〳〵鳴る間に、非常に多くの人間が乗つたり降たりするので驚いた。次に丸の内で驚いた。尤も驚いたのは、何処迄行ても東京が無くならないと云ふ事であつた。しかも何処をどう歩いても、材木が放り出してある。石が積んである。新しい家が往来から二三間引込んでいる。古い蔵が半分取崩されて心細く前の方に残つてゐる。凡ての物が破壊されつゝある様に見える。さうして凡ての物が又同時に建設されつゝある様に見える。大変な動き方である。

三四郎は全く驚いた。要するに普通の田舎者が始めて都の真中に立つて驚くと同じ程度に、又同じ性質に於て大に驚いて仕舞つた。今迄の学問は此驚きを予防する上に於て、売薬程の効能もなかつた。三四郎の自信は此驚きと共に四割方減却した。不愉快でたまらない。（二）

ここで、ある本の記述を参照項として使ってみたい。『三四郎』よりも数年前に刊行された、広い意味での「東京遊学案内」にあたる本に、柳内蝦洲『東都と学生』（新声社、明治三四年九月）がある。この本には、次のような記述がある。先の『三四郎』の記述と読み比べてほしい。

新橋停車場の宏壮なるに驚きたる諸子は、必ずや再び銀座街頭の繁栄に驚かされん、而して三度鉄道馬車の絡繹たるによりて驚かされん、而して四度家屋の壮大なるに驚されん、而して五度電柱の数多きに驚かされん、而して六度学生の蟻集せるに驚かされん、而して七度、八度、九度、十度、驚かさる、事十度、終に驚かさるゝ事に馴れたる諸子は更に吉原に驚かされん事を望むに至るべし（中略）東都に入らんとする青年は須く物質文明に驚かざる事なきものならざるべからず、

どちらも「驚く」という言葉がキーワードになっている。これが当時の上京青年の率直な感想だったに違いない。『三四郎』の読者は、大東京と物質文明（「大東京」や「物質文明」は当時のはやり言葉）に対する三四郎の「驚き」の様子に、これから「東京遊学」をしようとする上京青年の初々しい感性にリアリティを感じただろう。

このことは、三四郎をあまりにモノを知らない「あてにならない観察者」に仕立て上げる。実は、『坊つちやん』の〈坊つちやん〉がそうだった。彼が赴任した四国の中学で起きていたことは、マドンナの一件をきっかけとした赤シャツと山嵐の権力闘争だった。赤シャツが〈坊つちやん〉を呼んだのは、山嵐を放逐して、数学の主任に当てるためだった。〈坊つちやん〉はそれに気づかずに、この「事件」に巻き込まれてしまったのだ。〈坊つちやん〉こそが「あてにならない観察者」だったのだ。

もちろん、彼のような「あてにならない観察者」の語りから「事件」が透かし見えるように書いた漱石の手腕は相当なものだった。

三四郎が上京したとき、そこで起きていた「事件」は、野々宮宗八と里見美禰子の結婚話のこじれだった。二人は別れの時期を迎えていたのだ。あたかも〈坊つちやん〉がそうであったように、三四

郎もこの「事件」に巻き込まれていくのである。しかし、「あてにならない観察者」である三四郎は、それに十分に気づくことができない。「事件」は、三四郎の見て感じたことの向こうに透かして見えるだけである。漱石は、『坊っちゃん』とほぼ同じ方法を使ったのだ。

そこで、こういうことが起きた。比喩的に言えば、『虞美人草』の藤尾は死角のない小説によって殺されたが、『三四郎』の美禰子は三四郎の死角で生きることができたのだ。以後、漱石の小説にあっては、視点人物となる男の死角は女の生きる場所となった。これが、漱石が『虞美人草』の失敗から学んだことだった。

「女」は明治に「発見」された

二つ目は、女の表情である。

『虞美人草』や『三四郎』と同時代に書かれた小説に、有名な田山花袋『蒲団』（明治四〇年）がある。その一節にこういう記述がある。

四五年前までの女は感情を顕はすのに極めて単純で、怒つた容とか笑つた容とか、三種、四種位しか其感情を表はすことが出来なかつたが、今では情を巧に顔に表す女が多くなつた。芳子も其一人であると時雄は常に思つた。（三）

これは一人竹中時雄（＝田山花袋？）の関心事だったわけではないようで、当時大量に作られていた双六に「表情双六」（『少女画報』附録、大正一三年一月）というものまであって、一三の表情が示されているのだ。つまりは、女の「表情」に庶民も興味を持ち始めていたということだろう。言うまでもなく、表情の中心は目である。『虞美人草』の藤尾は目の力で、たとえば小野との勝負を一瞬でつけることができたが、『三四郎』の美禰子は三四郎に目や表情を読まれる女である。もっとも、三四郎はしばしばそれを「誤読」するのだが、読む女ではなく、読まれる女の登場は、その後の漱石文学の質を決定した。

これには、近代以降の女についての歴史的な経緯が深く関わっているのだが、それを図式的になることをおそれずに、素描しておこう。

近代日本の知識人（男しか高等教育が受けられなかったこの時代、「知識人」とは男でしかあり得なかった）の認識の地平に「女」が姿を現したのは、生物学＝進化論を通してだった。生物学＝進化論は動物に雄と雌との違いがあることを再認識させた。そこで知識人は、「そう言えば、人間にも男と女がいるではないか」と気づいたのだ。まさに「女の発見」で、これは明治二〇年代から三〇年代に「両性問題」としてさかんに論じられた。

「両性問題」というタイトルの本も少なからず刊行された。男女の別を生物学的に説明する「科学」としてだった。人類には男と女がいるという当たり前のことが「問題」となること自体に驚かされるが、それを改めて説明しなければならないほど、女は生物学的にも「謎」だったのである。その類書から驚くべき言説を引用しておこう。

吾人は、前章に於て、男子と女子との大体の差異を説明したり。然れども、男子と女子とは、本来、絶対に相異なるものにあらで、等しく、これ、人類なり。男といふも、女といふも、単に、人類に於ける性の別にして、若し、その性の如何といふことを取除きなば、両者、共に、同じ人類として取扱はれざるべからず。（大鳥居弃三・澤田順次郎『男女之研究』光風館書店、明治三七年六月）

まちがったことは言っていないのだが、驚かされるのは〈男女ともに同じ人類である〉という趣旨のことをわざわざ強調しなければならない前提に対してである。この記述の背後には、〈男女ともに同じ人類である〉とは思っていなかった多くの読者が想定されるからだ。ここでは「女は人類かどうか」が「問題」とされているのである。

こうして「女」を「発見」した知識人の関心は、まず「女の体」に向かった。生物学＝進化論が出発点だったから、当然だったのかもしれない。この「女の体」への関心がいわゆる良妻賢母思想と相まって、〈男と女は体の仕組みが違うのだからできることも違う。だから、社会上の務めも違わなければならない〉と、男は外で働き、女は家を守るという思想が生物学＝進化論という「科学的な根拠」をもった言説として語られるようになった。

しかし、明治も三〇年代となると、高等女学校が増え始め、知識人が教育を受けた若い女と身近に触れる機会が多くなった。これは大袈裟に言うと、日本の男がはじめて経験する事態だった。ところが、知識人はこうした教育を受けた若い女に大いなる関心を持ちながらも、たとえばその「表情」を解読するコードを持ってはいなかった。そこで、「婦人の心理」のような本が多く刊行された。ようやく、男たちの関心が女の「心理」に向かうようになったのだ。その関心のあり方をいち早く捉えたのが、田山花袋『蒲団』だったのだ。

漱石は、こういう時代に朝日新聞社の専属作家としてデビューしたのである。藤尾の「表情」を読もうともしない『虞美人草』の甲野や宗近が、時代に受け入れられるはずはなかったのだ。しかし、『三四郎』の三四郎は、たとえ「誤読」したとしても、必死に美禰子の目や「表情」を読もうとしていた。それが、この時代の男たちの姿だったのだろう。しかし繰り返すが、知識人に女は読めなかった。そこで、当時は女はこういう存在だと捉えられていた。

> 女は到底一箇のミステリーなり、其何れの方面よりも見るも女は矛盾の動物なり、されば古来未だ嘗て女に就て確固たる案を下し不易の判決を与へたるものなし、嗚呼人類は到底不可思議なり、女は最も解し難きものなり。而して我は今女の半面を究め、其秘密の幾分を簡明せんとす。（正岡芸陽『婦人の側面』新声社、明治三四年四月）

「女は到底一箇のミステリーなり、其何れの方面よりも見るも女は矛盾の動物なり」。女とは体の「問題」ではなく、心の「問題」だと言っているのである。ただし、要するにわからないと言う。だから、「矛盾」とか「ミステリー」という言葉で女を捉えるしかなかった。つまり、知識人は女には統一的な自我はないと考えていたのだ。三四郎が、東京帝国大学の池の端でそれと知らずにはじめて美禰子とすれ違ったとき、彼が口にするのは「矛盾だ」という言葉だった。三四郎には何と何が「矛盾」しているのかが自分でもわからず、「たゞ何だか矛盾であった」とぼんやり思うだけだった。ところが、これはまさに時代の言葉だった。

別の本からも引用しておこう。

知り得たるが如くにして不可解なる者は處女の心理作用である、言はんと欲する能く言はざるものは處女の言語である、問へども晰かに語らざる者は處女の態度である、知つて而して知らずと謂ふものは處女である、想ふて而して語らざるものは處女の特性である、不言の中に多種多様の意味を語るものは處女の長所である、（白雨楼主人『きむすめ論』神田書房、大正二年一一月）

この時代の「処女」とは「未婚の女性」という意味である。そして、この一節を含む章のタイトルは「処女は一種の謎なり」である。明治・大正時代的なコンテクストに置いてみると、多くの知識人は若い女を「謎」として見ていたらしいことがわかる。

こうした時代的なパラダイムを、はからずも漱石は最大限に利用したのではなかったか。当時の女の礼法にのっとって、よけいな動きをせず、よけいなことも言わない女が知識人の「解釈」を誘い、それが女の内面にわかり得ない深みを与える。これが、漱石が生み出した方法だった。

女は「矛盾」した存在か

これでも『虞美人草』と『三四郎』のギャップはまだ埋まらない。この二つの小説の間に書かれたのは、『坑夫』（明治四一年）である。秘密を解く鍵は、もうこれしかない。

『坑夫』は、こういう小説である。

二人の女性との三角関係に悩んで、自殺を考えて東京を逃げだしてきた一九歳の青年が、ポン引きに誘われて鉱山まで行き、坑夫になるために炭坑の奥深くまで案内されるが、気管支炎の診断を受けて坑夫にはならず、帳付けの仕事を五ヶ月やったあと東京に帰る——それだけである。ただし、その後「長い年月」を経てから、彼が文章を書き演説をする仕事をするようになってこの『坑夫』を書いていると、はっきり書き記されている。つまり、回想形式の手記か小説だということになる。回想形式であることが作中で何度も言及され、強調されている。

『坑夫』は実験小説である。特に末尾が「自分が坑夫に就いての経験は是れ丈である。さうしてみんな事実である。其の証拠には小説になつていないゐるんでも分る」と結ばれることから、漱石の小説論小説として読まれてきた。また、青年が見たことや感じたことが現在形の文章で延々と書かれている部分がほとんどなので、漱石が『文学論』などで論じていた「意識の流れ」を、日本近代文学でごく早い時期に小説化した試みとしても高く評価されている。

この『坑夫』に、次のような一節がある。

人間のうちで纏つたものは身体丈である。身体が纏つてるもんだから、心も同様に片附いたものだと思つて、昨日と今日と丸で反対の事をしながらも、矢張り故《もと》の通りの自分だと平気で済ましてゐるものが大分ある。

「身体」という器がまとまっているからといって、身体の中にある（かどうかはわからないが）心までまとまっていると考えるのは思い込みにすぎないと言うのだ。この「手記」の書き手は「自分のばらく〳〵な魂がふらく〳〵不規則に活動する現状を目撃して、自分を他人扱ひに観察した贔屓目なしの真相から割り出して考へると、人間程的《あて》にならないものはない」とも言う。それで『坑夫』には「矛盾」という言葉が頻出する。

人間の性格は一時間毎に変つてる。変るのが当然で、変るうちには矛盾が出て来る筈だから、つまり人間の性格には矛盾が多いと云ふ意味になる。矛盾だらけの仕舞は、性格があつてもなくつても同じ事に帰着する。

これがこの「手記」の書き手が述べる「無性格論」の根拠である。さらに、東京を飛び出した昨日までの自分と、ポン引きに引っかかった今日の自分がまるで違っていることを「他人扱ひに落ち着き払つて比較する丈の余裕があつたら、少しは悟れたらう」が、「惜しい事に当時の自分には自分に対する研究心と云ふものが丸でなかつた」と、いま書いている。

なぜ人間にはこういう「矛盾」が起きるのか。それは人間が「変わる」からだが、人間が「変わる」

ように見える理由を、この「手記」の書き手はこう説明している。いかにも意識の解明に力を注いだ『文学論』の漱石らしい説明でもある。

病気に潜伏期がある如く、吾々の思想や、感情にも潜伏期がある。此の潜伏期の間には自分で其の思想を有ちながら、其の感情に制せられながら、ちつとも自覚しない。又此の思想や感情が外界の因縁で意識の表面へ出て来る機会がないと、生涯其の思想や感情の支配を受けながら、自分は決してそんな影響を蒙つた覚がないと主張する。其の証拠は此の通りと、どし／＼反対の行為言動をして見せる。が其の行為言動が、傍から見ると矛盾になつてゐる。（四六）

思想や感情には外面へ出るまでの「潜伏期」があるが、それが外へ現れないこともある。するとそれが他人から見た「矛盾」を生み出すというのである。そして、この「潜伏期」は自分でも自覚できないのだとも言う。だとすれば、アイデンティティを保証する場はどこにもないことになる。

繰り返すが、『坑夫』には「矛盾」という言葉が頻出する。この言葉をここまで論じてきた時代的なコンテクストに置くなら、これは女について語る言葉だった。漱石がそれを意識して『坑夫』を書いたとは言わない。しかし、漱石ははからずもこの青年に人が「矛盾」していると見られる理由を書かせ、そしてこの青年自身を「矛盾」した人物として書いた。これは同時代的には、外面からは統一された自我を持てない「矛盾」した存在と見えてしまう女の内面を書いていたのではなかったか。ことに「あてにならない観察者」である三四郎には、美禰子は断片化した「矛盾」した存在に見えただろう。しかし、女は「矛盾」した存在ではない、男にそのように見えるだけだ、と。美禰子には、まちがいなく彼女の「物語」があったはずだ。だから、漱石は『三四郎』の美禰子をあれほど魅力的な女として書くことができたのではないだろうか。

『坑夫』の漱石は男を書いたつもりだったが、その実、女を書いてしまっていたのだ。三四郎に「矛盾だ」という言葉を言わせた時、漱石は『坑夫』を思い出していなかっただろうか。いや、漱石は「矛盾」の意味がわかったからこそ、『三四郎』の美禰子を書くことができたのではなかっただろうか。

文学のジェンダー・トラブル

『明暗』(大正五年) にも言及しておこう。『明暗』もまた『坑夫』がなければ書けなかった小説だと思えるからだ。

『明暗』のお延は、嘘をつく女として登場する。お秀に対したとき、「咄嗟の衝動に支配されたお延は、自分の口を衝いて出る嘘を抑える事が出来なかった」(一二九) などは、それほど大きな意味を持っていない。より深刻なのはこういう「嘘」である。

お延は、従妹の継子にこんなことを言う。

「あなたあたしの云ふ事を疑つていらつしやるの。本当よ。あたし嘘なんか吐いちやいないわ。本当よ。本当にあたし幸福なのよ。解つたでせう。」(七二)

お延は自分の外面と内面が一致しないことがよくわかっている。そこで、こうして自分自身に嘘をつくのである。京都にいる親に宛てた手紙も、同じ質の「嘘」で塗り固められている。

「この手紙に書いてある事は、何処から何処迄本当です。嘘や、気休や、誇張は、一字もありません。（中略）私は決してあなた方を欺いては居りません。私があなた方を安心させるために、わざと欺騙の手紙を書いたのだといふものがあつたなら、其人は眼の明いた盲人です。其人こそ嘘吐です。どうぞ此手紙を上げる私を信用して下さい。神様は既に信用してゐらつしやるのですから」（七八）

お延は自分の外面と内面の「矛盾」を「嘘」によって無意味化し、統一した自己を作りだそうとしているのだ。しかし、その「嘘」のためにお延のアイデンティティはさらに混乱する。お延の「嘘」とは内側から生きられた「矛盾」だと言っていい。あるいは小説作法からは、「方法化された矛盾」だと言っていい。

漱石が『坑夫』から得たものはこれだけではない。

漱石文学の知識人主人公たちは、自分の中に確たるアイデンティティ＝「他ならぬこの私」を感じられずに苦しんでいる。心の中に深く入り込めば入り込むほど、空虚しか探し当てることができないからだ。実存的危機と言うべきだろうか。そこで、「他ならぬこの私」には「他ならぬこの私だけを愛する女」がいるはずだと考えた。アイデンティティとは、自己による自己の承認と他者による自己の承認との二つの側面からなるが、「自己による自己の承認」が空虚しかもたらさないとすれば、「愛」という名の「他者による自己の承認」を求めるしかないからである。

しかし、自分を信じられない人間に他者が信じられるはずがない。そこで、「彼女は他の誰かを愛しているのではないか」と悩み続ける。具体的には、〈女は同時に二人の男を愛することができるのか〉という問の形を取った（小谷野敦『夏目漱石を江戸から読む　新しい女と古い男』中公新書・一九九五・三）。しかし、女は「謎」だった。だから、彼らは身を焦がすような嫉妬に苛まれる。知識人主人公たちにとって、女は自己のアイデンティティを保証してはくれなかったのである。

ところが、『明暗』のお延は、愛についてお秀と議論して、こういう言葉を口にするのだ。

「一体一人の男が、一人以上の女を同時に愛する事が出来るものでせうか」　（一二八）

漱石文学において、これは驚くべき言葉である。この「男」を「女」に置き換えれば、この問いこそはそれまで漱石文学の知識人主人公たちが問い続けた問いだからである。お延はこういう言葉も口にする。

「あたしは何うしても絶対に愛されて見たいの。比較なんか始めから嫌ひなんだから」　（一三〇）

これは、漱石文学の知識人主人公たちがどうしても言いたくて、しかしついに言うことができなかった言葉ではないだろうか。漱石は、お延にそれまで男が抱いていた悩みを悩ませているのだ。それは、漱石が女を男と同じ問題を抱えることができる存在として認識したからにほかならない。漱石は、お延を男として書いたのだ。お延に「新しい女」を感じることができるとするなら、その理由はこの点をおいてほかにない。

文学のなかのジェンダーは「本質的な属性」などではない。「男」として「女」を書くこと、「女」として「男」を書くこと。漱石はそのようにして「女」を書いた、あるいは、そのようにしてしか「女」を書くことができなかった。これこそが、漱石のジェンダー・トラブルと言うべき「事件」だったのである。

反転する漱石　増補新版　目次

第2部 〈家族〉の神話学

反転する漱石　増補新版

第1部　〈家〉の文法

『坊っちゃん』の山の手

I 〈始め〉と〈終わり〉

同僚の教師とは協調せず、かと言って生徒に愛情を注ぐわけでもなく、着いた早々帰る事ばかり考えているような男を、『坊っちゃん』の読者はなぜやすやすと許してしまうのだろうか。こういう無責任な男に読者が共感を覚えてしまうところに、このテクストの秘密の全てがあるのだが、その理由を主人公の軽妙な語り口にだけ求めたのでは、このテクストの幅を十分にとらえたことにはならない。ここで問いかけたいのは、そういう語り口をも含めたこの男が、なぜ許されるのかということだからである。

ボリス・ウスペンスキーによれば、芸術を芸術たらしめている要因、すなわち「表現を組織する要因であり、その表現に、記号としての意味を与えてもいる要因」（傍点原文）とは、「芸術テクスト」の〈枠〉、文学テクストの場合は「始めと終り」である、と言う[1]。つまり、現実から文学テクストへの入り方——読者がそのテクストに対して取るべき態度——を〈始め〉が決定し、現実世界におけるそのテクストの意味付けを〈終わり〉が担うということである。文学テクストは、〈枠〉の機能によって、現実から相対的に自立することができるのだ。ところが、まさにこの機能のために〈枠〉は読書行為の終了と同時に意識の周縁に追いやられてしまうのである。

『坊っちゃん』は、そのほとんどが「四国辺」のある城下町での出来事の報告に当てられているが、一章の全てと最後の一節とがそれとは異空間の東京での出来事の報告になっている。テクスト自体が、この東京での出来事の報告を〈始め〉と〈終わり〉、すなわち〈枠〉として読むことを要請しているのである。そして、〈始め〉と〈終わり〉の対応関係に注目するなら、『坊っちゃん』は清に始まって、清に終わっていると言える。『坊っちゃん』の〈枠〉は清の物語なのである。したがって、「無鉄砲」という言葉に全ての意味を収斂させてしまおうとする強烈な語りのあわいから、あるいは、読者の記憶の周縁部から、ほとんどが空白として残されている清の物語を紡ぎ出そうとすることは、『坊っちゃん』の秘密を語ることにつながるはずである。

II　隠された山の手

清の物語が意識化され難いのは、『坊っちゃん』の表現にも理由が求められる。清の物語は、その時代に固有のコンテクストの中で語られているばかりでなく、テクスト自体が、これを時代のコンテクストとは逆に意味付ける言葉をしか与えていないからである。そのことによっても、清の物語はテクストの〈地〉の部分に追いやられ、読者への豊かな喚起力を失うことになるのである。もちろん、テクストが正しく意味付けなくとも、明治三九年の読者には、清の言葉はテクスト自体の意味付けと葛藤するだけの十分な喚起力はあったに違いないのだが、現在の読者は、〈坊つちやん〉が意味付けるようにしか意味付けることができなくなっている。したがって、時代のコンテクストとテクストの〈地〉とを顕在化させるためには、現在の読者は意識的に方法（読みの枠組《コード》）を選択する必要がある。ここでは、磯田光一氏の提唱する東京論の視点を採用することにしたい。(2) それは清がこんなことを言っているからである。

夫《それ》から清はおれがうちでも持つて独立したら、一所になる気で居た。どうか置いて下さいと何遍も繰り返して頼んだ。おれも何だかうちが持てる様な気がして、うん置いてやると返事丈はして置いた。所が此女は中々想像の強い女で、あなたはどこが御好き、麹町ですか麻布ですか、御庭へぶらんこを御こしらへ遊ばせ、西洋間は一つで沢山です抔と勝手な計画を独りで並べて居た。（一）

この言葉を手がかりに、時代のコンテクストと清の物語とを顕在化させてみよう。

清はその後も、「裁判所の書記」をしている甥に向かって「今に学校を卒業すると麹町辺へ屋敷を買つて役所へ通ふのだ抔と吹聴した事もある」くらいだから、「おれを以て将来立身出世して立派なものになる」と本気で信じ込んでいるらしいのである。「瓦解のときに零落」して失ったものを今取り戻そうとしているのに違いないのだが、それにしてもこれは、あまりの完璧さにかえってパロディになってしまう程の、絵に描いたような〈山の手志向〉ではないか。小木新造氏によると、山の手は、「麴町」は官吏、「麻布」は軍人という具合に、当時の日本の支配者層の漠然とした集住地域になっていた。[3] しかも、当時の「立身出世」の中心的なコースは、東京帝国大学の法科大学を卒業し、高等文官試験に合格して行政官僚になることだったから、[4] 甥に語る際には、「麻布」が落ちて、「麴町辺」と「役所」とをつなげて「立身出世」のイメージとしている点など、清の認識はきわめて正確だと言わなければならない。〈山の手〉は、〈坊っちゃん〉の住み得た場所だったのである。磯田氏は『浮雲』（二葉亭四迷作）のお政について、「母親としてのお政のエゴイズムは、やがて山の手に圧倒されてゆく下町の悲哀の逆説的な表現ともみられる」と述べている。[5] お政程のあざといエゴイストではないにしろ、清は新しい時代がはっきり見えている〈常識人〉だったのである。清は、〈坊っちゃん〉が便所に落として臭くなったお札を「どこでどう胡魔化したか」銀貨に取り換えて来る女であり、「人に隠れて」依怙贔屓する女でもあるのだ。「母が死んでから」を一章で四回も繰り返すことで、〈坊っちゃん〉は清を母の代理として意味付けようとしている如くだが、彼と同じように、清を時代錯誤の永遠の母のイメージだけでとらえてしまうのは、一面的と言わざるを得ないのである。

　それどころか、このような永遠の母のイメージは、〈坊っちゃん〉が「もう立つと云ふ三日前に清を尋ねた」場面を誤読させる結果を招いている。この場面は、〈坊っちゃん〉自身がさかんに「不審」がっているように、彼のような者に無償の愛を捧げる清という女の不可解さが、「四国」が「箱根」の「さき」か「手前」かさえも知らない無知として現れている、という風に読まれて来た。[6]〈坊っちゃん〉もまさにそう読ませるような調子で語っている。しかし、彼の語り方を度外視して、語られた内容だけを取り出せば、まるで逆の相を現すのである。なぜなら、〈坊っちゃん〉は、少なくともこの場面では「単簡に当分うちは持たない。田舎へ行くんだ」とだけ言ったのであって、「四国」へ行くとは言っていないからである。だからこそ「越後の笹飴が食べたい」という清に、「四国には」とは言わずに「おれの行く田舎には笹飴はなさそうだ」と答えるのだし、清はその「田舎」は「箱根のさきですか手前ですか」と、〈江戸っ子〉の世界の境目をもって場所を確認しようとするのだ。そもそも「兄の尻にくっ付いて九州下《くんだ》り迄出掛ける気は毛頭な」い清が、「四国」がどこにあるのかを知らないと考える方が不自然であろう。〈坊っちゃん〉はそんな清のために、自分が〈四国下り〉まで行く事をこの時ははっきり言えなかったのである。繰り返すが、清はそんな〈非常識〉な女ではない。それに、この時清が「非常に失望した」のは、「当分うちは持たない」と言われたからでもあるのだ。

ところで、一方の〈坊っちゃん〉もまたその気に——清の期待に応え、「立身出世」する気になっていたふしがある。それは、彼自身「然し清がなる〳〵と云ふ者だから、矢つ張り何にか成れるんだらうと思つて居た」と語っているからでもあるが、他ならぬ「無鉄砲」という言葉の使い方によく現れている。彼は「無鉄砲」を乱発しているような印象があるのだが、実は全体で四回しか使っていない。ところがそのうちの二回を、「物理学校」に入学して「教師」になってしまったことを語る時に使っているのである。確かに彼が「教師」になるのは不似合いには違いない。しかし、それではいったい何になったらよかったのだろう。

彼は中学校を卒業した時に、あと三年分の学費しかなかったから、三年制の専門学校に入るのが最も現実的な選択だったことはまちがいない。しかし、法科大学に優秀な学生を集めて行政官僚を養成することをめざしていた政府の方針を如実に反映して、当時東京にあって男子の入学できる三年制の専門学校一四校のうち、実に九校までが法律を学ぶことを中心とした学校であった(7)。明治二六年の文官任用令によって、帝国大学卒業生以外の高等文官試験合格の可能性が極度に困難になったとは言え、皆無ではなかったから、彼が「立身出世」コースを歩もうとするなら、九校もあった法律学校のどれかを選択すべきだったのである。しかも彼は、「どうせ嫌なものなら何をやっても同じ事」だと考えていたのである。ところが彼は、法律学校には入らず、「幸ひ物理学校の前を通り掛つたら生徒募集の広告が出て居たから何も縁だと思つて規則書をもらつてすぐ入学の手続をして仕舞つ」て、三年後には、役人ではなく「教師」になってしまったのだ。清の言葉にその気になっていた彼が、「親譲りの無鉄砲」を嘆くのも無理はないのである。

この点をはっきりさせてみるために、こういう邪推をしてみてはどうだろうか。――〈坊っちゃん〉の語る内容から推定すると、中学校に赴任したのが明治三八年九月頃で、その時彼の満年齢は「二十三年四ヶ月」である。そうすると、彼は明治一五年四〜五月頃の生まれ、明治二九年母死亡、明治三〇年の春に、兄は高等商業学校(五年制)、〈坊っちゃん〉は中学校(五年制)に入学、明治三五年正月に父死亡、兄弟ともに学校を卒業、兄は就職、弟は七月頃「物理学校」に入学、となる。兄を「商業学校」でなく「高等商業学校」卒としたのは、平岡敏夫氏の調査による(8)。また、〈坊っちゃん〉がストレートで進学すれば本来一七歳卒業になるはずの中学校を一九歳で卒業するのは、当時初等教育と中等教育との学力のギャップがあり過ぎて、二年修了すれば中学を受けられたはずの高等小学校を三、四年まで修了しなければ中学に進学できない、というのが普通になっていたからであろう。[9]したがって、彼は中学校を規定以上やったのではなく、高等小学校を四年まで修了してから明治三〇年に中学校に入学したと考えるのが自然である。とすると、「母が死んでから清は愈おれを可愛がった」のは、この時点で「高等商業学校」に入学した兄の方は彼自身の意向もあって「実業家」になることがほぼ決まっていたのに対して、弟の〈坊っちゃん〉の方は普通の中学校に入学したばかりなので、まだ役人になる可能性が十分あったからではないか、と考えるのはあまりに現実的過ぎるだろうか。もちろん、清の〈母性愛〉が全くなかったと言いたいわけではない。しかし、清は、兄は「落ち振れ」、弟は「えらい人物」になる＝「立身出世」すると信じている女なのである。そして、当時「立身出世」のイメージの中心は、「実業家」になることではなく役人になることだったのだ。

もっとも、物理学校卒業であっても、当時かなりの高学歴であったことはまちがいない。帝大の他に、専門学校が公私立合わせて全国で五十校しかなかった時代である。しかも、物理学校は卒業生の七割近くが中学校の教員になっていた。明治三六年の専門学校令を受けて、多くの専門学校が「大学」の名称を得ることになるのだが、[10]実質的にはそれ以前から「大学」に近い役割は果たしていたのである。その上、専門学校を三年で卒業できたのは入学者の二割にも満たなかったので、〈坊っちゃん〉は、実はかなりの秀才だった。「元来中学の教師なぞは社会の上流に位するもの」という赤シャツの言葉には多少の誇張があるにせよ、中学校の教師となった〈坊っちゃん〉は十分に「中級エリート」たり得ていたのである。[11]彼は、「国家試験受験という明確な教育目標を掲げたこれらの学校は、資格取得により近代的職業への転身と社会的上昇移動の達成をめざす青年たちを集め」ていたと言う[12]、その青年の一人だったのである。そう言えば、冒頭のエピソードで、彼の飛び降りるのは小学校の「新築の二階」だし、中学校で使っていた教科書はたぶん「フランクリン自伝だとかプッシング、ツー、ゼ、フロント（邦題は「立身策」——石原注）」だったらしい。(13)〈坊っちゃん〉は、まさに近代的な教育制度の中で生き、そして、それなりの選択をして来たのである。

さて、「瓦解のときに零落」して失ったものを、〈坊っちゃん〉の「立身出世」によって新しい時代にふさわしい形で取り戻そうとしている清という女の〈常識〉と「悲哀」。そして、結局役人にこそならなかったものの、「面倒くさ」いというだけの理由で、六百円の資金で「商売」もやらず、兄のような「実業家」にもならず、「教師」になってしまった〈坊っちゃん〉。この二人の〈山の手志向〉が意識化され難い最大の理由は、テクストの〈図〉の部分の中心にある〈坊っちゃん〉の語り方にある。何よりも、〈坊っちゃん〉は手回しよく「成程碌なものにはならない。御覧の通りの始末である。行く先が案じられたのも無理はない。只懲役に行かないで生きて居る許《ばかり》である」と「無鉄砲」な自分の「行く先」を早々と語ってしまっているために、読者は彼の語る内容を全て彼が人生の失敗者であることを前提に読むことを強いられるのである。その上に、彼は、清が自分を「可愛がる」ことを、「不思議」「不審」「気味が悪い」「気の毒」と否定的な言葉で形容し続けることで、碌でなしの自分に肩入れする彼女の〈非常識〉さを際立たせ、そのことによって冒頭の語り出しに使った最も印象度の強い「無鉄砲」という言葉を中心化し、その言葉を唯一の枠組《コード》として自分の語る内容を全て一つの意味に統合してしまおうとさえしているのである。この語り方に即して読む限り、誰もが幼い頃に一度ならず経験する程度の悪戯がいかにも重大事件に見え、清の願いは根拠のない「勝手な計画」に思われ、ついには、〈坊っちゃん〉が「教育」を受けるのは単に「威張」りたいからであり、「物理学校」を卒業して「教師」になることは、彼の性格から考えれば勤まるはずのない実にいい加減な選択だ(これは、赴任先の校長・狸が「教育の精神について長い御談義を聞かした」場面でもう一度「無鉄砲」が使われることで増幅される)、という意味を持つことになるのである。だからこそ、一章では「江戸っ子」という言葉をいっさい使っていないのに、〈坊っちゃん〉は「江戸っ子」に見えてしまうのである。その結果、清と〈坊っちゃん〉の〈山の手志向〉は、あたかも初めからなかったかのような印象を与えることになる。

そして、清の物語が正しく『坊っちゃん』の〈枠〉であるならば、読者は二章以下の物語を読むのに、あたかも無償の愛のように見える清の〈坊っちゃん〉に対する態度を無意識裡に模倣し、そのような清の目を通して〈坊っちゃん〉を見る事になる。しかも「四国辺」の城下町での〈坊っちゃん〉は、十数回にわたって清を思い出すので、読者はその度に〈坊っちゃん〉に対する清の態度を復習させられるのである。それればかりではない。一章において、二人の〈山の手志向〉が実際にはあるにもかかわらずそれとして意味付ける言葉を与えていないばかりか、むしろ反対に「立身出世」とは無縁であるかのような意味を結ぶための枠組《コード》が与えられているために、読書行為の中で、〈坊っちゃん〉の中の〈山の手志向〉は意味を結ばずに意識の周縁に追いやってしまうだけでなく、二章以下の〈山の手志向〉を〈坊っちゃん〉とは全く相容れないものとして意識的に異化することになるのである。そこで読者は、〈坊っちゃん〉が「江戸っ子」らしく爽快に敗れて、もう生きては彼と会えないかもしれないと思っている清の所へ、帰って来ることだけを期待することになるのだ。

III　制度としての山の手

いつの世でも、教育制度には若者の「立身出世」の欲望とそれを自己の中に回収しようとする国家の意志との葛藤が如実に反映されるものだが、だからこそ、その時代の歪みをみごとに顕在化させてしまうことにもなる。城下町での物語にも、そういう歪みがさりげなく語られている。「中学と師範とはどこの県下でも犬と猿の様に仲がわるい」（十）ために起こる、両校の「衝突」事件がそれである。両校は、就学年齢では師範学校の方が上なので、結局「資格から云ふと師範学校の方が上」になるが、師範学校の生徒は貧しい家庭に育った者が多く、十年間教職に就く義務があるかわりに、学費は「地方税」でまかなわれていた[14]。一方中学校は、学費は納入しなければならないし、卒業しても大した資格は得られないかわりに、上級の学校に進学する道が開けていた。年は上だけれども地元の小学校の教員になることが決まっている若者達と、年は下だがやがて「立身出世」して中央に進出するつもりでいる若者達。彼らが反目し合わない方が不思議だろう。この町もまた、微妙な形で〈山の手志向〉に染め上げられているのである。だからこの町での物語は、場所《トポス》で区切ることができる。

その意味で、〈坊っちゃん〉がこの地名も明かされない抽象的な町で初めに下宿するのが「至極閑静」（＝高級住宅街）な「町はづれの岡の中腹にある家」（＝山の手）なのは、彼自身が選び取ったものでないとは言え、この時のこの町での彼の位置をみごとに象徴していると言ってよい。そこは、帝大出の教頭赤シャツに操を売り渡して「主従」のような関係になっている野だいこが（つまり「江戸っ子」が〈山の手〉人種のたいこ持ちを務めている）、〈坊っちゃん〉を追い出してまで住みたがった、政治的な中央志向を持った人間の欲望をはり付けておくだけの魅力ある場所《トポス》だったのである。〈坊っちゃん〉もまたここにいる限り、赤シャツや野だいこの仲間に引き込まれかねない。現に、赤シャツと野だいこは、山嵐を中傷した「推察の出来る謎」をかけるために〈坊っちゃん〉を釣に誘っている。それに〈坊っちゃん〉自身が、「べらんめい調」がわからないという生徒に「おれは江戸っ子だから君等の言葉は使へない、分らなければ、分る迄待つてるがいゝ」（三）と言って、「君等の言葉」に歩み寄ろうとしない〈中央〉意識で身を固くしているのである。彼が生徒から疎んぜられるのは当然だろう。

ところが、彼は野だいこの計略で〈山の手〉の下宿を引き払い、地元に長く住むうらなり君の世話で「士族屋敷」のある町の「裏町」にある「もとが士族」の萩野という老夫婦の所へ下宿をする。そこは「元は旗本」だと言う〈坊っちゃん〉にはふさわしい場所なのである。しかも萩野の婆さんは、彼に清のような助言までする、清の影なのである。ここに住むことになってから、彼は、はじめて「田舎言葉を真似て」みる。萩野の婆さんから、山嵐と赤シャツ一派の確執という裏話を聞く事ができ、赤シャツとマドンナが土手を歩いているのを発見するのもここに移ってからであった。彼にも、ようやく「世の中」の裏が、いや〈山の手〉のやり方が見えはじめるのである。(15)

こう考えれば、〈坊っちゃん〉が最初に下宿した骨董屋のいか銀が「よく偽筆へ贋落款抔を押して売りつける」「悪るい奴」なのはたぶん偶然ではない。いか銀が、中味はどうでも「落款」さえ押してしまえばかまわないと考えるように、〈山の手〉では、中味ではなく、校長や教頭という肩書や資格が重要なのである。もちろん〈坊っちゃん〉とてこの論理と無縁ではない。彼は、初対面の時には名刺を差し出し、教員への挨拶の時には、一枚の「辞令」を見せて回らねばならないからである。極端に言えば、彼はついに一枚の「辞令」になってしまったのである。大野淳一氏は、近代的教育制度の「公認の資格」は大量の「渡りもの」の教師を生み出し、教育の水準は保証された反面「学校・教師・生徒の関係は全く抽象的なもの」になったと言う。(16) すなわち、「公認の資格」は人間と人間とを交換可能にしてしまったのである。野だいこは立場が違っていれば〈坊っちゃん〉に「へけつけ御世辞を使」(五)うに違いないし、赤シャツは、山嵐やうらなり君を交換してしまおうとするのである。〈坊っちゃん〉もまた「渡りもの」の交換可能な教師でしかない。だからこそ、逆に「可成《なるべく》長く御在校を願つて」(五)というのが、殺し文句となるのである。

この〈山の手〉の、山嵐風に言えば"might is right"の論理は、容易に"money is right"に転化する。そうなれば、たとえ「見すぼらしい服装《なり》」をしていても「五円」の「茶代」が人の価値を決め(この宿屋が、質屋の「山城屋」と同じ屋号なのも、もちろん偶然ではない)、マドンナが「急に暮し向きが思はしくなつ」た男から、「家賃は九円五拾銭」の「立派な玄関を構へて居る」男へ乗り換え、うらなり君が「五円」の増給のために代々住み慣れた土地を追い出されてしまうような、すなわち「月給の多い方が豪《えら》い」ことになるだろう。ここでは、人間の存在は肩書や金に還元されてしまうので、人は、他者とほんとうに出会うことはできない。こういう論理に支配された「山の手が地域的にも影響力の点でもますます大きくなってゆくにつれて、東京はいよいよ抽象的な存在となり、共同体としての性格を失ってゆくことにな」るのは、(17) 当然と言わねばならない。これに対して、〈坊っちゃん〉の付ける渾名は、具体的なイメージを喚起することにみごとに成功していて、そのことが既に〈山の手〉の論理への批判になり得ている。世故にたけた清がやめるように言うのはそのためでもあるのだが、こういう〈坊っちゃん〉の感性は、彼が転居するほんの少し前に〈山の手〉を相対化し始めている。

IV　江戸っ子の方へ

夫《それ》にしても世の中は不思議なものだ、虫の好かない奴が親切で、気の合つた友達が悪漢《わるもの》だなんて、人を馬鹿にして居る。大方田舎だから万事東京のさかに行くんだらう。（六）

「虫の好かない」「気の合つた」という彼の感性が、「世の中」を「不思議なもの」として相対化しつつあると言ってよいだろう。ただ、この「世の中」が、場所の感覚によって語られていることは確認しておく必要がある。この〈坊っちゃん〉の意識にはっきり現れているように、彼が「世の中」とか「世間」とか言う時には、「田舎」という意味をすべり込ませている場合が多い。それは、「世間」のあり様に気付かされたこの「田舎」での彼を支えているのが、自分が「東京」という〈中央〉の出身者であるという誇りだけだからなのだ。こういう〈坊っちゃん〉の感覚からすれば、「東京のさかに行」っているのは、この土地の「曲りくねつた言葉」だけではない。「山門のなかに遊廓がある」ような、この町自体が「曲りくねつ」ているのだ。自らの中の〈山の手志向〉に気付かないままに、もう一方で、彼の感性は〈山の手〉を相対化しているのである。「不思議なものだ」とは、そういう感じ方なのである。

〈坊っちゃん〉の感性は、とりわけ笑いや視線に敏感だが、赤シャツや野だいこの笑いや視線は、彼らの本質を暴いている。〈坊っちゃん〉は、赤シャツの「気取つた」「ホ、、、」という笑い方や、野だいこが「わざと顔をそむけてにや〳〵と笑つた」（六）りするのをひどく嫌っている。それは、彼らの笑いが対他意識の強い、そう言ってよければ見せるための笑いだからである。笑われた相手を傷付けることはあっても、笑いの陰に隠れた自分が傷付くことは決してない、そういう笑いだからである。一方、〈坊っちゃん〉や山嵐の笑いは、「ハ、、、」か「アハ、、、」。口を大きく開いて、自己の存在を全てさらけ出してしまうような無防備な笑いなのである。これは視線についても言える。

諸感覚の中での、近代における視覚の優位性はもはや定説となっている。東京人の眼付きが険しくなったことや、「一種の社交術」としての喧嘩が減ったという柳田国男の指摘をふまえて、松山巌氏は、「都市生活者の希薄な人間関係」の中では「喧嘩という肉体的な社交が、眼の一瞥に変化し、互いの距離を遠ざけたということであろう。視線は具体的には体に触れぬ感覚であり、一方通行である。決して自分を傷つけずに他人を丸裸にしていく。」と意味付けている。[18]

赤シャツはランプを前へ出して、奥の方からおれの顔を眺めたが、咄嗟の場合返事をしかねて茫然として居る。（八）

近代の視覚は、レンズと化した眼差の陰に自己を隠す。相手の顔にだけ光を当てて、自分は「奥の方から」相手を「眺め」るという、増給を断わりに来た〈坊っちゃん〉を見る赤シャツの位置は、彼の眼差の質をみごとに象徴している。ところが、一方の〈坊っちゃん〉や山嵐ときたらどうだろう。

喧嘩はしても山嵐の方が遙かに趣がある。（中略）今日は怒つてるから、眼をぐる〳〵廻しちや、時々おれの方を見る。そんな事で威嚇《おど》かされて堪まるもんかと、おれも負けない気で、矢つ張り眼をぐりつかせて、山嵐をにらめてやつた。（六）

〈坊っちゃん〉や山嵐の眼差は、必ず「皿のやうな目」を「浴びせ掛け」、「部屋中一通り見巡は」し、「野だの干瓢づらを射貫」き、「睨め」、「睨め返」し、「目を剝」き、「稲光をさす」のである。ここには眼差の後ろに自分を隠そうとするいやしい根性は見られない。これは身ぶりとしての眼差、いや端的に、喧嘩腰の眼差と言ってよい。〈坊っちゃん〉の感性は、何か（言葉、笑い、眼差、肩書、資格……）の後ろに隠れて、そして「人に隠れて自分丈得をする」（一）ことを許さないのである。彼が〈山の手〉の論理を受け付けられなくなるのは、この感性の働きによっている。ただ、それが感性であるために「世の中は不思議なものだ」という程度にしか自覚はされない。彼が自覚するのは、この感性が対他関係の中で追いつめられ、より反省意識的に現れた時である。そこで彼の意識が選び取るのは、「正直」（四、バッタ事件で）、「竹の様に真直」（八、赤シャツのデートを見て、世の中が不可解になる）、「人間は好き嫌で働くものだ」（八、増給を断わりに行って、赤シャツにやり込められて）、というような〈言葉〉である。小さい時から「駄目だ〳〵」と言われ続け、「到底人に好かれる性《たち》でないとあきらめて居た」彼は、「〜が嫌い」という否定的で受け身の感情でしか自己同定できなくなっていたのだが、その彼がぎりぎりの所まで追いつめられた時、はじめて肯定的な〈言葉〉に自己のアイデンティティを見出したのである。そして、それらの〈言葉〉は、紛うかたなく清から与えられた〈言葉〉――「真つ直でよい御気性」「慾がすくなくつて、心が奇麗」「竹を割つた様な気性」「自分の好きなものは必ずえらい人物になつて、嫌なひとは屹度落ち振れる」――だったのである。人生の出発点において、何ひとつ人生の指針を与えていない彼の親にかわって、清が人生はどうあるべきかを告げていたからである。〈坊っちゃん〉は、社会での自己の生き方をはっきり自覚させられる場面で、清の〈言葉〉を選び取ったのである。その立場は「江戸っ子」という別の〈言葉〉に収斂して行く。

〈坊っちゃん〉が他者に向けて「江戸っ子」という〈言葉〉を口にしたのは、実は二回しかない。一度は、着任早々、二時間目の授業においてである。先に引用した通り、この時彼が生徒の「方言」を問題にしている限り、この「江戸っ子」は「東京」という〈中央〉の意識でしか語られてはいない。ところがもう一度口にする時には違っている。

「君は一体どこの産だ」
「おれは江戸っ子だ」
「うん江戸っ子か、道理で負け惜しみが強いと思つた」
「君はどこだ」

「僕は会津だ」
「会津っぽか、強情な訳だ」　（九）

山嵐の問いに〈坊っちゃん〉が「東京だ」とは答えず、「江戸っ子だ」と答える時、そして、「僕は会津だ」という山嵐の答えを「会津っぽか」と受ける時、この「江戸っ子」は、清から受け取った自己の生き方を一つの気質として語っているのだ。〈坊っちゃん〉は、伝統的なこの〈言葉〉に自己のアイデンティティの拠りどころを見いだし、この〈言葉〉で自己の像を他者に結ぼうとしたのである。もはや明らかだろうが、『坊っちゃん』は「江戸っ子」の〈坊っちゃん〉がこの町で活躍する物語などではなく、[19]彼が様々な関係の中で「江戸っ子」の立場を選び取らされて行く物語、〈坊っちゃん〉が「江戸っ子」になる物語なのである。だとしたら、あとは「江戸っ子」にふさわしい辞め方で辞めさえすればよいのである。

V　清のために

〈常識人〉であった清に〈非常識〉な所があるとすれば、それは「真っ直でよい御気性」の人こそが「立身出世」すると信じていた点にある。まさにこの一点のゆえに、彼女の〈山の手志向〉は強烈なパロディになってしまったのである。

〈坊っちゃん〉と〈山の手〉に家を持つことを夢見ていた清は、「田舎」での彼の話を聞いて、〈坊っちゃん〉の運命こそが、「真っ直」で「正直」な者の運命だと悟ったに違いない。だから、もう期待はせず、「玄関付きの家でなくつても至極満足の様子」を見せ、死の前日には、〈坊っちゃん〉の寺へ埋めてくれと頼むのである。この、期待と現実との落差を知った彼女の態度に、読者は彼女の、そう言ってよければ、喜びと諦めとを見るはずである。清にも「北向きの三畳」での時間はあったのである。

もちろん、清の時間には、物語として自立するだけの喚起力はない。しかし、その喚起力の弱さのゆえに、「江戸っ子」的な語りのコンテクストを乱す事なく、無意識の層においてこのテクストを支える〈枠〉となる。すなわち、読者はこの〈終わり〉によって、〈坊っちゃん〉の生き方こそが、一人の人間が死後の世界の全てをかけて「待つ」に値する理想の生き方であるかのように、あるいは逆に、〈山の手〉を諦めることが美しい死に方であるかのように、一瞬現実世界で意味付けてしまうことになるのである。[20] その一瞬、『坊っちゃん』の〈山の手〉は、〈諦められたなにか〉として意味付けられ、二人の諦めを増幅することになる。そのためにだけ、〈山の手〉は語られねばならなかったのだが、〈坊っちゃん〉が「無鉄砲」という語を中心化させることで、それを隠し〳〵語らねばならなかったのは、ひどく〈常識的〉であった清を美しく（＝清く）語るためであった。この〈坊っちゃん〉の語りは、〈山の手志向〉を語らなければ清の死に方が、語れば生き方が美しくなくなってしまうという、ぎりぎりのところで考えられた語りだったのである。だが、それだけではない。この語りは、明治三九年の「江戸っ子」らしい「無鉄砲」と〈山の手〉との喚起力の差にもよっている。たぶんこの時期までには、「江戸っ子」は強調しなければ呼び戻せない遠い所に去りつつあったのである。

やがて数年もすれば、谷崎潤一郎が「其れはまだ人々が『愚《おろか》』と云ふ貴い徳を持つて居て、世の中が今のやうに激しく軋み合はない時分であつた」と「江戸つ児」の時代を過去形で書き、芥川龍之介が「下町」を恥じねばならない時代が来る。だからこそ、〈坊つちやん〉は、「江戸つ子」にふさわしい言葉を語りの中心に寄せ集めて、自分の失敗談を誇らしげに語り始めるのだ。もちろん、そういう生き方を教えてくれた清のために、である。

イニシエーションの街　『三四郎』

もしそれが青春の名にふさわしい初々しい〈恋〉だとして、三四郎がひどく不器用だった理由を、明治という時代や、彼が田舎出の青年であることや、その「度胸」のない性格やといった要因にのみ求めるのはまちがっている。『三四郎』の第一章で、三四郎が〈名古屋の女〉や広田に対して自然な態度がとれない原因は、何よりもまず彼のエリート意識にある。彼の身を強ばらせているのは、ほとんど「高等学校の夏帽」やその「徽章の痕」だとさえ言ってよい程なのだ。たとえば谷崎潤一郎の『痴人の愛』が、一九二〇年代の第二次都市化現象下にあった東京のいかがわしい魅力を背景に、夫婦のつながりが〈痴人〉によるごっこの関係に変容してゆく様を描き出してみせたように、『三四郎』という小説は、明治四〇年代の第一次都市化現象下の、それだからこそ魅力のある東京のキッチュ性を〈地〉として、小川三四郎というエリート青年の〈恋〉の胡散臭さをみごとに炙り出しているのだ。

I　知識人の街

『三四郎』は『坊っちゃん』同様、ボリス・ウスペンスキーの言う〈枠〉——文学テクストの場合は〈始め〉と〈終わり〉——のはっきり提示された小説である。(1) 以下の全ての章が東京での出来事なのに、第一章だけが三四郎の上京途次という異空間での出来事になっていたり（始め）、第十三章で急に語りの水準が構造的に変換されていたりする（終わり）のがその明らかな徴である。〈枠〉には、その小説を読むために必要な情報がぎっしり詰め込まれているだけでなく、ある言説を〈地〉として背景化することで、別の言説を〈図〉として際立たせるような遠近法＝枠組《コード》をもさりげなく仕掛けてあるものだが、そのような枠組を反転させ、テクストを構造的にひっくり返すことを通して、新しい読みの枠組を浮上させることができるのである。なぜなら、一度構築されたテクストとの関係を脱構築するプロセスには、読者が自己の内なる他者と出会う契機が孕まれているからである。

『三四郎』の〈始め〉で与えられる枠組が、三四郎の女性と思想に対する初心と無知に要約されるとするなら、二章以降の展開では、後者の、三四郎が車中で広田から受けた思想的な衝撃の方は、彼の中ではさして深まらないまま立ち消えになってしまうようにも見える。思想や学問は、三四郎にとっては、たとえば野々宮の「穴倉」（研究室）で見た無意味な数字の羅列にしか受け取れないのである。三四郎は、「学生生活の裏面に横たはる思想界の活動には毫も気が付かなかつた」（二）というわけだ。そこで、〈恋〉が『三四郎』の読みの大枠として記憶され続けることになる。〈恋〉が〈図〉で、思想が〈地〉という枠組が構築されるわけである。そこで、このレベルでテクストを反転させれば、東京帝国大学を中心とする、前田愛氏の所謂「本郷文化圏[2]」のキッチュ性を炙り出すことができるはずである。

まず、第一章で三四郎が見る西洋婦人／三四郎に向かってキリスト教の教養をチラつかせる美禰子、三四郎が車中で読むベーコン／写真でしか西洋を知らないのにその「写真で日本を律する」(四)英語教師広田、それに東京帝国大学、等々の対立項を挙げることができる。これらは本物対にせものとの対立であって、要するに、三四郎の東京で見聞きするものは、西洋のキッチュでしかないのだ。第一章でエピソードのようにほんの少しだけ顔を見せるベーコンや西洋婦人は、第二章以降の東京のキッチュ性を暴くためにさりげなく仕掛けられた枠組《コード》なのである。この点に注意を払った読者なら、たとえば、上京当初に東大構内の西洋建築の「雄大」さに「感服」した三四郎が抱く「学問の府はかうなくつてはならない」という感慨や、いよいよ始まった大学の講義や「人品のいゝ御爺さんの西洋人」講師に対する「敬畏の念」が、「先生の似顔《にがほ》をポンチにか」(三)くような与次郎の姿勢によっていともあっさりと相対化されてしまうことを読み落としたりはしないだろう。

さて、『三四郎』の小説中の現在は、明治四〇年頃だと考えられる。「福岡県京都《みやこ》郡真崎村小川三四郎二十三年」と宿帳に書く彼は、「明治十五年以降に生れた」という与次郎ともほぼ同年代の、明治一七年頃の生まれということになる。「真崎村」は実在しないが、「京都郡」はあった。おそらく三四郎は、当時福岡県に五つあった中学校のうち「豊前国京都郡豊津村」にあった「福岡県豊津中学校」を明治三七年頃卒業して(八章に「三四郎は国にゐる時分、かう云ふ帳面を持て度々豊津迄出掛けた事がある」とある)、二〇歳で熊本の第五高等学校に進学したのである。当時の大学進学者としては極く普通の経歴である。

明治一九年の中学校令は、中学校を各府県で設置できる尋常中学校(五年制)と文部大臣の管轄する高等中学校(二年制)に分かち、高等中学校は「法科医科工科文科理科農業商業等ノ分科ヲ設クルコトヲ得」としていた。(3) つまり高等中学校は、当初、帝国大学進学者のための基礎教育と、卒業後すぐ就職する者への実務教育との二つの目標を持っていたのである。しかし、この中学校令によって、それまで帝国大学への進学コースを独占していた東京大学予備門が第一高等中学校と改められ、その他の高等中学校からも帝大進学が可能になったこともあって、実際に設置された高等中学校は、帝大進学のための基礎教育のみに偏ることになった。明治二七年の高等学校令は、それを追認する形で高等中学校を高等学校と改め、専門学科を教授する部は四年制、大学予科を三年制としたのであった。

したがって、第五高等学校に進学した三四郎は、すでにこの時から帝国大学へ進学すべきエリートだったのである。いや、三四郎が中学校に通っていた明治三七年頃で言えば、かなり大雑把な計算だが、三四郎同様一五歳から二〇歳までの五年間中学校に通うとして、この年齢の人口約二百万人に対して中学生は約一〇万人、つまり二〇人に一人の割にすぎない。これが高等学校・大学へ進むと約百二〇万人対五千人、実に二百四〇人に一人の割になるのだ。しかも、高等学校と大学の比率があまり違わない事実は、高等学校への進学がそのまま大学への進学につながっていたことを意味している。これらの数字は、約三人に一人以上の割合で大学等の所謂高等教育機関に進学する現在と比べて、彼らが高等学校に進学した段階ですでにいかに選ばれたエリートであったかを雄弁に物語っている。(4)

しかも、洋書をそのまま教科書に使い、あるいは専門科目が外国語で講義されることがあったように、極端に言えば〈学問〉をすることがほとんど「英語」や「独乙語」（三）を習得することと同義だった『三四郎』の時代では、〈知識人〉になることはほとんど〈西欧人〉になることを意味していた。師範学校の全寮制による囲い込み程ではないにせよ、寮生活が建前になっており、またそうでなくとも、実際上全国に数校しかないために在学生の多くが寮・下宿生活を強いられた当時の高等学校以上の教育機関は、まさにそのための純粋培養システムだったと言えよう。その中で育ち、その後もそこに留まり続けている広田や野々宮の風貌が、「神主じみた」（一）顔と「西洋人の鼻」（三）、「仏教に縁のある相」と「頗る高い」背（二）という具合に、日本と西洋との間で引き裂かれているのも決して偶然ではない。だからこそ「学校教育を受けつゝある三四郎は、こんな男を見ると屹度教師にして仕舞ふ」（一）のだ。

したがって、三四郎が「余程社会と離れてゐる」（二）という印象を受けた東京帝国大学のあり方に象徴されるように、〈知識人〉がしばしば〈生活／現実世界〉から隔離されたあり方を示すのは、ある意味では当然の帰結だったのである。同居している与次郎に「先生、自分ぢや何も遣らない人だからね。第一僕が居なけりや三度の飯さへ食へない人なんだ」（四）と評される程広田が生活能力に欠け、あるいは、野々宮が外国では一流の学者として通っているのに、日本では電車も自在に乗り換えられず、「穴倉生活」（二）を送っているにすぎないのもゆえなしとしない。広田や野々宮は〈生活者〉のキッチュでもあるらしい。さらに言えば、彼らが結婚をしていないのも「女性不信」（?・）のためばかりではないはずである（里見恭助や原口もまた結婚していないことは、十章で強調されている）。長い純粋培養の期間が彼らを社会的に宙吊りにし、〈成人〉する契機を奪ったのではなかっただろうか。広田の教えている高等学校の生徒たちの噂話は、こういった事情を実に的確に言い当てている。

それから何故広田さんは独身でゐるかといふ議論を始めた。広田さんの所へ行くと女の裸体画が懸けてあるから、女が嫌ひなんぢやなからうと云ふ説である。尤も其裸体画は西洋人だから当にならない。日本の女は嫌ひかも知れないといふ説である。（七）

一章にチラッと登場する西洋婦人は、こんなところで広田の〈日本人の男としての性〉を相対化する機能を果たしていたのである。彼は〈西洋人〉でも〈日本人〉でも〈生活者〉でも〈男性〉でさえもなく、何よりもまず〈知識人〉なのだ。広田は、「細君を貰つて見ない先から、細君はいかんものと理論で極」（四）めつけていると言う。だとすれば、彼らの欲望は記号化され宙吊りにされてしまうだろう。

三四郎もまた、熊本の第五高等学校時代からこのシステムの一員となっていた。前夜の名古屋での同衾事件を「ベーコンの二十三頁」で忘れようとする三四郎、西洋人の夫婦（三四郎が「女」の方により多くの注意を払っていることは言うまでもない）に感動する彼に向けられた「日本より頭の中の方が広いでせう」という広田の言葉に衝撃を受ける三四郎の像は、上京後の彼が「九州流の教育」（七）ではなく、今度は「思想」や「学問」によって自己の欲望を抑圧することになるかもしれないということの暗示であってもよい。そう言えば、名古屋の旅館で三四郎が女との間に作る境界が「西洋手拭」であるのもまた暗示的だし、前田愛氏が指摘しているように、東京での「三四郎の下宿生活そのものが、いたってあいまいにしか描かれていない」（前出）のも、彼が〈知識人〉の卵であることの一つの現れだろう。

ファン・ヘネップによれば、通過儀礼は、個人がそれまでの地位や状態から離脱し（分離の儀礼）、曖昧で不安定で象徴に富んだ境界領域を通り抜け（過渡の儀礼）、最終的には、以前より高い地位へ昇格する形で再び社会構造のなかに回収される（統合儀礼）という三段階のプロセスを踏むと言う[5]。成人式に代表されるイニシエーションでは、このプロセスが劇的に集約されているのである。

日本でも、かつては〈性〉体験をも含めた〈成人〉までのプロセスとして、若者組や娘組等の、その土地に根付いた様々な通過儀礼のシステムがあった。しかし、三四郎は性的なものを含めて、日本的なイニシエーションを故郷ではどうやら経験していないらしい。三四郎は、日本的イニシエーションとは無縁の場所にいるのだ。既に性体験のある年上の女と若い男という日本的なイニシエーションにふさわしい二人の組み合わせで宿に泊まりながら、たった一人で失敗しなければならなかった三四郎の体験が、それをよく物語っている。二三歳の男が童貞という設定は、それだけで当時としてはかなり異様で滑稽だったに違いないが、それはたぶん、ふつうの若者がそろそろ通過儀礼の組織に加入する頃、三四郎が中学生というエリートとして、そのような世界から離脱して行ったからだろう。

三四郎が自己の身の上に〈分離の儀礼〉を決定的に自覚するのは上京途次の汽車の中においてだが、実は、すでに中学校入学時から、全く抽象的で異質なイニシエーションがゆるやかに始まっていたのである。そして、東京に出た三四郎はまさに〈過渡の儀礼〉のただ中にいる。彼が、名古屋で果たせなかった儀式を、〈恋愛〉のオブラートにくるんで、抑圧された形のまま、東京で行なおうとしても不思議ではない。

都市とはまさに人間関係を抽象的な宙吊り状態にする場所だし、社会的な上昇願望を抱き、その可能性を内包しつつ浮遊する都会人種の典型が書生（学生）なのである。新橋、日本橋といったいわば〈下町文化圏〉は駆け足で案内し、最後に大学図書館へと三四郎を導く与次郎は、書物こそが〈知識人〉の〈人生〉であり（「人生は一行のボオドレエルにも若かない」！）、東京帝国大学を中心とした〈本郷文化圏〉こそが彼らにふさわしい〈生活〉の場、いや祝祭空間であることをよく知っているのだ。

そして、イニシエーションは祝祭空間にふさわしい、象徴レベルでの〈死〉と〈再生〉の儀式でもあった。野々宮が鉄道自殺した女の〈死〉を、三四郎が「子供の葬式」をやり過ごしてしまい、広田の〈死〉と〈再生〉が夢のレベルに宙吊りになっていることの意味も、もはや明らかだろう。彼らは、すでに終えるべきイニシエーションを終えられずにいる。そう言ってよければ、まだイニシエーションを生きているのである。彼らは、もはや〈子供〉ではなく、まだ〈大人〉でもない。引き延ばされた〈青春〉を生きているのだ。

美禰子は、そんな祝祭空間にふさわしい女性に見える。彼女のまわりには「マーメード」（人か魚か―四）、「ハムレット」（生きるべきか死ぬべきか―十二）といったどっち付かずの曖昧な記号が鏤められているし、何よりも、彼女自身が「翻訳」（四）されること／意味付けられることを拒んでいるのである。意味付けることは固定することだからである。美禰子は、まさに都市を浮遊するシニフィアンだ。しかも、〈恋〉の始めには女の「轢死」のエピソードが、終わりには「小供の葬式」が配置されるという具合に、三四郎の美禰子への〈恋〉は〈死〉によって縁取られていたし、美禰子自身何度か〈死〉への誘いを口にしてもいた（「空中飛行機」や運動会の場面）。美禰子自身が〈青春〉の象徴のようなあり方をする一方、〈死〉によって〈青春〉を終わらせるかのようにも見えるという意味で、彼女は両義的なのだ。その美禰子が〈恋〉多き女のように読者に映るのだとしたら、それは、イニシエーションの街で、彼女を〈恋〉の記号によって意味付けようとする三四郎の眼を通して美禰子を見ているからに他ならない。

II 記号の街

『三四郎』の〈始め〉には、もう一つの〈境界〉があって、西洋／日本という対立項の他に、東京／九州（田舎）を対立項として浮かび上がらせている。これは、〈恋〉という読みの大枠の内部に対立項を作り出し、裂け目を入れ、テクストを反転させる契機を与えてくれる。手掛りは〈境界〉を越境し、東京から九州まで貫かれているたった一つの要因《ファクター》――肌の色である。

『三四郎』で最初に登場するのは「女」（名古屋の女）であった。「うと〳〵として眼が覚めると女は何時の間にか、隣の爺さんと話を始めてゐる」（一）という風に、三四郎の視線の中に。この表現には、三四郎が目を瞑る前からこの「女」に並々ならぬ関心を向けていた名残がある。しかもこの第一段落には、読者の注意を喚起するためでもあるかのように、「肌」という字が二回も出て来ている。その上で、三四郎の「女」への関心のあり方が示されているのである。

三四郎のこの「女」への関心のあり方にははっきりした特徴がある。始めから終わりまで三輪田の御光との比較で貫かれている点である。わけても肌の色に対する注意が三四郎のこの「女」への関心を決定的にしていて、それは「第一色が黒い」、「女の色が次第に白くなるので」、「三輪田の御光さんと同じ色である」という具合に、繰り返し強調されている。三四郎がこの「女」に惹かれるのは、三輪田の御光と同じ肌の色をしているからなのである。彼がこの「女」に投げかける舐め回すような視線は、実は遠く田舎に置いてきた御光に届いているのだ。一方、名古屋の女は第二章以降三四郎によって美禰子に重ねられるが、その理由は二章の終わりにはっきりと示されている。野々宮と別れて下駄屋に寄った三四郎は、そこの「真白に塗り立てた娘」を「化物」のように感じて逃げ出し、こう考える。

それからうちへ帰る間、大学の池の縁で逢つた女の、顔の色ばかり考へてゐた。——其色は薄く餅を焦した様な狐色であつた。さうして肌理《きめ》が非常に細かであつた。三四郎は、女の色は、どうしてもあれでなくつては駄目だと断定した。（二）

もちろん、美禰子の肌の色は御光や名古屋の女のように「黒い」「九州色」ではない。しかし、下駄屋の娘との対比を考えれば、美禰子の「薄く餅を焦した様な狐色」の肌の色が上品な「九州色」であることは明らかだろう。三四郎にとっての美禰子は、都会風の御光でもあるのだ。三四郎における東京／九州の対立項はそのまま美禰子／御光の対立項に重なっている。美禰子は、西洋人のキッチュであるばかりでなく、御光のキッチュでもあるというわけだ。その媒介者が名古屋の女なのである。

「鏡の中の『三四郎』」の章で触れたように、千種・スティーブン氏は「『三四郎』論の前提(6)」の中で、名古屋の女との同衾事件は、女が「迷惑でも宿屋へ案内して呉れ」とだけ言っているにもかかわらず、「行ける所迄行つて」みるために三四郎が招いたので、この女を誘惑者に仕立て上げたり、「女の謎」として普遍化するのは、女性に対するいわれなき差別ではないかと論じている。そう考えれば、名古屋の女との同衾事件の失敗は、三四郎におけるイニシエーションの欠如だけではなく、御光や美禰子に対する彼の隠された欲望をも同時に暗示する象徴的な出来事として意味付けられるだろう。しかも、それは美禰子との出会いの中で顕在化し、コード化されて行くのだ。

（二）

「さう。実は生つてゐないの」と云ひながら、仰向いた顔を元へ戻す、其拍子に三四郎を一目見た。三四郎は慥に女の黒眼の動く刹那を意識した。其時色彩の感じは悉く消えて、何とも云へぬ或物に出逢つた。其或物は汽車の女に「あなたは度胸のない方ですね」と云はれた時の感じと何処か似通つてゐる。三四郎は恐ろしくなつた。

美禰子が身に纏った華やかな「色彩の感じ」（シニフィアン）が消しさられ、「何とも云へぬ或物」すなわち意味（シニフィエ）だけが選ばれる。それは、名古屋の女をコード化することでたった一つの意味に収斂してしまう。名古屋の女によって美禰子を意味付けたのだ。この時三四郎は、美禰子ではなく、名古屋の女に出会っていると言ってもよいだろう。しかし繰り返すが、女が見も知らぬ男を挑発するたぐいの劇的な出会いがあると信じるのは、上京途次の事件を期待の地平に組み込んだ、三四郎や読者の幻影かもしれないのだ。

　二度目に美禰子に会った時、三四郎の印象に残ったのは「野々宮が兼安で買つたものと同じ」（三）に見えたリボンである。この時三四郎は、〈野々宮の恋人〉に出会っている。だからこそ、三四郎の見た野々宮と美禰子との関係が、たぶん「何とも云へぬ或物」を〈恋〉へと編成して行くのである。三四郎は、野々宮の〈恋〉を模倣するのだ。広田の引っ越しの手伝いで、三度目に美禰子に会った時（四）、「似た所は一つもな」く、眼も「半分も小さい」にもかかわらず、三四郎はいかにも〈知識人〉の卵にふさわしく、「美学の教師から」説明されたばかりの「グルーズの画」に対する「此人の画いた女の肖像は悉くヲラプチュアスな表情に富んでゐる」という「形容」を、美禰子の眼に当てはめてしまう。もちろん、この時三四郎の出会っているのは、美禰子ではなく「グルーズの画」だ。その上、この時の三四郎は、雲が「駝鳥の襟巻《ボーア》」に似ていると言う美禰子に、野々宮の受け売りで「あの白い雲はみんな雪の粉」だと答えてしまうのである。彼は、野々宮として答えてしまうのだ。

　ところが、「野々宮君が兼安で買つた」リボンは、美禰子と野々宮の関係ばかりでなく、三四郎と御光との関係をも浮かび上がらせている。三四郎は「鮎の御礼に」同じリボンを送ろうと考えるが「御光さんが、それを貰つて、鮎の御礼と思はずに、屹度何だかんだと手前勝手の理屈を付けるに違ひない」と思い直して「已めにした」りするのだから。その後の二人の関係は、九州からの三四郎の母の手紙の中でのみ知らされることになるが、御光の母から結婚の申し込みがあり（四）、「三輪田の御光さんの御母さんが織つて呉れたのを、紋付に染めて、御光さんが縫ひ上げた」という曰く付きの羽織を三四郎が着（九）、「三輪田の御光さんも待つてゐると割註見た様なものが付いてゐる。御光さんは豊津の女学校をやめて、家へ帰つたさうだ。又御光さんに縫つて貰つた綿入が小包で来る」という風な、花嫁修業に入ったらしい御光の贈り物攻勢があり（十一）、という具合なので、結婚に向けてあまりにも順調に事が運んでいるようなのである。三四郎の〈生活〉は確実に九州にある。彼は、欲望だけを都会に持ち込んだらしい。

『三四郎』では、広田や野々宮の引っ越しがことさらのように書かれているが、これは、彼らが三四郎同様上京した男たちであることを暗示している。その意味ではこの三人は同類である。東京の持ち家に住むらしい美禰子があたかも（それだけに魅力ある）姦婦としてイメージされているとしたら、それは東京を仮りの住まい、祝祭空間とする〈知識人〉たちの彼女へのかかわり方がそう見せているからかもしれないのだ。『三四郎』は、そういうキッチュでしかない〈知識人〉たちに、美禰子がノンを突き付ける物語でもある。

都市という祝祭空間では、欲望は匿名化し、あらゆる記号を餌食にする。美禰子は、それに応えるかのように、過剰な記号＝「女の肖像」として三四郎の前に現れ、そして姿を消す。東京で御光と二重写しにされた美禰子は、一人の個人であることをやめ、過剰な記号として、御光のしぐさや、肌の色や、変化の中に生き続けることになるだろう。そして、その時御光の向こうに見える美禰子は、あたかも〈宿命の女〉のように見えるだろう。三四郎は、美禰子を通して〈女〉を知ったからだ。もちろん、美禰子に二重写しになった御光が昔の御光と同じであるはずはない。故郷に帰った三四郎は、今度は御光の中に美禰子を発見することによって、御光をただの「うるさい女」から一人の性的魅力をたたえた〈女〉として認めるように、たぶんなって行く。それは〈女〉という記号を身体中に鏤めた御光だ。
しかし——、三四郎の〈恋〉の行方は裏側から炙り出すことができるだけだ。〈終わり〉の意味に触れておこう。
『三四郎』では、十三章において、すでに指摘があるように、語りの水準が変換されるという形で〈終わり〉としてのサインが送られている。なぜ、十三章は三四郎の〈視点〉から叙述されていないのか？ それは、たぶんこの冬に帰省した三四郎に、読者には言えない秘密ができたからに違いない。もっとも、その秘密の中味は二つのイメージに引き裂かれてしまうだろう。
「帰京の当日」三四郎の机の上に乗っていた美禰子のやや慌しくとり行なわれたらしい結婚披露の「招待状」からは、たとえばこんな思いを紡ぎ出すことができる。それは、故郷に残る母の、御光との結婚を急がせる思いである。

「小供に学問をさせるのも、好し悪しだね。折角修業をさせると、其小供は決して宅へ帰つて来ない。是ぢや手もなく親子を隔離するために学問させるやうなものだ」

（『こゝろ』中七、故郷の父の言葉）

『こゝろ』は、国許ですすまぬ結婚を強いられながら、母病気の電報でやむなく帰省する友人のエピソードで始まっていた。同じ様に、帰省した三四郎[7]と御光との間に決定的な約束が出来たかもしれないと想像することは、決して荒唐無稽ではない。跡取り息子の三四郎がこのような母の思いを乗り超え、母を捨てるためには、また別の物語が必要だろう。

しかし、それはあり得ないことではない。「招待状を引き千切つて床の上に棄てた」野々宮の行為からは、三四郎の帰省中の出来事について全く別のイメージを紡ぐこともできるからである。もしかすると、故郷を棄てた「迷　羊《ストレイシープ》」の物語は、彼の身の上に始まったばかりなのかもしれないのだ。

──『三四郎』の余白は、少なくともこれだけの幅の中で読まれなくてはならないだろう。

高等教育の中の男たち　『こゝろ』

高等教育の中の男たちという枠組で、『こゝろ』というテクストからどれだけの言葉を織り上げることができるだろうか。

漱石の小説に登場する男たちは高等教育を受けた者ばかりであるにもかかわらず、彼らのほとんどはその社会的義務を果たしてはいない。そこには、山崎正和氏が「豪華な人間能力の浪費」[1]と呼んだ事態が氾濫しているのである。しかし、これを単に「知識人」の苦悩としてのみ意味付けるのはまちがっている。なぜなら、漱石の小説は、学歴によってしか得ることのできない「教育」の名のもとに、理不尽な差別を書き込んでもいるからである。そこでは、高等教育を受けていない者は、男であろうと女であろうと、少数の例外を除いて、蔑まれる。しかも、その少数の例外はと言えば、考えないことが幸福だと言わぬばかりの傲慢で無責任な視線か、でなければ、欲望を秘めた視線にさらされる運命にある。漱石の小説にあって、高等教育は自己と他者とを等しく疎外し、抑圧する象徴的暴力装置として機能しているのだ。この時代、高等教育は原則として男たちだけにしか開かれていなかった以上、これはまちがいなく構造化された男性という制度の問題領域なのである。長期休暇中に出会った、教師でもない男を「先生」と呼び、以後も長期休暇中に事件が起こりがちな『こゝろ』には、まさに遍在する高等教育の姿が映し出されている。

I　高等教育の中の出会い

私は其人を常に先生と呼んでゐた。だから此所でもたゞ先生と書く丈で本名は打ち明けない。是は世間を憚る遠慮といふよりも、其方が私に取つて自然だからである。（上一）

〈私〉はこう書き出していた。この書き出しは、「其人」が教師ではなく、〈私〉に「先生」と呼ばれる人物だと語っている。「其人」は〈私〉個人にとってのみ「先生」であり、「先生」という呼称は二人の私的な関係の喩だと言ってよい——そんな風に、それ以外の社会的意味合いも必然性も持たないかのように読める。事実、〈私〉がはじめて〈先生〉を「先生」と呼んだのは、いかにも何げない会話の中での偶然の出来事だと、〈私〉は書いているし、鎌倉でのエピソードでは、〈先生〉が「先生」と呼ばれる理由など明かされてはいないのである。「先生」という呼び方に「苦笑」する〈先生〉に対して、〈私〉は「年長者に対する私の口癖だと云つて弁解」（上三）する。敬称としてということだろうが、それは「弁解」でしかない。実際に〈私〉が〈先生〉に感じているのは、「好奇心」や既視感なのである。それなのに、なぜ〈私〉は「其人」を「先生」と呼んだのだろうか。

〈私〉はなぜ〈先生〉に目を止めたのか。そこから問い直してみよう。理由は〈私〉がはっきり述べている。「先生が一人の西洋人を伴れてゐたから」(上二)だ。「西洋人」は、〈私〉にとって特別な関心の対象だったのである。〈先生〉と出会う「二日前」、〈私〉は「由井が浜迄行つて、砂の上にしやがみながら、長い間西洋人の海へ入る様子を眺めてゐた」(同)と言うのだ。それに、「先生々々」と呼びかけてしまったすぐその後には、「此間の西洋人の事を聞いて見て」もいる。近代化が西洋化であり続けた時代にあって、「西洋人」は特別な意味を持った象徴的な存在だったのである。高等学校の学生であった〈私〉にとってはなおさらのことだったはずである。

この「西洋人」をこの時代の「西洋的『教養』」の象徴とする見方を、リービ英雄氏は批判している。氏は、〈先生〉の連れている「西洋人」が、由比が浜の「西洋人」のように胴を覆う形の水着を着ておらず、「猿股一つの外何物も肌に着けてゐな」い「如何にも珍ら」(同)しい出で立ちをしていることに注目し、この「脱西洋の西洋人」は、「明治末期の『現代』に対する『先生』の疎外感と、好一対になっている」と論じている。[2] 確かにその通りだが、これは一人〈先生〉だけの問題ではないという側面をも持っている。この「西洋人」を「西洋的『教養』」の象徴とする見方は、明治期の高等教育を見る限りある真理をまちがいなく突いているのだ。「学問」をすることが外国語を習得することと不可分だったこの時代にあっては、極端に言えば、高等教育を受けることはほとんど「西洋人」になることを意味していた。少し控え目に言っても、リービ氏の表現を真似れば、「脱日本の日本人」になることを意味していた。師範学校の全寮制による囲い込み程ではないにせよ、寮生活が建前になっており、そうでなくとも、実際上全国に数校しかないために在学生の多くが寮・下宿生活を強いられた当時の高等学校以上の教育機関は、まさにそのための純粋培養システムだと言えよう。事実、高等学校の前身である第二から第五までの高等中学校が、大阪、新潟、長崎などの貿易や商業で賑わっていた都市を避け、仙台、京都、金沢、熊本といった旧首都や江戸時代の雄藩の城下町に設置されたのは、旧藩主による土地や資金の提供といった現実的な要因にだけよるのではなく、「将来の知識層たるべき青年を都市生活の喧騒と放恣から隔離することによって、道徳的頽廃と政治的刺激を遮断し、新しいエリート形成のための訓育的機会を準備することが政府の真の目的」であったという。(3) 都市にあった第一高等学校の場合、「籠城主義」といったやや国粋主義的寮自治の形をとったが、これは強烈なエリート意識を育てることになったし、やがて「個人主義」による内部からの批判に晒されることになる。それが、西洋思想の移入に努めた高等教育のあり方だったのである。

たとえば、高等学校を卒業して東京帝国大学進学のため上京の途次にあった『三四郎』の小川三四郎も、「西洋人」に感嘆の声を挙げていたし、高等教育を受け、その後も東大を中心とする「本郷文化圏」(前田愛)に留まり続けている広田や野々宮の風貌が、「神主じみた」顔と「西洋人の鼻」、「仏教に縁のある相」と「頗る高い」背という具合に、日本と西洋との間で引き裂かれているのも決して偶然ではない。だからこそ、高等教育を受けつつある三四郎は、「こんな男を見ると屹度教師にして仕舞ふ」のだ。三四郎は、〈私〉とほぼ同年代なのだが、そう言えば、〈私〉もまた〈先生〉の「顔」に注目していた。はじめての会話は〈先生〉の「眼鏡」を媒としていた。それに、避暑地としての鎌倉は「都会人種」(上一)が集まり、受験生や学生にも馴染の深い場所であった。〈私〉を鎌倉に誘ったのも学友である。

誤解を恐れずに言えば、〈先生〉の連れていた「風変り」（上三）な「西洋人」は、〈私〉や〈先生〉にちょうど見合っていたのである。それは、「知識人」が一般の民衆と自らを差異化する精神的自画像に近かったのではないか。「西洋人」を連れていた〈先生〉は、それと知らずに〈私〉に対して一つの符牒を示していたようなものだったのである。〈私〉が「どうも何処かで見た事のある顔の様に思」（上二）うのは、こうしたコンテクストの中での出来事なのだ。しかし、〈私〉は、自分の知っていた〈先生〉に関する最も重要な情報をかなり後まで明かさない。「先生は大学出身であつた。是は始めから私に知れてゐた」（上十一）と。

〈私〉は、「風変り」な「西洋人」を連れた「大学出身」の日本人に出会っていたのだ。だからこそ〈私〉はその男を「先生」と呼んだのだ。それを、個人と個人との運命的な出会いとでも読んでしまうことは、この時代の高等教育が隠していた様々な制度性を、それと知らずに隠蔽してしまうことになる。

鎌倉で〈先生〉と出会った時の〈私〉はまだ高等学校の学生であった。三年の新学期を九月にひかえていた明治四一年の八月のある日のことと考えるのが自然であろう。一年経つと〈私〉は大学の「先生の専門と縁故の近い」学科に進学する。〈先生〉とのかかわり方も微妙に変わってくる。たとえば、「ある書物に就いて先生に話して貰ふ必要」（上十）が生じたり、〈先生〉が「時々昔の同級生で今著名になつてゐる誰彼を捉へて、ひどく無遠慮な批評を加へる事」（上十一）にもなる。そこで、〈私〉には、「丸で世間に名前を知られてゐない」「先生の学問や思想」を「惜」しむようになる（同）。この気持には、高等学校の学生だった頃の〈西洋人を連れた大学出身の日本人〉に対する漠然とした憧れとは異なり、すでに大学生になった〈私〉の近い将来への、たぶんやや誇張された夢と期待とが映し出されている。書斎に「洋机《テーブル》と椅子」があり、紅茶と洋菓子を出す〈先生〉の洋風の生活様式もまた、〈私〉の憧れの一つだったに違いない。〈先生〉は「先輩」(下九)としても意識され始めるのだが、こうした意識は〈先生〉に対する値踏みとしても働くことになる。

私には学校の講義よりも先生の談話の方が有益なのであつた。教授の意見よりも先生の思想の方が有難いのであつた。とゞの詰りをいへば、教壇に立つて私を指導して呉れる偉い人々よりも只独りを守つて多くを語らない先生の方が偉く見えたのであつた。(上十四)

この一節で注意しなければならないのは、〈私〉が「教授」よりも〈先生〉を選んでいるといった類のことではなく、「有益」「有難い」「偉い」といった評価の言葉の連なりに流れる実利主義的な臭いであり、〈先生〉が「教授」の陰画《ネガ》でしかないということの方なのだ。この時の〈私〉は、〈先生〉との関係を説明する他の評価軸を持っていなかったのである。まさに、高等教育のみごとなまでの内面化だと言っていい。書物をめぐる〈先生〉と〈私〉とのやり取りは、こうした〈私〉の評価軸をさらにみごとに炙り出すことになる。

〈私〉は〈先生〉に卒業論文の指導を仰ごうとするのだが、〈先生〉の態度はこうだ。

先生は自分の知つてゐる限りの知識を、快よく私に与へて呉れた上に、必要の書物を二三冊貸さうと云つた。然し先生は此点について毫も私を指導する任に当らうとしなかつた。
「近頃はあんまり書物を読まないから、新しい事は知りませんよ。学校の先生に聞いた方が好いでせう」（上二十五）

書物にこだわる〈私〉に、〈先生〉は「老い込んだのです」と答えるが、〈私〉はその答えに「偉いとも感心」（同）しなかった。まことに書物はエリートの学問の場そのものだった。卒業した〈私〉が、田舎で一夏を過ごすための準備にまず訪れるのも「丸善の二階」（洋書部）なのである。〈先生〉の書斎にある「美しい背皮」（上十六）の書物も、〈私〉が卒業論文のために図書館で漁った「背表紙の金文字」（上二十五）の書物もおそらく洋書であろう。露骨に言えば、〈私〉にとっての〈先生〉は、たぶん日本人の「教授」よりは「偉い」が、たぶん洋書である「書物」よりは「偉く」はないのである。この評価は、〈西洋人を連れた大学出身の日本人〉という出会い方と正確に対応している。

この時の〈私〉の〈先生〉に対する意識は、見かけ上いかにかけ離れていようとも、彼が大学卒業後に帰った田舎で経験した過剰な期待や、職に就いていない〈先生〉への批判と同質のものだし、〈私〉が結婚や財産に関する〈先生〉の助言を受け入れることができなかったのも、やはりこの意識に理由がある。結婚後に〈先生〉が静から受けた批難の理由も同様だろう。「大学出身」者は、世に出ることがほとんど当然視されていたので、それは、少なくとも〈私〉にとっては、「地方の中学教員」（中六）程度であってはならなかったのである。こうした「大学出身」者に対する社会的な期待がなければ、〈私〉にとって〈先生〉は〈先生〉ではあり得なかったはずなのである。さらに言えば、この期待を裏切ることによって、あるいはこの期待と引き換えにされることによって、〈先生〉の遺書はある種の価値を持つことになるのだ。

しかし、退屈で張りのない田舎での生活の中で、〈私〉の書物はしだいに「取り散」らされたままになる。そこで受け取った遺書には、もう一組の高等教育の中の男たちの姿が書かれてあった。それは「丸で足を空に向けて歩く奇体な人間」(中六)たちの物語である。

II 交換される慣習《ハビトウス》

遺書の終わりの方になって、〈先生〉は世の中に働きかけることをしない自分をこんな風に説明している。

叔父に欺かれた当時の私は、他《ひと》の頼《たの》みにならない事をつく〳〵と感じたには相違ありませんが、他を悪く取る丈あつて、自分はまだ確な気がしてゐました。世間は何うあらうとも此己は立派な人間だといふ信念が何処かにあつたのです。それがKのために美事に破壊されてしまつて、自分もあの叔父と同じ人間だと意識した時、私は急にふら〳〵しました。他に愛想を尽かした私は、自分にも愛想を尽かして動けなくなつたのです。(下五十二)

「たつた一人」(下五十三)の孤独地獄を味わう〈先生〉は、Kの死因もその孤独地獄のためだと考えるようになり、「人間の為」(下五十四) に妻の母の看護をし、ついには、逆に「人間の罪」(同) を感じるようになる。それが〈先生〉自身の説明である。不正を行なう人間としての叔父と自分との同一視、孤独な人間としてのKと自分との同一視、そして「人間の罪」を媒とした全ての人間の同一視。Kの求めた「道」をちょうど裏側から辿ったような〈先生〉の精神の軌跡は、その裏返しの平等とでも言うべき普遍性のゆえに、誰でもが共有できる認識であるかのような相貌を見せ、彼の経験した出来事の意味を忘れさせてしまう。

〈先生〉が自らの過去を両親の死と叔父の裏切りから書き起こしていることは、彼の遺書に失われた家族の物語の輪郭を与えることになる。だが、いまは少し別の枠組から意味付けてみたいのだ。

〈先生〉の父はこんな性格の人物だったと言う。

> 父は先祖から譲られた遺産を大事に守つて行く篤実一方の男でした。楽みには、茶だの花だのを遣りました。それから詩集などを読む事も好きでした。書画骨董といつた風のものにも、多くの趣味を有つてゐる様子でした。(中略) 父は一口にいふと、まあマンオフミーンズとでも評したら好いのでせう。比較的上品な嗜好を有つた田舎紳士だつたのです。 (下四)

一方、叔父は「父の実の弟」。他に叔父が登場しない以上、この家の次男坊であろう。長子の単独相続の時代にあって「親から財産を譲られ」なかった叔父は、兄のようにおっとり生活するわけにはいかなかった。「事業家」で「県会議員」として打って出て、自分の力で「世の中と闘ふ必要」があったのである。そこに、この時代の長男と次男坊との違いがある。

この叔父は、結局、父の遺産を縦（次世代）に移動させずに、文字通り横（同世代）に移動し、横領した。そこで〈先生〉から奪われたものは何だったのか。単純に言えば経済資本である。しかし、それは単に遺産が目減りしたことだけを意味しない。遺産が支えていた「比較的上品な嗜好」の継承が不可能になったことをも意味する。それは、家の中で長い時間をかけてほとんど無意識のうちに継承され形成されてゆく血肉化した慣習《ハビトウス》(4)の消失なのである。一方、故郷との義絶は、人間関係のネットワーク＝社会関係資本の喪失を意味する。後に、〈先生〉がKのために養家との仲に立とうとして無視されるのはそのためでもある。

竹内洋氏は、近代化の途上にあっては「正統なる文化」＝「西欧文化」は「階級の外部」すなわち高等教育によって得られたので、「学歴が文化階級化」されたのだと論じているが(5)、高等教育によって得られる慣習《ハビトウス》なら、残された遺産だけで十分得られたのである。〈先生〉のいかにも西洋風の生活様式がそれを証している。〈先生〉が失ったのは、「階級」の内部の慣習《ハビトウス》なのである。彼がそのことに気付かされるのが、もう一つの家に入ってからなのは、ある意味で当然だろう。その家とは、言うまでもなく彼が下宿することになるある未亡人の家である。

私は移つた日に、其室の床に活けられた花と、其横に立て懸けられた琴を見ました。何方も私の気に入りませんでした。私は詩や書や煎茶を嗜む父の傍で育つたので、唐《から》めいた趣味を小供のうちから有つてゐました。その為でもありませうか、斯ういふ艶めかしい装飾を何時の間にか軽蔑する

癖が付いてゐたのです。（下十一）

実は、〈先生〉は父親が集めた「道具類」で残されたものの中から掛軸を「四五幅」、床に掛けて楽しむつもりで持って来ていた。〈先生〉が花も琴も気に入らなかったのは、単に「艶めかしい」からばかりではない。彼にはそれらの巧拙を見分ける慣習《ハビトウス》があるからなのである。

こうした「道具類」の持つ象徴的な意味作用を、漱石は何度か書いている。『行人』では、掛軸があたかも暖簾分けのように父の手から、結婚する書生の岡田や下宿をする次男坊の二郎に渡されるし、一郎はこうした趣味をたしかに父から受け継いでいる。『門』の屏風はまちがいなく失われた家の象徴として宗助に認識されるのである。また、『道草』では「道具類を売払った」長太郎はそれだけで長男失格であるかのように語られるのである。こうした「道具類」に対する趣味は、いわばメタファーとしての父として、長男／次男坊、男／女を差異化する象徴的意味作用を付与されているのである。〈先生〉が、失われた慣習《ハビトウス》をそれとして痛切に味わわなくて済んだのは、実はこの意味作用のおかげなのである。〈先生〉には、もはや父と同じような文人趣味を維持する財力はなく、おそらく嫁入り道具の一つとして身につかない花や琴を習っている、いかにも付け焼刃的な趣味しか持てないこの未亡人の住まいこそがふさわしいのだ。それが故郷を捨てるということの痛切な意味だったのである。しかし、〈先生〉にはたぶんそう意識されてはいない。それは、この「階級」的文化差を、「唐めいた趣味」(6)と「艶めかしい」趣味、言い換えれば、男の趣味から女の趣味への移行という形で受け入れたからに他ならない。趣味の性差が趣味の「階級」差を覆い隠したのである。

〈先生〉はこれに似た乗り越えをもう一度繰り返している。奥さんに書物ばかり買わずに着物を買えと勧められた時だ。この時に、〈先生〉は日本橋（のたぶん三越）で自分のものの他にお嬢さんにも反物を買うのだが、そのお礼にと奥さんが食事に誘ったのは「狭い横丁」の「狭い」家なのである。この「階級」差は、「此辺の地理を一向心得ない私は、奥さんの知識に驚いた」（下十七）と、田舎者／江戸っ子という文化差に置き換えられる。だが、さらに重要なのは、書物から着物への移行といった趣味の性差が、「階級」差だけでなく、書物に象徴されるような高等教育によって得られる「階級の外部」の文化差への侵犯をも隠蔽したという事実に他ならない。ほんとうは、この時〈先生〉の「文化階級」としての「学歴」は、それとわからぬ形で否定されていたのである。〈先生〉は、それもはっきりとは意識せずに済んだ。趣味の性差は、「階級」の内部の文化差も「階級の外部」の文化差もみごとに隠蔽していたのだ。逆に言えば、この時趣味の性差、すなわち〈先生〉にとっての女の趣味は、〈先生〉のトラウマと引き換えに、「階級」差と文化差の持つ象徴的意味作用を同時に抱え込むことになったのだ。

III　フィクションとしての平等

高等教育は、一見「自由」で「単独」（下六）な、抽象的人間を作るらしい。それは二つの移動によっている。[7] 一つは、高学歴による「階層」移動、もう一つは、高等教育を受け、職を得るための地理的移動である。明治初期には、人口の五パーセント程の貧しい旧士族の子弟が高等教育に占める比率は五〇パーセント前後であり、中期以降になると、地方の地主の子弟などの庶民の占める比率が急増したという[8]。初期は旧士族の「階層」維持、中期以降は庶民の「階層」移動へということになろう。繰り返すが、こうして「階級の外部」である高等教育機関において「正統なる文化」を身に付けた独自のエリートが純粋培養されるというわけだ。社会の中心に集められた人材は、卒業後社会に再配分されることになるのだが、この運動が社会に活力を与え続けるためには、平等主義と競争原理が徹底していなければならない。しかし、それがフィクションでしかないことは誰の目にも明らかだろう。高等教育を受けるためには経済資本が必要だし（寺の次男坊であるKはそのために医者の家に養子に出たらしい）、就職が社会関係資本によって決定されがちなことも周知の事実である。漱石の登場人物でも、サラリーマンで社会関係資本以外の要因で就職した者など一人もいないと言ってもよいくらいなのである。その意味で、平等な競争原理は、教育制度という閉じられた系の中でのみ成立している虚構にすぎない。財産を大幅に目減りさせ（経済資本の減少）、故郷と義絶（社会関係資本の喪失）した〈先生〉は、この虚構の世界にふさわしい住人だったのである。しかも、趣味の交換によって、「階級」差と文化差を巧妙に隠蔽し、過去の傷を忘れていた〈先生〉には、これが虚構だということすら意識されてはいなかったはずなのである。だからこそ〈先生〉は、その新しく手に入れた趣味によってKを教育しようなどと考えたのだ。

　後では専門が違ひましたから何とも云へませんが、同じ級にゐる間は、中学でも高等学校でも、Kの方が常に上席を占めてゐました。私には平生から何をしてもKに及ばないといふ自覚があつた

位です。けれども私が強ひてKを私の宅へ引張つて来た時には、私の方が能く事理を弁へてゐると信じてゐました。（下二十四）

学校の成績では〈先生〉はKに決してかなわなかったと言う。その〈先生〉が、学校という虚構空間を離れて家の中でKを教育する時、虚構の上に虚構を重ねた上で、かつそれはそ知らぬ顔で隠されていなければならなかった。まず、〈先生〉は自らが教師であることを隠さねばならなかった。次に女性二人との接触が授業であることを隠さねばならなかった。そして、Kの授業料を〈先生〉が支払っていることを隠さねばならなかった。最後に、Kを同室に住まわせることで「主人」と「食客」の主従関係を隠さねばならなかった。この最後の計画を拒否したKに対して、〈先生〉は「薄い板で造つた足の畳み込める華奢な食卓」（下二十六）、すなわちちゃぶ台という平等の器、自分とKとを「同じやうに取扱はせる」（同）ための器をわざわざ作らせたのである。しかし、競争原理が最も熾烈に機能するのは、平等が仮構された時なのである。〈先生〉の悲劇は、それを本来ならばはっきり序列が決まっているはずの家の中で仮構してしまったところにある。〈先生〉は、自ら招いた平等という幻想に裏切られるのだ。

十川信介氏は、この間の事情をちゃぶ台という家族関係を象徴する家具の意味を考えることによって鮮やかに論じている。銘々膳のように家族を個別化し、主従関係のように序列化する制度とは異なり、ちゃぶ台という制度は、平等を実現する、いや強制する。しかし、まさにそのことが〈先生〉の『好意』の裏にひそんでいた競争の原理に、みずから陥」らせることになると言うのである。(9)

Kはもともと経済資本において〈先生〉にはるかに及ばない。それに、日蓮からその「深い意味」〈教え〉だけを聞きたがり、「草日蓮」といわれる程草書が上手いことなどにはむしろ軽蔑しか示さないKは（下三十）、〈先生〉やその父のように書を書として楽しむ慣習《ハビトウス》を共有してもいない。「武士《さむらひ》に似た所が」（下二十一）あるというKの父の性格にかけて言えば、Kと〈先生〉の関係は、貧しい旧士族の子弟と地主の子弟程の差はある。また、〈先生〉の「控えの間」で寝起きし、〈先生〉に下宿代を支払ってもらっているKと〈先生〉との関係は、「主人」になった長男が次男坊を扶養しているかのように見えるし、性格から見れば、かつての〈先生〉の父と叔父との対照を思い出させもする。こうした経済的、文化的、家族内的な差別の構図は、〈先生〉が平等を幻想しているために、彼の意識からみごとに隠されてしまうのである。Kの学校での成績がよいことは、この欺瞞にとってむしろ好都合であったに違いない。それに二人は「学問の交際が基調を構成」（下三十一）してもいた。

> 容貌もKの方が女に好かれるやうに見えました。性質も私のやうにこせ／＼してゐない所が、異性には気に入るだらうと思はれました。何処か間が抜けてゐて、それで何処かに確かりした男らしい所のある点も、私よりは優勢に見えました。学力になれば専門こそ違ひますが、私は無論Kの敵でないと自覚してゐました。（下二十九）

〈先生〉が、どれ程自らが仮構した平等という幻想に強く囚われていたかを物語る一節である。〈先生〉は、Kが同居するまであれ程奥さんとお嬢さんとを疑った原因となった自分の財産について、なぜかここでは全く思い浮かべることができないのだ。それが、Kに対して決定的に優位に立つことのできる武器であるにもかかわらず、である。

以後の二人の悲劇についてはもう書かない。ただ、静と結婚した後の〈先生〉の去勢された生活が、徹底して男性性を封じ込めた結果だったことだけは付け加えておかねばならないだろう。そう言えば、「卒業式に例年の通り大学へ行幸になつた陛下」（中三）は、また教育の頂点を象徴していたし、乃木希典は学習院院長だったのである。〈先生〉は、高等教育に「殉」じた男でもあったのだ。「学問」を「空っぽな理窟」（上十六）であるかのように痛烈に批判する静は、〈先生〉のトラウマを背負う者として徹底的に排除され続けることによって、たぶん〈先生〉の生き方を深い所で理解していたのである。

博覧会の世紀へ

『虞美人草』

I 『虞美人草』へのスタンス

漱石の小説の中で、『虞美人草』ほど毀誉褒貶の激しいものはないだろう。というよりも、これ程誉めるのに苦労する小説はないと言うべきだろうか。晩年の漱石がこの小説を嫌ったという事情もこの事態を招く要因にはなっているが、根本的には甲野欽吾の説く「道義」への論者のスタンスの問題であろう。

「道義」を認めてしまえば、あとはたやすい。『虞美人草』は勧善懲悪の物語になる。藤尾の「我」が批判され、その母の策略が批判され、小野の俗物性が批判され、そして文明が批判される。しかし、こうして引き算をし続けて残った「道義」が、現実には家の論理を他人に押し付けるものでしかないことに気付いた時、勧善懲悪の物語は反転し始める。特に、「近代」をすでにほとんど自然な環境のように生きている論者が、「道義」によって殺される「我」の女藤尾を見捨てることは人権問題(!?)

に関わるかもしれない。まだ家の論理を引きずっているとはいえ、現行民法の思想から見る限り、甲野の「道義」は明治民法の思想を積極的に支持しているとしか考えられないからである。しかし、藤尾の「我」を認めてしまえば、この小説を、矛盾を含み破綻した駄作と呼ばなければならない。『虞美人草』はあたかも踏み絵と化している。いま『虞美人草』を論じることは、単なる人物論を超えて、このテクストが、意味論的なレベルにおいてイデオロギー闘争の場と化していることを率直に認めることから始めなければならない。

竹盛天雄氏の「『虞美人草』の綾―『金時計』と『琴の音』―」[1]は、この隘路をついたものである。「銀時計」が「琴の音」を棄て「金時計」になることを欲するモノの織り成す物語と読むことで、時間を自由に使いこなすことで得られる富、すなわち男たちだけに許された「現代の成功、立身出世」の象徴としての「金時計」が、物語の中で、明治民法下における藤尾という女の自立度の喩に反転することをみごとに論じている。藤尾の「金時計」への欲望は、父権への服従と転覆とのダブル・バインドの関係にある。そのことが、体制内での成功を意味するものでしかない「金時計」の象徴性にわずかなノイズを発生させるのである。竹盛論の目論見は、むしろ「近代」の物語を織り上げて行くことで、「道義」が織り上げる物語に亀裂を走らせ、脱構築することにあったに違いない。

「近代」の物語を織り上げることは可能だろう。しかし、それは、単に「道義」を批判するためではない。「道義」の物語をまで、「近代」の物語から織り直して行くためだ。たとえば、京都からの急行列車の車中で、孤堂は「朝日新聞」を読んでいた。汽車と新聞、この「近代」を象徴する装置の中に、孤堂もまた生きていたのである。

『虞美人草』は、冒頭からあることをあからさまに待ち望んでいる。言うまでもなく、死である。ただ、その死は具体的な個人の死として待ち望まれているよりも、ある理念として待ち望まれていると言った方がよい。

比叡山に登りながら気分の悪くなった甲野は「仰向けに空を眺め」て一休みする。その時、「大空に向ふ彼の眼中には、地を離れ、俗を離れ、古今の世を離れて万里の天があるのみ」だと言う。こうした言説に、「天」との一体化や「自然」との一体化といった理念を読むことは一面的でしかない。注目しなければならないのは、むしろ「地」「俗」「古今の世」を「離れ」なければ「天」はあり得ないといういかにも陳腐な事情をわざわざ書き連ねた言説のあり方そのものである。「天」とは、徹底的な排除の論理によって成り立つのである。しかも、「天」は「大いなる天上界」でもある。徹底的な排除が無限の大きさを獲得するまでの逆説は、どのようにして可能なのだろうか。この言説は、こうした問題を露呈させている。

甲野は「俗界万斛の反吐皆動の一字より来る」と、「動」を否定した後、再び「静」かな空に向かう。

古今来を空しうして、東西位を尽したる世界の外なる世界に片足を踏み込んでこそ——それでなければ化石になりたい。赤も吸い、青も吸い、黄も紫も吸尽して、元の五彩に還す事を知らぬ真黒な化石になりたい。それでなければ死んで見たい。死は万事の終である。又万事の始めである。

（一）

数の体系の中では、ゼロは不在でもなければ、無でもない。ゼロは全ての数の始まりでもあり終わりでもあるようなゼロ記号という記号である。それは遠近法の消点や、交換体系における信用貨幣のように、他の記号の不在を示すメタ記号だと言えよう。(2) しかし、ゼロは、こうした体系の中に置かれることによって、全ての差異の基点となり、豊かな意味を生成させることになる。

甲野の夢想する「死」は、ゼロに似ている。しかし、決定的に異なってもいる。それは、甲野の夢想する死が、時空を超え出た場所をのみ欲しており、かつ、豊かな色彩を吸い込むことのみをその働きとしているからである。ゼロが他の記号の不在を示す豊かなメタ記号となり得るのは、数の体系の中に組み込まれているからである。甲野の言う時空の外にのみ位置しようと欲する死は、決して豊かさを生成することはできない。「死は万事の終である」というわけだ。ただし、それだけなら甲野の言う死は文字通り不在を示す記号にとどまるにすぎない。問題は、そのような死を「万事の始め」としてしまうところにある。それは、「人間と御無沙汰になつて」、「只死と云ふ事丈が真《まこと》」になってしまうことなのだが、そのような人間にはどんな認識がやって来るのだろうか。

「此辺の女はみんな綺麗だな。感心だ。何だか画の様だ」と宗近君が云ふ。

「あれが大原女なんだらう」

「なに八瀬女だ」

「八瀬女と云ふのは聞いた事がないぜ」

「なくつても八瀬の女に違ひない。嘘だと思ふなら今度逢つたら聞いて見様」

「誰も嘘だと云やしない。然しあんな女を総称して大原女と云ふんだらうぢやないか」　（一）

滑稽な掛け合いにすぎないのかもしれない。しかし、ここには重要な問題が隠されている。大切なのは、どちらが正しいかではない。「此辺の女」や「あんな女」を、何と呼ぶかということなのだ。「八瀬の女」らしいという理由で、宗近は「八瀬女」という聞き慣れない呼び方を選んだ。一方、甲野は「あんな女の総称」として、「大原女」という一般的な呼び方を選んだ。これは、宗近が、記号表現と記号内容との間に一対一対応を求め、甲野は一つの記号表現に複数の記号内容を認めている、ということではたぶんない。結果としてそのように見えるにすぎない。

事象が先か、名が先かということなのだ。名は、人と世界とのかかわりの根源だと言ってよい。名は、世界を分節化し、逆に統合もする。結局、そのプロセスで人は世界と出会う。あるいは、そのプロセスにしか世界は現れない。そうである以上、宗近も甲野も世界と出会ってはいない。宗近は断片化された事象にしか出会っていないし、甲野は世界の見取り図、固定された名の体系しか見てはいないのである。

宿の襖を見ながら宗近が甲野に話しかける。

「(前略) なあ甲野さん、これは謎だぜ」

「何と云ふ謎だい」

「夫は知らんがね。意味が分らないものが描いてあるんだから謎だらう」

「意味が分らないものは謎にはならんぢやないか。意味があるから謎なんだ」

「所が哲学者なんてものは意味がないものを謎だと思つて、一生懸命に考へてるぜ。(後略)」

(三)

ここでも二人の意味論はみごとなまでに対照的である。宗近は、意味付けられる以前の事象そのものがあると考えている。そして、それは必ず意味付けられるものではないと考えている。「意味が分らないもの」が存在するというわけだ。それが宗近の言う「謎」である。一方、甲野は世界は「意味」で満たされていると考えている。世界は必ず解読できると考えている。「謎」は、意味が隠されているにすぎないというわけだ。繰り返すが、そこでは世界は意味によって固定されている。

その甲野が「宇宙は謎である」と考えるばかりか、「親」も「兄弟」も「妻も子」も、そして「自分」さえも「謎」だと考えるのなぜだろうか。

言うまでもなく、意味は差異の体系によって生成する。差異の体系に身をさらすことによってのみ、意味という過剰を手にすることができるのである。だから、「親の謎を解く為には、自分が親と同体にならねばならぬ」と考え、だが「計画ばかりして一向実行しない男」である甲野は、決して意味を手にすることなどできはしない。それは、差異の体系から「自分」を引き抜いてしまっているからだ。中村雄二郎氏は、漱石文学の「高等遊民」たちを評して、一見、何も主張していないように見える彼らも、関係の中で自分を表現しているのだと述べている。(3) だとすれば、関係から「自分」を引き抜いてしまった主体から見れば、「宇宙」はもとより、「自分さへも謎」になるのは当然であろう。あたかも、「意味がないものを謎だと思つて、一生懸命に考へてる」ようなことになるのだ。

甲野は、日記にこう書いている。「色を見るものは形を見ず、形を見るものは質を見ず」と。この一見いかにもアリストテレス流の、しかし、「色」と「形」と「質」との間の「運動」を拒否する志向を持つ「哲学」が、甲野の意味論を象徴している。「太上は形を離れて普遍の念に入る。――甲野さんが叡山に登つて叡山を知らぬのは此故である」ということになる。これを、差異の運動を否定するという志向性において、死の意味論と呼んでおこう。

『虞美人草』の難しさ、息苦しさは、こうした甲野の死の意味論と小説の言説とが共軛関係にあることから来ている。たとえば、金時計を宗近にやるという甲野の父の言葉を、「夫を今だに謎だと思つてるんですか」と言う藤尾、宗近の父に藤尾と一との結婚をやんわりと断わりに行って、「殊によると謎が通じなかつたかも知れないね」と言う藤尾の母、宗近に右手を差し出す小野の行為を、「紙屑籠を受け取らうと云ふ謎」だと解説する「作者」に到るまで、すべて、甲野と意味論を共有してしまっているのだ。しかも、甲野が、「愛嬌と云ふのはね、――自分より強いものを斃す柔かい武器」だと、自分が「強い」ことを平然と認めてしまい、「僕の方が母より高いよ」と、これまた自分の「高い」ことを平然と主張する人物であってみれば、この意味論は、強いものから弱いものに働く、高いものから低いものに働く、象徴的暴力装置として機能することになる。そこにあるのは、徹底した抑圧である。甲野だけがメタ・レベルに立つ。だから、物語は甲野の日記が作り出す。こうなることは、はじめからわかっていたのだと。

だとすれば、彼らに残された道は、甲野の日記に従うか、その意味論的磁場からのがれるかのいずれにしかない。母は従い、藤尾は自死し、宗近はロンドンへ旅立った。——少し話を急ぎすぎたようだ。

III　意味としての家

比叡山の中腹まで登った二人はこんな会話を交わしていた。

「いつの間に、こんなに高く登つたんだらう。早いものだな」と宗近君が云ふ。宗近君は四角な男の名である。

「知らぬ間に堕落したり、知らぬ間に悟つたりするのと同じ様なものだらう」

「昼が夜になつたり、春が夏になつたり、若いものが年寄りになつたり、するのと同じ事かな。それなら、おれも疾くに心得て居る」　（一）

甲野が意識を、宗近が時間を問題にしている点で、二人の会話は決定的にすれ違っているのだが、にもかかわらず共通しているのは、ある状態から別のある状態への推移が連続していることへの嫌悪である。この認識は、ある状態からの逸脱を暗黙のうちに否定しているという意味で抑圧的だと言わざるを得ない。連続を認めない限り、差異は生成しないからである。たとえば、「昼と夜の間に立つ人の、昼と夜の間の返事」をする藤尾のように、「間」に立つ人間にとって、その抑圧は強く働くに違いない。なぜなら、藤尾のいる「間」とは、彼らの意味論の届かない場所だからである。その意味論が決して認めたくない場所だからである。

一方、「親と云ふ名が同じでも親と云ふ心には相違がある」と甲野に評される、藤尾の母はどうだろうか。「親と云ふ名が同じ」ならば、「親と云ふ心」もおなじでなければならないという考えは、甲野の意味論にふさわしい。一つの記号表現には一つの記号内容を。つまり、いっさいの差異を認めない、あたかも誤読の余地の全くない法体系のような意味論。そこでは、「名」が「心」に優先し、「名」が「心」を抑圧する。いまは、その「心」がどういう「心」なのかが問題なのではない。このような、象徴的暴力装置と化した意味論的磁場では、どのような言葉が、どのようなかかわり方が可能なのかが問題なのである。

（十二）

欽吾は腹を痛めぬ子である。腹を痛めぬ子に油断は出来ぬ。是が謎の女の先天的に教はった大真理である。此真理を発見すると共に謎の女は神経衰弱に罹った。神経衰弱は文明の流行病である。自分の神経衰弱を濫用すると、わが子迄も神経衰弱にして仕舞ふ。

これは、ほとんどベイトソンの説く、ダブル・バインド（二重拘束）の症例そのものである。ベイトソンによれば、ダブル・バインドによる分裂病は、たとえば親子関係のようなのがれられない関係にある二者間において、強者が弱者に向けて、互いに相容れないような「少なくとも二つの位階のメッセージを同時に表現しようとする」ために、弱者に「内的葛藤」が引き起こされることで、発病するのだというのである。(4) 母のメッセージがダブル・バインド形式をとっていることは、言うまでもないだろう。「呉れると云ふのを、呉れたくない意味と解いて、貰ふ料簡で貰はないと主張するのが謎の女」（十二）なのである。しかし、こうした矛盾するメッセージが、「内的葛藤」を引き起こすのは、メッセージの発信者と受信者がのっぴきならない関係にある場合に限られる。「謎の女」がいくら「謎」かけをしても、たとえば宗近の父にはいっこうに「内的葛藤」は起きはしないのである。では、甲野と母とは互いに引くに引けないような関係だったのだろうか。

改めて確認するまでもなく、甲野と母とは義理の仲であった。その意味でのっぴきならない関係では決してなかったのである。それをのっぴきならない関係にしてしまったのには、別々の理由がある。母の側では、義理の関係に、マイナスの意味を与えてしまったからである。そこで、「文明の手前を繕」って、義理の関係を実の関係に見せかけなければならなかった。いわば契約を自然に見せかけるわけである。そこに、メッセージの二重性が生まれる理由があった。一方、甲野にあるのは、「親の名」への拘束である。彼の意味論にとっては、「親の名」を負うものは、「親」でなければならなかったのである。だから甲野もダブル・バインドで答えなければならなかった。財産を譲るという言葉に世話をしないというメッセージを込めていたのである。藤尾が死んだ後、母に「さう云ふ所さへ考へ直して下されば別に家を出る必要はないのです、何時迄も御世話をしても好いのです」(十九)と、甲野は正確に述べている。母は、この甲野の裏のメッセージを決して誤読してはいない。していないからこそ、自らを「謎の女」に仕立てなければならなかったのだ。だとすれば、甲野の意味論にから め取られ、抑圧され、疎外されていたのは、甲野自身なのだ。そして、彼を抑圧し、疎外している最大の要因こそは、父の名なのである。

甲野の母に対するダブル・バインドの言説が機能し、「内的葛藤」を引き起こすのは、甲野が父の遺産をすでに相続しているからである。それが、単に財産であるなら、法律上の手続きを踏みさえすれば、母はそれをすんなり手にすることができたはずである。しかし、それは父の遺産だったのである。その遺産に父の名の持つ象徴的意味作用が機能してしまうところに、この物語の端緒があった。甲野はそれを「道義」と呼んだのである。だから、それは現実の明治民法の法規さえ超えている。小野の小夜子あるいは孤堂との約束は法的なものではなく、甲野の母の策略もまた法には触れないにもかかわらず、甲野が彼らを批判できる意味作用の中心である。さらには、藤尾が父の形見の金時計にあれ程までに執着するのもそのためだ。彼、あるいは彼女らは、単に財産をめぐって争っているのでもなければ、金時計を弄んでいるのでもない。父の名を手に入れること、父の代行者となることを欲しているのだ。

象徴的暴力装置としての父の名の機能は、遺産のゆくえを追うことで、その輪郭をはっきりさせることができる。宗近の父は甲野の亡父の兄弟、つまり、甲野の父方の叔父に当たる。仮に宗近一と藤尾が結婚したとしても、宗近の妹糸子と甲野が結婚したとしても、父亡きあとの甲野家にとって、叔父が代父的な役割を担うようになることはまちがいない。とすれば、そこに見え隠れするのは、父系による遺産の管理である。(5) 結果として、父の血統による藤尾母子の排除が行なわれることになるのである。だからこそ、宗近は甲野にあえてこう言わなければならないのである。「甲野さん。頼むから来て呉れ。僕や阿父の為はとにかく、糸公の為めに来て遣つてくれ」と。これは、単に「道義」と呼ぶにはあまりに危うい構図であろう。この構図は、父の名による抑圧を象徴している。

父は死ぬことによって、むしろ象徴化し、その機能を強化する。世界は、秩序を取り戻す。しかし——。

IV　二〇世紀の祝祭空間

京都の宿で、宗近は小夜子を見かけていた。ちょっと見ただけで、宗近はこう判断していた。

「あゝ別嬪だよ。藤尾さんよりわるいが糸公より好い様だ」（三）

この何げない一言は、このテクストを支配し、秩序の根源となる父の名を脱構築してしまう原理を語っていたのだ。

改めて確認するまでもなく、父の名とは象徴装置であって、それ自身は無意識のように決して顕在化し得ない。世界の関係のあり方に秩序を与える象徴体系の編成力として機能するだけだ。だからこそ、死の意味論が可能なのである。

ところが、宗近の無遠慮な一言は、父の名による秩序に決定的に亀裂を入れる。甲野ならば、「女は人を馬鹿にするもんだ」で片付けてしまうところであろう。「女」という名が、全ての「女」の差異を覆い隠してしまう。しかし、宗近は三人の女を「別嬪」という価値体系によってみごとに序列化してみせるのだ。宗近は、それが女の商品価値だということを、そして、この商品が男の欲望に支えられているということをあからさまに語ってしまうのだ。そうである以上、この序列は決して固定化されはしない。反転の可能性を常に秘めている。

小夜子の美しさは、糸子の眉も曇らせる。そして、「小夜子と自分を比較」した藤尾の自意識にもはっきりと組み込まれるのだ。

「別嬪」という概念は、常によりよいものと比較され、よりよいものを志向し続ける商品同様、頂点を持たない。だが、使用価値よりも交換価値によって人々の欲望を喚起し増幅する多くの商品が、にもかかわらず使用価値を全く離れることができないのに対して、はじめから使用価値を想定することができず、交換価値にのみ根拠を持つ「別嬪」という商品は、より酷薄な競争原理を生きなければならないのである。モノそのものに神が宿り物神化する一方、交換価値という差異の体系の中での関係のみが絶対化する。その結果、モノは記号化して流通する。それが「女」という名の商品なのだ。藤尾は、何らの客観的な価値基準もなく、ただ「比較」によってのみ序列化されるしかない「別嬪」という、男の欲望が支え、またその欲望がからめ取られてもゆく記号によって差異化される宿命を自意識に組み込んだ女なのである。彼女が、自らの商品価値を高めるために、あるいは自分という商品の付加価値として、金時計が象徴する父の名を望んだとしても不思議ではない。商品から見れば、父の名さえも記号化されてしまうのだ。小野の銀時計や博士論文がそれに見合う対価であることは言うまでもないだろう。ただし、藤尾がこれらの付加価値によって手に入れるのは、金銭だけではなく、「自由」というイデオロギーでもある。そして、このイデオロギーが競争原理を支えてもいるのである。

ベンヤミンは、その有名なエッセイの中でこう述べている。

万国博覧会は商品という物神《フェティシュ》の霊場である。(中略)万国博覧会は商品の交換価値を神聖化する。それが設けた枠の中では、商品の使用価値は後景に退いてしまう。(6)

博覧会、それこそが『虞美人草』のテクストが、死とともに冒頭から待ち望んでいたものであった。しかも、博覧会という言葉が最初に登場するのは、ほかならぬ孤堂の手紙の中においてであった。あるいは、孤堂が上京の車中で読んでいた「朝日新聞」にも、その記事が載っていたかもしれない。この博覧会は『虞美人草』が「朝日新聞」に連載された明治四〇年に、三月二〇日から七月三一日まで、上野公園で開催された東京勧業博覧会である。テクストは、博覧会へ行こうを合言葉のように進行してゆく。

博覧会は単なる見世物ではない。それは、まちがいなく近代のイデオロギー装置であった。それに、博覧会は、イルミネーションによって夜を昼に変える、意味論の変換装置でもあったのだ。

イルミネーションの壮観（右から、台湾館、外国館、三菱館。甲野たちが見た光景。）

台湾館（「是れは奇麗だ。ざつと龍宮だね」）

『帝国画報臨時増刊』より

観月橋（「白い石に野羽玉の波を跨ぐアーチの数は二十……」）

博覧会のイデオロギーをみごとに示してみせたのは、一八五一年にロンドンで開催された史上初の万国博覧会であろう。[7] このロンドン万国博覧会が決定的な意味を持っていたのは、それまでフランスで開催されていた国内の博覧会に対して、万国、すなわち国境という政治的な枠組を商品の名のもとに取りはらってしまったことにある。政治ではなく、商品こそが全世界を流通し得る新たなイデオロギーであることを示したのである。そこでスペクタクル形式に展示された商品たちは、差異の体系を織り出し、自らをモノ以上の何かに仕立て上げていた。それまで、生活必需品を必要に応じて買うことしかしていなかった大衆は、博覧会によって、はじめて商品を「比較」することを知らされたと言う。さらには、ちょっと見るだけの視線の楽しみ、記号の消費を知ったのである。

しかも、会場となった巨大な温室のようなクリスタルパレス（水晶宮）は、鉄とガラスによって造られた透明な空間であった。あたかも商品にはイデオロギーなど宿ってはいないとでも言いたげに。

一八六七年のパリ万国博覧会は、さらに徹底していた。そ

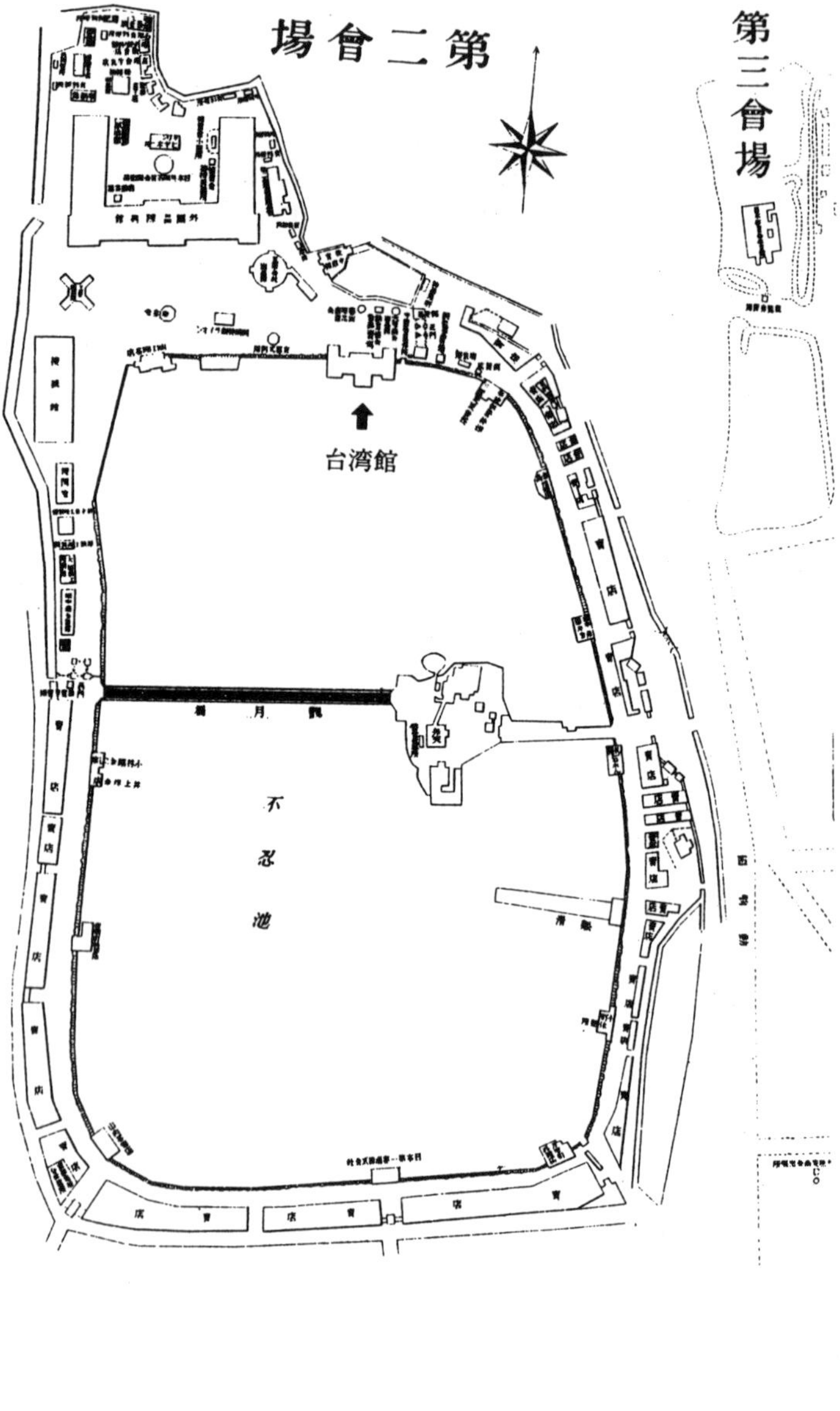

第二會場
第三會場
台湾館
觀月橋
不忍池
賣店

れは、サン＝シモン主義の流れをくむ人々の計画によって、巨大な楕円形のパレがメイン会場となったからである。このパレによって、商品が無限に循環し流通する宇宙《コスモロジー》、商品のユートピアが出現したのである[8]。

明治四〇（一九〇七）年の東京勧業博覧会が、こうした万国博覧会と本質を同じくすることは改めて言うまでもない。日本でも、明治一〇年にやはり上野で第一回の内国勧業博覧会が開かれて以来、一四年の上野、二三年の上野、二八年の京都、そして、三六年の大阪での内国勧業博覧会まで、計五回開催されていた。この東京勧業博覧会は、原材料か生産かどちらか一方でも東京にかかわりがあれば出品が許されたので、実質的には内国勧業博覧会と言ってもよい規模を誇っていた。さらに、外国館を設けて、海外にも視野を広げていたのである。

建物は、大阪の第五回内国勧業博覧会が規模は大きかったものの同一形式の建物を採用したのに対して、それぞれの建物の形式を変え、変化に富む会場作りに心掛けている。そして、もう一つの特徴は採光の方法である。「従来の博覧会が、二重屋根と四方の窓より光線を取りたるに反し、今回は天井一面より光線を取りたる事なり」[9]ということになる。クリスタルパレス（そう言えば、この博覧会には、その名も水晶宮という奇妙な館も建てられていた）を思わせる透明度が売り物だったのである。もちろん、出品物を審査し、褒賞することも忘れていない。競争原理を促すためである。

また、「樹に囲まれ水に臨む博覧会場」や「イルミネーションの大壮観」[10]といった文章が示すように、水と光の祭典といった趣もこの博覧会にはあった。イルミネーションの数は三五〇八四燈。前回の第五回内国博覧会の六七〇〇燈とは一桁違っていた。全部で三つあった会場のうち、甲野や小野たちが、不忍池を中心にぐるっと循環する第二会場の一角でいっしょになるのも何かの偶然だろうか。それに、この第二会場は、台湾館、外国館、三菱館などが建てられ、いわば当時の日本の帝国主義的欲望があらわになっている場所でもあった。さらに付け加えれば、この東京勧業博覧会には、日露戦後の経済勃興と、関西への対抗意識といった二つの大きな意図もこめられていたのである。一等国と帝都の威信がかけられていたわけだ。

この時期に多く出版された博覧会案内のうち、たとえば富山房発行の『帝国画報臨時増刊　東京博覧会大画報』（明治四〇年五月）を見ると、二つのことが期待されているのがわかる。偶然の出会いと女性の参加である。前者としては「小説　恥の上塗」が学生の一目惚れによる滑稽譚を、「親子の奇遇」が親子の何年ぶりかの再会を書き、後者としては「博覧会と婦人」が、女性用のモデルコースを紹介している。

そして、極端に言えば、こうした事柄の全てを、『虞美人草』の言説は嫌悪しているのだ。博覧会こそは近代のイデオロギーが集約された、二〇世紀の祝祭空間、文明の象徴だからである。

（十一）

文明を刺激の袋の底に篩ひ寄せると博覧会になる。博覧会を鈍き夜の砂に漉せば燦たるイルミネーションになる。苟も生きてあらば、生きたる証拠を求めんが為めにイルミネーションを見て、あつと驚かざるべからず。文明に麻痺したる文明の民は、あつと驚く時、始めて生きて居るなと気が付く。

人は博覧会に「蟻」のように集まり、イルミネーションに「蛾」のように集まる。池の水は「黒く」、「風を含まぬ夜の影に圧し付けられて、見渡す限り平《たいら》か」だと言う。小夜子の琴の音を愛で、孤堂の「道義」を重んじるテクストは、この博覧会の、関西に対抗して帝都の力を誇示する意図も気に入らないだろう。日露戦後、ことに急ピッチで整備された電車は、人を「荷」としかみなさない。電車は京都を走ってさえ嫌われる。日本初の電車は、明治二三年の上野の第三回内国博覧会の会場内で走り、実際に営業用として敷設されたのは、明治二八年の京都での第四回内国博覧会の折であった。電車と博覧会は切っても切れぬ縁があったのである。そして、女性は商品にかかわってはならぬとばかりに、東京での買い物は、小夜子でなく、電車に迷いながら孤堂がし、小野がする。しかも、そろそろ百貨店に押されて時代遅れになりつつあった勧工場で。

しかし、博覧会で偶然ちょっと見てしまった小夜子と自分とを「比較」した藤尾は、金時計というモノではなく、自らを商品とする決意をする。それが、小野との大森行きの約束であった。平岡敏夫氏は、この大森行きに「性的関係」、つまり「結婚のための既成事実」を作る意図があったことを指摘している(10)。

『虞美人草』のテクストが、その後、この藤尾の決意をいかに抑圧したかはもはや語らなくてもいいだろう。ただし、この抑圧は、死の意味論の完全な勝利だとは言い切れない。なぜなら、宗近の旅立ったのは、かつてあの第一回万国博覧会の開催されたロンドンだったからだ。しかも、テクストの末尾はこう結ばれていた。

二ヶ月後甲野さんは此一節を抄録して倫敦《ロンドン》の宗近君に送つた。宗近君の返事にはかうあつた。

――

「此処では喜劇ばかり流行る」

（十九）

当時の郵便事情を考えると、宗近の返事が来るまでおよそ三か月。末尾の一行にはそれだけの時間がさりげなく仕掛けられている。その三か月に、「喜劇」と皮肉を込めて呼ばれるにふさわしい出来事が、甲野のいる東京で起こっていないとは限らない。『虞美人草』を読むことは、「粟か米か」、「工か商か」、「あの女かこの女か」といったあらゆる「比較」を「喜劇」と呼び、「生か死か」という問いだけを「悲劇」とする甲野のセオリーによって全篇を意味付けることではなく、この最後の行間に織り込まれた三か月の空白を読むことでなければならない。それは『虞美人草』を新たに織り直すことに外ならないのだが、おそらくその時読者が手にしているのは、このテクストがあれ程嫌った商品というイデオロギーなのである。

語ることの物語　『彼岸過迄』

I　手紙／声

一九〇一（明治三四）年二月九日付のロンドンから四人の友人に宛てた近況報告の手紙で、夏目金之助は意識的にある文体を採用していた。(1)

勇猛心を鼓舞して今土曜の朝を抛つて久し振りに近況を御報知する事にした尤も諸君へ別々に差上るのが礼ではあるが長い手紙を一々かくのは頗る困難であるから失礼ではあるが一纏めの連名で御免蒙る事とした夫から例の候の奉るのは甚だ厄介だから少し気取つて言文一致の会話体に致した右不悪御了承を願ふ

現存している書簡の範囲内でしかないが、部分的になら、すでに十年以上も前から金之助は「言文一致の会話体」を用いていた。学生時代に松山の正岡子規に宛てた手紙である。ロンドンに渡ってからの妻鏡子や友人に宛てた何通かの手紙でも使われていた。これらの、一部に「言文一致の会話体」が使われた手紙に共通しているのは、受取人（受信者）が金之助のごく親しい人物であること、そして、その人物と金之助（発信者）とが遠く離れていたことである。その上に、先の二月九日の手紙には二つの条件が加わっていた。一つは、四人に「長い手紙を一々かく」のは時間的に「困難」であること（少し後に「時間に限りあり」とある）、二つ目は、この手紙が四人への「連名」になっていたことである。このような条件の中で、金之助は「言文一致の会話体」で書くことを選びとったのである。

これらの「言文一致の会話体」では、その名の通り「〜よ」「〜ね」「〜さ」といった文末語が何度か使われていた。こうした、本来ならば発信者も受信者も互いに現前する話し言葉の場（会話）で用いられる文末語が文字化されて書き言葉の中で使われた場合、発信者の念押しの機能を持つだけでなく、それに答える受信者の頷きを先取りすることにもなる。いわば書き言葉による応答の身振りである。親しい人との遠く離れた場所での交信は、すなわち、互いに現前し得ない書く主体から宛先への限りない遠さは、書く主体に在と不在とのもどかしい葛藤を抱え込ませることになる。親しい相手の反応は予期できる。しかし、〈いま／ここ〉でそれを聞くことはできないのだ。時間の不足と宛先の複数性は、作家漱石の誕生にとってさらに重要な意味を持っている。宛先の複数性は、当然書く主体の複数化とその統合との葛藤を生むことになるからである。それは、遠さの生んだ空白をさらに増幅することになるだろう。こうした葛藤を、〈いま／ここ〉で語っているかのような〈声〉の幻前によって統合するための装置として〈発見〉されたのが、「言文一致の会話体」だったのである。そして、それは「時間」のない時にも量産できる文体だったのだ。しかし、この「言文一致の会話体」がそのまま漱石の文学表現に直結するわけではない。

　ロンドン留学中に子規に宛てて送って、そのまま「ホトトギス」に掲載された『倫敦消息』には、わずかながらまだ「〜よ」「〜ね」といった文末語さえ残っていた（ついでに言えば、この「消息」を送った手紙には必ず「時間」の不足が訴えられていた）。ところが、帰国後発表された『自転車日記』には、「言文一致」体に文語体がかなり混じっているのである。近さが文体を変えたのだ。

『吾輩は猫である』が、まさに山会で〈声〉に出して朗読されることを前提に成立したことはよく知られている。「猫」の〈声〉が幻前しているわけだが、しかし、そもそも猫の語る〈声〉などありようはずもない。朗読は高浜虚子によっていた。「猫」の〈声〉は誰でも代替可能な幻の〈声〉だったのである。漱石は、この時、書く主体を消す方法を〈発見〉していたのだ。一方、『吾輩は猫である』と並行して書かれた『漾虚集』の諸篇にも著しい特徴がある。それは、『一夜』を除くすべての小説が「余」の語りのスタイルになっていたり、はしがきのような形で「作者」の〈声〉が直接「読者」に語りかけていることである。紙の上に「余」や「作者」が現れることで、ほんとうの書く主体はかえって見え難くなるだろう。『吾輩は猫である』とは別のやり方で、書く主体を消してみせたのである。さらに、この時期の文章には、文末語に「た」止めのいわゆる物語過去がほとんど採用されていない。語る場、語る「現在」の幻前である。逆に、いわゆる前期三部作や『道草』『明暗』などは、「た」止めの多用によって時や場からの自由を手にしている。

　さて、漱石の文学表現が作られてゆく過程から確認できることは、小説行為論の観点から見れば、文学表現からは、〔書くこと／語ること〃聴くこと／読むこと〕の四つの要素を析出することができるということである。もちろん、私達の前に現前しているのは、文学表現という言説だけだ。そして、いわゆる後期三部作こそは、こうした文学表現にまつわる要素の物語だったのである。たとえば、『こゝろ』の冒頭の一節を思い出すだけでもいい。『こゝろ』は〔書くこと／読むこと〕の物語なのだ。『行人』はどうだろう。内田道雄氏は、Hさんの「手紙の到来こそは、二郎の物語が語り起こされる引金となったもので、二郎という語り手のことばはこの手紙の発信者たる『Hさん』その人を聴き手として形成された」ものなので「Hさんはそれをどう受けとめることになるのか。我々はその場所から『行人』の物語を再検してみるべきなのである」(2)と論じている。〔書くこと〕が〔読むこと〕を、そして〔読むこと〕が〔語ること〕〔聴くこと〕を次々と呼び起こすような物語が『行人』には内抱されていたのである。しかし、いま書かなければならないのは、語ることの物語——寓話としての『彼岸過迄』についてである。

II　聴くこと

真実は最後に明かされるという物語にお決まりのパターンを知らず知らずのうちに受け入れて、須永市蔵の物語が『彼岸過迄』の中心的テーマだと考える読者にとっては、冒頭の「風呂の後」は実に奇妙な付録でしかないだろう。しかし、語ることの物語という枠組から読むなら、ここにはこのテクストを読み解くコードが自己言及的に明かされているとさえ言うことができる。つまり、テクストがその構成によって中心的テーマであることを誇示しているかに見える須永の物語を、いや、そのように見なす読み方そのものを脱構築する仕掛けが仕組まれていたのである。「風呂の後」というタイトルは、あることを明確に指示している。それは、「風呂」ではない、その「後」に何が起こったのかをよく読めという単純なことに他ならない。風呂の後に書かれているのは、一言で言ってしまえば、敬太郎の聴き手としての暴力性である。敬太郎は、自分の「好奇心」を満たすため、「利益」を受けるため、「異常に対する嗜欲」のため、「単調を破る」ために、風呂の後に森本をつけ回すようにして、また、酔って(大して飲めない敬太郎がわざわざ酒を取り寄せたのも、森本に話をさせるためであった)自分の部屋に戻ってしまった森本の「首筋を攫《つか》んで強く揺振つ」てまでして、話をさせるのである。

だから敬太郎の森本に対する好奇心といふのは、現在の彼にあると云ふよりも、寧ろ過去の彼にあると云つた方が適当かも知れない。

(「風呂の後」三)

だが、聴き手としての敬太郎のほんとうの無責任さ、「好奇心」のみに駆られた暴力性は、この一節の方によく表れている。彼は、目の前にいる森本とその「過去」とを平気で切り離すことができるのだ。たとえば、なぜ森本がこうなってしまったのか、その原因として「過去」を知ろうというのではないのである。現在の森本には無関心だとさえ言えるだろう。事実、敬太郎は、森本にとっては切実な問題である失業の方へ話が及ぶと、平気で「話が理に落ちて面白くない」という表情をしてみせ、また、彼は森本の「名前」さえ覚えてはいない。だから、森本の語る「過去」が「真実」であるかはもちろん、「事実」であるか否かさえ問題になりはしない。面白ければいいのだ。敬太郎の「好奇心」がこのようなものであり続ける限り、清水孝純氏の言うように、敬太郎の「好奇心」にとってはどのような運命も「等価」になってしまう。(3) 無責任で暴力的な聴き手の前では、語り手のアイデンティティは、語ることによって分断されてしまうこともあるのだ。それだからこそ、見ることができるもの／こともあるのだが。

敬太郎に聞かせる体験談を「御茶受の代り」と言う森本は、このことをよく知っていたに違いない。森本は、敬太郎の「好奇心」に応えるかのように、北海道での話を始める。なる程、森本は「きちんと膝を折つて」、居住まいを正して、敬太郎が「可笑しく感じ」るような「形容」を使って語ってはいた。しかし、その話ははじめに森本が断わっているように「女気どころか、第一人間の気がない」。敬太郎が、「女気」のある話を期待していたことは言うまでもない。森本は、敬太郎の期待を「女気」の方へ釣っておきながら、〈人間の不在へ〉ズラしていたのである。沈黙してしまうことをのぞけば、それが聴き手の暴力から語り手が自らを守る唯一の方法だったからである。語り手の森本は、敬太郎の「好奇心」から自らを隠すために、あからさまに言説を操作してみせている。語り手は、暴力的な聴き手の期待に対して、自らの言説を守るために、逆説的な形で顕在化することがあるのだ。

一方、これを逆に考えれば、敬太郎のような聴き手を顕在化させることは、〈私〉だけが知っている「真実」を語ること、告白する〈私〉の特権化に対する差異の運動を仕掛けていたことにもなる。聴き手の期待が「真実」を知ろうとするものであればある程、その語られ方はいかにも「真実」を語っている風でありながら、語られる内容は、「真実」からズラされ、隠されてしまうからである。

III　手紙＝文字

敬太郎が森本から受け取った最後のメッセージは、「大連」からの「差出人の名前の書いてない一封の手紙」であった。しかも、敬太郎は「視線の角度を幾通りにも変へて、其所に消印の文字を読まうと力《つと》めたが、肉が薄いので何うしても判断が付かなかつた」。宛名と宛先だけ書いてあって、差出人も出した場所もわからないために、中味を読まない限り何の意味も持たない手紙。これは、ほとんど意味のない文字のメタファーだと言ってもいい。それだけではない。

この手紙は差出人の希望通りたしかに敬太郎の手に落ちた。しかし、その差出人は受取人からは二重に遠ざけられていた。まず、差出人が森本であることは、封を切り、手紙の中の署名を見るまでわからない。次に、手紙は「突然消たんで定めて驚いたでせう」と始まっていた。森本の不在こそが、この手紙を書かせる中心的な動機になっていたのである。書くこと／読むこと、それは差出人＝書き手が〈いま／ここ〉にいないことの最も雄弁な刻印なのだ。(4) まさに、それだからこそ、発信者と受信者が互いに現前しない書き言葉には、署名が求められるのである。しかし、その名においてなされた「洋杖《ステツキ》」を「進上」する約束は、むろんなかなか果たされない。署名は、その書き言葉を保証するものではないのである。そして、のちに敬太郎の運命の「指標《フィンガー・ポスト》」となる「洋杖《ステツキ》」は、傘立てにあれば森本の在を、なければ不在を示す「指標」だったのだが、森本の永遠の不在がその関係を逆転させる。森本の「記念《かたみ》」としての「洋杖《ステツキ》」こそは、何よりもまず森本の不在の象徴になったのである。

田口が知人のAを担いだ話は、まさにこのような手紙の性質を利用したものだと言っていい。田口は、「何うか読み次第、何処其所迄来て頂きたい」と、雇った女に書かせた偽の手紙に芸者の写真を添えてAに渡す。まんまとひっかかってやって来たAの部屋に、先回りして着いていた田口が顔を出して驚かせるという趣向なのである。差出人はどこにもいない、というわけだ。田口の敬太郎への「探偵」の依頼もやはり手紙だった。しかも、わざわざ手紙を出す旨を電話（＝声）で告げておきながら、その内容についてはいっさい口にしないという手のこんだやり方をとっていた。しかし、田口にとってはいつでも知り得る情報を得ることは、ほとんど「探偵」としての意味をもたない。この手紙で、敬太郎はありもしない「謎」を「探偵」させられていたのである。彼は「探偵」というシニフィアンと戯れたにすぎない。（しかし、だからこそ、どのような「意味」にも還元されない「謎」そのものとして、めまぐるしく変貌する千代子をたしかに見ることができたのだが）。念入りなことに、田口の手紙はもう一通あった。松本への紹介状である。そして、今度は「松本恒三」という宛名だけ書き、はじめは番地を書くことを忘れていたのである。どこにもいない受取人。事実、松本の家は、敬太郎が「ぐるぐる歩」いてもなかなか探し当てることのできない「迷宮《メーズ》」めいた場所にあった。「高等遊民」、社会のどこにも位置しない人間。だから、松本は「活きた人間らし」くない、ほとんど「死」んでいる。田口のちょっとした失策は、「松本恒三」をみごとに表現してしまっていたのである。そして、このようにして書かれた「手紙」が、「話」すことへの招待状だったのである。

田口の三つの手紙には、手紙にまつわるいくつかの要素が物語化されている。第一の手紙は、差出人の不在。差出人と受取人の限りない遠さ。第二の手紙は、中味の不在。文字と意味との限りない遠さ。そして第三の手紙は、受取人の不在。受取人と差出人の限りない遠さ。すなわち、手紙は、差出人と中味と受取人との不在によって成り立っているのだ。手紙＝文字の宿命。しかし、それは手紙＝文字だけの宿命だろうか。目の前に発信者と受信者の現前する「話」においても同じではなかっただろうか。ちょうど敬太郎にとって、おもしろければどんな「過去」でもかまわなかったように。その時、目の前の他者は、ほとんど不在だと言ってもいい。いや、せめて痕跡とだけは言っておこう。

その意味で、敬太郎が、須永のような生活ぶりを夢想しては「森本の二字を思ひ浮かべ」、田口から「探偵」の依頼のあった男（松本）の容貌を思い描いては「その顔が忽ち大連にいる森本の顔になる」のは象徴的である。敬太郎にとっては、須永も松本も森本と交換可能なのだ。それに、森本は不在の男でもあった。そしてまた、字／顔としての森本は、敬太郎を須永と松本の「話」へと導くメディアになっている。それらは、奇妙にも「署名」のある話なのである。

Ⅳ　語ること

敬太郎は、須永から千代子との関係を、いや、千代子を「貰」わない理由を聞きたがっていた。須永は嘘は付いていないに違いない。しかし、「須永の話」は、巧妙なやり方でしかもあからさまに「真実」からズラされていたのである。須永は、自分と母との「母子《おやこ》」間に何か不自然さがあることから語り始めていた。母が田口に、生まれたばかりの千代子を将来自分の嫁にほしいと頼んだ（約束）ことまで語っていた。それほどはっきりした「謎」を仕掛けておきながら、須永は出生の秘密という答だけは話さなかったのである。須永は、ほんとうは、排除されてしまうか、でなければ、同じ事が何度でも繰り返される宿命の時間に閉じ込められてしまう「迷宮《メーズ》」としての血統の強いる差一と同一のダブル・バインドを恐れていたのに、である。

では、「松本の話」には「真実」が語られていたのだろうか。

夫から市蔵と千代子との間が何うなつたか僕は知らない。別に何うもならないんだらう。少くとも傍で見てゐると、二人の関係は昔から今日に至る迄全く変らない様だ。二人に聞けば色々な事を云ふだらうが、夫は其時限りの気分に制せられて、真しやかに前後に通じない嘘を、永久の価値ある如く話すのだと思へば間違ない。僕はさう信じてゐる。

（「松本の話」一）

松本から見れば須永の話など「嘘」になってしまう（中味の不在）と言うのだ。しかし、その当の松本の話は、どうなのだろうか。松本の話は、彼が須永に出生の秘密を明かすドラマがその中心になっていた。この松本の種明かしは、あなたは「他人よりも冷刻」だという、実は事実そのものだった須永の言葉を否定するために語られていた。そうである以上、松本の種明かしには、須永と自分は「他人」などではないというメッセージが含意されていなければならなかったはずだ。すなわち、須永と自分とは血がつながってはいない、実は「他人」でしかないという、血統上の切断を語っていながら、その一方で、その語り方としては、自分が須永の「精神上の叔父」とでも言うべき存在であるのだと訴えていたのである。血の切断を語ることによって信頼を得ようとする語り、それは、切断が切断をしか意味しない田口の姿勢と対照的だと言えよう。松本の須永にした話は、血のつながらない叔父という擬似血縁の関係にある松本が、自己と須永の苦悩とをつなげることで、自ら物語に参加できる唯一の言説だったのである。松本の須永への種明かしこそが、信頼の回復のドラマとでも言うべきセンチメンタリズム＝「気分」によって縁取られていたのではなかったか。敬太郎への語り方も同じなのだ。そして、自らの主人公への欲望だけは、こっそり隠している。

「松本の話」には、はっきりした特徴がある。それは、始まりが「須永の話」と接続し、終わりが須永の手紙の引用になっている点である。聴き手である敬太郎が消され、語りの場が全く取り払われてしまっているばかりでなく、話し言葉と書き言葉という二つの全く異質な言説に両端が接続している「迷宮《メーズ》」のような語りだと言えよう。語りの枠組を作ることで、語りを自立させようとする努力さえ放棄しているように見える。そして、そこで明かされるのは彼自身の秘密ではないのだから、松本は無傷の主人公だと言えよう。語る行為の主体としてだけ現前／幻前する松本。彼は「署名」の中にしかいない。実は松本こそが二つの異質な言説をつなぐメディアだったのだ。まさに「迷宮《メーズ》」としての血統を語るにふさわしい言説であろう。

しかし、「須永の話」「松本の話」に「署名」はなぜあるのだろう。「署名」は誰に対してなされているのか？　むろん「読者」にである。誰がか？　むろん「作者」がであろう。この「署名」は、それぞれの作中人物から言葉を奪い(5)、自らの言説で書いてしまった「作者」の、しかし語っているのは自分ではないのだという、不在の証なのである。「作者」は、自らを消すために現れたのだ。だから、そこには誰の「真実」も言葉も語られ／書かれてはいない。『彼岸過迄』は、小説の寓話でもあったのだ。

V 「迷路《メーズ》」としての謎／「迷路《メーズ》」としての都市

『彼岸過迄』の「迷宮《メーズ》」とはどのようなものか。それを内側から生きてみることにしよう。

貴方は自分の様な又他人《ひと》の様な、長い様な又短い様な、出る様な又這入る様なものを持つて居らつしやるから、今度事件が起つたら、第一にそれを忘れないやうになさい。左様《さう》すれば旨く行きます。

（「停留所」十九）

易者が敬太郎に与えた予言である。よく知られているように、田口から「探偵」の依頼を受けた敬太郎は、この言葉と森本からすでに譲られていた「洋杖《ステツキ》」とを結び付けるわけだが、そのプロセスもまた、ほとんどこのテクストを読み解くモデルだと言える。

敬太郎は森本からすでに「洋杖《ステツキ》」を譲られている。しかし、そのままではこの「洋杖《ステツキ》」は彼にとって呪縛でしかない。「自分で此洋杖《ステツキ》を傘入の中から抜き取」れば、わざわざ下宿の主人に疑われるために自分の方から森本と関係があることを証明するようなものだし、一方、「自分の目の届かない所へ片付けさせる」と、ほんとうは森本のその後を知っているのに「知らない人」であるかのように振舞うことになるからである。実は、森本と敬太郎の関係自体が〈知っているのに知らない〉とでも言うべき状態にあったのである。そこに、あたかもダブル・バインドを集積したような言葉によって易者の謎が示される。しかも、「持つて居らつしやる」と明確に告げている以上、易者の言葉は何かを手に入れよと言うのではなく、すでに所有しているものを意味付けよと言っていることになる。敬太郎は、謎をほぼ二時間かけて解く。その全過程を経て、はじめて「洋杖《ステッキ》」は敬太郎の運命の「指標《フィンガー・ポスト》」として所有されることになるのだ。

敬太郎は、ほとんどスフィンクスの謎を解くオイディプスに似ている。もちろん、そのオイディプスは知の象徴でもあるのだが、知には、未来が過去へねじれ込むような宿命の時間を解き放つことはできない。だとすれば、易者の言葉は、すでに所有しているものの意味を自覚させ、新たな意味を付与されたものとして所有し直すことを要請していたと言えよう。繰り返すが、これはほとんど宿命のモデルである。

しかし、このことを敬太郎が自覚していないために、あたかも言葉だけが与えられたかのように、つまり、記号表現だけが先に与えられたかのような様相を呈するのである。それが謎の仕掛けである。先回りして言えば、この謎解きの構図は、たとえば、チラッと見た後姿から千代子までのズレ、白い男から高木までのズレという具合に、「探偵」小説として織り上げられたこのテクストを貫いている。そしてこのズレの間に「浪漫《ロマンス》」や「嫉妬」が自覚されるのである。しかし、謎は解かれればもう謎ではない。解かれるまでのプロセスが謎として体験されるのだ。

田口の依頼は次のようなものであった。

今日四時と五時の間に、三田方面から電車に乗つて、小川町の停留所で下りる四十恰好の男がある。それは黒の中折に霜降の外套を着て、顔の面長い背の高い、瘦せぎすの紳士で、眉と眉の間に大きな黒子《ほくろ》があるから其特徴を目標《めじるし》に、彼が電車を降りてから二時間以内の行動を探偵して報知しろといふ丈であつた。

（「停留所」二十一）

すでに前田愛氏によって指摘されている、電話や速達といった当時最新のメディアを駆使した田口の依頼のし方は、(6) メディアとしての敬太郎のあり方をみごとに暗示することになっているが、ここで注意したいのは、この田口の依頼も先の易者の謎と同じような意味合いを持っているということだ。実は、敬太郎は「矢来の叔父」の存在自体は須永の母から聞かされていたからである（ついでに言えば、千代子の後姿もすでに見ていた）。そして、そのことを知らないのは敬太郎だけなのである。彼は、自分が持っていることを知らなかったように、自分が知っていることを知らないのだ。

敬太郎の「探偵」については、前田愛氏がこう意味付けている。すなわち、敬太郎は都市の中に浮遊する「断片」的な情報しか得ることはできず、「それらが指示しているはずの意味から敬太郎は疎外されてしまう」。結局、「小川町の街角で敬太郎が体験したのは、都市空間がつくりだす変幻きわまりない仮象性であった」と。そして、こう言っている。「ときには魅力的に、ときにはひどく醜くもなる女の表情は、その一瞬一瞬が敬太郎の心にあざやかな映像を焼きつけるにしても、ついに統一した像を結ぶことがない。女の表情から敬太郎が読みとろうとした意味も、処女であり、既婚の婦人であり、娼婦であるというように、相互の連関性を欠いている。明滅する幻影のまなざしが、実体とは無関係にひとりあるきをはじめる、それが都会の街中に浮遊する群衆の顔にはりつけられた表情なのである。」

しかし、前田氏は大切な点を一つだけ見落としている。それは、この夜の敬太郎の行動の大部分は、実は田口から依頼された「探偵」などではないという点に他ならない。後に田口自身に厳しく指摘されるように（「四時から五時迄の間と、わざ〳〵時間を切つて通知して上げた位だから、五時を過ぎればもう貴方の義務は済んだも同然ぢやないですか。」）、五時を過ぎた時、すでに契約は切れていたのである。「詰らない女」が、敬太郎の前で「変幻自在」（前田）の表情を見せる女へと変貌するのも、彼が「探偵」を断念して、ただ「物数寄」からこの女を見るようになってからなのである。「迷路《メーズ》」がほんとうに「変幻自在」な表情を見せるのは、契約による「探偵」といった仕事に対してではない。仕事は、はっきりと目的と方法を持ち、クロノジカルな時間によって区切られた行為だからである。そのような時間は「迷路《メーズ》」とは相容れないはずである。だから、田口も五時以降の出来事の「報告」は強いて求めない。はじめて就職の依頼に行った敬太郎を洋間の「応接室」に通した田口が、この日は「日本間」に通したのも（田口は、松本が五時までに来なかったことは、娘の千代子から聞いて知っていたはずである）、この「報告」が私的なものにならざるを得ないことを予測していたからであろう。敬太郎もそのことは、はっきり田口に告げていた。「あんな小刀細工をして後なんか跟《つ》けるより、直《じか》に会つて聞きたい事丈遠慮なく聞いた方が、まだ手数が省けて、さうして動かない確な所が分りやしないかと思ふのです」と。敬太郎は「探偵」として不十分だったのではなく、むしろ「探偵」としては余計なことばかりを見ていたのである。

そして、この「探偵」にはもう一つの仕掛けがあった。それは、これが解決すべき目的を持った仕事としての「探偵」ではなく、もともと「探偵」すること自体が自己目的化した、つまり決して解決することのない謎だけが純粋に存在するような、まさに「迷路《メーズ》」そのもののような行為だった点である。易者の言葉の真偽は事の成否が決める。しかし、この「探偵」にはそもそもそのような意味での成否がないのだ。そうである以上、敬太郎の「報告」は、はじめからすべてが「真実」になり、また、すべてが「嘘」にもなり得るような性質を帯びていたのである。

松本に二人の姉があつて、一人が須永の母、一人が田口の細君、といふ互の縁続きを始めて呑み込んだ時、敬太郎は、田口の義弟に当る松本が、叔父といふ資格で、彼の娘と時間を極めて停留所で待ち合した上、ある料理店で会食したといふ事実を、世間の出来事のうちで最も平凡を極めたものゝ一つの様に見た。それを込み入つた文《あや》でも隠してゐるやうに、一生懸命に自分の燃やした陽炎を散らつかせながら、後を追掛けて歩いたのが、左も〳〵馬鹿々々しくなつて来た。

（「報告」十三）

血縁の言葉で語れば「平凡」でしかない関係、それですべてがわかったように聞こえる言葉。この絶対的とも言える「真実」を、敬太郎の「報告」は、「光と陰」が織り成す怪しい「夢」として語ってしまったのだ。女は「素人《しろうと》だか黒人《くろうと》だか」、二人の関係は「夫婦だとか、兄弟だとか、又はたゞの友達だとか、情婦《いろ》だとか」といった田口の問いに、敬太郎はいっさい明確な答えを出すことができない。「迷路《メーズ》」では、二人の関係はそのすべてであり得たからである。繰り返すが、仕事の街ではなく、「迷路《メーズ》」と化した街では、人は意味との対応を欠いた浮遊する記号になってしまう。だからこそ、その記号は、やはり匿名化した浮遊する欲望の餌食となる。たとえば、この夜の千代子は「実の父を含めた三人の男によって欲情されていた」(7)のである。それはまた、父と娘、叔父と姪といった、ふつう〈性〉を排除する方向で働く親族関係の秩序が崩壊する一瞬でもあった。言うまでもなく、松本が投げかけた「高等淫売」とはそのような言葉なのである。


「妙な事に感心するのね。だから恒三は閑人だつて云はれるのよ」

「其代り御前の御父さんには芭蕉の研究なんか死ぬ迄出来つこない」

「為たかないわ、そんな研究なんか。だけど叔父さんは内の御父さんよりか全く学者ね。妾本当に敬服してゝよ」

「生意気云ふな」

「あら本当よ貴方。だつて何を聞いても知つてるんですもの」


(「雨の降る日」三)

たしかに、千代子にはこのような「変幻自在」な面がある。これは、勝田和學氏が鮮やかに分析した場面だが、(8)松本恒三を様々に呼び分けているこの時の千代子は、親族の一人、姪、個人と、めまぐるしく自分と相手との関係を移動させている。それは、日本語の人称のレトリック／トリックに他ならないが、あの夜、めまぐるしく変貌する千代子を、都市の「光と陰」の中で、敬太郎はたしかに見たのだ。血縁の言葉から解き放たれた千代子は、はじめて一人の〈女〉として見られたのである。逆に言えば、血縁の言葉から自由になるためには、これだけの装置が必要だったのである。

VI 「迷宮《メーズ》」としての血統

敬太郎がはじめて訪ねた田口の家は、彼が降りる停留所をまちがえたにもかかわらず、かつ「淋しい夜であつたが尋ねる目的の家はすぐ知れた」。しかし、あの晩「矢来の交番」付近の闇の中で見失ったように、「同じ番地の何軒もある矢来の中をぐるぐる歩い」ても、松本の家はなかなか探せなかった。「極めて分り悪《にく》い」所にある須永の家同様、山の手にある松本の家もまたどこか「迷宮《メーズ》」めいた場所《トポス》としてある。敬太郎は、まさにそこで「迷宮《メーズ》の奥に引き込まれる」のである。

一口でいふと、彼等は本当の母子《おやこ》ではないのである。猶誤解のないやうに一言付け加へると、本当の母子《おやこ》よりも遥に仲の好い継母と継子なのである。彼等は血を分けて始めて成立する通俗な親子関係を軽蔑しても差支ない位、情愛の糸で離れられないやうに、自然から確かり括り付けられてゐる。

（「松本の話」五）

松本はさらに、須永市蔵とその母の秘密について、「彼は姉の子でなくつて、小間使の腹から生れた」こと、御弓という名の「彼の実の母は、彼を生むと間もなく死んで仕舞つた」ことを付け加えた。それで、母の希望の意味がわかった、と須永は考えたのである。

「御母さんが是非千代ちゃんを貰へといふのも、矢つ張血統上の考へから、身縁《みより》のものを僕の嫁にしたいといふ意味なんでせうね」

「全く其所だ。外に何にもないんだ」（「松本の話」六）

またしても、血統さえ持ち出せばすべてがわかったという「外に何にもない」関係、〈家〉の中では絶対とも言える言葉――血統。須永の母の考え方は、『虞美人草』の甲野の母と少しも違ってはいないのである。福井慎二氏は、「いとこの千代子との結婚問題が生じたのは、継母子としての関係性が〈自然〉であるにもかかわらず、母親があくまでも血縁性にこだわったから」だと述べている。(9) 血統からの疎外としてしか自己の位置を析出することのできない継母の血統へのこだわりが、かえって〈自然〉な関係を崩してしまったと言うのである。それは、母の不安を映している。いま須永母子は「妾」や「情婦《いろ》」の住む街に住んでいるが、これは、実の娘である妙を亡くした、いまの母の位置を暗示しているからである。だが、そもそも血統の秘密を語ることは、ほんとうに「真実」を語ることになるのだろうか。そしてほんとうにアイデンティティの証になるのだろうか。「継子」であることは、血統の本質を暴いてみせる。

須永にもまた不安定な謎が仕掛けられていた。妙が「僕の事を常に市蔵ちゃん〳〵と云つて、兄さんとは決して呼ばなかつた」こと、そして「市蔵、おれが死ぬと御母さんの厄介にならなくちやならないぞ。知つてるか」、「御父さんが御亡くなりになつても、御母さんが今迄通可愛がつて上るから安心なさいよ」という、父の死に際しての父母の言葉である。「何の意味も付ける必要のない彼等の言葉」は、それだからこそ、決して答えのない謎として、はじめに与えられてしまっていたのだ。しかも、その答えを「僕丈が知らない」という状態のなかで。「僕は僻んで𛀁ます。(中略)僕はたゞ何うして斯うなつたか其訳が知りたいのです。」これが、須永のそれまでの人生だったのだ。しかし、彼に与えられた答えは、須永を少しも安心させはしないはずだ。なぜなら、圧倒的な同一化の力を働かせる血統の力学の中で、継子とは常に差異化された存在でしかないからである。血統は排除の力学も隠し持っているのだ。〈子であって子でない/子でなくて子である〉——継子こそは、あの謎の構造をもった、血統の中の「迷宮《メーズ》」だったのだ。そうである以上、それは知の力では決して解くことはできない。

僕は貴方に云はれない先から考へて𛀁たのです。仰しやる迄もなく自分の事だから考へて𛀁たのです。誰も教へて呉れ手がないから独で考へて𛀁たのです。僕は毎日毎夜考へました。余り考へ過ぎて頭も身体も続かなくなる迄考へたのです。夫でも分らないから貴方に聞いたのです。貴方は自分から僕の叔父だと明言して居らつしやる。それで叔父だから他人より親切だと云はれる。然し今の御言葉は貴方の口から出たにも拘はらず、他人よりも冷刻なものとしか僕には聞えませんでした。

(「松本の話」四)

この須永の言葉は二つのことを伝えている。一つは、須永の直感が、血が繋がっていないのに、繋がっているように振舞おうとする叔父松本の嘘を見抜いているということに他ならない。もう一つは、それにもかかわらず、いや、それだからこそ、知の力は決して答えには届かないということである。このテクストはすでに冒頭から「教育」や「学問」に異様なこだわりを示していた。しかし、その知の力は、血統という「迷宮《メーズ》」の前では無力なのである。須永は、血統の神話が彼に強いる差異と同一の力学をただ生きるしかないのだ。須永は、「母とか叔母とか従妹とか、皆親しみの深い血属ばかり」の中でただ一人「知らない人」に変貌し、「世の中にたつた一人立つてゐる」「淋しさ」を味わわなければならないし、逆に、彼の身体は父と同じ顔を共有し、父と同じように「小間使」（作）への興味を共有しなければならないのである。排除されてしまうか、でなければ、同じ事が何度でも繰り返される宿命の時間に閉じ込められてしまうか、これが「迷宮《メーズ》」としての血統の強いる差異と同一のダブル・バインドなのだ。

階級のある言葉　『行人』

I　迷宮としての言葉

『行人』の読者が、はっきりとは意識しないものの、どこかで気にかかって決して忘れることのできない問いがある。この男、長野二郎はなぜ書いたのかという問いである。ただし、この問いにはいくつものバリエーションが可能である。この男はどういう立場から書いたのか、この男は誰に向けて書いたのか、この男はどのような言葉で書いたのか、この男はいつ書いたのか[1]といった類の、要するに書く行為にまつわる問いの数々がそれである。これらの問いは、まちがいなく先の問いへの入口なのである。だから、どこから入ってもいいはずだ。

冒頭の一節には、二郎の書く姿勢がかなりはっきり表れている。

岡田は母方の遠縁に当る男であつた。自分は彼が果して母の何に当るかを知らずに唯疎い親類とばかり覚えてゐた。

一番目の文は極く普通であろう。しかし、二番目の文は、恰も、文頭に逆接の接続詞を隠しているかのように、書かれる二郎の無関心や無知を強く印象付ける書き方になっている。それは、第二文を全く書かないでおくか、さもなければ後で調べて、「彼は母の何々だつた」とでも書いておきさえすれば表れることのなかったはずの無知なのである。しかし、書く二郎はそうしなかった。こうしたことに無関心な人間はどこかおかしいと感じつつ、いや、おかしいと感じたからこそ、こう書いたのに違いない。これが、書く二郎の姿勢なのである。これは、書く二郎と書かれる二郎との間に、同一性よりも差異性をより多く認めなければならないということに他ならない。それは、単に情報量が増えたのではなく、二郎と「対話的[2]」にかかわろうとするHさんの手紙の言葉から「真理[3]」を手にすることによって、情報の質が変化したためである。よく引用される、「自分は今になつて、取り返す事も償ふ事も出来ない此態度を深く懺悔したいと思ふ」（「兄」四十二）、「今の自分は此純粋な一本調子に対して、相応の尊敬を払ふ見地を具へてゐる積である。けれども人格の出来てゐなかつた当時の自分には（後略）」（同四十三）等の一節は、おそらくHさんの手紙と「対話的」にかかわろうとする言葉の動きだと言うことができる。佐藤泉氏の言うように、この「今」は、単なる時間を示すものではなく、「重要な価値を象徴する時間点」、すなわち「象徴的〈今〉[4]」なのだ。もう少し象徴化の度合いが低くなれば、「其時はたゞお兼さんに気の毒をしたといふ心丈で、お兼さんの赤くなつた意味を知らう抔とは夢にも思はなかつた」（「友達」六）といった文になる。「今」ならば「知らう」と思ったはずだという意味が含意されている。そして、もっと象徴化の度合いが低くなると、先に挙げた冒頭の一節のような文になるだろう。こうなればもう普通の地の文とほとんど見分けがつかない。もし、二郎がHさんにだけ宛てて書いたのなら、あるいは、二郎の書き方がHさんの手紙をのみ模倣しようとしているのなら、このテクストはHさんの手紙を頂点とする象徴体系《ヒエラルキー》によって貫かれているとしても不思議はない。それは、Hさんの手紙から冒頭に何度でも回帰する迷宮のようなテクストだ。

しかし、問いかけはこうだった。この男はなぜ書いたのか。そうである以上、このテクストに亀裂を走らせ、ノイズや細部に残された痕跡から、他ならぬ二郎の言葉を、二郎の意志を聞きとどけなければならないのだ。

II 差異としての言葉

冒頭を振り返ってみよう。

梅田の停車場《ステーション》を下りるや否や自分は母から云ひ付けられた通り、すぐ俥を雇つて岡田の家に馳けさせた。岡田は母方の遠縁に当る男であつた。自分は彼が果して母の何に当るかを知らずに唯疎い親類とばかり覚えてゐた。

長野二郎はこうした文によって書き始めていた。短い一節の中に「母」が三度も繰り返されているところに、そして、その繰り返され方に、この時の長野家が象徴されている。

二郎は、確かに母の「云ひ付け」通り岡田の家に急いだ。しかし、その岡田と母との関係については無関心であることをことさらに強調しているのである。しかも、こうした二郎の岡田に対する意識のあり方は、以下わずかの間に三度も繰り返し書き付けられている。「自分は母と岡田が彼等の系統上どんな幹の先へ岐《わか》れて出た、どんな枝となつて、互に関係してゐるか知らない位な人間である。母から依託された用向についても大した期待も興味もなかつた」(「友達」一)、「岡田は母の遠縁に当る男だけれども、自分の宅では書生同様にしてゐたから、下女達は自分や自分の兄には遠慮して云ひ兼ねる事迄も、岡田に対してはつけ〳〵と云つて退けた」(同二)、「岡田は自分の母の遠縁に当る男だけれども、長く自分の宅の食客をしてゐた所為か、昔から自分や自分の兄に対しては一段低い物の云ひ方をする習慣を有つてゐた」(同九)。

「書生」「食客」といった言葉に露骨に表れているのは、長野家の中での岡田の位置である。佐野の手前、二郎に対する口の利き方が「急に対等になつた」り、「ある時は対等以上に横風になつた」(同九)りする岡田は、自分の使う言葉の階級性に対して決して無神経でないどころか、むしろよく心得ている人物だと言うべきだろう。低い視線から長野家を見るからこそ、この家の人間関係がよくわかるのだ。彼は、「書生」「食客」として住み込んでいる時には、「下女達」の言葉の網の目の中で生活し(二郎はそれを「時々耳に」する地位にいる)、一郎や二郎だけには「一段低い物の云ひ方をする」のである。長野家には妹のお重もいた。にもかかわらず「下女達」同様、岡田は自分とさほど年の変わらぬこの二人の青年が、この家の中で特別な地位を占めていることを見抜いていたのである。また、彼は、長野の父に「地位」を「周旋」してもらっただけでなく、「岡田さんお兼さんが宜しく」といった「下女達」の冷やかしから判断しても半ば公然の仲だったらしいとは言え、「父と母が口を利いて」、「父が勤めてゐたある官省の属官の娘」（同二）であるお兼さんを妻にし、母だけでなく父ともつながりを付けている。その上、自分のまとめた佐野と下女のお貞の結婚式に際して、今度は新しい家長となった一郎夫婦を突然仲人に指名するあたりは、不仲の一郎夫婦を案じてのことであるにしても、絶妙の人選と言わなければならない。長野家の新しい世代の家長へと、縁故の比重を移しているのである。ただし、その縁談も、「下女達」の一人であって、いまや長野家の「厄介もの」（同七、十二）のお貞だからこそ世話ができたので、たとえば二郎や、あるいはお重の縁談を持って行くことさえとうてい考えられない。事実、お重は嫂のお直に「佐野さんの様な人の所へ嫁に行けと云はれたのが尤も神経に障つた」（「帰つてから」十）と言うのだ。単に「少し御凸額《おでこ》」（「友達」七）だという容貌のことだけの評価ではないはずである。

一方、佐野との会見時の岡田の言葉遣いを気にし、昔それほど親しくなかったからという理由で、「自分と同階級に属する未知の女に対する如く」（「友達」三）お兼と会話を交す二郎は、こうした言葉の階級性に身をまかせていながら、もう長野家の「書生」でも「食客」でもない岡田の微妙な言葉のバランス感覚にどことなく違和感を感じ始めているのだ。「岡田は自分の母の事を叔母さんと云ひ、お兼さんは奥様といふのが、自分には変に聞えた」（「兄」一）という二郎の異和には、階級、男女、血縁の有無等々、様々な要因が見え隠れしている。実は、長野家の家族達の関西旅行の記述は、長野家の人々とその関係が、長野家と外部との境界線上にいる人々からどう見られているかをみごとに炙り出していたのである。しかも、言葉の階級性は何も境界線上にのみ表れているわけではないのだ。

二郎が岡田を「一段低」く見ているのは、かつて岡田が長野家の「食客」をし、「書生同様」だったからだけだろうか。たぶん、岡田が東京高等商業学校に通った五年間同居していながら、彼と母との関係を二郎はなぜ知ろうともしなかったのだろうか。「岡田は母方の遠縁に当る男であつた」けれども――この「けれども」に含意されているのは、一般にはいやしくも母の血縁の者ならば、「書生同様」の扱いは受けぬはずだし、一郎や二郎に「一段低い」物言いをする必要などはなかったといった意味合いであろう。しかし、長野家では「昔堅気」の父の作り上げた秩序が、それを許さなかったのに違いない。岡田が父の遠縁に当たる男だとしたら、とりわけもし彼の姓が長野であったなら、かつての彼の長野家の人々に対する応接の仕方がひどく不自然に見えることはまちがいない。岡田と長野家との関係は、長野家の中での母の地位を映す鏡のような役割を果たしていたのである。

岡田と母との関係に無関心な二郎は、自分はそういう人間だから、当然「母から依託された用向についても大した期待も興味もなかつた」(「友達」一)かのように書いているばかりでなく、「母から云ひ付けられた通り、すぐ俥を雇つて岡田の家に馳けさせた」ことについて、「電車の通じる所へわざ〳〵俥へ乗つて来た事丈は、馬鹿らしいと思つた」(同二)ことを「わざ〳〵」書き付けてもいる。さらに、二郎は「母から云ひ付けられた通り」岡田の家にすぐ行ったことを書いたすぐ次の段落では、「大阪へ下りるとすぐ彼を訪うたのには理由があつた」と注釈しなければならないのである。まるで、「母から云ひ付けられた通り」岡田を訪ねるのがおかしいとでも言いたげに。要するに冒頭をめぐる一連の言説が表明しているのは、いま長野家は母が動かしているが、それは否定すべき状態だということに他ならない。冒頭の「母」の語は、むしろ否定されるために三度も繰り返されていたのだ。

長野家は、「公の務を退いた」（「帰ってから」十一）父が、おそらく家の中でも隠居を果たし、一郎に家督を譲ったばかりの不安定な時期にある。父はもう戸主ではなく、一郎の一家族でしかない。[5] しかし、かつての戸主でもある。その微妙な地位が父を自重させている。嫂の言葉に傷付いたお重が、「訴へ」に来ても、「嫂には一言も聞糺さずに、翌日お重を連れて三越へ出掛けた」（同十）だけだし、下宿をした二郎をそれとなく実家に連れて行く気遣いを見せる（「塵労」九）という具合なのだ。これは、父の性格によるとばかりは言えない。お貞の縁談に当たっても、母や、その「見地に多少譲歩し」（「帰ってから」十）ている一郎の意見を容れ、その後の手続きでも父はいっさい手を出していない。もしまだ父の権威があるとすれば、それはどうやら掛軸にでも象徴されている。

岡田が長野の父から軸物を貰ったのは、暖簾分けにも似ている。だからこそ、岡田は二階の一番いい部屋にいつも掛けてあるのだ。それを「偽物」だと言ったかつての二郎の冗談は、「母方の遠縁」の身にとっては少し酷なものだろう。また、父は、二郎が下宿することを報告に来た時には「床の幅に就いて色々な説明」（「帰ってから」二十五）をし、二郎も下宿に掛けるための軸を父から借りている（「塵労」七）。一郎は「屏風」の類に対して「父の薫陶から来た一種の鑑賞力を有つ」（「兄」十一）ているし、二郎とて例外ではないらしい（同、「帰ってから」二十四）。一郎のする「水滸伝のやうな趣」のある光景の回想は、「母にも嫂にも通じない、たゞ父と自分丈に解る趣」（「兄」三）だと言う。男にだけしかわからない言葉。三人の男達は、家族の女達にはわからない文人趣味とでも名付けるにふさわしい〈メタファーとしての父〉によって密かに結び付けられているのだ。岡田に、「叔父さん

（注―長野の父）は風流人だから歌が好いでせう」（「兄」二）と、絵葉書に「歌」を書くことを勧められた直がにべもなく断わるのも、故なしとはしない。しかし、〈メタファーとしての父〉は、いまや父の実質となってしまったのである。繰り返すが、そういう時期だからこそ、母が長野家を代表しているかのような形になるのである。(6)

しかし、「昔堅気」の父が「長男に最上の権力を塗り付けるやうにして育て上げた結果」、兄と「懸隔のある言葉」（「兄」二）で話さねばならない二郎もまた、この階級のある言葉によって、差別しつつ、(7)同時に差別される人間でもある。たとえば、二郎は一郎に対してのみ「〜でさあ」といった口調で話すことを選んでいる。それ以外ではただ一度、和歌山での夜に嫂に対して使っているだけである。一郎と二人で話す時は、常に二郎にとっての危機なのである。

長野家では、言葉が階級化している。男にだけわかる言葉、女にだけわかる言葉、使用人や書生にだけわかる言葉、という具合に。二郎は、これらの言葉を横断する人間だったからこそ、この手記の書き手になり得たのである。

長野家は、男たちだけの世界を作り上げているわけではない。すでに小森陽一氏が論じているように、(8)一郎という新しい家長の下で、下女のお貞、妹のお重が家の外へと出されてゆく。一郎の収入に見合った規模にまで家族を縮小する必要があったからだが、それだけではなく、直が来たために、この二人の若い女性の労働力が不要となったのである。直は、好むと好まざるとにかかわらず、また意識していようといまいと、若い女性二人を長野家から追い出す役割を引き受けざるを得ないのだ。そして、「嫁」の直が追放しなければならない女性がもう一人いる。姑――すなわち、夫一郎の母である。かつて、主婦は家という大きな集団を経営する、複数の女性の長であった。その地位を得るための葛藤があった。家長の代替わりはまた、主婦の代替わりでもあったのだ。

III　限界としての言葉

長野家の言葉は、家族／非家族、男／女、父方／母方といった様々な差異によって編成されていた。その頂点に立つのが一郎であることは言うまでもないだろう。父は「権威」を与えた。母は「我」(「兄」六)を育てた。そして「我儘」になった。しかし、それだけで言葉の頂点に立つことはできない。

やはり長男で「強情」な三沢が、人の知らない「術語」を振り回して二郎を「馬鹿」(「友達」十六)にするようなはしたなさはないものの、自分は「馬鹿」だからととりあえずは一言言っておかなければ、ほんのささいな助言も、どんな弁明もできないのが、家族と一郎との関係なのだ。一郎の知は、まちがいなく家族を抑圧している。だからこそ、母は言うのである、「二郎、学者つてものは皆なあんな偏窟なものかね」(「帰ってから」二十)と。しかし、Hさんはこう言っている。

此不調和を兄さんの為に悲しみつゝある私は、凡ての原因をあまりに働き過ぎる彼の理智の罪に帰しながら、やつぱり、其理智に対する敬意を失ふ事が出来ないのです。兄さんを唯の気六づかしい人、唯の我儘な人とばかり解釈してゐては、何時迄経つても兄さんに近寄る機会は来ないかも

知れません。（「塵労」四十六）

一郎の知は、Hさんを魅了してやまない。それは、どんな言葉によって表明されているのだろうか。「思索」は言葉で行なうものだ。一郎の沈黙には、ぎっしりと言葉がつまっている。一郎が黙っていればそれは何か「考へ込んでゐる」（「兄」十三）と家族には見える。しかし、その言葉で語られる想い出話は地図のない光景になり、苦悩の極点で二郎に口にする言葉は「メレジス」（「兄」二十）のものであったり、「ダンテの神曲」（「帰つてから」二十七）の話であったりするのだ。恰も、一郎は、自己の苦悩をではなく、他者の言葉を悩んでいるかのように、である。だからこそ、一郎はこうした言葉を超えた言葉を欲しているのだし、自らの言葉を止める言葉を欲しているのだ。その手がかりは、たぶん一郎の苦悩の直中にのみ表れていた。

「他の心《ひと》は外から研究は出来る。けれども其心に為つて見る事は出来ない。其位の事なら己だつて心得てゐる積だ」（「兄」二十一）

「他の心」は「外から研究」し、それを記号化=情報化することはできる。そして、その記号化された情報を理解することもまたできる。しかし、言葉に出来るのはそこまでだ。この時の一郎は、宗教を持ち出した二郎に対して、考えること／信じることの二項対立の図式を提示することで、このいかにもウィトゲンシュタイン的な命題をやり過ごしてしまう。考えることが信じることを追い越してしまうと言うのだ。ところが、Hさんとの対話では少し違っている。

「君の恐ろしいといふのは、恐ろしいといふ言葉を使つても差支ないといふ意味だらう。実際恐ろしいんぢやないだらう。つまり頭の恐ろしさに過ぎないんだらう。僕のは違ふ。僕のは心臓の恐ろしさだ。脈を打つ活きた恐ろしさだ」（「塵労」三十二）

これは、先の事態を逆の側から述べたものだと言えよう。Hさんの「そりや恐ろしい」と言う受け答えは、少しもまちがってはいない。Hさんの〈用法〉がまちがっていない以上、「恐ろしい」という〈意味〉をHさんは理解し、一郎も理解していいはずなのである。しかし、一郎は、そのような言葉の〈使用〉を認めない。一郎の「恐れ」は、それがHさんであれ誰であれ、言葉では決して伝える事のできない何ものかなのである。そうである以上、一郎の知は決して「目的《エンド》」（「塵労」三十一）を持つことはできない。なぜなら――「わたくしの言語の限界は、わたくしの世界の限界を意味する。」「主体は世界に属さない。それは世界の限界なのだ。」（『論理哲学論考』）――ウィトゲンシュタインのあまりにも有名な命題である。Hさんはこうも書いていた、「歩かうと思へば歩くのが自分に違ないが、其歩かうと思ふ心と、歩く力とは、果して何処から不意に湧いて出るか、それが兄さんには大いなる疑問になるのでした」（「塵労」三十四）、「兄さんには自分の身体や自分の心からしてが既に気に入つてゐないのですから。兄さんは自分の身体や心が自分を裏切る曲者の様に云ひます」（同四十六）と。一郎は、言葉の決して届くはずのない自己の「世界の限界」に向かって言葉を発し続けていたのだ。歩く「主体」も、「身体」も「心」も、言葉にとっては不純物、いっそ闇とでも言うべきものだからである。しかし、知にとってこれほど恥ずべき事はない。世界を「所有」し、「絶対」を手に入れ、「生死を超越」しない限り、つまり、言葉を放棄しない限り、言葉に対する不純物は必ず残るからである。ここまで言葉を追いつめた一郎は、だからこそ、言葉を試すために、言葉によって、家族と直とを対置させなければならなかったのだ。なぜなら、一郎の求めているのは、「父も母も生れない先の姿」(「塵労」五十)に他ならないからであり、家族こそが、「云つた事は云つた事で、云はない事は云はない事」(同五十一)にならない、言葉が隠語化され歪められる関係に他ならないからである。そしてまた、直は、家族の中の外部として、藤沢るり氏の言う「家族的共有言語」[9]にも参加しないまま、目配せや冷笑と言った言葉にならない言葉、ノン・バーバルな身体的なメッセージによって、「云はない事」を「云つた事」にすることで生き抜いて来た女だからである。身体は、言葉とは違って様々なノイズに満ち満ちている。直の身体は、むしろ饒舌だとさえ言えよう。しかし、一郎はその言葉の彼岸にあるノイズを意味付けることはできないのだ。一郎の問いかけは、家族の頂点に立つ者の言葉によって、いわば外部としての直の身体と内部としての家とを葛藤的にかかわらせることだったのである。

IV　問いかけとしての言葉

一郎が、二郎と直との仲を疑うのは、たぶん全く理由のないことではない。と言うより、この疑惑は、長野家だけではなく、三沢にさえ公然の秘密として見え隠れしていたものに他ならない。疑惑を持たれる原因の痕跡さえテクストには残っている。「僕が固《もと》から少し姉さんと知り合だつた」（「帰つてから」二十）などと言う二郎の言葉はその一部にすぎない。「自分は腹の立つ程の冷淡さを嫁入り後の彼女に見出した」（「兄」十四）とあれば、二郎が「嫁入り」前の「親切」な直をよく知っていることの痕跡であろうし、「其内機会《おり》があつたら、姉さんにまた能く腹の中を僕から聞いて見ませう」（同）とあれば、二郎が以前にもそういう「機会」を持ったことを家族が知っていることになるからである。それはいつのことなのか。

二郎が、お貞の縁談のメッセンジャーになったことから書き始めているのはなぜなのだろう。そして、それに少しも誠実になれないのはなぜなのだろう。二郎は、お重の縁談を依頼されつつ、ついに三沢にそれをきちんと切り出しもしないのはなぜだろう。メッセンジャーは、長野家では次男坊の宿命のような仕事なのだろうか。最も奇妙なのは、結婚問題について話し合っている時の直の態度である。

「尤もこんな問題になると自分でどん／＼進行させる勇気は日本の婦人にはあるまいからな」と云つた。兄は黙つてゐた。嫂は変な顔をして自分を見た。

「女丈ぢやないよ。男だつて自分勝手に無暗と進行されちや困りますよ」と母は自分に注意した。すると兄が「一層その方が好いかも知れないね」と云つた。其云ひ方が少し冷か過ぎた所為か、母は何だか厭な顔をした。嫂も亦変な顔をした。

（「兄」五）

このコンテクストの中で、直が二度までも「変な顔」をしなければならない理由はそれほど多くは考えられない。自分と一郎との見合い結婚を揶揄されたと感じたか、そうでなければ、逆に恋愛の断念を揶揄されたと感じたかのどちらかでしかないだろう。(10) それが事実として想定できるかどうかがここで問題なのではない。このようなコンテクストを、この家族が共有しているということが重要なのだ。少なくとも、これだけの痕跡は、テクストにも登場人物の心の中にも十分に残されているのである。

さらに加えて、二郎の側の性に対する無遠慮と言いたくなるような関心を挙げておいてもよい。岡田の家での二郎はお兼に必要以上の注意を払っているし（「友達」八）(11)、「奥さんは何故子供が出来ないんでせう」（同六）というはしたない問いかけでお兼の避妊を炙り出してしまう。(12) 友人である三沢との「性の争」（「友達」二十七）は言うまでもないし、旅行中の夜の「兄夫婦の室」（「兄」十五）への関心も、母がやんわりと窘《たしな》める程のものではなかっただろうか。

だから、「直は御前に惚れてるんぢやないか」（「兄」十八）という言葉で発せられてしまう一郎の疑惑は、十分に理由のあることだったのである。問題は、一郎がその疑惑を二郎に語るに当たって、徹頭徹尾、家族の、というより血縁の枠組の中で問おうとし、疑惑に形を与えるような小旅行を強いるところにある。

「是もお父さんの御陰さ」という言葉で、現在の父の社会的地位を「皮肉」（「兄」五）ることのできる一郎は、一方で「けれども二郎御前は幸ひに正直な御父さんの遺伝を受けてゐる」（同十八）とも言っている。「遺伝とか進化とかに就いての学説」を云々するのが「得意」(「帰つてから」二十一)なー郎の言葉であってみれば、単なる修飾ではないのである。だからこの言葉は、「好い加減」なメッセンジャーを務めた父のエピソードを聞くや、みごとに反転する。和歌山での依頼の「報告」を引き延ばしている二郎に向かって、「二郎お前はお父さんの子だね」(同)と問い詰め始めるのだ。一郎は、二郎に「お父さん」同様「摯実の気質がない」ことを責め、最後には「お父さんのやうな虚偽な自白を聞いた後、何で貴様の報告なんか宛にするものか」と言い放つのである。この時の一郎の「お父さんの子」、いや「お父さん」の気質の継承者としての二郎へのこだわり方は、ほとんど異様でさえある。しかし、父の子だから嘘を付くとでも言いたげな一郎の言葉は、「自分は性質から云ふと兄よりも寧ろ父に似て居た」(「帰つてから」十六)という二郎の自意識を正確に射抜いていたはずだ。二人は表面上直をめぐって争っているように見える。しかし、ほんとうに争っているのは〈父〉の座だったのではないだろうか。

そもそも一郎の依頼の言葉は、「兄弟」だから信頼できるという血統の同一性によって、血のつながっていない直を信頼できない他者として差異化することで成り立っていた。排除することによって同一性は強固になる。一郎の依頼は、二郎にとって〈父〉に連なる血統を証明する踏み絵だったと言えよう。ところが、皮肉なことにこの依頼が、一郎の、おそらく本人も決して意識してはいない自己の血統への疑惑を炙り出してしまうことになる。

「おい二郎何だつて其んな軽薄な挨拶をする。己と御前は兄弟ぢやないか」

自分は驚いて兄の顔を見た。兄の顔は常磐木の影でみる所為か稍《やや》蒼味を帯びてゐた。
「兄弟ですとも。僕はあなたの本当の弟です」（「兄」十九）

二郎の何気ない言葉が炙り出してしまうのは、一郎の継子幻想である。二郎はまた、一郎が家の中で「華族然と澄ましてゐたのが悪い」（「帰ってから」二十）のだと責め、一方、一郎の「僻んだ観察」を指摘してもいるのだが、実は、長男と次男坊とは表裏の関係にある。次男坊が〈家〉に対する自己の周縁的で不安定な立場（〈家〉の境界線上の存在だからこそ、外部との交信、〈家〉のメッセンジャーにふさわしい）を継子幻想として析出する可能性があるとしたら、〈家〉の中で貴種の位置にある長男が自己を逆様に見たとしたら、やはりそこには継子幻想が析出されてしまうのだ。それが、血統の力学なのである。家の頂点に立つ者の徹底して血統にこだわる言葉が、血統の外部としての直にかかわった時、血統の力学によって、彼もまた外部へと押しやられてしまったのだ。

しかし、貴種と継子は表裏の関係にある。台風という偶然が手伝ったとは言え、二郎と直との疑惑には決定的な形が与えられた以上、これ以上二郎が長野家にとどまることはできないからである。だから、「然し己がお前を出したやうに皆なから思はれては迷惑だよ」（「帰ってから」二十六）という一郎の言葉ほど皮肉なものはない。その一郎もまた二郎の提案で、言葉の〈主体〉に向けて、いつ帰るとも知らぬ旅行に出るだろう。

そして、「何時か中心を離れて余所《よそ》からそつと眺める癖を養ひ出した」（「塵労」三）二郎は、〈家〉の周縁からその力の働き方を書くことになるだろう。繰り返すが、冒頭の一節で顕在化することによって排除されているのは母だった。その力を働かせているのは当の母ではむろんない。しかし、それは二郎でもないのだ。

第2部　〈家族〉の神話学

鏡の中の『三四郎』

I 『三四郎』の語り手／『三四郎』の読者

『三四郎』は「教養小説《ビルドウングスロマン》」の枠組の中で読まれて来た。それは、このテクストが「教養小説」的な言葉で語られたものとしてしか読まれて来なかったという意味である。確かに『三四郎』という作品には、人の「成長過程」(1)の根源的な意味がしまい込まれている。しかし、それを知るためには「教養小説」という読みの枠組は、必要だけれども相対化すべき枠組でしかないのである。

そもそも人は三四郎の言葉を信じ過ぎるようだ。しかし、『三四郎』というテクストの表現は主人公三四郎の言葉そのままではない。極端な言い方をすれば、三四郎の言葉として信じてよいのは鍵括弧で括り出された部分だけなのである。『三四郎』というテクストがどのような言葉で語られ、それを読むためにはどのような読者として振舞わなければならないのかということは、『三四郎』を論じる場合にはまず前提として確認しておかなければならないことのはずである。それを確認しない『三四郎』の読みは、きれいごとになってしまうだろう。なぜなら、素直に信じられていた三四郎の言葉は、彼の欲望をオブラートのように包み隠しているからである。もちろんこう言えるためには、三四郎の言葉に屈折を与えるような語り手、あるいはコード化の機能や微妙なニュアンスとしての語り、が抽出できなければならないだろう。それは端的にはこういう形となって現れている。

けれども学生生活の裏面に横たはる思想界の活動には毫も気が付かなかつた。――明治の思想は西洋の歴史にあらはれた三百年の活動を四十年で繰り返してゐる。（二）

三四郎の無知を示唆して、明らかに彼の言葉をこう読んでほしいと方向付け（コード化）しているこの文は、かなり実体化した語り手による表現と言ってよい。これに類するはっきりと三四郎を外側から語るような、語りがト書き風に顕在化したような表現だけでも全部で十三例あって（全て付表として挙げてある）、それらは当然のことながら、三四郎の無知や認識の誤りや偏りを指摘して見せる。読者は、このような語り手によるメッセージの方向付けを次々とコード化しながら三四郎の言葉を読まなければならないのである。しかし、語り（手）が、表現そのものに組み込まれた、読む行為自体を対象化する力（作用）である以上、たとえコード化の機能が低くとも（その分読者は自力でコードを生成しなくてはならない）、語りは全ての文にまつわりついていると考えるべきであろう。要は、読者が、そこに意味を生成すべきコードを持ち合わせているか否かということなのである。

表は大変賑かである。電車がしきりなしに通る。

「君電車は煩さくはないですか」と又聞かれた。三四郎は煩さいより凄じい位である。然したゞなかつた。

「えゝ」と答て置いた。すると野々宮君は「僕もうるさい」と云つた。然し一向煩さい様にも見え

「僕は車掌に教はらないと、一人で乗換が自由に出来ない。此二三年来無暗に殖えたのでね。便利になつて却つて困る。僕の学問と同じ事だ」と云つて笑つた。（二）

この場合、三四郎は野々宮の「煩わしい」という意味の「煩さい」を「やかましい」と聞いてしまうのである。読者はそこに気付いた上で、野々宮が「一向煩さい様にも見えな」いのを不思議に思っているらしい三四郎の「田舎者」（あるいは、世間知らず）加減をコード化していかなくてはならないのである。もう一つ例を挙げる。

野々宮君は只はあ、はあと云つて聞いてゐる。其様子が幾分か汽車の中で水蜜桃を食つた男に似てゐる。一通り口上を述べた三四郎はもう何も云ふ事がなくなつて仕舞つた。野々宮君もはあ、はあ云はなくなつた。（二）

ここで語り手が示そうとしているのは、野々宮と広田との単なる共通性だけではないだろう。この引用の前後の文脈からして、読者には野々宮が超俗的な何か取り付く島のない所謂「学者」の一つの

プロトタイプとして描かれているのがわかるはずなのである。しかし、三四郎には「其様子が幾分か汽車の中で水蜜桃を食つた男に似てゐる」というところまでしかわからない。ここでの語り手は、野々宮＝学者の典型という意味を生成し、なおかつ三四郎はそれをわかってはいない「田舎者」（世間知らず）だというある一定の方向に三四郎を相対化するようなコードをも生成するところに、『三四郎』というテクストの読者の像を思い描いているのである。それは、もはや三四郎の言葉を素朴に信じる読者ではない。しかし、そのような読者でなくては、三四郎の「成長」の本質は見えないのである。

II　彼自身の知らない三四郎

うと〳〵として眼が覚めると女は何時の間にか、隣の爺さんと話を始めてゐる。（一）

おそらく、冒頭のこの一文の特に前半が、『三四郎』の「教養小説」としての読みを決定して来たに違いない。それは、立身出世主義を担うにはあまりにナイーブでう
ぶな青年が（彼は今目覚めたばかりである）、しかし出世の希望を抱きながら東京帝国大学で学ぶために上京して体験する「目覚め」の物語、である。確かにそうには違いない。しかしここで注目しなくてはならないのは、この一文の後半である。「眼が覚めると女は何時の間にか、隣の爺さんと話を始めてゐる」という表現には、三四郎が目を瞑る前にはこの「女」になみなみならぬ注意を向けていた名残がある。それはこんな具

合であった。

女とは京都からの相乗である。乗つた時から三四郎の眼に着いた。第一色が黒い。三四郎は九州から山陽線に移つて、段々京大阪へ近付いてくるうちに、女の色が次第に白くなるので何時の間にか故郷を遠退く様な憐れを感じてゐた。それで此女が車室に這入つて来た時は、何となく異性の味方を得た心持がした。此女の色は実際九州色であつた。

三輪田の御光さんと同じ色である。国を立つ間際迄は、御光さんは、うるさい女であつた。傍を離れるのが大いに有難かつた。けれども、斯うして見ると、御光さんの様なのも決して悪くはない。唯顔立から云ふと、此女の方が余程上等である。口に締りがある。眼が判明してゐる。額が御光さんの様にだだつ広くない。何となく好い心持に出来上つてゐる。それで三四郎は五分に一度位は眼を上げて女の方を見てゐた。時々は女と自分の眼が行き中る事もあつた。爺さんが女の隣へ腰を掛けた時などは、尤も注意して、出来る丈長い間、女の様子を見てゐた。其時女はにこりと笑つて、さあ御掛と云つて爺さんに席を譲つてゐた。夫からしばらくして、三四郎は眠くなつて寝て仕舞つたのである。（一）

傍点の部分は「教養小説」という枠組で読む時に前景化するだろうと思われる表現である。この「女」は「三輪田の御光さん」と同じ「九州色」をしていたから、ナイーブでうぶなために心細い思いをしていた三四郎にとっては「異性の味方を得た心持がした」、というのである。ここには、性的な感じはほとんどない。それに、「御光さん」の「傍を離れるのが大いに有難かつた」と言う三四郎は好青年に見えるし、「爺さんに席を譲」る「女」は公衆道徳なども心得ているようでいかにも好もしい。一方、傍線の部分は「教養小説」的な枠組ではそのニュアンスが読者の記憶から消し去られるだろうと思われる表現である。だから、こういう表現がコード化されることはほとんどなかった。三四郎は「御光さん」を煙たがっているが、「御光さん」とは、わずか二か月程後にはその母親同志が婚約を認めたがる程の仲であり（四）、しかも彼女は三四郎に自分の母親が染めた生地を縫い上げた「紬の羽織」を送る程（九）の熱の入れようなのである。「御光さんは、うるさい女であつた」となれば、逆に九州にいた頃の親しさの度合がわかるだろう。三四郎が「御光さん」の例えば肌の色に性的な何ものも感じていなかったと考える方がかえって不自然であろう。それに、三四郎の女への「注意」のし方はどうだろう。彼はこの少し後でも、この「女」がトイレに立った時に「鮎の煮浸しの頭を啣へた儘女の後姿を見送つてゐた」程なのである。この三四郎のなめまわすような視線をいやらしいと形容してはいけないのだろうか。「教養小説」的な読みの枠組がこのような三四郎の視線の意味をおおい隠してはいなかっただろうか。しかし、いまや『三四郎』の読者は、彼の視線の意味を性的な欲望の現れとしてコード化できるはずである。

このような三四郎の「女」への関心のあり方は、千種・キムラ・スティーブン氏の言うように、この「女」との名古屋での「同衾事件」によってさらに明確になる。(2) 千種氏によれば、三四郎は名古屋に着いた後、断わる機会が何度もあったにもかかわらず（わざわざ断わる機会を設けてあるのは、三四郎が断わらなかった事を強調するため）、ついに「女」と「同衾」してしまうのは「極めて意図的な行為だった」。例えば、「女」を「妻」であるかのように宿帳に「出鱈目を書いて渡した」後、「さうして頻りに団扇を使つてゐた」りするのは、三四郎の後ろめたさを示しているようで怪しいではないか、と言うのである。要するに、「同衾事件」は、「女」が「迷惑でも宿屋へ案内して呉れ」とだけ言っているにもかかわらず、「行ける所迄行つて」みるために「三四郎が招いた」のであり、この「女」を「誘惑者」に仕立て上げたり、「女の謎」として普遍化してみたりするのは、女性に対するいわれなき差別ではないか、と言うわけである。確かに、うぶだということは自分の性的な欲望をスマートな形で対他関係に転移する方法（世間的なルール）を知らないという事でしかないのだが、これまでの『三四郎』の読み方では、うぶだということがそのまま性的な欲望がない事を意味するかのように考えられて来た。千種氏の論はそういった精神至上主義や女性に対する差別が読者の感性を鈍らせていたこれまでの読みの偏向をみごとに突いている。だが大切なのは次の事だ。実のところ、「女」の内面がほとんど書かれていない以上、名古屋での事は「女」の挑発と読むこともできるし、そうでないと読むこともできる。それは、読者の用いるコードによってどちらにもなり得るだろう。それにもかかわらず、あの場面に性的なニュアンスが色濃くまつわりついているとしたら、それは読者が三四郎の欲望を読んでしまっているからに他ならないのである。実際、三四郎があれ程びくつくのは、彼に欲望があるからではないか。では、三四郎は嘘を付いているのだろうか。

読者としての千種氏にも欠けているものがある。それは語りをコード化することである。千種氏は、基本的に三四郎の言葉ではなく行動そのものを重視し、それだけを意味付けることで、三四郎の「意図」を導き出している。しかし、この場合見知らぬ男（「女」は三四郎の帽子を「たゞの汚ない帽子」としか見ていないので、高等学校の学生として信用しているわけではない）に宿の案内を依頼した「女」の方に全く責めがないわけではないし、「已を得ず」そうなってしまったのだと繰り返す語り方を無視するのは片手落ちだからである。この件に対する三四郎の思い出し方を見てみよう。

元来あの女は何だらう。あんな女が世の中に居るものだらうか。女と云ふものは、あゝ落付て平気でゐられるものだらうか。無教育なのだらうか、大胆なのだらうか。それとも無邪気なのだらうか、要するに行ける所迄行つて見なかつたから、見当が付かない。思ひ切つてもう少し行つて見ると可《よ》かつた。けれども恐ろしい。別れ際にあなたは度胸のない方だと云はれた時には、喫驚《びつくり》した。二十三年の弱点が一度に露見した様な心持であつた。親でもあゝ旨く言ひ中てるものではない。

……（一）

確かに三四郎は、昨晩自分がどういう状況に置かれ、行き着く先が何であったかをはっきり理解している。しかし、この反省の特徴が、それは自分ではなくあの「女」のせいだと信じているところにある以上、この二つの一見相反する意味を統合したところに三四郎像を結ばなくてはなるまい。すなわち、三四郎の実際の行動が性的な欲望にかられたものの如くであるのに、彼の言葉がそれを否定しているのならば、三四郎は自己の性的な欲望をまだ知らないということになるだろう。言い換えれば、〈他者〉に結ばれた言葉で自己の欲望を自分のものとして指し示すことがまだできないのである。彼はまだ〈他者〉に出会っていないので、彼の性的な欲望はまだ無意識の中にあると考えるべきである。

あるいは、欲望はまず〈他者〉の欲望としてやって来ると言ってもよい。無意識とは、ある変形を経なければ顕在化しない意識のあり方のことだが、人は自分の最もやりたいこと、最も知りたいことを、決してやってはならないこと、決して知ってはならないこととして抑圧してしまうものなのである。ここで三四郎を拘束して彼の欲望を無意識の底に沈めているのは、たぶん彼の言う「徳義上の観念」(四)や「九州流の教育」(七)であろう。

このように、三四郎の自己像には自己の性的な欲望がまだ組み込まれていない、つまり彼は明確な自己像をまだ持ってはいないので、彼は自己の欲望をあたかも「女」の欲望であったかのように変形させて感じてしまうのである。彼は「教養小説」の主人公にふさわしい、ある意味では不完全な自己像を造り上げてしまっていると言えよう。だとしたら、ここで彼が驚いているのは、まだ自分が知らずにいる自分自身の欲望に対してなのである。まさに「度胸のない方」ではないか。三四郎が野々宮を訪ねた後に東大構内の「池の面」をながめながら感じる「寂寞」(二)は、彼がそれを正確に「汽車の女」と結び付けているように、自分が自分自身の欲望から疎外されてしまっていると感じるところから来ている。この時、池に映ったさかさまの木と空とは、この転倒の喩であろう。

ここでもう一度読者の役割を確認しておくと、まず、読者は三四郎に代わって彼の行為そのものから性的な欲望という意味を生成し、次に、彼がそれを〈他者〉に結ばれた言葉で指し示すことができないのだ(不完全な自己像)というコードをも生成した上で、三四郎の像を結ばなくてはならないのである。

三四郎像の輪郭をもう少しはっきりさせてみよう。例えば、三四郎は小説の主人公にもかかわらず実に寡黙、無口な青年である。彼が自分から口を開くとすれば、美禰子についての情報を得ようとする時だけで、だいたいは、「ええ」とか「ああ」とか、でなければほんの片言程度しか話さないのである。最も端的な例を挙げよう。


「迷子」

女は三四郎を見た儘で此一言を繰返した。三四郎は答へなかつた。

「迷子の英訳を知つて入らしつて」

三四郎は知るとも、知らぬとも云ひ得ぬ程に、此問を予期してゐなかつた。

「教へて上げませうか」

「えゝ」

「迷へる子《ストレイシープ》——解つて?」

三四郎は斯う云ふ場合になると挨拶に困る男である。咄嗟の機が過ぎて、頭が冷かに働き出した時、過去を顧みて、あゝ云へば好かつた、斯うすれば好かつたと後悔する。と云つて、此後悔を予期して、無理に応急の返事を、左も自然らしく得意に吐き散らす程に軽薄ではなかつた。だから只黙つてゐる。さうして黙つてゐる事が如何にも半間であると自覚してゐる。　（五）

ここでの三四郎の言葉は「えゝ」だけである。語り手が解説してみせるように「咄嗟」の場合特に無口になってしまうのだが（名古屋での「同衾事件」はまさに「咄嗟」の場合として語られていた）、それは彼の「度胸」のなさからだけ来るものではなさそうである。

「大学の講義は詰らんなあ」と（与次郎が—注）云つた。三四郎は好加減な返事をした。実は詰るか詰らないか三四郎には些とも判断が出来ないのである。然し此時から此男と口を利く様になつた。

（三）

この時には、三四郎もうすうす大学の講義は「詰らん」と感じていたのだが、それを明確に言葉にできずに、与次郎に指し示されて始めて気付く。だから彼は与次郎と「口を利く様になつた」のである。三四郎が直接「解らない」と口にしたり意識化した場合だけでなく、別表に挙げたほとんどの文が提示しているように、彼が「解らない」ことが暗示されている場面も含めると、このテクストの中で三四郎の「解らな」さは三十回近く反復されている。彼はまさに世間で普通に話す言葉さえ知らないのだと言える。三四郎は決して無感動なのではない。自分の気持に形を与えられない、言い換えれば、〈他者〉に向かってそれを指し示す言葉を与えられないのだ。自己像が〈他者〉との関係によって形成されるものである以上、三四郎には明確な自己像がないと言えるだろう。先の引用に戻れば、確かに三四郎は自分の沈黙が「如何にも半間である」ことをはっきり「自覚」している。その限りでは、彼の「後悔」は自分が「挨拶に困る男」であるという対社会的なコードによる自己規定を行なってはいる。しかし、「後悔」には「音声化が存在しない」(3)点が重要なのである。「後悔」とは〈他者〉に開かれていない自分一人の言葉で行なわれる、〈私—私〉言語による「自己コミュニケーション」

でしかないからである。

三四郎の美禰子についての認識のし方を考える場合も、このような三四郎像を読みの枠組としてコード化した上で考えなければならないだろう。

III　他者化された欲望

三四郎の他者の「眼」に対する認識のあり方をいくつか引いてみよう。視線の交錯は人間関係の原型でもあるので、三四郎の「眼」に対する認識のあり方を分析することは、取りも直さず彼の対他関係の原型を抽出することに他ならないのである。それは、もちろん美禰子に対する認識の原型でもある。

(1)　其拍子に三四郎を一目見た。三四郎は慥に女の黒眼の動く刹那を意識した。其時色彩の感じは悉く消えて、何とも云へぬ或物に出逢つた。其或物は汽車の女に「あなたは度胸のない方ですね」と云はれた時の感じと何所か似通つてゐる。三四郎は恐ろしくなつた。　（二）

(2)　其中に遠い心持のする眼がある。高い雲が空の奥にゐて容易に動かない。けれども動かずには居られない。たゞ崩れる様に動く。女が三四郎を見た時は、から云ふ眼付であつた。　（三）

(3)　二三日前三四郎は美学の教師からグルーズの画を見せてもらつた。其時美学の教師が、此人の画いた女の肖像は悉くオラプチユアスな表情に富んでゐると説明した。オラプチユアス！　池の女の此時の眼付を形容するには是より外に言葉がない。何か訴へてゐる。艶なるあるものを訴へてゐる。さうして正しく官能に訴へてゐる。けれども官能の骨を透して髄に徹する訴へ方である。甘いものに堪へ得る程度を超えて、烈しい刺激と変ずる訴へ方である。甘いと云はんよりは苦痛である。卑しく媚びるのとは無論違ふ。見られるものゝ方が是非媚びたくなる程に残酷な眼付である。しかも此女にグルーズの画とは似た所は一つもない。眼はグルーズのより半分も小さい。（四）

(4) 三四郎は念の為め、邪魔ぢやないかと尋ねて見た。些とも邪魔にはならないさうである。女は言葉で邪魔を否定した許ではない。顔では寧ろ何故そんな事を質問するかと驚いてゐる。三四郎は店先の瓦斯の光で、女の黒い眼のなかに、其驚きを認めたと思つた。事実としては、たゞ大きく黒く見えた許である。（九）

これらの例には、『三四郎』というテクストの表現の特質がよく現れている。(1)から(4)へと、物語の進行にともなって三四郎の視線の特徴がより明確に表現されるようになって行くのがわかるはずである。(1)では、先に挙げた野々宮と広田の例と同じように、三四郎には二人の女の感じが「似通つてゐる」ところまでしかわからない。そこで、三四郎は自己の欲望を「汽車の女」という自分だけにしかわからない言葉によって名付けてしまい、しかも、それを初対面の見も知らぬ女の「黒眼」の中に読み込んで、あたかも相手のものであるかのように感じている。それがどんなに自分勝手で失礼なものであるか、彼はもちろん気付いてはいない。こういった、三四郎が美禰子を見るいやらしさは、何回か変奏されている。(4) (2)は、よし子とはじめて会った時のものだが、前に触れた「池の面」の描写との類似を思い出すだけでよいだろう。三四郎はこの時よし子を「初から旧い相識《しりあい》」とも「遠い故郷にある母の影」とも言っているが、それならば彼はよし子に自分の知っているもの(=自己)しか見なかったのである。彼のよし子に対する見方が最後まで変わらないのは(十二)、よし子が三四郎の知っているものから一歩も出なかったことを意味している。ちなみに、三四郎はこの場面でもよし子の「頸の曲り具合を眺め」すぎて彼女を「赤面」させることは忘れていない。(3)は、この段階でもまだ三四郎と美禰子はろくに口さえ利いたことがない以上、女が自分の「官能に訴へ」ているなどと考えるのは、彼がまたしても自己の欲望を投影させた結果であることはまちがいない。「しかも此女にグルーズの画と似た所は一つもない。眼はグルーズのより半分も小さい」という表現が、「グルーズの画」と美禰子とを勝手に重ねる三四郎の思い込みを暴いている。この「しかも」は「それにもかかわらず」の意だろう。(4)も、最後の一文が三四郎の思い入れの質を暴いている。要するに、三四郎のやっていることは〈他者〉の「眼」との応答ではなく、自己の欲望との対話、「自己コミュニケーション」なのである。三四郎の「眼」についての認識をこんな具合に把握してみると、たとえば運動会の場面で、美禰子の「眼は此時に限つて何物をも訴へてゐなかつた」のは、彼が自分から「御機嫌を取りたくない」(六)とするその時の気持がそのまま美禰子の目に投影された結果でもあることがわかるのである。しかし、三四郎はこういう美禰子への気持に自分から言葉を与えようとした形跡はない。だから、それは他者から与えられる。

「それ丈で沢山ぢやないか。――君、あの女を愛してゐるんだらう」

与次郎は善く知つてゐる。（九）

読者は既に百も承知とは言え、三四郎の美禰子への気持にはっきりとした輪郭を与えるのは与次郎なのである。

これらの例が示しているのは、『三四郎』の読者は、美禰子と三四郎の関係を読む場合、少なくとも三通りのコードを生成しなくてはならないということである。第一のコードは、三四郎の美禰子への気持はたとえば「愛」という概念によって呼ぶことができるということ。これは容易にできるコード化である。第二のコードは、三四郎自身は自分の欲望をそれとして指し示す言葉を持たないこと。そして第三のコードは、その結果美禰子の三四郎への好意のように見えるものは、実は三四郎が自己の欲望を美禰子の眼の中に読み込んだものにすぎないらしい、ということである。だからこそ、三四郎ははじめ美禰子の自分への好意に疑いを抱いていないのである。この第三のコードを生成できなかった読者（や三四郎）は、美禰子の中に三四郎の欲望を読んでしまい、それを美禰子の「一目惚れ」と呼ぶのである。実は三四郎の「己惚」（八）である。

このような三四郎の他者認識のあり方をみごとに形象化した場面が八章にある。

三四郎が半ば感覚を失つた眼を鏡の中に移すと、鏡の中に美禰子が何時の間にか立つてゐる。下女が閉てたと思つた戸が開いてゐる。戸の後に掛けてある幕を片手で押し分けた美禰子の胸から上

が明かに写つてゐる。美禰子は鏡の中で三四郎を見た。三四郎は鏡の中の美禰子を見た。美禰子はにこりと笑つた。（八）

『三四郎』の中では最もエロス的な場面であろう。それは、自己の分身を造り出そうという欲望（生）と、その分身との合一による自己消尽の欲望（死）という二つの相反する欲望を、鏡が同時に現出させるからに他ならない。ここで思い出したいのは、鏡のこのような機能を、自我の起源を説明する理論に組み変えた、フロイト派の精神分析医ジャック・ラカンの「鏡像段階」という仮説である。(5)「鏡像段階」とは、自我形成の一段階であり、また自己と他者との関係の原型でもある。

ラカンによれば、新生児はまだ統一的な自己像（＝主体）を持っていない（ラカンの言葉では「ぽかんとした自失状態の存在」）。それが、生後六か月から一八か月の間に、この「鏡像段階」という時期を迎え、鏡に映った自己像を、統一された自己像として、鏡の中に先取りすることによって統合するようになる。それは、自分がそれになってしまいたい他者として自我に形を与えることだと言ってもよい。実際には、母親の眼差、表情がこの鏡像の役割を果たすことが多い。したがって、鏡像としての自己は、実は人がはじめて出会う他者（＝想像的他者）でもある。ところが、そのために、この時には、人は自分のやりたいこと（根源的には性的な欲望）を他者のもののように感じてしまう。自己の欲望の対象化でもある。これは、ラカンの「私の欲望は（想像的）他者の欲望である」という有名な定式の成立する第一のレベルである。しかし、鏡像が他者である以上、人は新たに自己を形成しなくてはならない。そこで、鏡像としての他者の眼差の中に、その他者の求めているような「理想の自我《イデアル・イッヒ》」をいわば想像的自己像として形成する。この「理想の自我」は、間主観的に〈他者〉に開かれた言葉を語ることによってしか、つまり〈他者〉の言葉で自己の欲望を語ることによってしか〈他者〉と出会うことはできない。このような〈他者〉もまた言葉としてしか我々の前に開かれていないことは言うまでもないだろう。言い換えれば、人は語る「主語」としてしか〈他者〉に開かれた自己を生成することはできないのだ。このレベルにおいては先の定式は、「私の欲望は（言語という）他者の欲望である」として変奏される。(6) これが「成長」することの根源的な意味なのである。

　このラカンの仮説を援用すれば、先の引用の第一文の「三四郎が半ば感覚を失つた眼を鏡の中に移すと」は「ぽかんとした自失状態」と対応し、以下の二人の鏡の中での応答には、三四郎の見ている他者が（あるいは他者の「眼」が）鏡でしかなかったことがみごとに示されている、という風に読めるだろう。この鏡の場面では、三四郎は美禰子の実像を決して見ることはできないが、美禰子は後ろから三四郎の実像も見ることができているのである。そして、「三四郎が半ば感覚を失つた眼を鏡の中に移すと」が、小説の冒頭の「うと〳〵として眼が覚めると女は何時の間にか」の変奏であることを考えれば、この鏡の場面には『三四郎』一篇のモチーフが集約されていると言えるだろう。とすれば、『三四郎』は、三四郎が〈他者〉に結ぶ言葉を獲得する物語なのである。それを『三四郎』の言葉で言えば、美禰子を「翻訳」（四）する物語だということになる。

IV　語られる言葉

三四郎とて木偶の坊ではない。例えば彼はこんな言葉を獲得して行く。

(1)　それから真砂町で野々宮君に西洋料理の御馳走になつた。野々宮君の話では本郷で一番旨い家ださうだ。けれども三四郎にはたゞ西洋料理の味がする丈であつた。然し食べる事はみんな食べた。（二）

(2)　「学生集会所の料理は不味いですね」と三四郎の隣に坐つた男が話しかけた。此男は頭を坊主に刈つて、金縁の眼鏡を掛けた大人しい学生であつた。

「さうですな」と三四郎は生返事をした。相手が与次郎なら、僕の様な田舎者には非常に旨いと正直な所をいふ筈であつたが、其正直が却つて皮肉に聞えると悪いと思つて已めにした。（六）

(1)は上京したばかりの八月頃。(2)は一一月頃に開かれた学生の親睦会で、「肉刀《ナイフ》と肉叉《フォーク》を動かして」とあるので、これも「西洋料理」を食べているのである。ここで重要なのは、三四郎が「西洋料理」の味がわかるようになったというような事ではない。(1)の場面では、明らかに三四郎が「田舎者」であるのを暗示することが意味の中心にある。が、「田舎者」という意味を生成するのは読者の仕事であって、三四郎自身は自分が「田舎者」だと意識しているわけではない。しかし、(2)の場面では、彼は自分が「田舎者」であることを意識しているばかりか、自分の方からそれを言うことが「皮肉」に聞こえるかもしれない事にまで思い至っているのである。三四郎が自分を「田舎者」か、それに類するものと考えるのはこれを含めて三回あるが（「自分は田舎から出て大学へ這入った許り」六、「九州流の教育を受けた結果」七）、いずれも一一月以降（小説の後半）である。そして、これとほぼ同時に、付表に挙げた語り手の言葉から三四郎が「田舎者」だとする内容は消えてしまうのである（はっきりと「田舎者」と言っているのは2、3、5、7と前半に集中している）。つまり、はじめは、語り手や「田舎者」を連発する与次郎によって、三四郎の「田舎者」加減は彼の外側から規定されていたのだが、後半になると東京での人間関係の中から、三四郎は自己を「田舎者」として意味付ける事を覚えたのである。「田舎者」という他者による自己についての言葉が内面化され、彼の自己像の中に組み込まれたわけである。この時、三四郎は、わずか三か月程しか以前でないのに、上京した当時を「昔」（九、十二）と感じるようになるのである。上京した当時は、母の手紙を「何だか古ぼけた昔から届いた様な気がした」（二）と言っている。彼にとって「昔」は時間ではなく心理的な距離感の事なのである。だが、あたかもこれと反比例するかのように、小説の後半になると三四郎には美禰子がわからなくなってゆく。このわからなさは、彼が「田舎者」だからではないはずだ。

三四郎に美禰子がわからなくなってしまうのは、広田から美禰子の評を聞いたり（七）、与次郎から野々宮と比較されたりする（九）からばかりではない。その決定的な理由はたぶん運動会での出来事（六）にある。

「先刻《さっき》あなたの所へ来て（野々宮が―注）何か話してゐましたね」

「会場で?」

「えゝ、運動場の柵の所で」と云つたが、三四郎は此間を急に撤回したくなつた。女は「えゝ」と云つた儘男の顔を凝っと見てゐる。少し下唇を反らして笑ひ掛けてゐる。三四郎は堪らなくなつた。何か云つて紛らかさうとした時に、女は口を開いた。

「あなたは未だ此間の絵葉書の返事を下さらないのね」

三四郎は迷付ながら「上げます」と答へた。女は呉れとも何とも云はない。 （六）

この時、美禰子は三四郎の野々宮への嫉妬をはっきりと感じ取る。さらに、まだ届いていない葉書の返事を三四郎が出す意志があるのを確認することで、彼の心をしっかりと見抜いてしまうわけだが、重要なのは、美禰子の笑いである。それまでは、三四郎に読まれる／見られる通りにしか自己の存在を彼に向かって結ばなかった美禰子が、「下唇を反らして笑ひ掛け」ながら「男の顔を凝っと見てゐる」のである。三四郎は美禰子の「眼」に自己の予期していなかった意味を読んでしまったのである。そこにいるのは、もはや彼の期待通りの、彼の知っている「鏡の中の美禰子」ではない。この、美禰子が鏡でなく自分を無遠慮に眼差す未知の〈他者〉であるという感覚、見られてしまったという感覚が、屈辱感のような疑惑として三四郎の中に沈澱してゆくのである。それは、美禰子が、三四郎の客体の位置から身をずらし、自らを恋の主体の位置に反転させようとする瞬間でもあった。以後、美禰子がいかに三四郎の鏡像として振舞おうと、三四郎から疑惑は払拭されはしない。三四郎は、母に「東京はあまり面白い所ではない」（七）と書き送り、それまで拒否していた「御光さん」のくれた

「羽織」を着るのである（九）。したがって、三四郎が美禰子に愛の告白に行くのが（十）、信じていたからではなく、信じていないからなのは明白だろう。そうでなければ、疑惑が深まって行くばかりなのにあえて告白し、その告白の直前に「小供の葬式」（十）という不吉なものに出合わなければならない理由が理解できないのである。しかし、三四郎はまだ想像的他者としての美禰子の視線の中に生きようとしているはずで、だから、この時の三四郎には、美禰子の視線から「一歩傍へ退」いて「美禰子を余所から見る事」など思いもよらないのである。

静なものに封じ込められた美禰子は全く動かない。団扇を翳して立つた姿その儘が既に画である。三四郎から見ると、原口さんは、美禰子を写してゐるのではない。不可思議に奥行のある画から、精出して、其奥行丈を落して、普通の画に美禰子を描き直してゐるのである。にも拘らず第二の美禰子は、この静さのうちに、次第と第一に近づいて来る。三四郎には、此二人の美禰子の間に、時計の音に触れない、静かな長い時間が含まれてゐる様に思はれた。其時間が画家の意識にさへ上らない程柔順しく経つに従つて、第二の美禰子が漸く追付いて来る。もう少しで双方がぴたりと出合つて一つに収まると云ふ所で、時の流れが急に向を換へて永久の中に注いで仕舞ふ。原口さんの画筆《ブラツシ》は夫より先には進めない。三四郎は其所迄跟いて行つて、気が付いて、不図美禰子を見た。美禰子は依然として動かずに居る。三四郎の頭は此静かな空気のうちで覚えず動いてゐた。酔つた心持である。すると突然原口さんが笑ひ出した。
「又苦しくなつた様ですね」　（十）

「不可思議に奥行のある画」とは他でもない「鏡の中の美禰子」のことであり、「普通の画」とは美禰子の実像のことであろう。だとしたら、これはほとんど「鏡」の原理の説明である。美禰子の残したのは「森の女」の絵などではなく「鏡の中の美禰子」の絵だったのである。


「どうだ森の女は」

「森の女と云ふ題が悪い」

「ぢや、何とすれば好いんだ」

三四郎は何とも答なかつた。たゞ口の内で迷羊《ストレイシープ》、迷羊《ストレイシープ》と繰返した。

（十三）

三四郎はもう「解らない」などとは答えない。彼は、自己の「欲望」の対象であった「鏡の中の美禰子」の名を、今では〈他者〉となってしまったほかならぬ美禰子から与えられた言葉でつぶやいてみる。それは、自分とたった一人の〈他者〉である美禰子とだけ共有できる言葉だ。彼ははじめて自己の「欲望」を言葉にしたのである。彼には、鏡の向こう側で演じられていたはずの美禰子の物語が見え始めているに違いない。しかし、それを別の〈他者〉に向かって語ること、すなわち、語ることによって自己を生成する決心はまだできないでいるらしい。だから美禰子の物語を紡ぐのは、読者に残された最後の仕事である。

＊

ところで、「切実に生死の問題を考へた事のない」三四郎が、「小供の葬式」を「美しく感じ」てしまうのは、彼がまだ「生死の問題」を語る言葉を持たないからだが、三四郎がその恋の〈始め〉と〈終わり〉で「轢死」(三)や「小供の葬式」に出合ったりするのには他にも意味があるに違いない。特に「小供の葬式」の方は美禰子への想いと強く結び付けられているのである。

「鏡像段階」の説明で、「人は語る『主語』としてしか〈他者〉に開かれた自己を生成することはできない」と述べたが、これは主体の「欲望」にとっては一つのあきらめであろう。このあきらめを理論的に取り出したのがフロイトのエディプス・コンプレックスの仮説なのである。比喩的に言えば、主体は自己を消し去ること(死)によってのみ次々と、鏡像→理想の自我→〈他者〉へと変身することができるが、逆に言えば、主体は〈他者〉のいる社会に参加するのと引き換えに、〈父〉から〈死〉〈去勢〉を強制されているのである。つまり、社会では、主体は自己の「欲望」を言葉ではないそのままの形で実現してはならないのである。そんなことをしたら、人は自己の最も愛しているもの(最も同一化したいもの)を次々と消し去ることになってしまうからである。こう考えると、三四郎の恋の〈始め〉と〈終わり〉に対置されている〈死〉は、「成長」することを通して三四郎の主体があきらめねばならないものの逆立ちした形(ネガ)であり、同時に主体が強制されるもの(ポジ)の喩なのである。父不在の物語である『三四郎』から、「母からの自立」のテーマを読み取った酒井英行氏(7)は炯眼という他ないが、実は三四郎が受けとめなかった喩としての〈父〉は存在していたのである。

彼がほんとうに「成長」するのは、この〈死〉＝〈父〉を受けとめた時である。

付表

1 けれども学生生活の裏面に横たはる思想界の活動には毫も気が付かなかつた。――明治の思想は西洋の歴史にあらはれた三百年の活動を四十年で繰返してゐる。（二）

2 けれども田舎者だから、此色彩がどういふ風に奇麗なのだか、口にも云へず、筆にも書けない。（二）

3 この田舎出の青年には、凡て解らなかつた。（二）

4 光線の圧力を試験する人の性癖が、かう云ふ場合にも、同じ態度であらはれてくるのだとは丸で気が付かなかつた。年が若いからだらう。（三）

5 田舎者だから敲《のつく》するなぞと云ふ気の利いた事はやらない。（三）

6 三四郎はそんな事に気のつく余裕はない。（三）

7 田舎者の三四郎にはてつきり其所と気取る事は出来なかつたが、……（六）

8 間違つたら下宿の勘定を延ばして置かう抔といふ考へはまだ三四郎の頭に上らない。（八）

9 三四郎は本来から斯んな男である。用談があつて人と会見の約束などをする時には、先方が何う出るだらうといふ事許り想像する。自分が、こんな顔をして、こんな事を、こんな声で云つて遣らう抔とは決して考へない。（八）

10 もし、ある人があつて、其女は何の為に君を愚弄するのかと聞いたら、三四郎は恐らく答へ得なかつたらう。強ひて考へて見ろと云はれたら、三四郎は愚弄其物に興味を有つてゐる女だからと迄

は答へたかも知れない。自分の己惚を罰する為とは全く考へ得なかつたに違ひない。（八）

11 是を蠟燭立と見たのは三四郎の臆断で、実は何だか分らない。（八）

12 事実としては、たゞ大きく黒く見えた許である。（九）

13 もし誰か来て、序に美禰子を余所から見ろと注意したら、三四郎は驚ろいたに違ひない。（中略）苦悶を除る為めに一歩傍へ退く事は夢にも案じ得ない。（十）

眼差としての他者　『こゝろ』

先生とKとの葛藤は、Kの恋によって偶然起こってしまったのだろうか。もっと具体的に言えば、先生はほんとうに善意だけでKを自分の下宿に同居させたのだろうか。この疑問は、今までは、こういう形でしか問われなかった。すなわち、先生は、Kの自殺について、なぜあれ程までに罪の意識を持たなければならなかったのだろうか、と。先生はそういう自分を「時勢遅れ」（下五十五）と言い、そういう精神のあり方を「明治の精神」（下五十六）と呼んでいるのだが、Kの自殺がK自身の結論である以上、その結論をあくまで自分自身の心の傷として負い続ける先生の姿勢や自殺には、どこか不自然な感じが付き纏うのである。これは、『こゝろ』を先生の個人的な過剰なまでの「倫理」の物語として読むことの限界を端的に示している。(1) しかし、だからと言って柄谷行人氏のように、「先生の自殺」は「作品の構成的必然」ではなく「作者の願望のあらわれ」なので、「友人を裏切ったという罪感情が、あるいは明治は終ったという終末感が、この作品をおおっている暗さや先生の自殺決行に匹敵しない」(2)（傍点原文）として、テクストそれ自体の分析を諦めてしまうわけにはいかない。それは、先生自身「私は私の出来る限り此不可思議な私といふものを、貴方に解らせるやうに、今迄の叙述で己れを尽した積です」（下五十六）と述べているからだが、『こゝろ』が偶然性や読者の感傷に頼るような通俗小説でないならば、先生とKとの葛藤の劇の先生にとっての必然性は、先生の遺書に語られている物語を、先生の対他関係のあり方にポイントを置いて分析・記述することによって見えて来るはずなのである。

I 他者としての自己

先生の対他的な感受性のあり方を知ろうとする時にまず気付くのは、他者の眼差への異様なこだわり方である。しかも、眼差の交錯は人間関係の原型でもあるので、先生の眼差に対するこだわり方を分析することは、取りも直さず先生の対他関係の原型を抽出することに他ならないのである。いくつか例を挙げておこう。

(1) 私は其時腹のなかで、男は斯な風にして、女から気を引いて見られるのかと思ひました。奥さんの眼は充分私にさう思はせる丈の意味を有てゐたのです。（下十八）

(2) 私は彼の眼遣《めづか》ひを参考にしたかつたのですが、彼は最後迄私の顔を見ないのです。（下四十一）

(3) 私は其時やつとKの眼を真向《まむき》に見る事が出来たのです。（中略）彼の眼にも彼の言葉にも変に悲

痛な所がありました。　（下四十二）

(4)　父は寧ろ私の心得になる積で、それを云つたらしく思はれます。「御前もよく覚えてゐるが好い」と父は其時わざ〳〵私の顔を見たのです。だから私はまだそれを忘れずにゐます。（下四）

(5)　奥さんは私の予期してかゝつた程驚いた様子も見せませんでしたが、それでも少時《しばらく》返事が出来なかつたものと見えて、黙つて私の顔を眺めてゐました。一度云ひ出した私は、いくら顔を見られても、それに頓着などはしてゐられません。「下さい、是非下さい」と云ひました。（下四十五）

眼差へのこだわりと言っても、それが(1)の範囲内で語られる限り、特に注目には値しない。人はよく表情の中心である目から心を読もうとするからである。だから、(2)(3)において、先生が今打ち倒そうとしているKの「眼遣ひ」を参考にしたがっていること自体は当然過ぎる位なのだが、その執拗さには、不自然な感じ、異様な感じがある。(4)では、それがどのような表情かではなく、見ることそれ自体に特別な意味がこめられているし、(5)の求婚の場面での先生の見られることへのこだわり方は、異様というよりむしろ唐突の感じさえ与える。このような観点から先生の対他関係のあり方を見直してみると、先生は自分の眼差にも意識的であることがわかる。

「気の毒だが信用されないと仰しやるんですか」

先生は迷惑さうに庭の方を向いた。其庭に、此間迄重さうな赤い強い色をぽた〳〵点じてゐた椿

の花はもう一つも見えなかつた。先生は座敷から此椿の花をよく眺める癖があつた。（上十四）

さりげなく書かれてあるが、先生は青年の自分に対する期待や肉迫をはぐらかすために、意識的に目をそらしたりそっぽを向いたりしていたふしがある。また別のところでは、青年は先生の目から「異様の光」（上六）が出たとも語っている。さらに先生は、一方では「冷たい眼《まなこ》で研究されるのを絶えず恐れて」（上七）おり、また一方では下宿の人達を「猫のやうによく観察」する自分を「物を偸《ぬす》まない巾着切見たやうなものだ」（下十二）とまで言っているのである。前者は見られることの、後者は見ることとの意味だと考えられるが、人間関係における眼差の意味は、それが最もあらわになる視線恐怖症について考えることで深めることができる。

サルトルは、他者とは「私にまなざしを向けている者」(3)だと定義しているが、これは視覚が最も対象化作用の強い知覚だからであろう。したがってサルトルの理論では、自己を対象化するもの、究極的にはモノ化してしまうもの、それが他者であると言い換えてもよいのである。視線恐怖症の人は、自己が何ものか（他者）によって対象化されることを、あるいは、自己がある人を対象化することによって、自己がその人にとっての他者になってしまうことを恐れるのである。見られる恐怖と見てしまう恐怖である。他者に評価されること、つまり自分の一部が対象化され他者の眼差に晒されることを極端に嫌うステューデント・アパシーの男性や、そういう世界への参加を身体的にさえ拒否しようとする拒食症の女性も、これと根は同じであろう。極端に言えば、成人しきれない若者にとっては、この世の中に他者のいることが耐えられないのである。これはそのまま『こゝろ』の先生の「恐れ」

だと言ってよい。先生は、眼差によって自己が対象化されること、あるいは対象化することとそれ自体を極度に嫌っている。見られている（あるいは見ている）という意識は、必然的に自己を外側から見られている自己とそれを内側から意識している自己とに分裂させるのだが、先生の「恐れ」は、他者の眼差が外側から見られた自己だけを対象化するのではなく内側の自己にまで無遠慮に侵入し、それをも対象化するように感じてしまうところから来ていると考えられる。もちろんこれを侵入と感じてしまうのは、「人間といふものを、一般に憎む」（上三十）先生の心に、拒否の姿勢があるからに他ならない。

私は其上無口になりました。それを二三の友達が誤解して、冥想に耽つてでもゐるかのやうに、他の友達に伝へました。私は此誤解を解かうとはしませんでした。都合の好い仮面を人が貸して呉れたのを、却つて仕合せとして喜びました。（下十六）

それを「誤解」だと意識しながら他者の眼差によって対象化された自己になりすましてしまえば、逆にそうでない自分（内側の自己）だけは他者の眼差に晒されずに確保できるはずである。しかし、そうでない自分が不安定な先生には、関係のような不安定なものに自己同一性の大部分を依存することはできない。事実、先生はこの「仮面」に耐えられずに「発作的に焦燥《はしや》ぎ廻つて彼等を驚かし」（同）たりしているのである。

先生の恋も、同様の意味付けができる。先生はお嬢さんへの思いを「信仰に近い愛」（下十四）と呼び「全く肉の臭を帯びてゐませんでした」(同)と語っているが、実際には、お嬢さんを目の前にすると「妙に不安」(下十三)になり、「自分で自分を裏切るやうな不自然な態度」(同)しか取れなくなる。それどころか、お嬢さんを「決して子供ではなかつた」ことが「能くそれが解つて」(同)いたとさえ語っているのである。先生が、実際にはお嬢さんに対して明らかに「肉の方面」(下十四)の欲求を感じているにもかかわらず、それに目をつぶり、「信仰に近い愛」と言わなければならないのはなぜだろうか。その理由の一つは、先生の「性欲」(下十四)が、自分は「子供ではな」いことを「能く解るやうに振舞つて見せる」(下十三)お嬢さんによって、また、「御嬢さんと私を二人ぎり残して行くやうな事」を「故意」(下十四)にしない奥さんによって、さらには、自分の娘を先生の妻にしようとしたかつての叔父によって、対象化され「誘《おび》き寄せられ」(下十六)たからである。精神は対象化されることはなく、せいぜい共有されるだけだが、「性欲」は人間の活動の中でも、最も対象化されやすい部分であろう。先生は、自分の恋からこの最も対象化されやすい側面を無理に切り捨てようとしたのである。これが、他者への拒否の姿勢が、恋の方面へ現れたものであることは言うまでもあるまい。しかし、このような他者への拒否の姿勢にもかかわらず、他者の眼差が内面にまで侵入してしまうのは、先生の「倫理」のせいである。

奥さんと御嬢さんの言語動作を観察して、二人の心が果して其所に現れてゐる通なのだらうかと疑つても見ました。さうして人間の胸の中に装置された複雑な器械が、時計の針のやうに、明瞭に偽りなく、盤上の数字を指し得るものだらうかと考へました。(下三十九)

先生が、人の「言語動作」(外面の自己)と「心」(内面の自己)とが一致してあるべきだと考えていることは言うまでもない。だから、他者の表情(言語動作)が、それを受けとめる自己の責任を超えて無遠慮に侵入して来るとしたら、善悪は結果にではなく動機にあることになる。先生がKの結論を全て引き受けようとするのも、何よりもその時の自分の「言語動作」が悪意に満ちていたからであろう。これが「倫理的」(下二)に見えることは確かだし、その「倫理」が動機の善悪を問う方面に集中的に現れる以上、先生は「懐疑性情」[4]とならざるを得ないのである。その意味で、先生の「倫理」は、先生の体質そのものだと言ってもよい。その結果、先生の対他関係は眼差の拒否と眼差の侵入との間で自己矛盾を繰り返す大変不安定なものとなってしまう。したがって、先生にとっての他者は、抽象化され安定した常識《コモン・センス》にはならず、常に具体的な眼差としての他者であり続けるだろう。繰り返しておけば、このような先生の姿勢が、一見「倫理的」に見えることはまちがいない。しかし、「世間的」(下九)な価値観から先生の姿勢を見れば、「倫理的に潔癖」(下三十二)と言うよりは、あまりに幼い態度と映るはずである。

ところで、先生ははじめから眼差の相剋が関係の原型となるような世界に生きていたわけではない。それは、叔父に裏切られたことを知った時からである。

> 私の性分として考へずにはゐられなくなりました。何うして私の心持が斯う変つたのだらう。いや何うして向ふが斯う変つたのだらう。私は突然死んだ父や母が、鈍い私の眼を洗つて、急に世の

中が判然《はっきり》見えるやうにして呉れたのではないかと疑ひました。（中略）私の世界は掌を翻へすやうに変りました。（下七）

これは、従妹との結婚を断わった次の夏、帰省した先生を迎えた叔父とその家族の「態度が違つ」たことについての先生の考えである。この先生の反省の特徴は、叔父の家族全員の「態度」が「妙」になったのを、一瞬自分の「心持」が変わったせいだと思ってしまうところにある。おそらく先生は、叔父とその家族と自分とが明確なコミュニケーションを行なう必要がなく——先の言葉にならって言えば、コミュニケーションとは、自己の一部を対象化して相手に差し出すことが、自己と他者との間で往復運動として成立することであろう——「断つてさへしまえば後には何も残らない」（下七）ような馴れ合った（一体化したと言ってもよい）関係にあると信じていたために、叔父やその家族の「態度」がそのまま先生の心の中に侵入（この時は、これを侵入とは感じないで、受け入れただけなのだが）し、意味を結んでしまったのである。もっとも、これはコミュニケーションのあり方としては最も幸福な形であって、お互いに対象化し合うことのない、すなわち他者の不在な、母親と赤ん坊とのコミュニケーションに似ている。事実、こういう自分を先生は、「何も知らない私」（下四）「子供らしい私」（下五、六）「鷹揚に育つた私」（下七、三）という言葉で繰り返し語っているのである。その意味では、先生を「鷹揚な方」（下十二）として扱った下宿の奥さんの態度は、まさに母親のそれだと言ってよい。その時、先生の「神経」は「相手から照り返して来る反射のないために段々静ま」（下十三）っている。これは、「断つてさへしまへば後には何も残らない」とする態度に通じる。しかし、その後の先生は、そういう自分を「子供らしい」と呼ぶ視点を獲得してしまったのも事実である。

叔父は何処迄も私を子供扱ひにしやうとします。私はまた始めから猜疑の眼で叔父に対してゐます。穏かに解決のつく筈はなかつたのです。（下八）

ここでは「子供」と「猜疑の眼」が対比的に語られている。とすれば、先生の獲得したのは、先生を「子供扱ひ」しようとした叔父の視点なのである。この時から、先生は外側（叔父）から見られている「子供らしい」今までの自分と、そういう自分を対象化してしまう現在の内側の自分との二つの自分を持つことを強いられることになるのである。ただし、もう一度確認しておくと、これだけで人を疑うことになるのなら、人は皆「猜疑」心の固りになってしまうはずなので、先生の場合、二つの自己が一つにならなければならないと信じる「精神的」な「癇性」（上三十二）が彼の「猜疑」心に「積極的に大きな力を添へてゐる」のである。他者の眼差が容易に先生の内側の自己にまで届いてしまうのもそのためであった。

では、叔父の裏切りは、先生にはなぜあれ程までの痛手となったのだろうか。実は、先生が自分の過去を叔父の裏切りからではなく、両親の死から語り始めていることには重要な意味がある。先生が、「私は自分の過去を顧みて、あの時両親が死なずにゐて呉れたなら、少くとも父か母か何方か、片方で好いから生きてゐて呉れたなら、私はあの鷹揚な気分を今迄持ち続ける事が出来たらうにと思ひます」（下三）と感じるのは当然としても、母親が死ぬ間際に叔父に言った「此子をどうぞ何分」「東京

へ」という言葉について、

然しこれが果して母の遺言であつたのか何うだか、今考へると分らないのです。母は無論父の罹つた病気の恐るべき名前を知つてゐたのです。さうして、自分がそれに伝染してゐた事も承知してゐたのです。けれども自分は屹度此病気で命を取られると迄信じてゐたかどうか、其所になると疑ふ余地はまだ幾何でもあるだらうと思はれるのです。其上熱の高い時に出る母の言葉は、いかにそれが筋道の通つた明かなものにせよ、一向記憶となつて母の頭に影さへ残してゐない事がしば／＼あつたのです。だから……　（下三）

とまで、この言葉を「ぐる／＼廻して眺め」（同）るのには不思議な感じがある。先生はなぜ母の言葉が「遺言」であるかどうかに「今」になってまでこれ程こだわるのだろうか。

R・D・レインは、おそらく幼い時の母親との関係の障害から、成人しても「漠然とした、しかし激しい恐怖」を訴える女性について、次のように述べている。

むしろそれ（医者である私に対する激しい憎悪——石原注）は実存的フラストレーションとでも名付けられるものであって、彼女が私から引き出そうとした〈慰め〉を私が与えず、彼女がどうあるべきかを告げなかったため、どんな人間になるべきか彼女自身決断を下さざるをえない羽目に追いこまれたという事実から生じたのである。両親が、人生の出発点として彼女自身の定義を彼女に与えるという責任を果さなかったために、自分が生まれながらにしてもっている権利が否認されたという感じが、このような〈慰め〉を私が与えることを拒むことによって倍加されたわけである。(5)

(傍点原文)

先生の母親の「遺言」は(これに、叔父を「自分よりも遙に働きのある頼もしい人」だと「わざ〱私の顔を見」(下四)て言った父の言葉を付け加えてもよい)、二つのことを指示していた。一つは叔父の世話になれということ、もう一つは東京へ出ろということである。先生はこれを、「母の云ひ付け通り」(下四)忠実に守ろうとしていた。先生が、「然しこれが果して母の遺言であつたのか何うだか、今考へると分らない」と語るのは、おそらくその当時はこれを「遺言」として受けとめていたにもかかわらず、叔父の裏切りによって、少なくとも母の指示の一つが先生を裏切ることになったからである。父の弟(叔父)への信頼もやはり裏切られたことになる。つまり、先生にとっては、叔父の裏切りは母の「遺言」や父の裏切りと等価として受けとめられたので、その時先生は、親から「どうあるべきかを告げ」られなかった人間になってしまったのである。レインの言う「どうあるべきか」という「定義」は、フロイトの言う超自我に通じる概念だと考えられるが、だとすれば、先生は自己の内面を両親からではなく、叔父の裏切りによって与えられたのである。先生が内面を持つことを嫌悪するのは当然であろう。ただし、再び「世間的」な価値観から言えば、内面のない「子供らしい」生き方は、必ずしもよりよい生き方ではないはずである。それどころか、内面の自己を持ち得たという実存的な感覚が、人を成熟させ、自己が他者の視線に晒される世界へ旅立つ勇気を与えるのだとしたら、内面の忌避は、むしろその障害となるだろう。現に、レインの診た女性は、自分のあまりに不安定な感情を「子供っぽい」として悩んでいるのである。

II　他者としてのK

人は、役割や場に応じて様々な自分を使いわけて生活していながら、同時に、少なくともそれを使いわけているのだという意識だけは他者の眼に晒されない自己の内面として抱え込んでいる、と取りあえず感じることで対他関係の安定を得ている。だとすれば、先生と叔父との不幸な事件は、先生の主観としては悲劇として体験されたとしても、客観的には、あるいは人は成熟するものだという観点からは、いわば自立の儀式でもあったはずである。それは先生が高等学校三年を終えた夏のことであった。そして、この叔父からの自立とほぼ同時期に、先生はさりげなくもう一つの自立を試みようとしている。それはKからの自立である。先生は東京の高等学校に通った三年間は同郷のKをも含めた級友達と共同で下宿をしており、しかもKとは同室であった（下十九）。それが、この夏に、実家から「勘当」（下二十一）されたKを置いて、「騒々しい下宿を出て」（下十）しまっているのである。Kが「万一の場合には私が何うでもする」（下二十二）覚悟まで決めていた先生にしては、不思議な行動と言う他ない。

両親によって「あるべき」生き方を与えられなかった先生にとって、全く価値観を持たずに生きては行けない以上、常に「畏敬」していたKの「道」という「漠然とした言葉」（下十九）が生きる指針となっていたことは言うまでもない。それは先生にとってあたかも超自我として機能していたに違いない。その意味で、Kの言う「精進」が「禁欲」(下四十一)という禁止で満ち満ちているのは象徴的である。ふつう我々は、父なるものから与えられた禁止や抑圧を超自我として自己の内面に引き受けることで、一個の社会的存在になると考えられているが、「自由と独立と己れとに充ちた現代に生れた」(上十四)、そして、内面を持つことを嫌悪する先生が、それを受け入れるだろうか。先生とKとの葛藤はここからはじまるのである。先生は、叔父からの自立を心の傷としてしか感じてないので、Kとの葛藤によって再び自立を果たそうとするに違いないのだが、そのようなオイディプスの自立は、最も「尊敬」するものを、最も「侮辱」(同)することによってしか得られないからである。

小宮豊隆が、先生にとってのKを「最も尊敬する」「高貴な」[6]親友と意味付けて以来、Kを尊敬すべき人物とする考え方はいまだに根強いが、先入観を排して、「Kの人物像が、Kに対する先生の姿勢そのものを意味している[7]」というところまで立ち戻って先生の語りに耳を傾けるなら、先生がKを無条件で誉め上げたことはただの一度もないことに気付くはずである。

> 寺に生れた彼は、常に精進といふ言葉を使ひました。さうして彼の行為動作は悉くこの精進の一語で形容されるやうに、私には見えたのです。私は心のうちで常にKを畏敬してゐました。
>
> (下十九)

よく引かれる一節で、先生が最も素直にKへの敬意を表明しているところだが、それでも先生の

「畏敬」の念の根拠となっているKの「精進」については、「私には見えたのです」という微妙な書き方を先生はしている。この書き方は、当時の先生の無意識を映し出しているはずだ。少し後では、Kの「用ゐた道といふ言葉」について、その意味はよく解らないながらも「然し年の若い私達には、この漠然とした言葉が尊く響いたのです」（同）とさえ書いている。それは、「私が強ひてKを私の宅へ引張つて来た時には、私の方が能く事理を弁へてゐると信じてゐ」（下二十四）たからに他ならないからだが、恋を得た先生の新しい視点から見れば、Kの「窮屈な境遇」は「酔興」に、「意志の力」は「剛情」や「神経衰弱」にしか見えない（下二十二）。そしてついにはKの生き方は「不具《かたわ》」（下二十五）とさえ語られるに至るのである。Kは「道」のために「精進」しているというのだが、「道」という抽象的な言葉だけでKの信条を理解することは不可能であろうし、養家を欺いたり、じめじめした下宿に籠って自活したり、恋を「道」の妨げになると考えることが「精進」の内容だと言っても読者の共感を呼ばないだろう。また先生は共感を呼ばないように書いているのである。Kの求道的な生き方を語る先生の語り方には、微妙な屈折があって、その屈折は、Kは「余りに人格が善良だったのです」（下四十二）という記述さえ相対化してしまう程のものだと言えるだろう。しかし、一方Kの生き方自体にも矛盾した評価を許す所があるに違いない。したがって、畑有三氏の言うように、先生の語りからKの像を分析・記述することは、そのまま先生のKへの情念を抽出することにつながるのである。

遺書において、先生はKの性格的な強さに気圧され、畏怖の念を抱いていることを語ってはいたが、しかし、例えばお嬢さんへの恋を告白するKに圧倒されながらも、自分の苦しそうな表情に無関心な

Kについて、次のように記すことも忘れていない。

　私は苦しくつて堪りませんでした。恐らく其苦しさは、大きな広告のやうに、私の顔の上に判然《はっき》りした字で貼り付けられてあつたらうと私は思ふのです。いくらKでも其所に気の付かない筈はないのですが、彼は又彼で、自分の事に一切を集中してゐるから、私の表情などに注意する暇がなかつたのでせう。（下三十六）

　先生はなぜこんなことを書きとめておくのだろうか。また、なぜKの告白を「不意撃」（下三十七）と受けとめるのだろうか。ここから先生のKに対する批難の調子を読み取ることはそれ程難しいことではないだろう。それに、Kが先生と同居するようになった当時の状況などを考えれば、Kがごく普通の人間なら、先生がお嬢さんに好意を持っていること位は当然わかるはずなのである。先生は、「不思議にも彼は私の御嬢さんを愛してゐる素振に全く気が付いてゐないやうに見えました」（下二十八）とさえ言っている。これらのことから、先生の畏敬しているKの性格的な強さは、他者への無関心と表裏の関係にあることがわかる。したがって、Kの他者への無関心の方へポイントを置けば、次のような考え方が出てくるのは当然のことであろう。

　たとえばなぜKは自らの恋を打ち明ける前に、先生自身の心を思いやる余裕がなかったのか。（中略）Kが先生を思いやる余裕がなかったのは、何よりもKが「己れに充ち」ていたからにほかなるまい。その点、先生の卑劣な行動と根は同じだとも言えるので、程度の差こそあれ、Kの側にも〈罪〉はけっしてなかったわけではないのである。(8)

一方、Kの性格的な強さの方にポイントを置けば、先生の畏敬するいわば「師」としてのKの像が浮かび上がる。この二面性はどのように意味付けたらよいだろうか。

Kが大切にしているのは、過去の「精進」と未来の目標（道）の二つだけである。Kの「現在」は「過去」に支えられ、また「未来」へとつながって行く。Kはその「過去」から「未来」へとつながってゆく自分だけの自足した時間の中で自足した精神生活を送っているのである。Kは「自分以外に世界のある事」（下二十五）を知らない「数珠の輪」（下二十）のような閉ざされた世界に生きる徹底したナルシシストなのである。その証拠に、Kはすぐれて他者との関係を意識させるお嬢さんへの恋をほとんど罪悪視している。Kのようなナルシシストは、傍から見れば自己の信念に生きる強い人間に見えるであろうし、一方、Kが他者と関わろうとする時には、一方的に自己の世界に他者を捲き込もうとするエゴイストのようにも見えるであろう。ただし、Kはエゴイストではない。少なくとも、Kは自分の利益のために他人を利用するような人物にだけは決して書かれていないからである。ナルシシストであるKが恋にとまどって他者と関わらざるを得ない時、他者から見ればエゴイストのように見えたのである。

このようなKの性格は、先生とは全く対照的である。先生は叔父に裏切られて以来、他人の顔色（眼差）ばかり気にして生きている。あえて言えば、Kとは逆に、他者と自己との関係の中に自己を解体させてしまう危機の中で生きているのだと言ってもよいだろう。だから先生の「過去」の確信は、「現在」の他者の表情や自分の気分でいくらでもぐらつくような不安定なものになる。自己の中に存在証明を持たない先生は、判断の基準を自己ではなく他者の動機に置いてしまうからである。これが他者への無限の疑惑を生み出すことは言うまでもあるまい。こういう先生が、徹底したナルシストであるKに劣等感を持つのは当然のことであろう。その劣等感が、先生にとってのKを「先行者」[9]――父なる存在にしたのも確かだが、今やその劣等感が、それまでKに対する畏敬の念の奥に隠されていた微妙な批判の目を顕在化させ、Kについての屈折した表現となって現れているのである。その結果、Kの人格が「善良」であるとはっきり記されているにもかかわらず、一方では単に「鈍い」(下二十八)だけではないのか、という解釈の余地を与えるのである。どちらとも決め難いこの曖昧さが、そのままナルシストとしてのKの像を浮かび上がらせている。そして、Kを恋の敵として対象化する先生の眼差が、Kをモノ化することで、Kはますます強固なナルシストに、ついには「魔物」(下三十七)に見えるのである。すなわち、以前は「精進」をKとともに生きた先生が下宿へKを連れて来た時には、Kは先生にとって、もはや眼差によって対象化できる他者になりつつあったのである。

Kと先生との関係をこのように捉えることは、Kの自殺について考えるためにも一つの手がかりとなるだろう。

Kにとって、お嬢さんへの恋は、自己だけの自足した閉じられた世界にはじめて外界から光がさしたようなものであったことは想像に難くない。Kはそれにとどまったので、Kの言葉で言えば「自分で自分が分らなくなつてしまつた」(下四十)ので、先生に告白し、さらには「公平な批評」(同)を求めたのである。

何う思ふといふのは、さうした恋愛の淵に陥いつた彼を、何んな眼で私が眺めるかといふ質問なのです。一言《いちごん》でいふと、彼は現在の自分について、私の批判を求めたい様なのです。(下四十)

他人である先生に自分についての批評を聞くこと位、Kに似つかわしくない事はないだろう。だが、これは何も言葉の上のことだけではない。

御嬢さんは何故口が利きたくないのかと追窮しました。私は其時ふと重たい瞼を上げてKの顔を見ました。私にはKが何と答へるだらうかといふ好奇心があつたのです。Kの唇は例のやうに少し顫《ふる》へてゐました。それが知らない人から見ると、丸で返事に迷つてゐるとしか思はれないのです。御嬢さんは笑ひながら又何か六づかしい事を考へてゐるのだらうと云ひました。Kの顔は心持薄赤くなりました。(下三十八)

Kが赤くなったという記述はこれ一度だけなので、お嬢さんとの受け答えそのものが原因ではないだろう(それなら話しかけられる度に赤くなってもよいはずである)。理由は二つ考えられる。一つは、「又何か六づかしい事を考へてゐるのだらう」というお嬢さんの言葉がはずれていたから、Kはそのお嬢さんへの恋について考えていたから、だろう。もう一つは、そういう自分を見ている先生の眼差を感じてだろう。人は誰も見ていない所ではテレて赤面するようなことはないし、また自分のテレる原因を全く理解できないような人の前にいる時もやはり赤面したりはしない。テレる原因を共有できる人の前でだけ赤面するのである。Kは眼差を感じる人となったのである。頭だけでなく心でも他者を感じはじめていたのだと言ってもよい。自己の信条に生きるナルシストKにとっては、恋をしてしまったこと自体が挫折であった。そうするように仕向けたのが先生であったことは言うまでもない。だとすると、先生がKを「一歩進んで、より孤独な境遇に突き落」(下二十四)としたのである。Kの自殺の原因の多くはここにあるのではないだろうか。

ただし、これには考えておかなければならないことが一つある。それはKが上野で「覚悟、――覚悟ならない事もない」(下四十二)と言った、その晩の記述についてである(ちなみに、先生は、当時は恋に進む「覚悟」だと考えたが、「現在」では自殺の「覚悟」だと思っている、というように書いている)。

私は程なく穏やかな眠に落ちました。然し突然私の名を呼ぶ声で眼を覚ましました。見ると、間の襖が二尺ばかり開いて、其所にKの黒い影が立つてゐます。(下四十三)

次の日、先生が何か話があったのかと聞くと「Kは左右ではないと強い調子で云ひ切」るのである。ところが、自殺した晩にも、「見ると、何時も立て切つてあるKと私の室との仕切の襖が、此間の晩と同じ位開いてゐます」(下四十八)とある。これらのことから考えると、この上野から帰った晩、もし先生がKの声に気付かず眠っていたままならKは自殺していたのではないかと考えられるのである。[10] これは、言うまでもなく、先生が裏切ったことを知る以前である。そして、Kが実際に自殺したのも、それを知った日ではなかった。すなわち、Kの自殺の直接の原因は、よくそう思われているように、先生の裏切りを知ったことにはないし、失恋でもない。だからその逆に、友人である先生の心も知らずに告白してしまったので、自責の念にかられて自殺したのでもない。考える手がかりは「襖」であろう。越智治雄氏や熊坂敦子氏が注目しているように、[11] この「襖」は先生とKとの間の壁である。それをKは三回開けた。恋の告白の時と、上野から帰った晩と、そして自殺の晩と。先生は一度も自分から開けはしなかった。昔とは逆に、今度は恋をしたKが先生を必要としていたのである。そして、先生に何かを伝えたかったのである。Kはそのために「襖」をほんの少し開けて先生を第一発見者にする必要があった。これがKからの、自分は先生を必要としていたのだということだけを伝えるためのメッセージであったことは言うまでもない。でなければ、迷惑がかかることを知りつつ（Kは遺書でそれを詫びている）わざわざ自室で自殺する理由が解らないのである。Kが自殺したのは伝えたいことがあるのに伝えられない、そういう孤独（先生の言う「淋しい人間」（上七）である）のためであろう。確かにKは、「たつた一人で淋しくつて仕方がなくなつた結果、急に所決した」（下五十三）のである。そして、Kに自分が「たつた一人」なのだと初めて自覚させたのは、他者との関係の場に引き出した彼の恋であった。

以上の点を正確に把握していないと、先生がKを恋の争いに捲き込んでしまった動機は、誤って解釈されることになる。たとえば、山崎正和氏や作田啓一氏の論は、先生が意図的にKを恋の争いに捲き込んだとしている点で卓抜な論となっているのだが、その動機については、山崎氏が「本当に、自分の内部から湧きあがる決定的な衝動がないのに、にもかかはらず、あたかも一人の女を愛するが如くに振舞つたこと、しかも、その擬似的な感情を作るために、一人の友人を利用したことが、いふならば彼（先生――石原注）の唯一の罪だつたといへます[12]」と述べ、作田氏が「『先生』は内的媒介者（畑氏の言う「先行者」と重なるだろう――石原注）であるKのお嬢さんに対する欲望を模倣したのです[13]」と述べている。いずれの指摘も、その前提としてKが先生にとって無条件に尊敬すべき人物として捉えられている点、先生のお嬢さんに対する愛情の強さに疑問を提出している点でおそらく誤っている。前者については既に述べたが、後者については、「信仰に近い愛」という先生の言葉を疑うわけにはゆかないし、先生はKの来る以前に結婚さえ考えている（下十六）のである。それどころか、先生はお嬢さんの自分に対する愛情を確認した上で、Kを下宿に引き連れて来たと思われるふしがある。

そもそも、素人下宿ではじめから「宅中で一番好い室」（下十一）を割り当てられた先生は、しだいにその家の「主人《あるじ》」（下十六）の位置を占めるに至るのだが、それは言葉の上だけではない。たとえば奥さんやお嬢さんと連れ立って買い物に行くという構図（下十七）はまさに一家団欒そのものである。そして、その買い物の二日後のでき事について、先生はこう語っている。

さつき迄傍にゐて、あんまりだわとか何とか云つて笑つた御嬢さんは、何時の間にか向ふの隅に行つて、背中を此方《こつち》へ向けてゐました。私は立たうとして振り返つた時、其後姿を見たのです。後姿だけで人間の心が読める筈はありません。御嬢さんが此問題について何う考へてゐるか、私には見当が付きませんでした。御嬢さんは戸棚を前にして坐つてゐました。其戸棚の一尺ばかり開いてゐる隙間から、御嬢さんは何か引き出して膝の上へ置いて眺めてゐるらしかつたのです。私の眼はその隙間の端に、一昨日買つた反物を見付け出しました。私の着物も御嬢さんのも同じ戸棚の隅に重ねてあつたのです。

私が何とも云はずに席を立ち掛けると、奥さんは急に改まつた調子になつて、私に何う思ふかと聞くのです。その聞き方は何をどう思ふのかと反問しなければ解らない程不意でした。それが御嬢さんを早く片づけた方が得策だらうといふ意味だと判然《はつきり》した時、私は成るべく緩くらな方が可いだらうと答へました。奥さんは自分もさう思ふと云ひました。（下十八）

これは、自分が語りたいことと読者の側に結ばれる意味とが正反対になるように仕組まれた、絶妙の語りだと言わなければならない。この時、先生と奥さんはお嬢さんの結婚問題について話していたのだが（まさに「主人」ではないか）、その話を聞きながら、お嬢さんは先生の買ってくれた反物をわざわざ戸棚から「引き出して」手にしている。しかも、「私の着物も御嬢さんのも同じ戸棚の隅に重ねてあつた」。これが、お嬢さんの「此問題」についての答えでなくて、また、重ねられた二人の着物が二人の運命の暗喩でなくてなんだろうか。お嬢さんの「後姿だけ」では、彼女が「此問題について何う考へてゐる」のかが「見当が付」かなかったからこそ、先生はお嬢さんのしぐさに注視したのである。だが、その結果お嬢さんの気持が分かったことについては、お嬢さんのしぐさだけを語って、「解つた」の一言を隠してしまっているので、読者はあたかも先生が「見当が付」かないままであるかのような印象を受けてしまうのである。奥さんは、おそらくお嬢さんのしぐさとそれに注視している先生の様子との両方を確認した上で、突然「何う思ふかと聞く」。この問いに対する先生の一瞬の理解の遅れが、この「何う思ふか」を「娘を何う思ふか」に変容させる、と考えるのは深読みに過ぎるだろうか。おそらく先生も奥さんの問いをそう聞いてしまったからこそ、一瞬理解が遅れたに違いない。この一瞬に、恋を三人が共有したのである。そして先生は、「奥さんと御嬢さんと私の関係が斯うなつてゐる所へ」(同)、「そんな人を連れて来るのは、私の為に悪いから止せ」(下二十三)と言う奥さんを押し切って(繰り返して言うが、これが「主人」の態度でなくて何だろう)、Kを連れて来たのである。先生の意図はもはや明らかであろう。

土居健郎氏は、上野での先生とKの対決の場面について「彼はいわばKに復讐したのである」[14]と述べている。先生はこの場面を記述する際に「然し決して復讐ではありません」(下四十一)と書いているが、「復讐」という語の唐突な現れ方が何か不自然な感じを与えるのもまた事実である。唐突と言えば、先生は若い私に対しても唐突にこの語を使っている。「自分が欺かれた返報に、残酷な復讐をするやうになるものだから」(上十四)と言うのである。先生はKに対して劣等感を抱き続けていたし、同時にその裏返しとしての批判の目も育てて来ていた。また、先生は恋において、お嬢さんの意向に関係なく、Kを打ち倒すことにのみ神経を集中させており、それ自体を自己目的化している観さえあった。しかも、「不意撃」「要塞」「他流試合」「待ち伏せ」「一打ちで彼を倒す」等の言葉が、先生がこれを「戦争」と考えていたことを如実に物語っている。思いきって言えば、先生には「K殺しのモチーフ」があったのではないだろうか。先生の中に食い入って離れない内なる他者を殺すためである。先生はそのことで純粋な自己を手に入れようとしたのである。先生のKへの愛憎の念の激しさが、Kから与えられた「精進」という名の禁止を、ちょうど超自我がそうであるようには、内に抱え込むことで折り合いを着けることをさせずに、ついにKを「殺」してしまうことになったのである。そのために、先生は禁止であったはずの恋を武器としてKと争ったのである。すなわち、先生は恋を成就させるためにKを必要としたのではなく、Kとの葛藤に勝つために恋を必要としたのである。(15) そう考えると、先生の自責の念の激しさがはじめて理解できるのである。(16)

*

こうして先生の自立は再び失敗した。それは、先生が望んでいるような純粋な自己などもともとあり得ないからだが、それだけが原因なのではない。先生の「K殺し」が、「明治」という時代に固有の「倫理」などではない「人間の罪」(下五十四)として、先生の最も嫌悪していた「秘密」(下五十六)、つまり内面となってしまったからである。それを「秘密」と感じるためには、絶えずその「秘密」を「許《あば》い」てやまない他者が意識されるだろう。だとしたら、先生は他者の眼差を依然として恐れなければならないからである。そして、先生の不安定な対他関係のあり方は、他者の眼差に耐えられないので、他者の、罪を「許く」ような眼差が、「外」からではなく「自分の胸の底に生れた時から潜んでゐるもの丶如くに思はれ出して来」(下五十五)るような「不可思議な力」(下五十四)として感じられるだろう。自己が自己でなく、他者の眼差でしかないと感じた時、先生の頭には自殺という言葉が過ったのである。「明治の精神」という言葉は、そういう感じ方を、先生だけのものではなく、あたかも乃木大将のものでもあるかのような形で、決定的に普遍化したのである。

ただし、『こゝろ』のテクストは、それが罪と感じられるか否かにかかわらず、内面を持つこと自体への嫌悪を感じさせてしまうのも確かであろう。たとえば、「自分の過去を有つには余りに若過ぎ」(下二)る「単純」(上三十一)な青年に、先生は「秘密」(上五十六)を与えようとしている。とすれば、先生のほんとうに手渡したかったのは、「秘密」を「過去」として抱え込むことに耐えることだったかもしれないのである。

『こゝろ』のオイディプス　反転する語り

「父」の死は文学から多くの快楽を奪うだろう。「父」がいなければ、物語を語っても、何になろう。物語はすべてオイディプースに帰着するのではないだろうか。物語るとは、常に、起源を求め、「掟」との紛争を語り、愛と憎しみの弁証法に入ることではないだろうか。(ロラン・バルト)(1)

I 転移する語り

『こゝろ』を、語り手である青年「私」と先生との葛藤の劇《ドラマ》として読み換えることは可能だろうか。言い換えれば、青年の(さらには先生の)語りから、このような、何かを犯すような緊迫した声を聞くことは可能だろうか。確かに『こゝろ』というテクストの最も見やすい劇は先生とKとの葛藤にあるが、テクストの全体像を視野に入れるなら、もう一つの劇である青年と先生との葛藤が見えてくるはずである。すなわち、青年が過去を話してくれと先生に迫った劇的な一瞬は、Kがお嬢さんへの愛を語った一瞬に等しい。

ふつう『こゝろ』の読者は、先生が自分の過去を青年に「与へ」る（下二）のだと考えている。青年にとっての先生は大きな意味を持つ存在であっても、先生にとっての青年はその人生にあまり関与していないと考えられているからであろう。そのためにこれまでの『こゝろ』論は、青年を一人の自立した登場人物としてテクストの全体像の中で位置付け、意味付けることがほとんどなかった。たとえば、秋山公男氏は青年について論じながら、青年は「遺書が読者に手渡される際の受け付け係りでさえあればよかったのである」[2]と断じているし、三好行雄氏も「語り手としての私（青年――石原注）は作者と一体不可分な代弁者であり、傀儡《かいらい》でしかない。こうした小説の構造から見て、遺書が青年の心象を通過してからのいわば成熟の時間が、話者の現在にはたらきかける余地はない」[3]と極めつけている。一方、小宮豊隆が、青年から見た先生を「精神上の父」[4]と呼んで以来、先生と青年の関係を「精神的親子（父子）」と規定することもほぼ定説化した観さえあるが、[5]この類の論にあっても、青年は一方的に先生に引きつけられるだけのせいぜい「先生のミニチュア」[6]でしかない。石崎等氏のように、青年を「たった一人信頼できる他者」[7]だとしても事情はあまり変わらない。氏のいう「他者」とは、先生の告白を聞くだけの存在でしかないからである。これらの論にあっては、テクストを作者に向かって任意に開いてしまうために、知らず知らずのうちに、先生を漱石に、青年を漱石山房に集る若い作家達に置き換え、先生を青年より優位に位置付け、さらには、青年の語りよりも先生の語りを優先させてしまっている。そのために、『こゝろ』に固有の語りの構造を十分に対象化できずに、様々な位相の語りを恣意的に結び付けて論じているので、本来ならば「父」と「子」には宿命的につきまとうはずの葛藤さえ見落としてしまう結果を招いている。しかし、そうすれば『こゝろ』はただの「教訓小説」(8)に堕してしまうだろう。そこで、我々はまず、そのような先入観を排除して、テクストから読み取ったもの全てをテクストそのものの論理から導き出そうとするところまでテクスト自体を追いつめて行かなければならないのである。

『こゝろ』の語りは、語っている現在からこれから語る物語をこう読んでほしいという明確な方向付け（コード）を示す位相と、語られる物語そのものの位相と、そして、この二つの位相を潜在的にささえている物語の構造そのものと言ってもよい位相とから成り立っていると考えられる。この三つの位相をとりあえず、表層、物語の層、深層と呼んでおくと、『こゝろ』を青年と先生との葛藤の劇として読み換える可能性を、表層と物語の層との語り自体の葛藤として探ることで、この小説が潜在的に可能性としてかかえ込んでいるはずの深層における葛藤を抽出できるに違いない。そして、この深層とはテクスト全体が喚起する心的な像に限りなく近いはずである。

具体的な例を挙げよう。一つの語りが、同時に異なった層の語りを重層的にかかえ込んでいるような例である。

私は其人を常に先生と呼んでゐた。だから此所でもたゞ先生と書く丈で本名は打ち明けない。是は世間を憚る遠慮といふよりも、其方が私に取つて自然だからである。私は其人の記憶を呼び起すごとに、すぐ「先生」と云ひたくなる。筆を執つても心持は同じ事である。余所々々しい頭文字抔はとても使ふ気にならない。（上一）

あまりにも有名な冒頭の一節だが、これを先に示した語りのモデルに従って読めば、実に多くのことを物語っているのがわかる。まず、表層のコードとして読めば、青年がこれから語る人物を「先生」、つまり尊敬すべき人物として読んでほしいと指示していることがわかる。この青年にとっては「其人を常に先生と呼んでゐた」過去と「筆を執つて」いる現在とが連続しており、語る現在においても「先生」を十分には対象化し得ない程の敬愛の情にささえられているのだ、ということもわかる。しかし、物語の層からこの冒頭の一節を読み直してみるなら、全く異なった相を見せる。物語の層では、先生は友人を、この青年ならば「とても使ふ気にならない」ような「K」という「余所々々しい頭文字」で呼んでいたことを、そしてついには、「魔物」(下三十七)とさえ呼んでいたことを我々は知っているからである。すなわち、ここに語られているのは、先生への敬愛の情の表明の形を借りた隠微な批判であるだろう。先生の遺書の全体をも否定するような言葉で青年の語りがはじめられている以上、青年を先生への単なる「随伴者」[9]と考えることは、青年の語りの本質を見失わせることになる。というのも、自分を先生への単なる「追随者」のように見せかけることこそが青年の語りのねらいだからである。

一つの語りが、全く相反する意味を結んでしまうこと、すなわち、その位相を転移させることで意味までもが反転してしまうような語りは、向き合った二人の顔が、見方によってはまたたくまに一つの壺に反転してしまうルビンの壺を思わせる。これまでの『こゝろ』論の多くは、この語りのしかけに自覚的でなかったために、どちらか一方の相でしかテクストをとらえ得なかったのである。[10]しかし、虚心に耳を澄ませば、『こゝろ』の語りからは、顔でもない壺でもない、まさに「愛と憎しみの弁証法」が聞こえてくるはずである。

II　演技としての語り

青年がそうであったように、遺書を書こうとする先生もまた、これから自分の語る物語をこのように読んでほしいという明確な方向付けを提示している。

私は暗い人世の影を遠慮なくあなたの頭の上に投げかけて上げます。然し恐れては不可《いけ》ません。暗いものを凝と見詰めて、その中から貴方の参考になるものを御攫《つか》みなさい。私の暗いといふのは、固より倫理的に暗いのです。私は倫理的に生れた男です。又倫理的に育てられた男です。其倫理上の考へは、今の若い人と大分違つた所があるかも知れません。（下二）

ここに示されているコードは、この物語が「倫理的」に読まれることを期待しているし、その「倫理」が「今の若い人」には理解され難いだろうことを予想してもいる。このコードに沿って読めば、先生の語る物語は次のような相貌を呈するだろう。すなわち――先生は、叔父に裏切られて人間不信に陥っていたにもかかわらず、恋においてKを「策略」にかけ、出し抜いてしまう。Kは自殺してしまった。先生は「自分もあの叔父と同じ人間だと意識し」（下五十二）た。そのうちに、Kは「失恋」のために自殺したのではないと考えるようになるが、「人間の罪といふものを深く感じた」（下五十四）先生は、ついに自分を「時勢遅れ」だと感じて、「明治の精神」に殉死する決心をする――という筋である。この筋は「倫理的」なコードに沿って読む限りにおいて、先生の遺書という閉ざされた世界の中でひとまず安定した物語となる。もしこのコードを無視すれば、先生は単なる恋愛の勝利者にすぎず、そこでは「物語」は成立しない。

もっとも、このような先生の物語にはもっと微妙な疑問を投げかけることもできる。たとえば、確かに恋においてKを出し抜いたのは先生には違いないが、Kの自殺はあくまでK自身の結論であり、Kの結論を先生が全て負わなければならないのは不自然だ、という疑問である。もしこのような先生の姿勢が自然だとしたら、人は自分の意志について責任を負わなくてもよいことになるだろうからである。大岡昇平氏が指摘して以来の根強い自殺不自然説である。(11) また、柄谷行人氏は、先生の自殺は「作品の構成的必然」ではなく「作者の願望のあらわれ」だとし、それは、「友人を裏切ったという罪感情が、あるいは明治は終ったという終末感が、この作品をおおっている暗さや先生の自殺決行に匹敵しないことは明瞭だからだ(12)」（傍点原文）としている。この柄谷氏の考えが、漱石文学について重要な示唆を与えてくれることはたしかだが、これが先生自身の提出したコードの有効性に対する疑問だとすれば、それは、氏の論が「作者」に向かって不用意に開かれてしまったことに由来するものであろう。先生の提出したコードに寄り添って読むなら、先生の自殺は、そのような不自然をあえてしてまでも自己の人生の責任を全て自分一人のものと感じてしまうことで、Kから自己の人生を取り戻そうとする姿として意味付けることが可能だからである。その時に「明治の精神」という言葉が、不自然にさえ見える程にまで肥大した先生の罪意識と過去の恋愛事件とに折り合いを付け、この二つが「悲劇」(上十二)として青年の中で意味を結ぶための第二のコードとなり得るのである。ただし、この二つを結び付けるために第二のコードを必要としたこと自体には、もはや「不安」と名付けた方がよいような罪意識と、恋愛事件とに乖離のあることを先生自身意識していることを予想させる。そして、先生はその乖離を青年がうめてくれることを望んだのである。一つは語ることによって、もう一つは自分を乗りこえることによって。

私に乃木さんの死んだ理由が能く解らないやうに、貴方にも私の自殺する訳が明らかに呑み込めないかも知れませんが、もし左右だとすると、それは時勢の推移から来る人間の相違だから仕方ありません。或は箇人の有つて生れた性格の相違と云つた方が確かも知れません。私は私の出来る限り此不可思議な私といふものを、貴方に解らせるやうに、今迄の叙述で己れを尽した積です。

(下五十六)

ここで提出されたコードは、遺書のはじめに提出されたコードと比べるとはっきりした特徴を持っている。はじめのコードでは「今の若い人と大分違つた所があるかも知れません」と書かれているだけであった。「大分違つた所がある」ことはすぐさま理解されないことを意味するわけではない。が、遺書の終わりでは「解らない」ことにポイントが置かれていて、しかも「時勢」と「箇人」との二つの理由まで挙げて念を押している如くである。青年もまた先生の遺書の意味など語りはしない。それでいて青年の語りが遺書にリアリティを与えているとしたら、それは青年の語りがこの第二のコードが強制する「解らな」さを、若い自分が見た先生の姿として再現しているからに他ならない。[13]

私は最初から先生には近づき難い不思議があるやうに思つてゐた。それでゐて、何うしても近づかなければ居られないといふ感じが、何処かに強く働いた。斯ういふ感じを先生に対して有てゐたものは、多くの人のうちで或は私だけかも知れない。然し其私丈には此直感が後になつて事実の上に証拠立てられたのだから、私は若々しいと云はれても、馬鹿気てゐると笑はれても、それを見越した自分の直覚をとにかく頼もしく又嬉しく思つてゐる。（上六）

先生は青年に、君は若いから「解らない」だろうが、と言う。それなら、青年の語りはその若くて先生を理解できない自分を演じて見せたのである。[14] すなわち「其人を常に先生と呼んでゐた」（上一）自分を、である。このような位相の青年の語りに寄り添って読む限りにおいて、伊豆利彦氏が指摘しているように「漱石はこの作品では『不思議』という言葉をしきりに使い、あえて『不思議』な事実の上に作品を展開させている」[15]と言えるのである。その意味で、青年は先生の物語の最も素直な解読者であり、彼の語りは先生の物語の生きたコードであるかのように見える。すなわち、青年が先生の「近づき難い不思議」を知ろうとして「近づかう」（上四）とする物語として青年の語りを読むことが、とりもなおさず、先生の語る物語の表層にリアリティを与え、先生の遺書の世界だけでなく、〈作品〉のレベルでも『こゝろ』を「倫理」の物語として安定させるのである。

ところで、「解らない」ことが青年の語りの主要モチーフだとしたら、では「解ること」にはどのような意味があるのだろうか。先生は遺書の最後で、「貴方に解らせるやうに」書いたと言い、青年もまた一方では先生を「解らう」とする情熱を何度か語っていた（上四、六）。しかも青年は「先生の亡くなつた今日になつて、始めて解つて来た」（上四）と語ってもいるのである。しかし、『こゝろ』は、語りの表層では「解る」ことの意味を告げていない。そうである以上、「解る」ことの意味を問うことは、既に語りの表層からの逸脱であろう。そして、物語の層へ分析の視点を進めた時、はじめて先生と青年の葛藤の劇が見えはじめるのである。

III　葛藤としての語り

青年と先生との出会いは、すれ違いで始まる。

> 私が其掛茶屋で先生を見た時は、先生が丁度着物を脱いで是から海へ入らうとする所であつた。私は其時反対に濡れた身体を風に吹かして水から上つて来た。（上二）

この時、一人の西洋人を連れていたために青年の「注意を惹いた」（同）先生の行動は、「取り上げるや否や」「すぐ」（2回）「さつさと」「すたすた」などと形容されている。これは、先生の「非社交的」（上三）な態度を示しているし、また、自分に注意を払ってほしいという青年の先生への潜在的な期待と、それが満たされない所から来る「失望」（同）をも示している。それが先生の行動をそっけなく見せているのである。「無聊に苦しんでゐた」（上二）青年は、この翌日にも先生の後を追おうとするが、「すた〳〵浜を下りて行つた」（同）先生は「一人で泳ぎ出し」、ついには「妙な方向から岸の方へ帰」ってしまう。青年が掛茶屋まで追ってゆくと、先生は「入違ひに外へ出て行」くのである。さらには東京に帰った先生の宅を訪ねた青年は「二度来て二度とも会へな」（上四）いので「理由《わけ》もない不満を何処かに感じ」るのである。このようにすれ違いが物語のはじまりに繰り返し記述されていることは、青年と先生との関係の原型が、実はすれ違いであることを暗示している。この時の青年は、先生にとってまさに「後を跟《つ》けて来」る者（上五）でしかないからだが、この関係を葛藤にまで高める要因の一つが青年の側の期待であることはまちがいない。

私は最後に先生に向つて、何処かで先生を見たやうに思ふけれども、何うしても思ひ出せないと云つた。若い私は其時暗に相手も私と同じ様な感じを持つてゐはしまいかと疑つた。さうして腹の中で先生の返事を予期してかゝつた。所が先生はしばらく沈吟したあとで、「何うも君の顔には見覚えがありませんね。人違ひぢやないですか」と云つたので私は変に一種の失望を感じた。

（上三）

青年の感覚が、精神医学で言う正常者の既視感（déjà vu）であることは言うまでもない。この場合の既視感とは、先生と同一化したいという青年の願いが、現在の自己了解としての視覚がとらえた先生の像を時間的に過去にまで拡大して了解してしまうことなのである。したがって青年の先生に対する対他的な了解は、身体的な自己了解としての〈気分〉として固着するので、先生と過ごした時間の長短にかかわらず、青年は「余程懇意になつた積」（上四）になれるのである。青年は別の所で、「母は私の気分を了解してゐなかつた。私も母からそれを予期する程の子供でもなかつた」（中十一）と語っている。それなら、青年は先生に対してまさに幼い「子供」のようにふるまっているのである。しかし青年はたとえ先生から「濃《こまや》かな言葉を予期して掛つた」としても「物足りない返事」（上四）しか得られないだろう。このような気分的な同調を求めるレベル（青年はそれを「懐かしみ」（上四）と言っている）での青年の接近に対しては、先生は一貫してかなり手厳しく拒否しているからである。ある時は、先生に会っただけで心が浮き立って「丸い墓石だの細長い御影の碑だのを指して、しきりに彼是云ひたがる」（上五）青年に対して、「貴方は死といふ事実をまだ真面目に考へた事がありませんね」とぴしりと言う。そこまではっきりしていなくても、先生は青年からの働きかけを「にやにや笑つ」たり（上三）[16]（遺書の中に「私は時々笑つた」（下二）とあるので、これはかなり意識的な笑いであることがわかる）、「迷惑さうに庭の方を向いた」り（上十四）、「知らん顔をして余所を向い」たり（上二十六）、あげくの果てには立小便までして（上三十）やり過ごそうとしている。青年が「淋」しくて書いた手紙に「返事の来るのを予期してかゝつ」ても、もちろん「其返事は遂に来な」い（中四）。確かに、「何等の背景」も「自分の過去」（下二）も持たない、気分的な同調を求めるだけの関係は、「恋に上る階段」（上十三）に似ている。少なくとも、先生にはそう見えていたのである。

青年はこのような先生の態度を、次のように意味付けている。

先生は始めから私を嫌つてゐたのではなかつたのである。先生が私に示した時々の素気ない挨拶や冷淡に見える動作は、私を遠《とほざ》けようとする不快の表現ではなかつたのである。傷ましい先生は、自分に近づかうとする人間に、近づく程の価値のないものだから止せといふ警告を与へたのである。

（上四）

言うまでもなく、これは青年の提示している表層のコードなのだが、はたして青年の側の動機だけでこの二人の数年間にわたる交際を意味付けることができるだろうか。先生は全く青年に働きかけていないのだろうか。たとえば、先に引いたように、先生は青年に「貴方は死といふ事実をまだ真面目に考へた事がありませんね」とぴしりと言った後で、「もう少しすると、綺麗ですよ。此木がすつかり黄葉して、こゝいらの地面は金色の落葉で埋まるやうになります」（上五）と言う。常識的に見て、この言葉は「落葉」のきれいな頃にまた来ないか、という誘いかけになるはずであろう。事実、青年はそれから二、三か月後のある日、「先生と話してゐた私は、不図先生がわざ〳〵注意して呉れた銀杏の大樹を眼の前に想ひ浮かべ」て、先生の墓参りの「御伴」をしたいと申し出ている（上六）。そして、再び先生の拒否に合うのである。すなわち、青年から見れば二人の関係は期待と失望の繰り返しであったが、先生から見れば、誘いと拒否との繰り返しなのである。もっとも、先生は青年のように気分的な同調を求めてはいないが、そのレベルでの青年の期待を利用することなしには、自分のほんとうに誘いたい事へ、青年を誘うことはできなかったのである。

私は私が何うして此所へ来たかを先生に話した。

「誰の墓へ参りに行つたか、妻が其人の名を云ひましたか」

「いゝえ、其んな事は何も仰しやいません」

「さうですか。——さう、夫《それ》は云ふ筈がありませんね、始めて会つた貴方に。いふ必要がないんだから」

先生は漸く得心したらしい様子であつた。然し私には其意味が丸で解らなかつた。（上五）

青年は例の如くただ先生に会いたくて、先生の後を追ってKの墓まで来たに過ぎない。秘密を知りに来たわけではない。しかし、先生の方が青年には「解らない」はずの言葉を発して、謎（「不思議」）を作り出してしまうのである。(17) 以後、先生の執拗に繰り返す謎かけが、青年に対する先生の誘いかけに他ならない。先生は、青年との気分的な結び付きは拒否しながら、青年には「解らない」はずの言葉を発し続けることによって、青年が先生の「過去」を引き受けようと「決心」（下二）するまで、自らの「過去」へと誘い続けていたのである。言い換えれば、先生は、繰り返し会うことが成立させるような気分的な同調を求める世界から、「解る」ことと「知る」ことが人間関係を成立させる世界へと青年を連れ出したのである。この二人の求めるレベルの落差が、二人に自己葛藤を引き起こさずにはおかないことは想像に難くないが、そもそも先生のメッセージの在り方自体が葛藤を呼び起こさずにはおかないのである。

グレゴリー・ベイトソンのいうダブル・バインドについて思い起こしておこう。ベイトソンによると、将来子供を分裂病にしてしまうような母親は、互いに相容れないような、「少くとも二つの位階のメッセージを同時に表現しようとする」のだとして、このようなメッセージの在り方をダブル・バインドと名付けている。そのダブル・バインドが、子供の「内的葛藤」を生み出し、ついには分裂病へと追いやることがあると言うのである。(18) 先生の謎かけはこれによく似ている。先生の謎かけは、青年にとっては意味不明の言葉なので、青年は拒否されたと感じるであろうし、一方、そのような言葉が先生から発せられること自体は誘いであると感じるだろうからである。青年はその両方を受けとめているので、多くは軽い失望を味わう程度であったが、時には「不愉快」(上十三)になり、またある時には先生を「憎らしく」思い、「業腹」になる(上三十)という形で、「内的葛藤」が顕在化する場合さえある。だが、生身の先生と接する時の青年の側の葛藤はまだわずかなものでしかない。青年にとってほんとうの葛藤がやってくるのは、自ら語ろうとする時なのである。

ところで、ダブル・バインドは、メッセージの発信者にとっても「内的葛藤」の顕在化でなければならないはずである。もし先生が自分の過去を青年に全く話したくなければ黙っていればいいのだし、ほんとうに話したいのならさっさと話してしまえばよい、という考え方を視野に入れるだけで、先生の「内的葛藤」の大きさが想像できるだろう。先生は、自分の過去を青年に語ることによってしか彼を「子供」にすることはできなかったし、にもかかわらず、青年がその過去を「解る」ことは、彼が「子供」でなくなることを意味することを知っていたからである。先生は語らねばならなかったし、同時に語ってはならなかったのである。しかし、その先生の「内的葛藤」もまた、今は語る青年の手の中にある。たとえば、冒頭の一節が、まさにダブル・バインドになっていたのは、語る青年の「内的葛藤」の深さを物語っているだろう。では、先生と青年との二人に、これだけ強い「内的葛藤」を引き起こす要因となった「解る」ことにはどのような意味があるのだろう。

ガストン・バシュラールは、「知性への意志」「理解せんとする欲求」を、人類のために天上から火を盗んで来たギリシャ神話の英雄プロメテウスになぞらえ、火に触れることは我々が「父」なるものから禁止された「戒め」であるとして、次のように意味付けている。

そこでわれわれは、われわれをしてわれわれの父と同じだけ、或いは父以上に、われわれの先生と同じだけ、或いは先生以上に「知る」べく駆りたてるいっさいの傾向を「プロメテウス・コンプレックス」の名の下に一括するように提案する。(19)

「知る」こと(「解る」こと)が「父」を殺すためには、「子」は「父」の知らない何かを手に入れて、そこから「父」をとらえ返さなければならないだろう。

私は殆んど父の凡ても知り尽してゐた。もし父を離れるとすれば、情合の上に親子の心残りがある丈であつた。先生の多くはまだ私に解つてゐなかつた。(中八)

「肉のなかに先生の力が喰ひ込んでゐると云つても、血のなかに先生の命が流れてゐると云つても、其時の私には少しも誇張ではないやうに思はれた」（上二十三）と語る青年は、「先生」を手に入れることで、まさに実の父を心的に殺している。しかし、それだけでは青年はほんとうに「父」を殺したとは言えない。「父」をほんとうに殺すのは、「父」から与えられた「戒め」を破る時だからである。

「御前が東京へ行くと宅《うち》は又淋しくなる。何しろ己《おれ》と御母さん丈なんだからね。そのおれも身体さへ達者なら好いが、この様子ぢや何時急に何んな事がないとも云へないよ」（中八）

「おれが死んだら、どうか御母さんを大事にして遣つてくれ」（中十）

「父」の与えた、そして青年も意識している「戒め」が、「母」を棄てるな、であることは明らかだろう。青年がほんとうに「父」を殺したのは、父の死を目の前にしてその父を棄てて先生のいる東京に走ったからではなく、それが「母」を棄てることを暗示しているからである。これが青年と実の父との関係における「解る」ことの結末である。このように、『こゝろ』は物語の層としてプロメテウス・コンプレックスの構図をかかえ込んでいる以上、青年がその「戒め」を破って実の父を心的に殺したように、先生から与えられた「戒め」を破り、先生を殺す日のあることをも潜在的な可能性としてかかえ込んでいるはずである。それは、青年にとって、先生が「先生」ではなくなる時である。だとしたら、青年が語りの表層において、過去の自分を、先生の「不思議」に近づこうとする、そしてその先生の「不思議」が「解らない」若い自分として喚起させるようなコードを送り続けていたもう一つの理由が浮かび上がって来るであろう。すなわち、青年の側から見た先生の「不思議」が、先生の側からの「解る」ことへの誘いかけ（謎かけ）に反転してしまうことで、先生を「解つた」自分――先生を殺した自分が顕在化することを恐れていたからである。この青年の「内的葛藤」は、青年の語り自体に表層と物語の層との葛藤を引き起こし、緊迫した調子を与える大きな要因となっていたはずである。そして、このズレが、過去の青年と現在の青年との差に見合っていることは言うまでもあるまい。

青年の語る意識の中に先生への意識がこのような形で侵入している以上、一方の先生の語りにも青年への意識が侵入し、語りの葛藤を引き起こしているはずである。そして、青年はそ知らぬ顔をしてそれを語っているに違いない。

> 今しがた奥さんの美くしい眼のうちに溜つた涙の光と、それから黒い眉毛の根に寄せられた八の字を記憶してゐた私は、其変化を異常なものとして注意深く眺めた。もしそれが詐《いつは》りでなかつたならば、（実際それは詐りとは思へなかつたが）、今迄の奥さんの訴へは感傷《センチメント》を玩ぶためにとくに私を相手に拵へた、徒《いたづ》らな女性の遊戯と取れない事もなかつた。尤も其時の私には奥さんをそれ程批評的に見る気は起らなかつた。（上二十）

「策略家」（下十五）としてのお嬢さん（静）と奥さん（その母）という見方はようやく定説になりつつある。[20] お嬢さんと奥さんとが、煮え切らない先生に、Kに対する嫉妬を起こさせるような「技巧」

を用いて結婚にまで踏み切らせた、と言うのである。これは、お嬢さんの性的な側面がようやく対象化されつつあるのだと言い換えてもよい。先生自身は、「奥さんと同じやうに御嬢さんも策略家」だとする「疑惑」と、お嬢さんへの「信念」とを、「私には何方《どっち》も想像であり、又何方も真実であった」（下十五）としているが、確かに二人ともが「策略家」として読めるように語られているのである。それに、青年の「ぢや奥さんも信用なさらないんですか」（上十四）という言葉や、先生の「君、黒い長い髪で縛られた時の心持を知ってゐますか」（上十三）という言葉が、お嬢さんへの疑惑を暗示している。そもそも、上の八章から二十章までのテーマはお嬢さんその人であった。そしてそれが先生の単なる「想像」ではないという裏打ちをこの青年の語りがしているのである。「其時の私には奥さんをそれ程批評的に見る気は起らなかつた」と言うのなら、先生の遺書を読んだ今、お嬢さんへの「疑惑」は青年にあるはずだからである。

おそらく、これまで二人が「策略家」だという見方がなかなか出て来なかったのは、先生のお嬢さんに対する「信仰に近い愛」（下十四）を、そのままお嬢さんの先生に対する愛の形に転移させてしまうことや、先生が遺書の終わりに繰り返す「純白」（下五十二、五十六）という言葉が、妻の「記憶を、成るべく純白に保存して置いて遣りたい」（下五十六）と言っているにすぎないのにもかかわらず、それがそのままお嬢さんの「潔白」に読み換えられるからに他ならない。しかし、青年はおそらくこのメッセージの表と裏との両方を受けとめている。彼はたった一度だけ静という女性への「疑惑」を語っただけで、あとは「美しい」という形容を繰り返し（上四、八）、「誠実なる先生の批評家及び同情家」（上十八）と言い、「純白」なイメージを強化するようなコードを送り続けているからである。先生の遺書が、「策略家」としてのお嬢さんの像を決定的に喚起してしまうなら、先生のKへの罪の半分はお嬢さんが負うべきだからで、もしそうなれば、先生が語りの表層で意味付けている、自殺しなければならない理由の少なくとも半分は失われてしまうからである。ここにも青年の語りのしかけがある。

ただし、先生が自己の過去をその表層において、不信ではなく「信仰に近い愛」として語らねばならなかった理由は他にもある。それは、当時の青年が何よりも「強烈な恋愛事件」（上十五）を読みたがっていたからに他ならない。青年が、先生の語りの表層に似せて、すなわち先生が自分の遺書の語りの表層に最もふさわしい読者として想定した若者として、かつての自己を語ったように、先生もまた青年の「期待」に似せて自己の過去を語っていたとしても不思議はないだろう。かつて、「妻君の為に」（上十）という言葉をおそらく青年のためにだけ使ったように、である。先生にとっても、書くことは何よりもまずこの青年の「期待」との葛藤でなければならなかったし、逆にこの青年の「期待」を利用することなしには一行も書けなかったはずなのである。それが先生の語りを多重化させた大きな要因である。

IV　可能性としての語り

先生が青年に与えた禁止とは何だったのだろうか。その禁止に、青年と先生との葛藤の全てが、そして『こゝろ』の語りの位相の全てが集約されているに違いない。

私は私の過去を善悪ともに他《ひと》の参考に供する積です。然し妻だけはたつた一人の例外だと承知して下さい。私は妻には何にも知らせたくないのです。妻が己れの過去に対してもつ記憶を、成るべく純白に保存して置いて遣りたいのが私の唯一の希望なのですから、私が死んだ後でも、妻が生きてゐる以上は、あなた限りに打ち明けられた私の秘密として、凡てを腹の中に仕舞つて置いて下さい。

（下五十六）

これが、先生が青年に与えた唯一の禁止であった。三好氏は、「先生の秘密を、〈奥さんは今でもそれを知らずにゐる〉という状態の継続中に、私はその秘密について語りはじめたのである。先生に対する重大な背信行為ではないか、と問うのはむろん無意味である」[21]とするが、これがまさに青年の「背信行為」なのだという認識から出発することなしには、『こゝろ』をほんとうに考えることはできない。[22]

先生の与えた禁止に対する青年の「背信行為」は、妻の「純白」を穢すのだが、それは『こゝろ』の語りの位相にしたがって様々に読み換えられるはずである。

語りの表層においては、この禁止が、「妻」の「記憶」の、「純白」を穢すな、を意味することは言うまでもない。これまでに二度繰り返された「純白」（上三十二、下五十二）がコードとして作用して、そう読ませるのである。さらに語りの表層においては、この禁止がまさに「倫理的に潔癖」（上三十二）な先生の像と、それに見合う形での、「信仰に近い愛」の対象としての「何にも知ら」ない「美し」くて「純白」な奥さん（静）の像を喚起するはずであった。そして、これは青年がこうあってほしいと願う先生と奥さん（静）の像に違いない。だからこそ、青年もまた「純白」なものを好む「潔癖」な先生を強調したのである。しかし、これがなぜ「妻が己れの過去に対してもつ記憶」であって、「私（先生）の過去」ではないのかと問いかけて見るなら、(23)この「純白」はおそらく「潔白」に、すなわち妻の「潔白」を疑ってはならないという物語の層からの禁止に反転するのである。物語の層における妻は、先生の過去から「倫理的」な意味を奪ってしまう「策略家」として語られていた。妻が「策略家」であることを「解っ」てはならないという禁止は、まさに「知る」ことを禁止したプロメテウス・コンプレックスの構図そのものであると言えよう。「解る」ことによって、青年にとって先生が「先生」でなくなる時、奥さん（静）もまた「美しい」だけの「奥さん」ではなくなるのである。その時、『こゝろ』は「倫理」の物語であることをやめ、青年と先生との生々しい葛藤の劇に変容しはじめるのである。

バシュラールは、「プロメテウス・コンプレックスとは知的生活のオイデプース・コンプレックスにほかならぬ(24)」と言う。プロメテウス・コンプレックスは、たとえどんなに抽象化されていたとしても、その根底にはオイディプス・コンプレックスの性的な層をかかえているのである。この深層にまで降り立った時、青年と先生との可能性としての葛藤の劇にまでたどり着くことができるのである。そして、この深層での青年と先生との「愛と憎しみの弁証法」が、反転する語りの「起源」であることはもはや付け加えるまでもないだろう。

先生は、自分達に「子供」ができないことを「天罰だからさ」（上八）という言葉（コード）で「倫理」の方へ意味付けて見せるが、思いきって言えば、「子供」ができないのは静の「処女性」の暗喩であってもよいはずだ。さらには、青年が静の「徒らな女性の遊戯」（上二十）に触れた一瞬は、彼女が青年の前で「女」に、言い換えれば先生が「男」に変容した一瞬でもあった。そういう目で見れば、「知らん」ふりをする先生に対する青年の苛立ちが、「むっちりした」（下二十三）Ｋに対する先生の苛立ちに似て見えて来ないだろうか。だとしたら、先生の禁止は最後の可能性として、その深層において、妻の「純潔」を犯すな、に反転するに違いない。(25) 青年が、既に表層と物語の層との二つのレベルにおいて禁止を破っているとするなら、『こゝろ』以後の物語は、この深層の葛藤の物語として語られたかもしれないのである。そうすれば、『こゝろ』は限りなくオイディプスの物語に近づいてゆくだろう。それは、「自由と独立と己れとに充ちた」（上十四）時代であって、そこで語られるのは、最も「尊敬」しているものを最も「侮辱」することなしには、人が一人の人間になれない物語なのである。

反＝家族小説としての『それから』

代助の〈恋〉を中心にした読み方にさからって、代助と〈家〉との関係を中心に読んでみたら、『それから』はどのような相貌を見せてくれるだろうか。

『それから』は、代助に二通の郵便物が来るところから始まっている。(1) 一通は実家の父から、もう一通は旧友の平岡からである。この二通の郵便物によって引き起こされる二つの物語が錯綜して一篇の小説《テクスト》が織り上げられていることは知っていながら、物語言説を対象化できない多くの読者は、平岡に先に会うことを選択した代助の姿勢を、(2) そのまま二つの物語に対する『それから』の言説の指標であるかのように見なして、恋の物語を〈図〉、家族の物語を〈地〉とする読みの枠組を採らされて来たと言える。それは、社会＝制度によって許されることのない自然＝真実の愛を、代助が彼自身の文明批評的言説に導かれるかのようにして回復するまでの、社会と自然の葛藤の物語。すなわちお決まりの、全き恋によってのみ回復されるものとしての遅すぎた近代的自我の覚醒の物語である。そこでは読者は、近代的自我の覚醒の美名のもとに、本来働きであるはずの自我を実体化し、代助の自我の統一がどのような感性や論理の枠組によって組織化された結果なのかを問うことを怠って来たばかりでなく、この悲劇を全きものとして完結させるために、代助とともに秘かに三千代の死を望んではいなかっただろうか。このような自我神話から解き放たれ、言葉のざわめき（ロラン・バルト）に耳を傾けることのできるような自由に一歩でも近づくためには、とりあえず〈恋〉の言説を〈家〉の言説によって相対化することから始めなければならない。それは、この時の代助が、何よりもまず〈家〉の論理と直面していたからである。

I　ラングとしての〈家〉

人が人生において、自分が家に所属し家をめぐる制度に拘束されていることを強く意識する機会は、ふつう二回ある。一回は結婚、もう一回は親の死による遺産相続の問題に巻き込まれた時だろう。明治四二年四月、『それから』の物語が始まる頃の代助と彼の青山の実家との関係は、ちょうどそういう時期にさしかかっていたのである。

父の手紙が代助に結婚を勧めるためのものであったことは言うまでもないが、今度の話は父の長井得が直接乗り出している点で、「学校を卒業する前から」（三）嫂の梅子が勧めてきた縁談とは趣を異にしている。ここしばらくの間は、あまり「世話を焼き過ぎるから、付け上つて、人を困らせるのだらう」と考えた梅子の作戦で口がかからなかったが、これまで何度も持ち上がったような結婚話の一つが、偶然『それから』の小説上の現在に現れているわけではないのである。それは、長井得のこんな言葉からもうかがうことができる。

「それは実業が厭なら厭で好い。何も金を儲ける丈が日本の為になるとも限るまいから。金は取らんでも構はない。金の為に兎や角云ふとなると、御前も心持がわるからう。金は今迄通り己《おれ》が補助して遣る。おれも、もう何時死ぬか分らないし、死にや金を持つて行く訳にも行かないし。月々御前の生計《くらし》位どうでもしてやる。だから奮発して何か為《す》るが好い。国民の義務としてするが好い。もう三十だらう」　（三）

ここで長井得の言っていることは、金のことと自分と代助の年のこととの二点についてだと言える。「今利他本位でやつてるかと思ふと、何時の間にか利己本位に変つてゐる」ような得の言葉は、金や年のことを枕に、以後威したり賺したりしながら縁談を進めてしまおうとする強引でしかも逼迫した調子からすれば、まだかなり穏やかではあるが、得が佐川の娘との「政略的結婚」（十五）を考え付かねばならなかった現実的な理由は、それとなく示しているのである。日々「法律」（九）を意識しながら実業に従事している得の、こういうお為ごかしの言葉は、明治三一年に、ちょうど「道義本位の教育を受けた」（九）得のような武士階級のものであった家制度を、明治の世にも確立・維持する目的で施行された所謂明治民法によって規定されたハードな制度《ラング》としての〈家〉が、日常的な場ではどのような言説《ディスクール》として個人にやって来るのかを、いかにして個人を自らの中に回収してゆくのかを、みごとに示すことにもなっている。

〈父〉の論理、つまり〈家〉の論理《ラング》はこういう意匠で代助にやって来たらしい。

何をしやうと血肉の親子である。子が親に対する天賦の情合が、子を取扱ふ方法の如何に因つて変る筈がない。教育の為め、少しの無理はしやうとも、其結果は決して骨肉の恩愛に影響を及ぼすものではない。儒教の感化を受けた親爺は、固く斯う信じてゐた。自分が代助に存在を与へたといふ単純な事実が、あらゆる不快苦痛に対して、永久愛情の保証になると考へた親爺は、その信念をもつて、ぐん〳〵押して行つた。さうして自分に冷淡な一個の息子を作り上げた。尤も代助の卒業前後からは其待遇法も大分変つて来て、ある点から云へば、驚く程寛大になつた所もある。然しそれは代助が生れ落ちるや否や、此親爺が代助に向つて作つたプログラムの一部分の遂行に過ないので、代助の心意の変移を見抜いた適宜の処置ではなかつたのである。自分の教育が代助に及ぼした悪結果に至つては、今に至つて全く気が付かずにゐる。（三）

血縁（「血肉」）幻想と「恩愛」、そして「教育」と。これは得の言説のイデオロギー性をみごとに要約している一節である。川島武宜氏は、家制度においては、子に対する親の〈恩〉の根本は、まさに子を生んだことにあり、しかも親の〈恩〉は常に子の側の〈孝〉とワンセットになることを予想しているものであると言う。(3) 先に引いたように、得が金のことを話しはじめて、自分の与えている〈恩〉を思い起こさせようとしているのは、代助に対して彼がただ「寛大」でいるわけにはいかなくなって来ていることを暗示しているのである。いや、そもそも「寛大」さ自体が十分に意図的ではなかっただろうか。

代助は、いつかは出さなければならないはずの結論を先延ばしに延ばし続けることで、時々嫂の梅子からせしめる小遣も含めた月々の生活費を受け取りながら、長井家とは付かず離れずの関係を保ち、「精神の自由」（十六）を得ている。しかし、月々の生活費は父の好意によるものではない。代助の権利なのである。家制度の確立と維持という国家の意志を反映させた明治民法「第四編　親族」は、戸主に強大な権限を与えたが、その代償として戸主だけに一方的な扶養の義務を課した。[4] これは扶養を受ける方にとっては、前もって要求しておいたのに支払ってもらえなかった分については過去に溯って請求できる程の強い権利だったのである。[5] 父の厭味な物言いに代助が平然としていられるのも、逆に、佐川の縁談を断わった代助に梅子が生活費を送ったりするのもこのためである。ところが、不景気のために会社の経営が思わしくなくなって来た得には、この扶養の義務が重荷になってきたらしいのである。そこで「政略的結婚」を考えつくわけだが、先にも述べたように、この話の進め方に強引でかつ逼迫した調子があるのは次のような事情があるからに違いない。

理由の一つは得自身の年である。得が、不景気で事業が思わしくないといった経済的な事情の他に、「自分の年を取ってゐる事、子供の未来が心配になる事」（九）や「近々《きん〳〵》実業界を退く意志のある事」（十五―ここでも「己も大分年を取ってな」と言っている）を今度の縁談に対する自分の側の事情として挙げているところを見ると、六〇歳を越えたところらしい彼が、そろそろ明治民法で定められた「隠居」を考えていることはほぼまちがいない。[6] この、戸主の社会的な死には、当然相続に伴う問題が起きてくるので、民法の規定に従って家督を長男の誠吾に譲る前に、長井家にとって少しでも有利な条件で代助の結婚を決めておこうとするのは、この時代の父としてむしろ自然の情であったろう。誠吾が戸主になれば、長井家における代助の扶養を受ける権利の優先順位は下がってしまうので(7)、重荷になってきた扶養の義務を代助の配偶者に負わせようとするのは、確かに代助の「未来」のためであるには違いないのである。それに、「子供に嫁を持たせるのは親の義務」で、「嫁の資格其他に就ては、本人よりも親の方が遥に周到な注意を払つてゐ」て、「他《ひと》の親切は、其当時にこそ余計な御世話に見えるが、後になると、もう一遍うるさく干渉して貰ひたい時機が来る」(九)ということならば、財産家の娘を探して「義務」を果たした得の「親切」は、長井家の財産を少しも減らすことのない遺産相続だと言ってもよい。その上、得自身が仄めかしているように、長井家の経済状態が悪くなった時に佐川から補助が得られれば、なお好都合であることは言うまでもない。「親の義務」は、長井家の経済的不安をも一挙に解決するのである。

さて、もう一つの理由は代助の年である。明治民法の第七七二条には親の子に対する婚姻の同意権が定められている。いわく「子カ婚姻ヲ為スニハ其家ニ在ル父母ノ同意ヲ得ルコトヲ要ス」と。これは絶対的な権限で、子は親の同意のない結婚はできなかったのである(8)。得に強引な調子のあるのはそのためだが、その得が、代助が三〇歳になることをひどく気にしている。それは、「三十になつて遊民として、のらくらしてゐるのは、如何にも不体裁だな」(三)という、いい大人がそれでは困るというニュアンスであったり、また、「御前はもう三十だらう、三十になつて、普通のものが結婚をしなければ、世間では何と思ふか大抵分るだらう」(九)という、家の名誉のためというニュアンスであったりしているが、極端に言えば、これらは建前でしかない。得が口にはしないほんとうの理由は、たぶん今引用した親の婚姻同意権を規定した第七七二条に、次のような但し書が付いているからである。いわく、「但男ヵ満三十年女ヵ満二十五年ニ達シタル後ハ此限ニ在ラス」と。代助の誕生日がいつかはわからないが、たとえば新年を迎えて代助が数え年で三〇歳になったことに気付いた得が、とりあえず生活費を補助し続けてやる条件と引き換えに、何とか今のうちに自分の思い通りの結婚を決めてしまおうと考えたとしても不思議はないだろう。「世話になる事は、元より世話になるが、年を取つて一人前になつたから、云ふ事は元の通りには聞かれないつて威張つたつて通用しないぢやありませんか」(十四)という梅子の言葉は、長井家の気持をよく代弁しているのである。これまで「世話」をした〈恩〉を「政略的結婚」で返してくれ、というわけである。

不景気、そして得と代助の年齢と、長井家にはいつまでも代助に付かず離れずの関係を許すことができない理由が生じていたので、この結婚話は、得にとっても代助にとっても、これまで通りの条件で話し合える最後の交渉だったのである。得の説得に力がこもるのも無理はない。こういった事情が得を性急にし、「政略的結婚」の意図をあからさまにさせてしまう要因になっていたのだが、同時に、この結婚話によって浮かび上がってきた事柄は、〈家〉の論理の前に、長井家の中で代助が周縁的な位置に立たされていることをも露呈させることになる。

代助が書生としておいている門野は、代助自身、暗に自分との共通点を認めている気楽な「遊民」だが(三)、二人が似ているのは「のらくらしてゐる」ような「態度」(一)だけではない。三人いる兄のうち二人を早く亡くした代助は実質的な次男坊なのだが、兄と弟がいるという門野もまた次男坊のはずなのである。だとすれば、母親から追いやられるように代助の家に書生に出される門野の悲哀は、実はそのまま代助の悲哀でもある。

長井得の幼名誠之進、長男の誠吾、孫の誠太郎と並べてみると、代助という名は長井家の男の中では実に異様な名だということに気付かされる。「誠者天之道也」という額を大切にしている長井家では、たぶん「誠」は跡取りの名にだけ許された特別な字なのである。一方、代助という名は、彼がまさに跡取り誠吾の代わり《スペアー》でしかないことを象徴している。血縁の幻想に支えられた〈家〉の論理から言えば、代助の価値はそこにしかなかったのだが、いや、そのためにのみ彼は飼い殺しにされて来たと言うべきかもしれないが、今はその価値も失われつつある。というのも、誠吾の長男誠太郎が一五歳になっているからである。一五歳といえば、一時代前なら元服してもおかしくない年である。これは、得にとってみれば自分の跡取りが二代にわたって〈成人〉したことを意味する。彼が「隠居」を考えるゆえんである。親の言うなりに財産目当ての結婚をした但馬にいる代助の友人は、味気ない夫婦生活をしているらしいが、子供だけには「満足」しているようだと言う（十一）。跡取り息子であるこの友人は、〈家〉に連なる血縁の幻想だけは持つことができたのだが、代助はこの同一性の神話に連なる喜びを味わうことはできない。なぜなら、今や代助は、その幻想にとっては代わりの代わりでしかないからである。たとえば、代助は結婚もしていないうちから「一戸を構へ」ることを許されているが、この構図《トポロジー》は、次男坊の代助が長井家の中心からはじき出され、周縁にしか位置を許されないことをむしろ物語るものだろう。得が、自分の作った教育の「プログラム」に沿って「驚く程寛大になつた」のは、代助に長井家の中での位置をそれとなく知らせる機能も果たしていたのだ。父や兄の会社で起こっているはずの事件について何も知らされていないので、それとなく聞いてみなければならない代助は（九）、そのことをよく自覚しているはずだ。世故にたけた平岡もまたすぐそれを見抜いたからこそ、頼みに来たはずの就職も頼まないまま、そそくさと帰ってしまおうとするのである（後日、代助が平岡に断わりを言うと、平岡は「僕も大方左様だらうと思つてゐた」（十一）と答えている）。こういう平岡の態度が、「今の彼（平岡——石原注）は左程に友達を重くは見てゐまい」（六）という自己認識として代助にはね返って来ることは、言うまでもないだろう。

〈家〉にとって不要になってしまった「家族」はみじめである。たとえば、明治民法第七四九条の所謂戸主の居所指定権を悪用して、戸主が「家族」に住むことの不可能な居所を指定して離籍し、「家族」に対する扶養の義務を免れようとした例が「極めて屢々現はれてゐる」と言う[10]。ここから、長井得の気持と代助の微妙な立場とを想像することはさ程難しくはない。代助が、自分の借金に対して「兄がどんな態度に変るか、試験して見たくもある」（六）と考えるのは、兄個人を「試験」することはもとより、次の戸主たる兄を「試験」することで、長井家における自分の将来の立場を「試験」しようとするいじましい気持の現れであったかもしれないのだ。繰り返すが、家制度においては、家督は長男から長男へと譲られてゆく。長男以外の子供は、必要だけれども、しかし、いずれどのような形であれ、周縁に追いやられるか、あるいは排除される運命にある。

この時代の家制度が、好景気の時には農村部の次男坊以下の若い男子や女子を「口べらし」として都会にしぼり出して安い労働力を供給し、不況時には扶養の義務を〈徳義〉として戸主に守らせることで失業者を吸い取ってくれるスポンジのような役割を果たして、資本主義経済を支えていたことはすでによく知られている。だから、〈家〉の中に権利と義務を持ち込むような明治民法の個人主義的色合い（！）に失望して、法律が駄目なら〈徳義教育〉で家族道徳を教え込むしかないと考えた保守派の中には、政治家だけでなく大財閥の代表者がいたのである。ここからは、経済的な要請に応えるものでもあった明治民法と〈徳義教育〉とが、ちょうど制度《ラング》とそれによって枠組を与えられた言説《ディスクール》のような関係にあることが見て取れるのだが、その意味でも、代助が、「あらゆる美の種類に接触」して「心を動か」され「変化」するために、「あらゆる意味の結婚」が「不義の念に冒され」続ける「不幸」をしかもたらさない「都会人士」（十一）の一人に自分を数えていることは象徴的である。「都会人」とは、単に「都会」に住む人を言うのではない。〈家〉の論理の必然として、そこからはじき出されて、あるいは自らそれを捨てて「都会」に住む〈余計者〉を言うのだ。代助や書生の門野は、まさにそういう〈余計者〉だったのである。だとすれば、得の勧める「因縁付き」の結婚は、〈家〉にとってはもはや〈余計者〉でしかない代助を、経済的な有用性の尺度で運用しようとしておきながら、なおかつそれが血縁の幻想に連なるものであるかのように見せかけ、また実際そう機能することで、形だけは長井家の枠組の中に留めておくための、最良の、そして非常に巧妙なやり方だったのである。だがそれだけではない。

　戸主に一方的に課せられたかに見える扶養の義務は、実は両刃の剣であって、独立の生計を立てていない者はたとえ成人であっても「親権」に服さなければならなかった。ある意味で、代助は月々渡される金の額で、「近付のある芸者」（十一）との関係をも含めた、日々の生活から性までをもゆるやかに管理されていると言ってもよい。すなわち、「家族」は〈家〉の中では〈個人〉であることはできず、唯一の〈成人〉である戸主によって扶養されるべき〈子供〉だったのである。だとすれば、代助が得たとする「精神の自由」は、実は〈父〉の掌の上で、その「寛大」さの程度に合わせて与えられ強制された「自由」、言い換えれば、長井家が必要である限りにおいて許している引き延ばされた「不自由」だったのであり、さらには、代助が「精神の自由」と引き換えに受け入れている社会的な「無能力」者（七）を意味する「坊っちゃん」という自己像もまた、半ば強制されたものだったのである。そこに、代助の〈家〉に対する消極的な否《ノン》を読むことは容易だが、同時に、こうも考えておかねばならないだろう。すなわち、「精神の自由」や「坊っちゃん」という自己像は、〈家〉の論理《ラング》を否定的な形で受け入れた陰画《ネガ》としての言説《ディスクール》なのだ、と。そして、これが『それから』の物語言説の入り口になっているのである。

さて、明治四二年の代助と〈家〉の関係は、〈余計者〉であること、〈子供〉であることに甘んじてきた代助が、〈父〉の勧める結婚を受け入れて「独立」という名の放逐の屈辱と悲哀とを選ぶか、それともそれを拒否するかを決めなければならない時期にさしかかっていたのである。「彼自身に特有な思索と観察の力」（六）によって、いま代助に見えているのは、〈父〉から受けた「徳義上の教育」（九）の「プログラム」の本質なのである。代助の強調する「三、四年間」とは、代助が三千代を失ってからの時間を指すだけではなく、父が「驚く程寛大になつた」と言う、代助の「卒業前後」から現在までの時間でもあったのだ。そもそも、「三、四年間」という言葉が最も頻出するのは、代助が「思索と観察の力」で、「親爺が捺摺付けた」「鍍金」を「剝が」すことで、「親爺」への関わり方が「変化」したことを回想する文脈においてなのである（六―わずかの間に四回もたて続けに使われている）。しかし、〈父＝戸主〉になることをゆるされなかった、そして、それを痛切に意識している男が、それにもかかわらず、身体を資本にして、いや、彼の残りの人生をもって〈恩返し〉をし、〈徳義〉的に生きることを求められているのだ。代助にそれを拒否する拠所があっただろうか。その時代助は、自己の〈成熟〉する場を求めて、肌身離さず持っていたわけでも机の中に秘かにしまって置いたわけでもなく、アルバムの「中頃」（一）に彼の過去の思い出の一齣として無雑作に貼り付けてあった一枚の写真に、特別の意味を与え始めることになるのだ。〈恋〉が、〈家〉の論理に対峙される〈思想〉であるかのような相貌を見せるのは、こういう時である。

II　否定形としての自我

代助の強調するこの三、四年の変化こそは、「坊っちゃん」という否定的で周縁的な自己像を逆手に取って、〈家〉に対して差異的な場に身を置くことで、〈家〉の内部においては決して実現できない自己の価値を創出する試みでもあった。それは、〈家〉との関係によって規定された形でありながら、しかし、決して〈家〉に回収されることのない自我である。〈家〉と国家とのアナロジーな構造をみごとに媒介してみせる、「国家の為とか、天下の為とか」（九）いう自己の外へ設けた目標へ向かって邁進する自己像だけを統一的な自己として承認するような同一性の神話で身を強ばらせた硬い自我ではない。そういう自我の持ち主は、長井得はもとより、借金をしているから君の家の会社のことは書かないという平岡までを含めて、公／私、自／他の区別なく行動していながら、その不統一は認識されないだろうし、あるいは仮に認識されても「〜のための手段」として周縁化され、やらなかったことにしてしまうだろう。一方、代助の自我は、たとえ、外見上書生の門野の如く「遊民」のような、あるいは、「冷淡」で「策士」のようで「優柔」な「現状維持の外観」を呈していようとも、いっさいの目的を排し、歩く、考える、その度ごとにその行為する〈身体〉を自我として承認するような柔らかな自我なのである。代助には「柔かに自我を通して来た」（十四）という自覚がある。自分の価値は、〈家〉の論理における序列（それは家督の相続順位として明確に定められている）によって定められるのでもなく、自分を作った起源にも、生きてきた過程にあるのでもなく、〈いま・ここ〉にいる自分だけにあるというわけだ。そういう「上等人種」である「僕の住んでゐる世界」から見れば、「親爺」や平岡こそが、「幼稚」な「子供」なのである。しかし、自我は、差異の体系の中で自己の価値を創出するシステムに他ならない。言い換えれば、自我に形を与えているのは、「組織化された他者」（M・ミード）なのである。そうである以上、この柔らかな自我は、過去における自己の意志でもある「目的」（十一）をも含めた、全ての他者性（差異の体系）の拒否という決定的な矛盾を抱え込むことになってしまう。自我という〈図〉だけを肯定し、それを浮かび上がらせている他者という〈地〉は否定することになるからだ。

このように、純粋な自己にだけ価値を見い出そうとする者にとっては、他者はおしなべて期待としてではなく抑圧としてしか機能しない。それは、代助が結婚そのものを極度に忌避していることからもうかがうことができる。結婚は、自己を異質な他者へ向かって、まさに身体レベルまでをも含めて関係的に開いてゆくことであり、また、次の世代へと時間的に開いてゆくことだからである。そこでは彼は、「自分丈になつてゐる」（六）ことはできず、常に異質な性との関係の中で、自己の解体と再編を迫られ、そして誰かの結果であり原因になってしまう。もちろん、彼の性は彼自身のためにだけ消費されることはなく、彼に新しい関係を強い、また、そこで生まれた子供は〈家〉に回収されてしまうだろう。

『それから』には、冒頭の代助が椿の花を鼻先へ持って行く動作から始まって、アマランスの花の交配（四）に至るまで様々なレベルでの性的な喩がちりばめられているが（抑圧のないところに喩は生じない）、これは代助が現実の関係としての性を忌避していることをも暗示している。彼がそこで出会っているのは、自分自身だからである。彼が現実に行なう性は、彼にとってはアマランスの交配と大差はない無責任な消費としての性でしかない。こうして、自分自身との関係さえも次々に分節化し異化してしまえば、最後に残されるのは「自己欠損」（六）の感覚でしかないこともまた当然であろう。もちろん、代助がほんとうに「自分丈になつてゐる」時にはそういう矛盾は現れ難いはずで、彼に矛盾が様々なレベルでやって来るのは、平岡や父によって関係の場に引き出されてからである。最も典型的な例は、有名な風呂の場面である。

湯のなかに、静に浸つてゐた代助は、何の気なしに右の手を左の胸の上へ持つて行つたが、どんどんと云ふ命の音を二三度聞くや否や、忽ちウエバーを思ひ出して、すぐ流しへ下りた。さうして、其所に胡坐をかいた儘、茫然と、自分の足を見詰てゐた。すると其足が変になり始めた。どうも自分の胴から生えてゐるんでなくて、自分とは全く無関係のものが、其所に無作法に横はつてゐる様に思はれて来た。さうなると、今迄は気が付かなかつたが、実に見るに堪へない程醜くいものである。毛が不揃《むら》に延びて、青い筋が所々に蔓つて、如何にも不思議な動物である。

代助は又湯に這入つて、平岡の云つた通り、全く暇があり過ぎるので、こんな事迄考へるのかと思つた。湯から出て、鏡に自分の姿を写した時、又平岡の言葉を思ひ出した。幅の厚い西洋髪剃で、顎と頬を剃る段になつて、其鋭い刃が、鏡の裏で閃めく色が、一種むづ痒い様な気持を起さした。是が烈敷なると、高い塔の上から、遙の下を見下すのと同じになるのだと意識しながら、漸く剃終つた。（七）

この場面の前では、代助は平岡にこれも有名な議論の中で、「つまり自分の顔を鏡で見る余裕があるから、さうなるんだ。忙しい時は、自分の顔の事なんか、誰だつて忘れてゐるぢやないか」（六）と指摘されている。この、あまりに的確な〈他者の言葉〉が、感性として自我に組み込まれて彼自身を抑圧する結果、客体としての自己と主体としての自己との間に葛藤を引き起こしたのである。そこで代助は、自分の「心臓」や「足」といったモノとしての身体が、そしてついには視覚そのものまでもが、自分自身にとって異和としてやって来ることになってしまったのである。こういった彼の自己疎外は、欄間に対する美意識の混乱（三）、身体の中で虫が動いている感じ（六、七）、アンニュイ（八、十一）、不安（十）、二重の頭（十一）、蒼白い脳髄（十二）といった身体の異和として、何度も、そしてしだいに強く変奏されることになる。それればかりではない。

代助は、平岡に〈いま〉の自分の価値を説明するために、三、四年前のあの時をもって、〈父〉の傀儡でしかなかった自分と〈いま〉の自分とを鮮かに分断し去ることを強いられてもいたのである。

代助の自己実現できる場が、社会から孤絶した書斎か睡眠の中にしかなくなるのは当然であろう。代助が、自己の価値を創出するために選び取った存在様態が、皮肉なことに、そして当然のことながら、彼の社会的価値をゼロにしてしまったのである。代助は、自己を〈いま・ここ〉という限りなくゼロに近いいわば不在の点として同定しようとしているからである。だとしたら、彼は「〜でない私」という否定的で受身の形で、まさに差異そのものとしてしか自己同定できないはずである。代助が自己を、記号と情報の集積体である差異のシステムそのものと言ってよい「都会」に生きる「都会人士」とみなすのは、そのためでもあった。このことは、代助のナルシスティックな自我のあり方[12]が〈家〉の論理を打つのが、この一点においてであることを暗示している。代助の価値基準は、普遍的な好い／悪いという倫理にはなく、移ろいやすい好き／嫌いという美意識にあるので、そのような変容あるいは変節こそが「現代的」「都会的」だとする立場からは、同一性の神話に支えられた〈家〉の論理に生きるものは、「偽善者」以外の何者でもないからである。だとすれば、代助にふさわしいのは、地下室かどこかで蹲っていることなのだ。

　自我が実体ではなく、働きである以上、このような点としての自我のあり方は、いちじるしく不安定なものとならざるを得ない。そこで、自我の崩壊を防ぎ、一定の輪郭を与えるためには、虚無（nil admirari）の姿勢《ポーズ》か、でなければ、不安定で分裂した自己をいつも同一の美しい自己として映し出す歪んだ〈鏡〉が必要になるだろう。たとえば、有名な文明批判がそれである。代助の指摘しているのは「精神の困憊」「身体の衰弱」「道徳の敗退」の三点だが、三千代に「少し胡麻化して入らつしやる様よ」と言われ、平岡に「さうすると、君の様な身分のものでなくつちや、神聖の労力は出来ない訳だ。ぢや益遣る義務がある」とあっさり言い負けてしまうように、代助が働かず「自分丈になつてゐる」ことの説明としては飛躍があると言わざるを得ない。代助の指摘しているのは、世の中が歪んでいるということだ。しかし、だから働かないというのは、論理ではなく彼の人生における態度、美学でしかない。平岡のように、だから働く——「僕は僕の意志を現実社会に働き掛けて、其現実社会が、僕の意志の為に、幾分でも、僕の思ひ通りになつたと云ふ確証を握らなくつちや、生きてゐられないね。そこに僕と云ふものゝ存在の価値を認めるんだ。」——という態度がすぐ対置できる以上は。それどころか、この三点はまさに現在の代助の姿のみごとな要約になってしまってはいないだろうか。実は、〈鏡〉に映っているのは、歪んだ文明を批判する、正しく美しい代助ではなく、彼の歪んだ自己像なのである。代助の存在様態はまた、彼の眼に映った文明の陰画《ネガ》であると言ってもよい。

こうして代助の〈いま・ここ〉は、彼の柔らかな自我の矛盾を顕在化させ、自己疎外の感覚を強い、彼に「無能力」の烙印を押すことになる。その時代助たちは、〈家〉の中では禁止され、あるいは予め奪われてしまっていた、あの〈成熟〉の儀式を、どこか別の場所で模倣することになるのだ。

III　物語としての過去

昔のことを〈物語〉にしないで思い出す事など、たぶんできはしない。思い出された自分はいつも、〈そこ〉にはいなかった自分、〈ここ〉にいる自分だ。

はじめ自分は父を尊敬していた、という風に代助は考えている。「其時分は親爺が金に見えた」

「さう人間は自分丈を考へるべきではない。世の中もある。国家もある。少しは人の為に何かしなくつては心持のわるいものだ。」（三）

（六）と言ぅのである。

『それから』が、代助への父の「御説教」をこの言葉から報告し始めていることには注目しておいてよい。人の行動原理を「～のため」とするのが「儒教の感化を受けた親爺」のする「徳義上の教育」の言説だからである。そして、この言葉が今の代助に皮肉に聞こえてしまうのは、今の代助がまさに「人の為」にしたこと、過去の「義侠心」で苦しんでいるからだ。だとしたら、そこで思い出されているのは（代助はまさに「今の自分から三四年前の自分を回顧して見ると、慥かに、自己の道念を誇張して、得意に使ひ回してゐた」（六）と考えている）、たぶんこんな〈物語〉に違いない。

――〈家〉の中では、長男は〈父〉になることができる、と言ぅより〈父〉になることが義務付けられているのに、次男坊以下の男は決して〈父〉になることはできない。〈父〉になること、〈成熟〉することとは、尊敬と批判との二重拘束的な葛藤を経て、他者（父）を自己（超自我）に変容させてしまうことである。すなわち、差異（他者）を同一性（自己）の中に回収することで、同時に自己もまた〈父〉という同一性の中に封じ込めることになるが、しかし、そのことで社会に有用で価値ある〈父〉としての自己像を手にすることができるのである。〈成熟〉することは、〈家〉の中で許されたほとんど唯一の劇《ドラマ》だと言っていい。だから、代助が〈成熟〉した自己像を手に入れるためには、どこか別の場所でそれを演じる必要があるはずだった。代助は、三年前、〈父〉の言葉通り、自分を「犠牲」にして平岡のために三千代を「周旋」した。しかし、三千代の様子ではなく、妻となった三千代を伴って「京阪地方」へ赴任する平岡の眼に浮かんだ「得意の色」を見た時、「急に此友達を憎らしく思」うようになった、と言う。代助の関心は、平岡と自分との関係の方にあったらしい。その証拠に、代助が平岡からの手紙に「不安」なく返事を書けるのは、三千代の幸福な知らせではなく、平岡が、「自分の過去の行為に対して、幾分か感謝の意を表して来る場合に限」（二）られている。そもそも、代助が三千代と親密になったこと自体が、三千代の兄の意向を代助が言わば受動的に受け入れた結果だったように、代助は回想しているのである。つまり代助は、当時「金」に見えた男たちの言葉通りに行動し、そして、気が付いたらいつの間にか平岡との争いに勝って〈成熟〉する機会を奪われてしまっていた。だとしたら、〈家〉の論理は、戸主にならない「家族」には、法的にはもとより、個人としての〈成熟〉の機会さえ許さないことになる。〈成熟〉も戸主たるべき男にだけ許された特権だったのである。なぜなら、代助の経験しているのは、既に決められてしまっている劇の筋書き、〈父の言葉〉にすぎないからである。だからこそ得は、代助が〈子供〉であることを嘆きつつも容認し、代助の言葉に対する自己の好奇心を、自らの権威を失墜させないために、相手が〈子供〉だからという理由で押し殺しもする。そして、自己の経験をこの世における唯一の経験であるかのように、それを与えることで「家族」から真の経験を奪ってしまうために、秘儀的な特権性をもって飽きもせずに限りない鈍感さで繰り返し語り続け、「教育」し続けることになるのだ。〈家〉の論理は、代助だけでなく、得その人をも禁忌につつまれた死人のようにしか生かしてはおかないのである。こうして、

「家族」をスポイルしてしまうことで〈家〉の枠内に留まらせることが、〈父〉の「徳義上」の言説の意味と機能なのである。そこで代助はこう考える。自分は、あの時許されなかった劇《ドラマ》をいま演じようとしているのだ、と。——

しかし、この〈物語〉は半分だけがほんとうだろう。

代助は此鍍金の大半をもつて、親爺が捺摺付けたものと信じてゐる。（六）

「信じてゐる」と言う。このニュアンスは、代助がそう「信じてゐる」だけで、実は「鍍金」を「捺摺付けた」のは、「親爺」ではなく代助自身、しかも「いた」ではなく「ゐる」となっている以上、いまの代助だったのではないか、という疑問を呼び起こすに十分であろう。

そもそも、代助は三千代を、自分を「犠牲」にして「周旋」したのではなく、「棄てゝ仕舞つた」（十四）のではなかっただろうか。勝田和學氏の言葉を借りれば、生活に侵されない、そして、他者による価値付けとは無縁の「趣味の人」としての自己を守るために、である。(13) 現在の平岡は、実はあり得たかもしれぬ代助なのだ。おちぶれた平岡は、代助の選択が正しかったことを証す歪んだ〈鏡〉だったのである。そして、〈成熟〉の劇《ドラマ》が未発に終わったことは、三千代を「棄てゝ仕舞つた」痛切な経験と彼の現在とに、それは長男に生まれなかった男子の宿命だという根拠と、それは自分ではなく〈父〉のせいだという言い訳とを与えるだけでなく、いま彼がやろうとしていることをも正当化するだろう——三年前に「既に自分に嫁いでゐたのも同じ」だった三千代を、返してもらうだけだ、と。

もしそうだとすれば、代助のいまに目を向けてみる必要がある。

代助の方から神保町の宿を訪ねた事が二返あるが、一度は留守であつた。一度は居つたには居つた。が、洋服を着た儘、部屋の敷居の上に立つて、何か急しい調子で、細君を極め付けてゐた。――案内なしに廊下を伝つて、平岡の部屋の横へ出た代助には、突然ながら、たしかに左様取れた。其時平岡は一寸振向いて、やあ君かと云つた。其顔にも容子にも、少しも快よささうな所は見えなかつた。部屋の内から顔を出した細君は代助を見て、蒼白い頰をぽつと赤くした。代助は何となく席に就き悪くなつた。（四）

上京後、代助がはじめて三千代に会った時のことである。気まずい所を見られたからしい三千代の赤面が（のちに代助は三千代に「あなたは何か叱られて、顔を赤くしてゐましたね」と語りかけようとしている）、三千代に赤面させる相手としての自己の像を代助に喚起し、「何となく」としか名付けられないわだかまりを確実に代助の内面に沈澱させている。代助は、その後も「何だか行けなかつた」と言う。代助のわだかまりを作り出したのは、たぶん三千代の赤面《サイン》だった。逆に言えば、代助のわだかまりは三千代の赤面を心的に模倣した結果なのである。その後も、三千代は思い出を共有できる「例の目」や「白百合」や「銀杏返し」や「コップ」や「指環」[14]を使って代助を誘い続け、一方の代助は、三千代のそういう挑発を、みごとに模倣してみせる。たとえば、「白百合」と「銀杏返」。上京後、三千代がはじめて代助を訪ねる場面を見てみよう。

「此花は何うしたんです。買つて来たんですか」と聞いた。三千代は黙つて首肯いた。さうして、「好い香《にほひ》でせう」と云つて、自分の鼻を、弁《はなびら》の傍迄持つて来て、ふんと嗅いで見せた。代助は思はず足を真直に踏ん張つて、身を後の方へ反らした。

「さう傍で嗅ぢや不可《いけ》ない」（十）

三千代はすぐさま「貴方、此花、御嫌ひなの？」と聞く。そして、わざわざ自分のために買って来たことを知った代助が、この花を「不思議に無作法に活」けたのを見ながら、三千代は再び「あなた、何時から此花が御嫌ひになつたの」と問う。しかし、代助のこの花についての記憶は、「貴方だつて、鼻を着けて嗅いで入らつしつたぢやありませんか」と言われても、「そんな事があつた様にも思」う程度でしかない。彼の方から、「銀杏返」が「昔」を思い出すための符牒になっていたことに言及するのも、ずっと先の告白の場面なのである。つまり、この時の代助には、「白百合」も「銀杏返」も二人の「昔」を思い起こさせる符牒にはなっていない。そのサインを初めに送るのは三千代の方なのである。告白の場面で、代助がやっとこの両方の答えを見つけ出したのを知った三千代は、「ぽうと頰を薄赤くし」、「恥づかしさうに」している。指環も同じだ。

はじめて三千代の方から代助を訪ねた時から、すでに三千代は「三年前結婚の御祝として代助から贈られた」指環を穿めている手を上に重ねて、「三年前」を喚起している。その後も、この指環を質に入れたことをことさらに示し（この時も「ぽつと赤い頰」をしている）、代助から「紙の指環」（＝二人だけの秘密のお金）を受け取ることになるのである。この「紙の指環」は、「代助から贈られた」指環を質屋から受戻すことに使われるから、二人だけの秘密のお金は、今度は、受戻したことを知るはずのない平岡の前ではもう決して穿めることのできない（だから手に穿めずに「世の中を憚る様に」「用箪笥」の中にしまってある）、代助から改めて贈られた秘密の指環に変容する、いや、させられる。代助が「紙の指環」という言葉を思いつくのも、指環を強調して見せる三千代のしぐさを代助の言説が模倣するからだし、それをこれまでの指環とは全く意味の異なる別の指環に変容させ、新しい意味を生成する機能を与えるのは三千代なのである。このズラシと模倣との繰り返しによって、三千代は代助のわだかまりに一定の方向性を与え、ついに〈昔〉を〈恋〉の色で染め上げさせたのである。代助は、そういう三千代の眼の中に、態度の中に、すなわち他者の期待の中に自己を実現する場を見い出したのである。そういう自己と他者との間主観的な関わりを通してしか、自我の安定は得られない。その時、「三年前」は〈恋〉の時間に変容する。「三年前」の意味が、種明かし的に露呈しているのではない。代助の意識の中で変容するのである。しかし、それだけでは代助は三千代との〈恋〉を必要としなかったに違いない。何しろ、三千代が上京後はじめて代助を訪ねた時には、代助の意識の中での三千代の呼称は「此の女」（四）でしかなかったのだし、三千代のために運動しているはずの代助が、その最中に他ならぬ三千代を「忘れてゐた」ことが、繰り返し強調されてもいるのだから。

其手紙には近々《きんく》当地を引き上げて、御地へまかり越す積である。但し本店からの命令で、栄転の意味を含んだ他動的の進退と思つてくれては困る。少し考へがあつて、急に職業替をする気になつたから、着京の上は何分宜しく頼むとあつた。此何分宜しく頼むの頼むは本当の意味の頼むか、又は単に辞令上の頼むか不明だけれども、平岡の一身上に急激な変化のあつたのは争ふべからざる事実である。代助は其時はつと思つた。（二）

二週間前に平岡から届いた手紙の内容が、その時の代助の意識に沿って要約的に報告されている一節である。さりげなく書かれてあるが、代助の反応のし方に、彼の期待する理想の自己像がよく現れている。平岡に、何事かを再び「頼」まれる救済者としての自分。そう言えば、上京した平岡と会った代助は、何か「頼」まれたいためだけに「何《いず》れ緩くりを繰返したがる」平岡を引き止めたがっていたふしさえ見えるし、平岡に就職の「周旋」を「頼」まれた直後に、僕たちの関係はあの時のままではないかと言わんばかりに、つまり、あの時の、三千代「周旋」の労を就った〈恩〉を忘れたのではないだろうなと言わんばかりに、一度は「云ひかけて、ぴたりと已め」てしまった「三千代さんは何うした」という一句を口にしているのも、偶然ではない。しかし、現在の平岡が、代助に頭を下げて本気で何かを「頼」む程、彼に期待などしていないことは、葉書の字の「乱暴」さを見ただけでもわかろうと言うものである。

夫婦の間に、代助と云ふ第三者が点ぜられたがために、此疎隔が起つたとすれば、代助は此方面に向つて、もつと注意深く働いたかも知れなかつた。けれども代助は自己の悟性に訴へて、さうは信ずる事が出来なかつた。（中略）凡てを概括した上で、平岡は貰ふべからざる人を貰ひ、三千代は嫁ぐ可からざる人に嫁いだのだと解決した。代助は心の中で痛く自分が平岡の依頼に応じて、三千代を彼の為に周旋した事を後悔した。けれども自分が三千代の心を動かすが為に、平岡が妻から離れたとは、何うしても思ひ得なかつた。

（十三）

なぜ二度までも否定してみせるのだろうか。繰り返される否定が、むしろ語られてしまった内容の喚起力を高めながら肯定に反転することは、修辞の常識に属することであろう。[15] ここで喚起されるのは、代助には「信じる事が出来な」くとも、事実は、代助が平岡夫婦の不和の大きな原因となっているという意味内容、いや、もっと端的に、代助がそれを期待している、というニュアンス——「そう信じたかつた」「思いたかつた」ということに他ならない。しかも、この文は、こう続いて行くのである。

同時に代助の三千代に対する愛情は、此夫婦の現在の関係を、必須条件として募りつゝある事もまた一方では否み切れなかつた。三千代が平岡に嫁ぐ前、代助と三千代の間柄は、どの位の程度迄進んでゐたかは、しばらく措くとしても、彼は現在の三千代には決して無頓着でゐる訳には行かなかつた。彼は病気に冒された三千代をたゞの昔の三千代よりは気の毒に思つた。彼は小供を亡くした三千代をたゞの昔の三千代よりは気の毒に思つた。彼は夫の愛を失ひつゝある三千代をたゞの昔の三千代よりは気の毒に思つた。彼は生活難に苦しみつゝある三千代をたゞの昔の三千代よりは気の毒に思つた。但し、代助は此夫婦の間を、正面から永久に引き放さうと試みる程大胆ではなか

つた。彼の愛はさう逆上してはゐなかつた。　（十三）

ここでは、代助にとって以前の三千代は「無頓着」でいられる程度の「たゞの昔の三千代」でしかないということが、はからずも強調されてしまっているのである。そればかりではない。以前の二人の関係への言及を、慎重にしかもあからさまに避けている上に、代助の「愛情」の根拠が「昔」にではなく「現在」にあることを、はっきりと明言もしているのである。

　自分と三千代との現在の関係は、此前逢つた時、既に発展してゐたのだと思ひ出した。否、其前逢つた時既に、と思ひ出した。代助は二人の過去を順次に溯つて見て、いづれの断面にも、二人の間に燃える愛の炎を見出さない事はなかつた。必竟は、三千代が平岡に嫁ぐ前、既に自分に嫁いでゐたのも同じ事だと考へ詰めた時、彼は堪へがたき重いものを、胸の中に投げ込まれた。　（十三）

　この「思ひ出した」が、「思い始めた」の意であることは言うを待たない。しかし、この一節が、彼の「過去」の恋がまさに「現在の関係」から逆算されたものであることをみごとに示すものとなっている以上、「思ひ出した」は「回想された」の意をも含意することになる。先に引用した文にもう一度戻ってみよう。

　そこには、負《マイナス》のカードを寄せ集めたような趣がある。かつて平岡の帰って来なかった晩、三千代は代助に対して、「暗に同情を求め」、「代助の顔を偸む様に見」、「怨ずる様に」（八）話したことがあったが、この日も、不如意な生活を訴える父の手紙を代助に見せ、代助の同情＝「気の毒」に思う気持を喚起しようとしているのである。三千代の救済者としての自分。代助の夢想する、「無能力」者でも「御坊っちゃん」でもない、有用で価値のある、あたかも強き〈父〉のような自己像がそこにある。それに、代助がまず平岡との関係を優先させようとしていることにも注意しておいてよい。この場面でも「一つ私が平岡君に逢つて、能く話して見やう」と言って、三千代に「淋しい顔」をさせているし、愛の告白の後も、平岡に話すことを主張して、三千代から「ぢや、何うでも」という捨鉢とも取れる言葉を引き出してしまっているのだが、そもそも現在の平岡と代助の関係は、「平岡が代助を小供視する程度に於て、あるひは其れ以上の程度に於て、代助は平岡を小供視し始めたのである」（二）というようなものだったのである。その後も二人は、互いに相手を「小供視」するためにだけ会っているかのような様相を呈することになる。二人の関係は「気の毒」「上から見たやう」「不合理」「不快の色」「沈んだ暗い調子」「じろり」「無言」「挑戦」「不愉快」「不安」「冷淡」「憎悪」「癪」といった否定的な言葉でばかり語られ続けているのである。つまり、代助の三千代の救済者としての自己像は、平岡に対する勝利者の像でもあったのである。代助が三千代を必要としているのは、彼にいつまでも「趣味の人」たることを許さなくなった〈家〉と彼の方から訣別するために、彼の価値を創出することのできる、もう一つのメタフィジカルな家族の神話をどこかで演じなければならなくなったいまなのだ。すなわち、代助はあの時許されなかった劇《ドラマ》をいま演じようとしているのではなく、いま自分が演じようとしている劇《ドラマ》に似せて、自らの記憶を、あの男たちによる家族の物語の言説に編成しつつあるのだ。もちろん、その編成力は、彼の現在の三千代への意識と行為とを生成する枠組にもなっている。思い出すことは、〈現在〉と〈過去〉とが相互に応答し合いながら、一つの物語を織り上げることでしかない。それは、無意識の領域にまで及ぶだろう。

三千代が上京してから、代助は「待合」にたぶん三度行っている。一度は、上京した平岡夫婦が代助の世話で新居を構えた、その日の夜だ。引越しの片付けの途中に姿を消してしまった代助に、翌日門野がこう声をかけている。

「昨夕は何時御帰りでした。（中略）全体何時頃なんです、御帰りになつたのは。夫迄何処へ行つて居らしつた」（五）

もちろん代助は話をそらしてしまうのだが、門野のこの問いと代助のその態度とが、代助がいつ帰ったのかもどこへ行ったのかも言えないような所へ行っていたことを暗示している。二度目は、実家の策略で「佐川の娘」と歌舞伎座で見合いをさせられた晩のことである[16]（十一）。代助は、数寄屋橋で「赤坂行」の電車に乗り換えるが、これは代助の自宅のある神楽坂方面とは逆方向ということになる。それに、代助は歌舞伎座で「近付のある芸者」のことを考えてもいたのである。見合いと「待合」の組み合わせ。これは、代助の性のあり方をよく物語っている。三度目は、はっきり書かれてある。「彼は其晩を赤坂のある待合で暮した」というのだ（十三）。三千代に「紙の指環」として渡した、その残りのお金でだ。すなわち、二人がはじめて二人だけの秘密を持った、その残りのお金でだ。二人の再出発のためには、いかにもグロテスクな祝福ではないだろうか。しかも代助は、いや三千代はと言っても同じことだが、出産以後は心臓病を理由に平岡を拒み続けているらしいことを、何度かさりげなく確認し合っているのである（四、八）。

注目したいのは、一度目と三度目である。代助がこれらの夜に幻の三千代をかき抱いていたことは想像に難くない。夫婦の再出発が代助の世話でなされた以上、それが三年前の代助の世話でなされた結婚の変奏であることは多言を要さないだろう。代助のグロテスクな祝福は、平岡の手から三千代を、結婚前の姿のままで取り戻す儀式でもあった。そして同時に、変奏された平岡夫婦の結婚（＝再出発）から「紙の指環」によってなされた自分たちの愛の確認までを、幻の姦通によって区切ることで、〈現在〉と〈過去〉とを重ね合わせ、虚構の〈過去〉を虚構の身体に記憶させていたのだ。あの時も、三千代は平岡ではなく「既に自分に嫁いでゐたのも同じ」だったのだ、と。だからこそ、代助は記憶の中で、半ば無意識裡に家族の神話の劇を模倣できるのである。繰り返すが、それは虚構の〈現在〉を生成する力にもなっている。三千代を〈現在〉選び取るのは〈過去〉に彼女を愛していたからだ、しかし、〈過去〉に彼女を愛していた証は〈現在〉彼女を選び取るところにしかない、という具合に。

IV　可能性としての物語

恋が、たとえそれが一瞬であっても、男と女が同じ夢を共有する間主観的な交わりであるとするなら、最も美しいはずの愛の告白の時に、「僕は、あの時も今も、少しも違つてゐやしない」という言葉に、「あの時から、もう違つてゐらしつた」という答えが返って来てしまう代助と三千代の〈恋〉

は、何かが決定的に欠けている。

三千代は精神的に云つて、既に平岡の所有ではなかつた。代助は死に至る迄彼女に対して責任を負ふ積であつた。けれども相当の地位を有つてゐる人の不実と、零落の極に達した人の親切とは、結果に於て大した差異はないと今更乍ら思はれた。死ぬ迄三千代に対して責任を負ふと云ふのは、負ふ目的があるといふ迄で、負つた事実には決してなれなかつた。代助は惘然として黒内障《そこひ》に罹つた人の如くに自失した。（十六）

この一見誠実そうに見える言説に、代助の三千代への関わり方がみごとに現れている。平岡と自分との関係においては、三千代は「斡旋」「周旋」され、「所有」され、「呉れ」たり「遣」ったり「引き渡」したりするモノなのである。そして、自分との関係においては、三千代は〈愛〉の対象であるよりも、「義務」や「責任」の対象なのである。これが徹底して資本主義的な言説であることはもはや多言を要さないだろう。前者は、明らかに〈就職〉や〈商品〉をめぐる言説だし、後者は、資本主義が必要とした限りにおいての「徳義上の責任」の意匠をまとってはいるが、しかし、その実期待されているのは「物質上の責任」（十六）を果たすべき自己同一性だけを実現した〈個人〉、すなわち、経済的な〈個人〉でしかないような、ある特殊な制度を支えてしまっているような種類の言説なのである。「徳義」の意匠をまとって「義務」を全うすべき主体の確立を口にしながら、その実、経済的な〈個人〉をしか代助に要求してはいなかった長井得の言説を思い起こしてもよい。それは、明治民法の水準そのものである。だから、代助は長井家においてはあたかも〈商品〉のようであった。いつでも、金が全ての「解決者」(十六)になる、というわけだ。これに、「三千代に遣つた旅行費の余り」(十三)で「赤坂の待合」に行ったという、代助の「三千代に遣つた」「紙の指環」のもう一つの意味を喚起させるグロテスクな例を付け加えれば、代助のしていることの輪郭はいっそうはっきりする。代助もまた、資本主義的な「物質上」の「責任」を取る主体としてのみ、三千代に対する自己の同一性を析出していったのである。であってみれば、代助の言説がいかに誠実そうに見えようとも、代助の回復したかったのは、三千代との〈自然の愛〉などではなく、失われてしまった幻想の〈家〉なのである。

代助は、〈家〉の論理に対置されるべき新しい自我を生きようとしているのではない。血縁の幻想による同一性の神話に、もう一つのメタフィジカルな家族の神話=個人の自己同一性の神話を対置しようとしているに過ぎないのだ。すなわち、近代的自我の確立の劇《ドラマ》こそは、代助のような〈家〉から排除された男達が〈家〉の外で演じる、〈家〉の言説《ディスクール》なのだ。そこにあるのは、〈個〉の確立などではなく、〈家〉への郷愁、自己を幻の〈父〉に仕立て上げようとする欲望に他ならない。この時の代助の自我が、過度に倫理的であることを要求されるのは、そのためなのだ。代助の「此次父に逢ふときは、もう一歩も後へ引けない様に、自分の方(三千代との関係―注)を拵へて置きたかつた」(十四)という思考方法が、それを何よりも証明している。代助は、三千代を選んだために〈家〉から離別されるのではない。逆だ。〈家〉から離別して、もう一つの〈家〉を作るために三千代との〈恋〉を必要としているのである。しかし、それが自己と他者とを同一性という制度に回収するものであることは、ここで代助が「責任」と引き換えに、あたかも三千代の〈死〉を願ってでもいるかのように、心の中で彼女の死を反復していることに象徴的に現れている。死はまた飴のように延びきった蒼ざめた同一性の喩だからである。もう少し微妙な例を挙げれば、代助にとっては覚醒と睡眠は生と死のアナロジーとして考えられているが、代助の夢の中に自由に出入りする三千代は（十）、すでに死んだ女ではないだろうか。また、写真は、はっきりと死の喩と考えられているが（十二）、一枚の写真に意味を与えるプロセスは、生きた三千代を写真に封じ込めるプロセスでもあった。三千代は〈現在〉生きている女ではなく、〈記憶〉の中で死んでしまった女なのだ。いみじくも梅子が言い当てているように、「世の中に一人も気に入る様なものは生きてやしませんよ」（十四）ということになってしまうのである。

代助の性急な自己同一性（＝自己中心化）確立の衝動は、身体や他者といった周縁的に位置付けられているものを疎外し、消し去ってしまうのである。先にII章で述べた、身体への異和や、「排泄機能」の変化（十四）、それに、梅子には「少し痩せた様」に見える顔が自分には「例の如くふつくらした頬」に見えてしまう視覚の疎外まで、それは様々なレベルで引き起こされるのだが、代助が気付かねばならなかったのは、ほかならぬ三千代のことであった。

その日、平岡のことを聞かれても「依然として幸福であつた」し、僕には信用される「資格」がないという言葉さえ軽く受け流していた三千代は、しかし、あたかもそれだけが恋の「目的」であるかのような代助の「義務の心」を打ち明けられると、俄に苛立ちの表情を示し始めるのである。

「僕の身分は是から先何うなるか分らない。少くとも当分は一人前ぢやない。半人前にもなれない。だから」と云ひ淀んだ。

「だから、何うなさるんです」

「だから、僕の思ふ通り、貴方に対して責任が尽せないだらうと心配してゐるんです」

「責任つて、何んな責任なの。もつと判然《はつきり》仰しやらなくつちや解らないわ」

代助は平生から物質的状況に重きを置くの結果、たゞ貧苦が愛人の満足に値しないと云ふ事丈を知つてゐた。だから富が三千代に対する責任の一つと考へたのみで、夫より外に明かな観念は丸で持つてゐなかつた。

「徳義上の責任ぢやない、物質上の責任です」

「そんなものは欲しくないわ」

「欲しくないと云つたつて、是非必要になるんです。是から先僕が貴方と何んな新しい関係に移つて行くにしても、物質上の供給が半分は解決者ですよ」

「解決者でも何でも、今更左様《そん》な事を気にしたつて仕方がないわ」

「口ではさうも云へるが、いざと云ふ場合になると困るのは眼に見えてゐます」

三千代は少し色を変へた。

「今貴方の御父様の御話を伺つて見ると、斯うなるのは始めから解つてるぢやありませんか。貴方だつて、其位な事は疾うから気が付いて入《いら》つしやる筈だと思ひますわ」

代助は返事が出来なかつた。

（十六）

「死ぬ積で覚悟を極めてゐる」三千代は、代助と〈家〉を持つことなど夢見たりしてはいない。ただ、代助の愛を「信用」しながら短い命を生きようとしているにすぎない。しかし、「職業」「責任」「身分」「資格」等々といった資本主義を支える言葉でしか三千代を語れない代助は、そういう〈愛〉に応えることができず、「慄然」とし、「竦《ぞっ》」とし、「竦《すく》む」のである。「物質上の責任」を持ち出して三千代に極めつけられた代助が、少し後で、今度は平岡に対する「徳義上の責任」を持ち出しているなどは、もはや滑稽でさえある。彼は、三千代と「結婚」をして新しい〈家〉の戸主となり、彼女を妻として「所有」することだけしか考えることができないのである。

もし仮に、代助の〈恋〉が、近代的自我の確立を促したり、その結果であるかのように読まれて来ていたとしたら、そのような読者もまた、代助とともに自己の内なる〈家〉への郷愁をそれと知らずに生きてしまっていたのである。しかし、三千代の、〈家〉や現実的な生さえもを超越してしまった「覚悟」は、このような代助の姿勢を批判する形でしか語ることはできないだろう。それは、〈愛〉をめぐる言説が、「家族語」(17)の枠を一歩も出ていないあまりにも貧しいものだからである。そのような不自由から解き放たれるためにいまできることは、消し去られ、置き去りにされてしまった三千代たちの言葉のざわめきに耳を傾け、社会に肯定的に受け入れられた証としての結婚か、さもなくば、否定的に承認される代償としての心中(18)に行きつくしかないような、「家族語」に搦め取られた貧しい恋の物語のあわいから、新しい、そして様々の物語を紡ぎ出してみることだけである。

言葉の姦通

『それから』の冒頭部を読む

小説の冒頭には、その小説を読む鍵がふんだんに仕掛けられているものだが、とりわけ『それから』の冒頭にはその傾向が強く見られる。

『それから』の冒頭とは、どこまでを指すのか。この問題は、解釈の枠組《コード》の設定と深くかかわっている。ここでは冒頭部を、代助が風呂場で身繕いを終えるところまでと考えておこう。それは、この場面までに、代助のセクシュアリティのあり方がみごとに語りだされているからに他ならない。それは、こんな風に始まっていた。

誰か慌たゞしく門前を馳けて行く足音がした時、代助の頭の中には、大きな俎下駄が空から、ぶら下つてゐた。けれども、その俎下駄は、足音の遠退くに従つて、すうと頭から抜け出して消えて仕舞つた。さうして眼が覚めた。　（一）

『それから』が、「俎下駄」や「足音」に関する記述から始まっていることは興味深い。小森陽一氏が指摘するように、『それから』には、代助の足と下駄をめぐる物語が、代助の頭と頭の中をめぐる物語と対置される形で書き込まれているからである。(1)

テクスト中の断片を拾い上げてゆくと、代助はしだいに下駄から離れ、裸足や素足になってゆくことがわかる。この系列《セリー》にどのような意味を与えれば物語が立ち現れて来るだろうか。たとえば、冒頭の「足音」が、おそらく郵便配達夫のものだったことに注目してはどうだろうか。この日は、実父から平岡からと、二通の郵便物が届けられていた。これが「俎下駄」のイメージと結び付いていることを考え合わせれば、下駄からの離脱は、実父や平岡といった足枷となっているものから、代助が自立したかのような物語が立ち現れて来よう。それも、『それから』の描き得る一つの物語であることにまちがいはない。だが、ここでは別の点に注目しておこう。

代助のセクシュアリティを炙り出すなら、この「足音」や「俎下駄」のイメージが、意識と無意識の間に現れていることの方が重要なのである。ここにあるのは、「足音」や「俎下駄」といった足にかかわるイメージが、無意識の底から意識の方へ現れかけている感じである。そして、目覚めがそれを無意識下に抑圧しようとしているかのような構図である。ここには、意識と無意識との葛藤がある。代助自身、意識と無意識の問題には、「睡眠と覚醒」あるいは「狂気」と「正気」にこだわるという形で、深い関心を示している。関心というより、不安に近いだろうか。

代助は、「三四年前」に、「平生の自分が如何にして夢に入るかと云ふ問題を解決しやうと試み」、毎晩「好い案排にうと〳〵し掛ると、あゝ此所だ、斯うして眠るんだなと思つてはつとする」(五)

ことを繰り返した事があると言う。この入眠恐怖といっていい状態が、落下の恐怖と質を同じくしているることはよく知られている。代助の味わった、「高い塔の上から、遙の下を見下す」ような恐怖感は、このことをよく示している。

冒頭の場面はちょうどその逆なのである。そのために、代助の意識と無意識の境界に何が現れるのかをはっきり示すことになっている。代助が抑圧しているものは、まず自らの下半身なのだ。そのことが、明らかに代助の意識に上るのが、第七章の有名な風呂の場面である。ここでは、代助は自分の足が自分のものでないように見えてしまう。下半身の抑圧がある、というよりも、下半身を抑圧していることそれ自体が顕在化してしまった場面だと言っていい。しかも、それは単に下半身の抑圧にとどまらない。身体の抑圧とでも言うべきレベルにまで達しているのである。六章に、書生の門野と『煤烟』について話す場面がある。代助は『煤烟』について、「肉の臭ひがしやしないか」と言う。その後のことである。代助は、身体の中を何か妙なものが動いている感じを味わう。それは、「腹のなかに小さな皺が無数に出来て、其皺が絶えず、相互の位地と、形状《かたち》とを変へて、一面に揺《うご》いてゐる様な気持」なのである。身体の中の異物。身体そのものが、意味を失い、内側から異化されてしまっている感じなのである。

この感じ方の行き着くところは、冒頭部の代助の心臓神経症とでも言いたくなるような、心臓へのこだわりが物語っている。八重椿の落ちる音が普通以上に大きく聞こえた代助は、「念のため、右の手を心臓の上に載せて、肋のはづれに正しく中る血の音を確めながら眠に就いた」のである。聴覚の異常が心臓の確認へつながるところに、代助の行為の奇妙さがある。そして、それを傍線部のように表現するところに、このテクストの語り手の特徴がある。この傍線部は、すぐその先にあるように「心臓の鼓動」と書けばすむところである。しかし、語り手はあえて典型的な異化の手法を用いた。異化とは日常的な見慣れたものを初めて見たものであるかのように表現する手法である。もちろん、この手法によって、そのものは、異様なもの、奇妙なものに見えてくるだろう。ここでは、代助が「心臓の鼓動」を、単に「心臓の鼓動」としては聴いていない感じが伝わって来る。「是が命であると考へた」ところまでは普通の感じ方に違いない。しかし、「此掌に応へる、時計の針に似た響は、自分を死に誘ふ警鐘の様なものであると考へた」のはどうだろうか。「心臓の鼓動」が人を死に誘うという感じ方はかなり異様な感じ方ではないだろうか。ここで気になるのは、またしてもレトリックである。ここでは、「心臓の鼓動」が異化されて、「時計の針に似た響」という比喩で語られている。

また、五章では、平岡夫婦の引っ越しを見に行った代助が、たぶんその足で赤坂の待合に遊んだあと、(2) 帰宅してから寝苦しい夜を過ごす。その原因が「袂時計」の「大変大きな音」なのである。結局、この音が、ミシンの音、虫の音と変容しながら夢の世界へと代助の意識をつなぐ役割を果たし、「睡眠と覚醒との間を繋ぐ一種の糸」を発見したと思うのだが、これはある意味で忌わしいことでもあった。それは、正気の自分が知らぬ間に狂気に陥ってしまう可能性を暗示するからであった。レトリックであろうと、代助の聞く時計の音であろうと、このテクストでは、「時計」は、代助を死や狂気に誘う不吉な媒となっている。代助にとって、「時計」は嫌悪すべきものなのだ。

「赤ん坊の頭程もある大きな花の色」というレトリックはどうだろうか。問題は、代助を不吉な感じに誘った件の椿の花の大きさが、「赤ん坊の頭程もある」と語られることなのである。

ここまで述べて来たことに、意味を与えてみよう。「時計」「心臓」「死」「赤ん坊」——このシリーズ化された名詞群の指し示す宛先は、たった一つ、三千代しかない。嫌悪すべき「時計」は、平岡との結婚時に、平岡が三千代にプレゼントした時計を思い起こさせる。「心臓」は、三千代の病んだ心臓。だからこそ、その「鼓動」は人を「死に誘ふ」のではないか。「心臓」は、三千代という解釈コードを導入することで、はじめて自然に「死」と結び付く。そして「赤ん坊」は、三千代の生まれてすぐ亡くなった赤ん坊。これもまた「死」と結び付く。心臓を気にするのが代助の「近来の癖」になっているという、年数をぼやかした表現がこうした意味付けを許す。三千代にまつわる出来事はこ三年程の間に起きているのである。

そう言えば、三千代が昼寝をしていた代助を訪ねた場面では、代助は「けれども其穏かな眠りのうちに、誰かすうと来て、又すうと出て行つた様な心持がした。眼を醒まして起き上がつても其感じがまだ残つてゐて、頭から拭ひ去る事が出来なかつた」のである。これが、テクスト冒頭の睡眠から覚醒への記述とよく似ていることは誰の目にも明らかだろう。冒頭の変奏なのである。三千代は「俎下駄」がそうであったように、代助の頭へ「すうと」来て、出て行く。三千代は代助の意識と無意識との間を自由に行き来できる唯一の人物なのだが、それは、代助が三千代を抑圧していながら、抑圧しきれずに意識の方に顕在化してしまっているからなのである。代助はこの時、すでに三千代と意識下でひそかに結ばれてしまっていたと言っていいのかもしれない。しかも、この時代助は死んでいたのだ。この日代助は、「リリー、オフ、ゼ、ヴレー」、すなわち鈴蘭を鉢へ活け、「其傍に枕を置いて仰向けに倒れた」。そして、「黒い頭が丁度鉢の陰になつて、花から出る香《にほひ》が、好い具合に鼻に通つた。

代助は其香を嗅ぎながら仮寝《うたたね》をした」。このレトリックが、すでに代助が死んでいることを告げている。代助は美しい花に囲まれた死を演じているのだ。そして、その花の香はいずれ三千代の訪れに変わる。言うまでもなく三千代は花の精なのだ。しかし、代助の前に出た三千代は、ただ花の精ではいられない。

一時間の後、代助は大きな黒い眼を開いた。其眼は、しばらくの間一つ所に留まつて全く動かなかつた。手も足も寝てゐた時の姿勢を少しも崩さずに、丸で死人のそれの様であつた。其時一匹の黒い蟻が、ネルの襟を伝はつて、代助の咽喉に落ちた。代助はすぐ右の手を動かして咽喉を抑へた。さうして、額に皺を寄せて、指の股に挟んだ小さな動物を、鼻の上迄持つて来て眺めた。其時蟻はもう死んでゐた。代助は人指指の先に着いた黒いものを、親指の爪で向へ弾いた。さうして起き上がつた。（十）

この日、代助は鈴蘭の香の中に眠った。鈴蘭は、不吉な死の花として知られている。(3) 代助は、まちがいなく死を演じている。彼は「死人」なのだ。だから、いま引用したところでも、代助は単に目覚めてはいない。蟻の死と引き換えるようにして、再生している。しかも、この一連の場面は、代助の眠り↓代助の目覚め↓三千代の訪問、という順で書かれているが、実際には、代助の眠り↓三千代の最初の訪問↓代助の目覚め、という順で継起しているのである。もし、この継起の順で読んだとしたなら、代助が指先で殺したのが三千代だったかもしれないことがわかって来る。死と再生が演じられるこの場面は、入眠から目覚めが語られる冒頭の変奏なのだが、この変奏によって代助の意識と無意識との境界線を越えることができる者がいて、そして、その人こそがまさにそのために抑圧されているのだということがよりはっきりと見えて来るのである。

　では、三千代はなぜそのような人物たり得たのか。それは、彼女が傷付いた者で、とりわけ、心臓を病み、性から遠ざかっているからである。だからこそ、三千代は、代助の抑圧された無意識の世界にやすやすと入ることができたのだ。あらかじめ抑圧された者として――。

　ただ、誤解があってはならないのは、この事態は、代助によって意識あるいは認識されてはいないということだ。代助の感じているのはアンニュイであり、身体の異和感なのである。先のような解釈は、あたかもフロイトの言うしくじり行為であるかのように用いられた語り手のレトリックによって、読者の側に生成するものなのだ。レトリックは無意識を表象する。一連のレトリックは、代助の抑圧しているものが回帰する徴《しるし》なのである。そして、それこそが、代助の身体像を歪めていたのだ。

*

　頭をめぐる系列《セリー》は、あからさまに狂気という物語に向けて継起してゆく。代助の頭がはっきりとおかしなものとして語られはじめるのは、十一章からである。

「何時《いつ》の間にか、人が絽の羽織を来て歩く様になつた」のに、代助は「冬帽」をかぶって外出するところから、十一章は始まる。彼は、いつもは誇りにしている目的なしの歩行に、その時から疑問を感じ始める。神楽坂では蓄音機の音が「頭に応へ」る。「頭の中心が、大弓の的の様に、二重もしくは三重にかさなる」。ついに、彼は何度も「頭を抑へて振り動か」してみる。翌日も同じような状態が続いている。頭がいいとか悪いとか言うように、日常的な言語使用で「頭」は思考の象徴となり得るが、代助が文字通り「頭」に思考が局在化しているようにふるまい、またそう感じるのは興味深い。ここでは、生きることに絶望し、もう少しも前へ進みたくないという気持が高じてほんとうに歩けなくなってしまう神経症の患者のように、身体が言葉の象徴性をつきぬけてしまい、身体そのものが露出している。「足」と「俎下駄」をめぐる物語でも、「自分の足で立つ」といった適度に象徴性を帯びた物語が展開するのではなく、下半身の異和といった身体そのものの歪みが露呈しているのである。

この観点から、先に挙げた「心臓の鼓動」についての代助のこだわりについて再び考えてみれば、「心臓の鼓動」をめぐる一連のレトリックはたしかに三千代を名指していた。しかし、当の代助は、命や死を「心臓の鼓動」によって象徴された意味として聞いているのではなく、命や死がただ「心臓の鼓動」そのものとしてあるのだということになる。「血潮によつて打たるゝ掛念のない、静かな心臓」という喩の性格の強い異化表現としてのレトリックがそのことを如実に物語っている。「死」が、「静かな心臓」そのものとして、そこに投げ出されているのである。逆説を弄すれば、代助にとっての彼の身体が徹底的に意味を剥奪され、意味から切断され、一つの統一性を失っているがゆえに、レトリックは、日常的な意味を表象したり、身体をめぐるやわな物語を生成したりするのではなく、代助の無意識を表象し得たのだ。そして、その無意識が代助の統一的な身体像を食い破ってゆくのである。

再び冒頭部に戻って、代助の椿に対するふるまい方を見てみよう。

夫《それ》から烟草を一本吹かしながら、五寸許《ばか》り布団を摺り出して、畳の上の椿を取つて、引つ繰返して、鼻の先へ持つて来た。口と口髭と鼻の大部分が全く隠れた。烟は椿の弁《はなびら》と蕋《ずい》に絡まつて漂ふ程濃く出た。それを白い敷布の上に置くと、立ち上がつて風呂場へ行つた。（一）

こうして改めて引用するのも気恥かしい程の濃厚な描写である。ここでは語り手は何の変哲もない描写を続けているとは思えない。「烟は椿の弁と蕋に絡まつて漂ふ程濃く出た」。そして、「白い敷布の上に置」かれた赤い「椿」の花。この一連の描写が意味しているものは、ベッドシーン、それも初夜のそれと言うしかない。しかし、繰り返すが、これは描写という名のレトリックによって与えられた意味であって、代助にとってこの一連の行為がそのような有機的な意味を持つわけではない。つまり、代助と三千代は決して姦通しない。姦通するのは言葉なのだ。

風呂場へ行った代助は、歯を磨き、乾布摩擦をし、髪を分け整える。彼は、美しい歯並びにも、光沢《つや》のある皮膚にも、分けやすい髪にも満足している。次は髭である。

髭も髪同様に細く且初々しく、口の上を品よく蔽ふてゐる。代助は其ふつくらした頬を、両手で両三度撫でながら、鏡の前にわが顔を映してゐた。丸で女が御白粉を付ける時の手付と一般であつた。実際彼は必要があれば、御白粉さへ付けかねぬ程に、肉体に誇りを置く人である。（一）

ここには、代助のセクシュアリティの質がみごとに語り出されている。『それから』の二年後に書かれた谷崎潤一郎『秘密』の主人公は、鏡の前で自らを愛撫するかのように化粧をし、女装するが、代助の「化粧」はそれに勝るとも劣らない。代助は「女装」しているのだ。彼は、単なるナルシストではないのである。これを単なるナルシストと見たのは、これまでの読みにセクシュアリティの枠組が組み込まれていなかったからに他ならない。だが、ここでも確認しておきたいのは、代助はそれを知らないということだ。傍線部は語り手の説明であって、代助の知るところではないのである。鏡の中に現れているのは、代助の無意識の中の女性なのである。つまり、代助の「女装」への願望は、彼自身に気付かれていない。それどころか、無意識の底に抑圧され封じ込められている。それが、少しずつ意識に現れて来るのが、『それから』というテクストの生成する物語なのである。それは、鏡に映った代助の上半身と三千代の「半身」の写真とがぴったりと合わさってゆくまでの物語だと言えよう。だが、それは生きた三千代を抑圧したまま行なわれる倒錯したドラマなのである。

物語の進行に気付かせてくれるのも、代助の自己像の歪みである。十四章に再び風呂場の場面が出て来る。ここでは、「髯の濃い男なので、少し延びると、自分には大層見苦しく見えた。触つてざら〳〵すると猶不愉快だつた」ということになる。しかも、「運動の不足と、睡眠の不規則と、それから、脳の屈託とで、排泄機能に変化を起」こしているのに、「代助は床屋の鏡で、わが姿を映しながら、例の如くふつくらした頰を撫で乍ら、今日から愈積極的生活に入るのだと思つた」のだと言う。むろん、姉の梅子には「代さん、少し痩せた様ぢやありませんか」とか「だつて、色沢が悪るいのよ」とか言われるのである。梅子の言葉は、代助の誇りとしていた彼の肉体の美しさがすでに失われたことを語っている。しかし、それにもかかわらず、鏡の中の代助には、「例の如くふつくらした頬」と見えてしまうのである。この誤った自己像に導かれて、代助は佐川との縁談を断わり、三千代に告白するという「積極的生活」に入ることになるのだ。代助はもはや生きた自分を見てはいない。見ているのは、鏡の中の自分だけなのだ。そして、その自己像が歪んでいることを、代助は知らないのだ。

*

抑圧されたものは回帰する。それが、花としてであることは、すでにテクストの冒頭部に明らかであった。そして、この落ち椿が不吉であるように、回帰した植物たちにはどこか死の影がさしている。代助の行なうアマランスの交配は、門野からは蟻を殺しているように見えてしまう（四）。先に蟻について分析したところを思い起こせば、この性（生）と死の交錯が、まちがいなく三千代をめぐって行なわれたことがわかる。しかも、この時の代助は意識せずに三千代のことを考えている。一方、八章の君子蘭はすでに散ってしまっているうえに、代助に葉を切り捨てられる。十章の鈴蘭の意味は先に考えたが、三千代の持って来る白百合はどうだろうか。百合のイメージには両性具有的なところがあり、かつ、不死のシンボルともなり得る。この場面では、代助は百合に対して嫌悪を表わすだけだが、いよいよ三千代に告白する十四章の場面では違っている。「茎を短く切つて、すぱ／＼放り込んだ」のだ。「すぱ／＼」という擬態語は、切る時の音を表わす擬音語にもなり得るはずである。しかも、代助はこんな風にふるまう。

彼は立つて百合の花の傍へ行つた。唇が弁に着く程近く寄つて、強い香を眼の眩《ま》ふ迄嗅いだ。彼は花から花へ唇を移して、甘い香に咽せて、失心して室の中に倒れたかつた。彼はやがて、腕を組んで、書斎と座敷の間を往つたり来たりした。彼の胸は始終鼓動を感じてゐた。（十四）

何度目かの冒頭の変奏。代助のふるまいの意味はわかりすぎる程わかっている。三千代に会う前に、代助はすでにセクシュアリティを十分すぎる程奪い、そして味わいつくしている。だが、注意すべきことは、代助はここでは仮死を望んでいるということである。代助が抑圧してきたものが、いま目の前に現れようとしている。彼は、それが何を意味するかにようやく気付き始めているのである。それは、三千代とともに死ぬことだ。しかし、代助が何を望もうとも、まだ三千代は生きているのだ。

第3部　〈家庭〉の記号学

修身の〈家〉／記号の〈家〉

『明暗』

Ｉ　「家族語」の結末

多くの読者が、まるで魅入られたように『明暗』の結末に何かを期待する。それは、この小説が未完に終わったからばかりではないだろう。結末への期待を駆り立てて止まないところに、『明暗』の秘密があるからだ。小宮豊隆の「津田の精神上の病気」（傍点原文）が「根本的の手術」を受けるという予想(1)や、唐木順三の津田の「精神更生記」説程(2)ではないにしても、多くの読者は、津田由雄を嫌悪し、彼が罰を受けて、お延と「幸福」な夫婦生活を送るきっかけになるような劇《ドラマ》を結末に期待する。その時読者は、自らの期待が「家族語」(3)によって組織されたものであることを十分に意識化してはいないはずだ。

しかし、漱石の後期の小説は、テクストには確かに〈終わり〉があるのに物語はいっこうに結末を迎えていなかったり（『彼岸過迄』『行人』『こゝろ』）、物語は終わっているのにテクストの〈終わり〉

が〈終わり〉でないことを告げていたり(『門』『道草』)するものばかりなのである。これらの漱石の小説は、まさに「家族語」による結末をこそ回避し続け、あえて空白にし続けていたのではなかっただろうか。しかも、漱石文学の主人公達は、そのほとんどが所謂高等遊民、国家公務員、教師(これも国家公務員が多い)、帝大の学生で、実業界に身を投じた者と言えば、俗物扱いにされるのが常だったにもかかわらず、『明暗』に、大正期の都市生活者として増大し始めた新中間層のサラリーマンで、「一流の俗物」(4)とまで酷評される津田が主人公として登場したのは、「家族語」を内側から脱構築するための装置としてではなかっただろうか。結末への期待は、裏切られることによってのみ、意味があるのかもしれないのだ。しかし、私達がまだ「家族語」に代わる言説を手に入れてはいない以上、たぶん結末を語ることはできない。いまできることは、「家族語」と津田的な言説との遠近法を反転させ、その本質を見抜こうとすることだけだ。(5)

II　修身の〈家〉

漱石の小説の中で、『明暗』ほど〈愛〉という言葉の頻出するものはない。しかし、〈愛〉という言葉が『明暗』ほど多義的にゆさぶりをかけられている小説もまたない。〈愛〉について考えさせられているのは、実の親ではなく東京の叔父・叔母夫婦に育てられたという共通の経歴を持つ津田夫婦である。

津田夫婦が、〈家〉や〈家庭〉の機能を非常に強く意識化・対象化せざるを得ないのは、彼らが結婚してまだ半年程しか経っていない夫婦であることや、二人ともに「見栄」っ張り（六、八）であることの他に、感性の枠組を決定した〈親〉と「法律」上の親とが別々だったという事情があるからに違いない。たとえば、津田と実父とのかかわりは、〈家族愛〉を少しも感じさせず、「法律」や「金」がむき出しになっている。親子が、契約関係のレベルで対象化されているのである。お延は逆に、妻の座に安住している「無邪気」なお秀（百二十七）に対して、「比較」を絶した「完全の愛」で「絶対に愛されて見たい」と宣言する（百三十）。誤解を恐れずに言えば、津田は自己の所属する親族共同体を、より強く〈家〉のレベルで対象化し、お延は〈家庭〉のレベルで対象化しているのだと言ってよい。その結果、ふつうは人々を文化の枠組に無意識裡に馴致させる場である〈家庭〉を、意識によって支配する場に変えてしまうのである。それは、〈愛〉を対象化することでもあったはずだ。

明治三一年に公布・施行された明治民法「第四編　親族」によって規定された〈家〉というハードな規範は、〈家庭〉という具体的な場＝装置を通して自らの思想《イデオロギー》をソフトな形で身体に馴じませる。〈家族〉とは、このような〈家〉や〈家庭〉の関係としての現れに他ならない。だから、例えば家督の相続順位（戸主からの距離）として〈家族〉は明確に序列化されていたのである。しかし、保守派は、明治二三年に公布された旧民法を闇に葬っただけでなく、この明治民法が、資本主義経済に対応できる近代的な法体系を整える必要から、封建的な家族道徳をまさに制度として規定したために、まがりなりにも個人の概念を析出せざるを得なかったことを非難し、そして失望した。〈家〉は、まさに法人として析出されていたのである。これでは家督も家族も〈家〉ではなく戸主の所有物ではないか、〈家族〉の間に権利義務関係が持ち込まれているではないか、と言うのが保守派の嘆きであった。

何しろ、道徳があれば法律はいらないと主張していた人達である。

そこで彼らは、思想《イデオロギー》攻勢のポイントを徳義教育に移した。その最大の拠所となったのが、明治二三年に発布された教育勅語と、それを受けた修身科である。両者の関係は、「修身ハ教育ニ関スル勅語ノ旨趣ニ基キ児童ノ良心ヲ啓培シテ其徳性ヲ涵養シ人道実践ノ方法ヲ授クルヲ以テ要旨トス」（明治二四年一一月一七日「小学校教則大綱」第二条）と定められていた。さらに、明治三六年の小学校令の改正によって、それまで検定制で数十種類も出版されていた修身書は国定教科書に一本化され（使用されたのは翌三七年から）、教育勅語の全文が引用されるようになる。教育勅語が、戦前の日本人の道徳観の源泉だとされるのはこのためである。明治二〇年代の後半と明治三〇年代の半ばにそれぞれ小学校教育を受けている津田とお延は、国定教科書は使用していないが、教育勅語発布以後の修身科が、勅語の趣旨の徹底にあったことに変わりはないのである。

教育勅語には、「父母ニ孝ニ兄弟ニ友ニ夫婦相和シ朋友相信シ」の一節があった。その少し後に「博愛衆ニ及ホシ」とあるものの、教育勅語がまず説くのは、〈家族愛〉である。だからこそ、それを説く天皇が人格者として〈家族〉の頂点に立つことができたのである。「我が国は、家族制度を基礎とし、国を挙げて一大家族を成すものにして、皇室は我が国の宗家なり」（明治四三年から使用された『高等小学校修身書　第三学年用』の「第十一課『忠孝』」の項）といった言葉で示される家族国家観がそれである。この無限定な〈家族〉の拡大は、〈家〉の法人的な側面に目隠しをし、〈家〉から個人を駆逐する。

教育勅語の一節「夫婦相和シ」は、明治二〇年代の検定の修身書の一部にも「相愛相敬」という語で説明しているものがあったが、昭和六年から使用され始めた国定の『高等小学修身書　巻二』では、はっきりと「相互の愛」という言葉で説明されるようになる。(6) 夫婦が愛し合うことは強制されていた、と言うのが少し強過ぎるなら、少なくとも夫婦愛は、「愛し合わねばならない」という道徳的な規範だったのである。これが、明治民法の規定をはるかに超えて情緒的関係を強調し、道徳律として個人の内面をまで拘束する〈家族制度〉なのである。(7) そして、『明暗』が脱構築してしまうのは、このような〈家族〉のあり方なのだ。それは、たとえば津田とお延とがそれぞれ一通ずつ出す「京都」への手紙に、あまりにも象徴的に現れている。その手紙の中で、津田は「金」を欲し、お延は「愛」を欲していたのである。

III　劇場としての〈家庭〉

「本当よ。何だか知らないけれども、あたし近頃始終さう思つてるの、何時か一度此お肚《なか》の中に有つてる勇気を、外に出さなくつちやならない日が来るに違ひないつて」（百五十四）

お延の言う「勇気」は、結末を予感させる言葉である。この「勇気」は、どれ程の射程を持っていたのだろうか。

下田歌子と言えば、華族女学校学監兼教授のち学習院女学部長として、女子教育の、というより女性の体制イデオローグの代表格に位置付けられていたことは、いまさら確認するまでもないだろう。

下田の言説は、手近な中流幻想を人々に与えていたのである。下田はブック・メーカーでもあって、有名な『家政学』上下（明治二六年）や『日本の女性』（大正二年）の他にも数多くの著書を出している。その中の一つに、菊判六百十一頁の大著『婦人常識の養成』（明治四三年七月、実業之日本社）がある。「緒言」で「年少婦人の常識を養成する一端にもと思つて書き集めたもの」とある通り、『明暗』の中ではこれから結婚する継子あたりが最もふさわしい読者に違いないが、「婦人」のあり方を考えるのに貴重なデータを与えてくれる本なのである。下田の他の著書同様、家族主義イデオロギーが基調としてあり、女子の中・高等教育などにも理解を示すポーズを取りつつ、彼女達を「賢母良妻」として「家庭」に回収することが、この本では目論まれていると言ってよい。ところが、この本に「婦人と勇気」という章があるのだ。下田は「勇気」を次のように説明している。

智情の立派で、意志の確固《しつかり》とした人は今日所謂、完全な人格の人と云ふのであります。世間で精神の確固した人と云ふのも、この意味で云ふのでありませう。自分《わたくし》は、この意味に於いて、智情に護られた意思の最も確かに表に現れるものを、勇気と云ふので御座います。

要するに下田は、「勇気」を、「完全な人格」によって現される「徳」だと説いているのである。これが当時の「婦人」の持つべき「常識」だとすれば、お延の「夫のために出す勇気」もまた、このような家族主義イデオロギーに収斂してしまうのだろうか。

それにしても、吉川夫人から「己惚れ過ぎ」で「内側と外側がまだ一致しない」「慢気が多い」（百四十二）と極めつけられ、お秀から「派手過る女」（九十五）と暗に非難されているお延は、主婦として妻としてなぜこれ程までに責められなければならないのだろう。確かに、「財力に重きを置く点に於て、彼（津田――石原注）に優るとも劣らない」（百十三）「虚栄心」の強い（九十七）お延は、たとえ津田が言い出した事とは言え、彼の給料だけで家計を賄うことができず、津田の実家から援助を仰いでいるという一点を取っても、サラリーマン家庭の主婦として失格でないとは言えないだろう。事情を知らないお秀のお延批判の中心も、この点にあった。節約は、当時まちがいなく美徳の一つだったし、夫の病気も、主婦の不注意と取られかねなかったのである。たとえば、大正六年三月に、都市の中流サラリーマン家庭の主婦向けに創刊された『主婦之友』の三本柱は、家計・健康・愛情であった。明治二〇年代の「家政」に代わって、この時期〈家庭〉は家族主義イデオロギーのキー・ワードの一つだったのである。[8] 考えようによっては、津田とお延の〈家庭〉は、『主婦之友』が描く理想の〈家庭〉をみごとに反転させてしまっているのである。

しかし、津田の実家からの援助は、津田自身の「虚栄心」の結果でもあり、彼の病気は結婚前からのものであってみれば、お延ばかりを責めるわけには行かない。それどころか、「自分の予期通り、夫が親切に親切を返して呉れないのを、足りない自分の不行届からでも出たやうに、傍から解釈されてはならないと日頃から掛念してゐた」（四十七）り、「几帳面を女徳の一つと心掛て来た」（五十八）お延の日常生活の仕切り方や考え方の基本は、意外に保守的な〈家庭〉の枠組に収まっている。その〈家庭〉が反転してしまう契機は、お延が古い〈家庭〉のあり方をよく知っていながら、それを日常という無意識に手渡すことを拒もうとするところにある。たとえばお延は、〈家庭〉に取り残された主婦の「孤独の感」（五十七）を、日常生活の一齣として諦めることができないのだ。

　なによりもまず、お延は、毎日規則のように何気なく繰り返されるはずの夕方の夫の出迎えを、演出する女として登場する。

「角を曲つて細い小路へ這入つた時」、確かに「此方を見てゐた」はずのお延は、「然し津田の影が曲り角から出るや否や、すぐ正面の方へ向き直つ」て、津田の声に「左も驚いた様に急に此方を振り向」く。津田は、その「嬌態」に半ば「応じようとし」、「半ば逡巡して」、一瞬宙吊りの状態を強いられる（三）。自意識を強いられているのだ。お延は、「雀」を見ていたのだと言って、彼女の「嬌態」を閉じる。彼女は、「縕袍」一つ作るにも演出しなければ気が済まない（十八）。その後も、「格子のまだ開かない先に、障子の方がすうと開い」てお延が「待ち伏せでもするやうに」して現れたり（十四）、逆に、「真暗な玄関」に誰も現れなかったり（十八）、ついには「潜り戸」の「鎖《かきがね》」が閉まっていたために「締め出し」を食ってしまう（三十八）という具合に、入院までの四日間、津田はあたかも〈家庭〉から拒まれてでもいるかのように、一度として無事に出迎えられた試しがない。それは、ここが物語の境界線になっているからに違いない。お延は、〈家庭〉を何かに変えてしまうのである。


　彼女は暗闇を通り抜けて、急に明海へ出た人の様に眼を覚ました。さうして此雰囲気の片隅に身を置いた自分は、眼の前に動く生きた大きな模様の一部分となつて、挙止動作共悉く是から其中に織り込まれて行くのだといふ自覚が、緊張した彼女の胸にはつきり浮んだ。（四十五）

そこでは女も男も「芸者」とその客のように殊に記号化された性的な自己を売り込もうとする、まさに記号の織り物としての、だからこそ、全ての関係が「上下の距離でなくつて、平面の距離」（五十三）に相対化される都市の特徴が集約されたような劇場が、お延には似合う。お延が好きなのは、この「刺戟」なのである。逆に、〈家庭〉は、藤井の叔母や岡本の叔母がそうであるように、女から「性《セックス》」を奪う場所だ。その意味で、この劇場で継子のちょっとハイカラな見合いが行なわれるのは象徴的である。

　お延は、それが女の手腕＝「女として男に対する腕」（四十七）だとばかりに、「非常に能く働」（四）く眼にこの特徴を絞り込んで、都市の人間関係を〈家庭〉の中に持ち込んでしまうのだ。それは、「日常瑣末の事件」を意識的に対象化し、「手腕」として方法化することなので、ルーティン・ワークであるはずの家事労働は、演技《パフォーマンス》として異化されてしまうのである。彼女が「主婦として何時も遣る通りの義務」（五十八）を自分の「親切」と感じるのはそのためでもあるが、これは、〈家族〉である津田を他者にしてしまいかねないきわどいやり方だ。津田にとっての〈家庭〉は、日常という無意識の棲みつく休息の場ではなく、「日常瑣末の事件」の度毎に、喉元に「洋刀《ナイフ》」を突き付けられるような（十四）、「愛の戦争」（百五十）の行なわれる場となってしまうのである。お延にとっても同様であろう（四十七）。

　〈家庭〉の安定とは、夫に失望したお秀が自分を〈妻〉から〈母〉へと変貌させたように、それがいかに欺瞞に満ちたものに見えようとも、男が〈夫〉や〈父〉の、女が〈妻〉や〈母〉の役割《ペルソナ》に自己を封じ込める《アイデンティファイ》こと、それ「らしく」なることによって、とりあえずは得られるものに違いない。しかし、役者は自己の役割《ペルソナ》の下にほんとうの人格《ペルソナ》を持っている。劇場での自己は仮初の姿であって、そこは生活の場ではないからである。〈家庭〉を劇場化したお延も、主婦という役割《ペルソナ》の下にもう一つの人格《ペルソナ》を隠している。お延のアイデンティティは、この〈家庭〉にはないのである。たぶん、吉川夫人やお秀には、それを見抜かれている。

機嫌のいゝ時に、彼（岡本――石原注）を向ふへ廻して軽口の吐き競をやる位は、今の彼女に取つて何の努力も要らない第二の天性のやうなものであつた。然し津田に嫁いでからの彼女は、嫁ぐとすぐに此態度を改めた。所が最初慎みのために控えた悪口は、二ヶ月経つても、三ヶ月経つても中々出て来なかつた。彼女は遂に此点に於て、岡本に居た時の自分とは別個の人間になつて、彼女の夫に対しなければならなくなつた。彼女は物足らなかつた。同時に夫を欺いてゐるやうな気がしてならなかつた。偶《たま》に来て、故《もと》に変らない叔父の様子を見ると、其所に昔しの自由を憶ひ出させる或物があつた。（六十一）

お延は「如何にして異性を取り扱ふべきかの修養を、斯うして叔父からばかり学んだ」（六十二）。それで、「彼女の愛は津田の上にあつた。然し彼女の同情は寧ろ叔父型の人間に注がれた」（同）、と言うのだ。お延は、岡本家で過ごした日々の自己のアイデンティティをかたくなに守り通すために、津田との仲を取り繕おうとしているふしさえ見える。しかしそのために、彼女は結婚するや否や、津田に合わせて自分を「別個の人間」に改めなければならなかった。お延のしていることは、岡本家の人々に結ぶ自己の像を統一的に保つために、津田との関係においては自己を徹底的に改造するという二律背反なのである。お延にとっても、〈家庭〉とはその境界線を越えれば何かが変容させられてしまう場だったのである。

この小切手は、娘時代からお延の自慢の「千里眼」（男を見抜く眼）を、見合いをした継子に応用したことに対する岡本からの報酬だったはずだが、津田と対面するや否や、お延が妻らしく拵えた津田の入院費に変容させられてしまうのだ。もちろん、お延の嘘によってである。すでに冒頭近くで、おそらく岡本と芝居に行くために出していた「帯と着物」が、お延の機転（嘘）によって津田の入院費を稼ぐ質種に見立てられる場面があったが、小切手はその変奏である。その時、「夫を欺」むく意識は、「叔父夫婦を欺」（六十二）むく意識に反転するだろう。冒頭近くの津田の入院費の工面に悩むところからすでに始まり、お延に小切手が渡されるところで一応の終わりを迎える、継子の見合いをめぐる物語の系は（だからこそ、いま見たように、その〈始め〉と〈終わり〉を同工異曲のエピソードによって区切ることができるのだ）、実は、そのままお延のアイデンティティが「欺」むきの感じとして二人の男の間で引き裂かれていることが決定的に顕在化する、すなわち彼女にもはっきりと自覚されるプロセスでもあった。それだけではない。

劇場で、「多数の人々」が「お延よりも継子の方に余分の視線を向けた」時、お延は自分がもはや主役ではないことを悟り「此従妹を軽い嫉妬の眼で視た」。しかし、その「比較」は、まだ「今嫉妬の眼で眺めたばかりの相手の手を、固く握り締めたくなるやうな種類」（五十一）の、要するに、失われた自己の「処女時代」（七十）への「一種の哀愁」にすぎなかった。都市の美しい「色彩」は、

「次の色彩に席を譲るべくすぐ消滅」（四十九）する習いである以上、それはやむを得ないことだからだ（お延は、容色の点では、お秀にも劣っていると言う）。「そりやお前と継とは……」（六十七）、しかし、他ならぬ岡本の家で彼女が「区別」されてしまったなら、彼女のアイデンティティの拠所は失われてしまうのだ。[9]

こうして、継子の見合いは、お延に、自分がもはや劇場の主役ではあり得ず、岡本の人間でもないことを痛切に味わわせる結果になったのである。お延が津田と自分の〈家庭〉を「窮屈」（五十八）だと感じてしまうエピソードがこのプロセスの中程にはさまれ、逆に、両親に宛てた手紙の中で津田と幸福そうに暮らしている虚構の〈家庭〉を析出することでひと時の安心を得るエピソードが〈終わり〉に置かれているのは、偶然ではない。

だから、ほんとうなら、お延は岡本の叔父から渡された小切手をこそ悲しむべきだった。身内同志、特に〈家族〉が〈家族〉であり続ける限りは、本質的には契約や交換は成り立たない。〈家族〉同志は互いに内部の人間であり、そこには他者や境界が存在しないからである。〈家族〉は、私的領域として、いったんは資本制の外部に析出される。だからこそ、「嫁に行った以上、兄さんだつてもう他人ですからね」（九十二）といった風の態度を示すお秀は、津田に金を渡す時にあえて「親切」なのだと強調しなければならないのである（お延の津田への「親切」の意味は逆だった。「親切」は、身内と他人との境界に現れる言葉《サイン》らしい）。岡本の小切手は、お延の芝居見物と継子へのアドバイスを、娯楽や「親切」ではなく、一日の労働として交換原理に組み込む機能を果たしてしまっているのだ。彼女は、もう誰に対しても身内ではない。だからこそ、この小切手は様々な「意味」を交換しながら、流通して行くのだ。つまり、この小切手の半分は彼女の知らない所で〈家庭〉を都市に開き、残りの半分は「勇気」の質を変容させる要因になり得るかもしれないのだ。

「あたしは何うしても絶対に愛されて見たいの。比較なんか始めから嫌ひなんだから」（百三十）

文化が壮大な差異の体系であるなら、自我はその差異の体系の中で自己の価値＝自己同一性《アイデンティティ》を創出するシステムに他ならない（これが「善」、すなわち思想的・道徳的色彩を帯びるようになると、「人格」として析出される）。お延が、「絶対」の愛という言葉で表現しているものは、失われてしまった自己のアイデンティティの拠所なのである。そして、それを個人――人が互いに外部として析出されること――としての津田に求めているのである。〈家庭〉を拒み／拒まれたお延の根源的なアイデンティティの拠所としての「完全の愛」、お延の屈折した自我への唯一の救いは、津田の感謝の言葉にある。お延は、それを聞いた時にのみ、統一的な自己を創出できるに違いない。しかし、それが〈夫〉としてのものであるか、個人としてのものであるかは、まだわからないのだ。

IV　記号の〈家〉

当時、体制イデオローグの一人だった徳富蘇峰は、大正五年に、自ら『将来之日本』（明治一九年）『新日本之青年』（明治二〇年）の改訂版だと言う大著『大正の青年と帝国の前途』を出版している。蘇峰はこの本で、大正期の青年の「自覚」を促していたのだが、(10)彼はそれを大正期の青年の「金銭的志向」を批判することから始めなければならなかった。大正五年六月一八日の『時事新報』は、この年の東京帝国大学の卒業生の就職先に関する「役人よりも実業界へ」という記事で、「今までは秀才は大抵官吏を志望したが、今年は反対に実業界に頭を擡げ出した」傾向を、「一般に金になりそうな方面へ牽きつけられたのは事実であるそうな」と、揶揄的に紹介している。

こうした世相を反映して、この時期には「修養」とか「処世」とかの言葉を冠した書物が続々と現れることになるが、これを単なる実用書だと考えるのはまちがっている。明治期の青年達を立身出世に駆り立てた『西国立志編』の生まれ変わりには違いないが、前田愛氏によれば、次のような史的な意味があった。

この生活調査が実施された大正十二年は、明治末年からはじまった修養書のブームが一段落した時期に相当している。新戸辺稲造のベストセラー『修養』が初版を出し、野間清治が講談を通じて民衆に修養の糧を提供しようという意図のもとに『講談倶楽部』を創刊したのが明治四十四年である。幸田露伴の修養書『努力論』は明治四十五年に、『修省論』は大正三年に出版された。「修養」というシンボルが社会的に流通力を獲得したのはほぼ明治末年から大正初頭にかけての数年間であったと考えていい。明治時代を通じて立身出世を希求する社会層は下へ拡大される傾向にあったが、その反面、立身出世の可能性はしだいに狭められて行く。このような過程でもともと立身出世の発条としてきびしく要請されていた克己・勤勉・自省等の徳目は自己目的化し、立身出世による自我充足の代償として意識されることになる。「修養」というシンボルはこの解体に瀕した明治立身出世主義の庶出子として登場するのである（それが卑俗な処世術に風化する危険性を絶えず内蔵していたことはいうまでもない）。第一次大戦後の好況に鼓舞され、大正期特有の「人格」「教養」の観念に色揚げされた修養主義は、しだいに自我の確立と拡大の欲求を育てて行くが、それは現実社会への通路を遮断されていたために内面世界における自由を反芻する自慰的な性格が濃厚であった。(11)

前田氏の指摘通り、前出の『帝国図書館和漢図書書名目録』によれば、この時期の修養書は数十冊が登録されている。この修養書の傾向については説明するまでもないだろう。執筆者に、安部磯雄、井上哲次郎、そして徳富蘇峰らが入っているのを見ても、見当が付く。中には教育勅語だけでなく軍人勅諭まで巻頭に挙げたものさえあるのである。一方の「処世術」の方に「風化」する要素が見られるのは、実は昭和になってからである。先の目録には、大正四年のものとして、数冊が登録されているが、たとえば、三輪田元道『処世術』（実業之日本社）は、「序」で「人生を発展せしむるに足る新道徳こそ、社会の要求」で、自分の述べるのは「偽善」でも「虚偽」でもなく「是非とも世人の踏まねばならぬ人生観であり、又社会道である」、つまり「処世道」だ、と固苦しい事を説いている。これが単なる挨拶でない証拠に、技術的なアドバイスはほとんどなく、文中に挙げる例も修身書でおなじみの武士か外国の名士ばかりなのである。

修養の目的が「人格」の完成にある以上、その極北に『三太郎の日記』（大正三年）を経て完成された阿部次郎の『人格主義』（大正一一年）を置くことは不当ではないだろう。つまり、この時期の修養書や処世術の書物には、教育勅語を修身科によって教え込まれた世代がちょうど成人する頃、資本主義の肥大化に伴う時代風潮に彼らが流されるのをむしろ精神主義の側から歯止めをかける意図さえ見ることができるのだ。いわば、修身書の大人版といった趣である。

この時期のあまり実用的でない処世術の本に共通している実用的アドバイスが一つある。生命保険に入っておけというアドバイスである。中には栗津清亮『処世と人生』（大正四年五月、広文堂書店）のように、わざわざ一章を設けて生命保険の必要を説いているものまである。一家の大黒柱の死後の用心を考えれば、家族主義にとっても確かにこれ程適切なアドバイスはないのだが、そこには、家督よりも遺産を、という本音が透けて見える。〈家庭〉の経営といった発想をはるかに超えて（その傾向は、前出の下田歌子の著書にも見て取ることができる）、死を記号化することで命の価値をも金銭に記号化する資本主義経済の思想が、家族主義イデオロギーに縁取られた言説と直接手をつなぐ時代は、まちがいなく来ていたのである。それは、企業が〈家〉を擬装し始めた時代でもあった。

そして、そういう修養主義の向こう側には、「金銭的志向」が強く、「今日は帝劇、明日は三越」というコピーに象徴されるような、文化的な消費生活に自我の充足を見い出し始めた数多くの「大正青年」が出現し始めていたのである。「人格」の完成などではなく、消費することにアイデンティティを見い出そうとする、蘇峰が「金持三代目の若旦那」と批判した青年達である。「利害の論理《ロジック》」に抜目のない機敏さを誇りとする」（百三十四）津田もまた、そういう青年の一人のように見える。

「父母ニ孝ニ兄弟ニ友ニ夫婦相和シ朋友相信シ」。家族主義、身内の人間への姿勢を説く教育勅語のこの一節を全て反転させてしまったら——それが津田由雄の生き方なのだ。

もっとも、「官界」から「実業」界へと渡り歩いた津田の父も、俗物の臭みを十分に感じさせる人物だ。実際、長く同居していなかった息子への愛情表現（?・）としてはやむを得なかった事情を割り引いても、「土地」と「家」を見せて「みんな御前の為だ」、この「有難味が解ら」ないか（十五）と、「法律づくめ」（九十六）に恩を感じさせようとするやり口には、「金の重み」が云々（二十）と皮肉られてもしかたがないはしたなさがある。〈家族愛〉は、重みのある金、すなわち不動産に還元されてしまっているのだ。津田は、重みのある金を、はっきりと流通する金に変えようとしている。そこでこう考える。

「御父さんが死んだ後で、一度に御父さんの有難味が解るよりも、お父さんが生きてゐるうちから、毎月《まいげつ》正確にお父さんの有難味が少しづゝ解る方が、何の位楽だか知れやしません」（十五）

事実、津田は父から月々送金してもらっていながら「何処の国にあなた阿爺から送つて貰つた金を、きちん／＼返す奴があるもんですか」（三十二）と嘯いて平然としているが、明治民法の第七四七条の「戸主ハ其家族ニ対シテ扶養ノ義務ヲ負フ」を盾に取っているのである。これは、扶養を受ける方にとっては、前もって要求したのに支払ってもらえなかった分については過去に溯って請求できる程の強い権利だった。[12] 父が送金を打ち切るのに、「法律づくめに解釈」して、堀へ「義務」をなすり付けるような「或種の要心」と「相当な理窟」と「或程度の手腕」（九十六）を必要とするゆえんであろう。扶養の義務には、こういう規定もあった。第九五四条①「直系血族及ヒ兄弟姉妹ハ互ニ扶養ヲ為ス義務ヲ負フ」。父からの送金を立て替えようとするお秀が、それが夫ではなく自分の金であることや、「義務」ではなく「親切」であることを強調しなければならない背景もここにある。「いくら親子だつて約束は約束ですもの」（九十五）というお秀には、自分のしていることの意味はよくわかっていたはずだ。これが、教育勅語の説く家族主義の精神と〈家族〉の中に契約関係を持ち込んでしまった明治民法とのギャップなのである。このギャップは、家族主義道徳が覆い隠そうとしているものの本質を暴いてもくれる。津田から見れば、節約や自立の美徳を説いて送金をケチろうとする父や、その父からなすり付けられた「義務」を「親切」に言いくるめようとするお秀は、偽善者以外の何者でもないからである。(13)

「黄金の光りから愛其物が生れると迄信ずる事の出来る」（百十三）津田は、むしろ「自分の未来」（百三十四）のために、この月々の送金が是非必要だった。上司の吉川からあっさり入院を許され、妻のお延も付附のようにしか挨拶をして貰えない（五十五）津田が、有能な社員として将来を期待されていると考えるのは難しいだろう。だから、京都の父と吉川との関係で得た現在の職を、今度は自分自身の作り出した人間関係で確かなものにしようとしているわけである。その利害に聰い津田が、京都の父の怒りを買って平気でいられるのは、お延を通した人間関係の方が強力で先が長く、結局は有利だと踏んでいるからに他ならない（岡本と吉川とは「兄弟同様に親しい間柄」（百三十四）である）。実際、どこか馬の合わない父と切れてしまえば、(14)数日間の入院費にさえ事欠く有様なので、彼としては何とかして吉川に重く用いられなければならなかったのである。

津田は、藤井やお秀からは「贅沢」に見られ、一方のお延からは見栄っぱりに見られてしまう。七十四章に、岡本一《はじめ》が同級の藤井真事《まこと》に百円遣るから危い橋を渡れとからかう、岡本家と藤井家との対照を鮮やかに示すエピソードが紹介されているが、津田は藤井夫婦に育てられながら、岡本夫婦に育てられたお延を嫁にすることで、「上流社会」へと成り上がって行こうとしているのである。その時、いっさいの人間関係は金に換算される（何しろ、藤井の叔母が津田の結婚についての「料簡」を問い質すきっかけとなったのは、お金さん——読みはオキンさんだが——の縁談話なのだから）。だからこそ、津田は入院費が払えない事態について少しも現実感を持つことができないのだ。津田にとっての金は、具体的な何かを得るために自ら稼ぎ出すものではなく、相手の価値を測る基準でしかない。つまり、津田にとっての金＝貨幣は、交換価値でさえなく、あらゆるものを象徴交換[15]のレベルに対象化する、記号でしかないのだ。だから彼は「金を軽蔑」（百八）し、彼のためにそれを用立てたという人々に対してさえ抽象的な態度しか取れないのだ。アイデンティティの帰属する具体的な場を持たない津田だからこそ（彼は、書斎に残る学生時代の習慣にさえ倦んでいる）、もともと不安定な人間関係そのものをアイデンティティの住処として、それを金という抽象的な尺度に換算する「自由な地位」[16]（百三十五）を獲得できたのである。彼は、大都市に出現した大衆消費社会の申し子である他人指向型の人間なのである。

お延とお秀が〈愛〉について議論していたちょうどその頃、津田は吉川夫人に問い詰められて、こんなことを考えていた。

「あなたは延子さんを可愛がつてゐらつしやるでせう」

此所でも津田の備へは手薄であつた。彼は冗談半分に夫人をあしらふ事なら幾通でも出来た。然し真面目に改まつた、責任のある答を、夫人の気に入る様な形で与へようとすると、其答は決してさうすら／＼出て来なかつた。彼に取つて最も都合の好い事で、又最も都合の悪い事は、何方にでも自由に答へられる彼の心の状態であつた。といふのは、事実彼はお延を愛してもゐたし、又そんなに愛してもゐなかつたからである。

（百三十五）

津田の感じ方の最大の特徴は、御都合主義そのもののように見える点にあるのでも、自分がお延を愛しているか否かを実感できない点にあるのでもなく、そのことに対して良心の呵責を全く感じていない点にある。津田には〈愛〉を感じる主体も、夫婦愛についての道徳律も不在なのである。すなわち、津田にとっての〈愛〉とは、それにふさわしい感情《シニフィエ》を持つ何かではなく、自分以外の何かが決める「自由」な記号《シニフィアン》なのだ。これは、ほとんど貨幣の本質だと言ってもよい。清子とのことも同じである。

夫人は津田を責めた。津田は夫人を責めた。夫人は責任を感じた。然し津田は感じなかつた。

（百三十四）

主体や道徳のないところに、責任のあろうはずがない。要するに津田のやろうとしていることは、建前によって沈黙させられてしまう類の言説を対象化し、〈商品〉化することなのである。だから、常に「黙契」になるのだ。そういう津田だからこそ、「人格」や「教養」が形式にすぎないことをよく見抜いている。彼が「経済学の独逸書」を読むふりをしていかにも大正教養派風の外貌を整え、父に手紙を書く際には、実意ではなく筆記用具や「字」を気にするのは、その端的な現れだろう。社会主義への興味も字のきれいさも「教養」の一つだった時代である。

しかし、津田はそこを小林に突かれるのだ。小林のやり口は、津田の「処世術」を裏返しにしたにすぎない。津田の作り上げた人間関係のルートを利用して金を巻き上げるにすぎないからだ。津田の作り上げた人間関係が、津田の「利害」による抽象的なものでしかないからこそ、小林はその形式《シニフィアン》に、別の意味《シニフィエ》、たとえば悪意を流通させることができるのである。

ところが、その小林をも含めた津田を取り巻く人々の津田に対する批判や不満の言葉は、驚く程よく似ている。いわく、もっと「兄さんらしく」「男らしく」「夫らしく」[17]。この「～らしく」は、大正期に定着した保守派の道徳観の中心的概念（＝建前）だったのである[18]。それは、自分に与えられた役《ベル》割《ソナ》だけを真面目に勤めることで、日々の生活の安定を保とうとする良心的都市中間層のモラルである。しかし、この言葉は一方で、実質としての〈家〉や家族主義道徳観がすでに解体の危機に瀕していることをも暗示している。「～らしくあれ」とは、実際にはそうでない場合に使われる言葉だからで、極端に言えば、かくあるべき実体がすでに壊れてしまっているか、あるいは人々がすでにそれを信じられなくなってしまっているにもかかわらず、かつてそれがそうであったように振舞え、いや振りをせよ、ということに他ならないのである。奥井復太郎は、名著『現代大都市論』（昭和一五年九月、有斐閣）の中で、人々は「『らしい』型」によって「一介の型に嵌った人間としての自我を見出す」ことができるが、大都市ではそれさえも難しくなりつつあると、「らしく」モラルの本質をみごとに論じている。

明治の終わりから大正の始めにかけての急速な都市化現象の中で、〈厳父〉のイメージによって支えられていた家族制度が破産して行ったことはよく知られている。その原因の一つが、実は明治民法にあったことは前に述べた通りである。この民法の施行によって、天皇にまでつながるはずの父の威厳が、父個人の「人格」によるものなどではなく、次の世代に継承可能な「家督権」や「遺産」に還元し得るものでしかないことを、人々ははっきりと知ることになったのである。比較的土地に執着を持たない都市生活者には、このことは、より鮮明に意識されたはずだ。数多くの、父子の対立が引き起こされた遠因がそこにある。

もう一つの原因は、女子の中等教育の普及にある。『明暗』の若い女性達も女学校卒だ。そういう女達は、たとえばお秀のように「人格」の言葉で男を責めるようになり、また、主婦であるにもかかわらず「諸家の恋愛観」の載った月刊誌を読むことになる。この雑誌が『青踏』だとは思えないが、しかし、この時期の「恋愛観」に「新しい女」達の言説の影響を考えないことは不可能であろう。下田歌子の『婦人常識の養成』が、良妻賢母を説きつつ、「婦人と遊芸」「婦人と音楽」「婦人と趣味」等の章をいくつか設けていることに象徴されるように、良妻賢母教育と「趣味」を味わう場としての文化的な〈家庭〉の強調、すなわち中流幻想こそは、このような都市生活者を〈家庭〉に回収するための〈厳父〉に替わるソフトなイデオロギー装置だったのである。明治三九年に創刊された雑誌『趣味』は、文化を〈家庭〉に供給することをはっきり宣言していたし、この時期に刊行された「趣味」の語を冠した書物は、膨大な量に達する。

繰り返せば、だからこそ「らしく」は、都市中間層に最もふさわしいモラルだったのである。守るべきものを持っている岡本、お延を「奥さんらしく」「教育」しようという吉川夫人の良心的な態度。彼らは劇場で見合いをセットするような文化的な生活者だ。それに、どれだけ社会を批判しようとも、現実の家庭生活や結婚観はまさに生活保守のそれでしかない藤井と小林。小林が「送別会」で見せる狂言めいた劇《ドラマ》は、同時に「義務」にも「同情」にも「親切」にもなり得る貨幣《シニフィアン》の本質を、改めて津田に見せつけることになるが、小林がほんとうに示したかったのは、比喩的に言えば、貨幣の人格《モラル》という逆説だったに違いない。それに「人格」を語ろうとするお秀をも含めた彼らこそが、自らの欺瞞には目を瞑ったまま、それを語る主体である自分だけは正しいかのように、家族主義に大正教養派の人格主義《ペルソナ》を隠し味として利かせた中間層の道徳、「らしく」モラルを振りかざす偽善者達なのだ。そういう彼らにとっては、津田こそが、具体的な顔《ペルソナ》と顔とで結び付いた親族共同体を抽象的な何かに変容させてしまうことで、実はそれが偽装＝形式でしかなかったことを暴いてしまいかねない外部の人間なのだ。その時、記号の〈家〉が現れる。

「女の影」(百七十二)を追う津田の温泉行きが彼に見せるのは、たぶん、自分の言説が作り上げた自分がすでに実体ではなく「自分の影像《イメージ》」＝「自分の幽霊」(百七十五)でしかないということに違いない。しかし、そういう人間だけが、〈愛〉を「家族語」の枠から解き放ち、多義的にゆさぶりをかけることができるかもしれないのだ。その時、お延も、夫としてではない感謝の言葉を聞くことができるかもしれない。

隠す『明暗』／暴く『明暗』

I　身知らぬ人

その人の考えたことは知っている。その人のしたことも知っている。にもかかわらずその人がわからない、ということがあるだろうか。もちろん、津田由雄と津田延のことである。いっこうにわかった気がしないのは、彼らの考えていることやしていることが不統一だからではない。むしろ、彼らの考えていることやしていることはみごとなまでに一つの人格に還元することができる。たとえば、吉川夫人が下す「研究家」（十一）という津田に対する評、あるいは、「己惚れ過ぎ」で「内側と外側がまだ一致しない」「慢気が多い」（百四十二）というお延に対する評は、そのまま読者の知っている津田でありお延なのである。つまり彼らは、「研究家」で「内側と外側がまだ一致しない」という統一的な人格を持つ人物として誰からも認められていることになるのだ。

この事態は、いくつかの逆説を含んでいる。まず第一に、「内側」と「外側」の不統一という人格的統一性が成り立っていることである。第二に、それが、「外側」からしか彼らを見ることができないはずの他人になぜか知れ渡っていることである。津田の考えていることやしていることは、吉川夫人のみならず、お秀も小林も知っているのである。どうやら藤井夫婦や岡本夫婦もうすうすは知っている様子である。そして第三に、彼らの「内側」を知っているはずの読者にもほとんど同じ像が結ばれることである。ふつうは「内側」を知れば、そこが人格統一の唯一の場と認められるはずであろう。ところが、彼らの「内側」は「外側」を統御し得ないか、逆に彼らの「外側」は「内側」を超えて肥大化しているのだ。

和辻哲郎の『面とペルソナ』[1]は、あまりにも有名なエッセイだが、「顔」と「人格」の意味について考えるためには、今でもこのエッセイから出発しなければならない。和辻は、「顔」は「人の存在にとつて」「中心的地位を持つ」ために、もともとは「面」という意味しか持たなかった“persona”が、劇中の「役割」や「人間生活に於けるそれぞれの役割」の意を経て、ついには「人格」の意味に転じたのだと述べている。このプロセスには、外面こそが内面を現前させ、隠すことが露呈させることだという逆説が示されている。

市川浩『身知らぬ顔』[2]は、この逆説をみごとに説明したエッセイである。人が親しく身知っている自分の顔は、いわば内面の凹形の顔であり、日々他人に見せている外面の凸形の顔こそが自分にとって身知らぬ顔だと言う。そこで、「私が身知っている凹形の内面の顔が私には外面の顔であり、私の身知らない凸形の外面の顔はむしろ私の内面の闇をかくしている」ことになる。意識は内面に現れ、無意識は外面に現れるわけだ。そして、「私」はと言えば、その中間に漂っている。

無意識はどこにも存在しないし、逆にどこにでも現れている。無意識が真の意味で無意識である限り、決してそれを指し示すことはできない。できるのは、現象している無意識、何かに表象されている無意識を無意識と呼ぶことだけだ。「外面」の顔を、いま無意識と呼んでおくことにしよう。そして、顔は意識と無意識の錯綜する、自己と他者との関係の場である以上、それは自分の顔とも他人の顔とも言えない「身知らぬ顔」になるのだ。だからこそ、顔を隠すことは、長い間日本の文化の中では女性の重要なたしなみの一つだったのであろう。しかし、笑っている「面」は泣くことはできないが、「徹底的に人らしい表情を抜き去つた」「死相」のような「面」は「泣くことも笑ふことも出来る」と和辻が述べているような能面の逆説を思い起こしてもわかるように、隠すことは豊かな表情を生み出すことでもあった。『明暗』は、こうした逆説に真正面から挑んだ小説のように見える。しかも、最も皮肉な方法で。

実は、『明暗』は顔の小説ではない。「眼」の小説である。他の漱石の小説も「眼」が表情の中心としてテクストに織り出されているが、『明暗』は他のどの小説にもまして「眼」の小説なのである。それは、顔があからさまに退けられた証でもあった。

冒頭、医者に病状を告げられた津田は少し複雑な表情を見せる。「津田の顔には苦笑の裡に淡く盛り上げられた失望の色が見えた」(一)と言うのだ。この後、場面は、眼の力を人工的に拡大する顕微鏡(そう言えば、四十七章では吉川夫人の「双眼鏡」がいきなりお延の方を向いて驚かせている)をのぞき込むところへ移り、それが津田の病状を証明するかのような力を持つことになるのだが、ここでは、ほかならぬ津田の顔が、「苦笑」と「失望」という相反するわけではないが、二重の表情を見せ、医者があたかもその表情に応えるかのように「一寸首を傾け」てみせていることを忘れないでおこう。こうした複雑な表情とそれに対応する応答は、『明暗』では決してあたりまえの出来事ではないからである。顔は解読されるものだけではなく、応答する場でもあるのだ。この顔は、『明暗』ではいつか帰る場として待たれている。

さて、医者からの帰り、すでに電車の乗客に神経質な「眼」を向ける津田は、帰宅早々、お延とあまりにも熾烈な「眼」の戦いを戦わなければならない。家への角を曲がった津田は、自分の方を見ているお延を認める。しかし、お延は正面に向き直ってしまい、声をかけた津田に改めて「自分の有つてゐるあらゆる眼の輝きを集めて一度に夫の上に注ぎ掛け」(三)る。その時、「半ば細君の嬌態に応じようとした津田は半ば逡巡して立ち留ま」ることになる。津田はこの「眼」に応えることができずに、いわば二重拘束のような状態を強いられることになるのだ。お延の「眼から出る光」(四)は、津田を「我知らず此小さい眼から出る光に牽き付けられ」、一方で「又突然何の原因もなしに其光から跳ね返され」もする。この「眼」が、津田の応答を封じてしまうのである。「眼」は、誘惑し、あるいは拒否する。お延にあっては、それは決して同時には現れはしないのに、相手にとっては一つの働きのうちに常に相反する働きを隠しているように見えてしまうのだ。だから、二重拘束にならざるを得ないのである。

たとえば、お延の「眼」は「千里眼」(六十四)になる。彼女の「活きた眼力」は、「一秒で十年以上の手柄」を上げ、「自分の眼で夫を選ぶ」(七十二)力がなければならないのである。同時に相反する「意味」を現象させることなど思いもよらないはずである。ただ、相手に二重拘束を強いるだけだ。

お延は自らの「眼」ではなく、おそらく相手の二重拘束の中に自らの無意識を隠している。

津田もまた「眼」の力を信じている。しかし、お延とは逆に、彼は、「眼」から「眼の力」が現象することを、自己が相手に伝わってしまうことを恐れている。たとえば、吉川夫人に問いつめられた津田は、彼女に「沈黙の眼」を向けるのだ。むろん「其眼が無言の裡に何を語つてゐるか、細君には解」（十一）りはしない。また、お秀に火のように責められた時には、「成可く妹に自分の心を気取られないため」に、「眼の色を彼女に読まれないため」に、「わざと眼を動かさ」（九十九）ないような「不自然な所作」をあえてしている。

いずれにせよ、彼らにとっては「眼」こそが「自分の心」、意識された自己なのである。しかし、そうした「眼」の戦いにもかかわらず、彼らは自己の全てをさらけ出しているわけではない。たとえば津田は「吉川の細君などが何うしても子供扱ひにする事の出来ない自己を裕に有つてゐた」（十二）り、お延の「手に余る或物が潜んで」（百五）いたりもする。一方のお延も、津田の「自由にならない点を（中略）ちやんと有つてゐた」（百十七）のである。しかし、ことはそれ程単純ではない。

「津田は吉川と特別の知り合ひである」

彼は時々斯ういふ事実を背中に背負つて見たくなつた。それから其荷を背負つた儘みんなの前に立ちたくなつた。しかも自ら重んずるといつた風の彼の平生の態度を毫も崩さずに、此事実を背負つてゐたかつた。物をなるべく奥の方へ押し隠しながら、其押し隠してゐる所を、却つて他に見せたがるのと同じやうな心理作用の下に、彼は今吉川の玄関に立つた。さうして彼自身は飽く迄も用

事のためにわざ〳〵此所へ来たものと自分を解釈してゐた。（九）

ここで重要なのは、津田の俗物的野心でもなく、津田がそれを自ら抑圧し無意識の底に沈めているという点でもない。「物をなるべく奥の方へ押し隠しながら、其押し隠してゐる所を、却つて他に見せたがるのと同じやうな心理作用」のあり方なのだ。津田は、ただ隠しているだけではない。隠しているものをではなく、隠しているということそれ自体を見せたがっているのである。津田が自ら抑圧して無意識の底に沈めているのはこのことなのである。何を隠しているのかは、たぶん大きな問題ではない。隠しているということそれ自体が相手に伝わりさえすればよいのだ。しかも、隠している当の本人には気づかれないまま。

津田によって、まさに「外面」の顔が無意識のように隠されているのだ。そして、隠すことが忘れられている以上、隠された内容が忘れ去られるのは当然のことであろう。津田の「内側」が他人に知れ渡っていながら、本人だけがうかつにもそのことに気づいていないのはこのためなのである。問題は、津田がこうした自らの矛盾した「心理」や在り方を統一する場を持っていないことなのである。

其刹那に彼は二つのものをお延に握られた。一つは彼の不安であつた。一つは彼の安堵であつた。困つたといふ心持と、助かつたといふ心持が、包み蔵す余裕のないうちに、一度に彼の顔に出た。さうしてそれが突然入つて来たお延の予期とぴたりと一致した。（百四）

この場面が感動的なのは、津田がお延に心を許してしまったからでもなく、弱味を握られたからでもない。津田の矛盾が、「顔」においてはじめて統一されたからに他ならない。「津田」はこの矛盾の中間に漂っている。しかし、お延はこの矛盾に応答するのではなく「此時夫の面上に現れた表情の一部分から、或物を疑っても差支ないといふ証左を、永く心の中に摑んだ」一方、「夫の他の半面に応ずる」ことになる。だから、お延の手から「津田」はすり抜けて行く。

「内側と外側が一致しない」ことなど、社会生活を送る人間にとってはごくあたりまえの事態でしかない。「一致」する人間がいるとしたら、それは無気味な反社会的存在だろう。問題は、そうした不一致や矛盾が許される場がその人の所属する社会にどういう形で組み込まれているか、またその人自身に、その不一致や矛盾を統一する場があるか否かなのである。それが、いわば逆説的な形でアイデンティティを保証する。他者と自己とが出会う顔は、まさにそうした場である。もし、そういう場が持てなければ、人は互いに他人、異邦人になるしかないだろう。たとえばこんな風に。

「それこそ噓です。貴方は隠してゐらつしやるんです」

「お前の方が隠してゐるんぢやないかね。小林から好い加減な事を云はれて、それを真に受けてゐながら」

「そりや隠してゐるかも知れません。貴方が隠し立てをなさる以上、あたしだつて仕方がないわ」

（百四十六）

グレゴリイ・ベイトソンの言うダブル・バインドは、親子のようなのがれられない人間関係の中で、優位にある人物から発信された、互いに相容れないようなメッセージのことで、それを劣位にある者が同時に受けいれてしまえば「内的葛藤」が引き起こされる。(3) むろん、メッセージの発信者にとっても、このようなメッセージは「内的葛藤」の結果発信される。津田とお延は親子ではないから、ありふれた夫婦のようにダブル・バインドのメッセージをただ受けとりさえすればよいのだ。そうできないのは、彼らが、互いにアイデンティティを統一する場を持っていないからに他ならない。それは、アイデンティティが二人の家庭にはないのに、それを隠そうとしているからなのだ。だから、彼らには顔がない。

II　見知らぬ手紙

隠していることを忘れながら隠すこと、あるいは、隠していることとそれ自体に気付かせること、それはあたかも無意識を見せびらかすことが難しいように難しい。しかし、津田もお延もやすやすとそれをしていたのだ。そして、たとえば『明暗』の手紙もまたこの逆説をめぐるエクリチュールのなかにある。

津田は月々の生活費を父から補助してもらい、夏の賞与でまとめて返済する約束をしていた。しかし、津田は「何処の国にあなた阿爺から送つて貰つた金を、きちん〳〵返す奴があるもんですか」(三十二) というわけで、この約束を守らなかった。父からは、このような返済方法を提案した堀へ

「詰責に近い手紙」（九十五）が来た。堀は「たゞ申し訳の返事を書」（同）いたが、父は許さなかった。そのうち、お延の手に新しく光る指輪を見たお秀は、「お延が盆暮の約束を承知してゐる癖に、わざと夫を唆のかして、返される金を返さないやうにさせたのだといふ風な手紙の書方をした」（九十五）。このお秀の手紙は、おそらくもう夏から秋口には京都の父に出されている。『明暗』の小説中の現在は大正四年の一一月頃、津田とお延の結婚したのが四月か五月頃と考えられるが、夏の賞与からの返済は、お延の指輪を買ってしまったためにできなかったというのがお秀の判断だったのである。しかし、この判断はまちがっていた。お延は津田とその父との返済に関する約束を知らなかったのである。『明暗』の金銭をめぐる物語は、こうしたいくつかのすれ違った手紙によってすでに始められていたのである。

これだけの手紙がすでに出されていて、すでに父と津田との関係は決裂してしまっている。しかも、津田の知らない、お秀の父への手紙が決定的な原因となって。冒頭近く、京都の父からの手紙は書留でないために、すでに見る前から津田の送金の期待を裏切っているし（六）、お延のすすめによって津田が書いた「二度目の請求」（九十四）の手紙は、津田自身「到底成功する資格がない」（十五）としか思えない形式的なものでしかないのである。『明暗』では、なぜかこうしたいわばコミュニケーションのための手紙としてはどこかが決定的にまちがった、あるいはズラされた手紙が何度も繰り返し現れるのである。

たとえば、津田の入院する日にお延が芝居に行くか行かないかでもめている場面では、一応断わりの返事をしたというお延は、岡本から「もう一返其日の午迄に電話で都合を知らせろ」（四十四）という内容の手紙が来ていると言いながら、「其手紙を津田に示してゐなかつた」のである。また、津田が枕元でお秀と対決する場面でも、京都の父が津田に送金しないという内容の手紙が母から来ていると言いながら、お秀はやはりそれを津田には示してはいない。両方とも、手紙を示さないということがはっきりと示されているのである。手紙が記号化されている、というより記号内容《シニフィエ》が隠され記号《シニフ》表現《イアン》になっているのである。京都の父とのやり取りのように手紙が実質的機能を果たさないか、あるいはお延やお秀の示されない手紙のように、手紙自体は隠されてしまい、真偽が確かめられないままにその内容が語られてしまうというわけだ。いずれにせよ、手紙が手紙として現象することが拒まれていることにはかわりはない。隠されたことが忘れられてしまった津田の「無意識」のように。そんな手紙を内側から見たらどうなるだろうか。

　京都にいる親へ手紙を出すのは津田だけではない。お延も同様である。その手紙は、津田が入院する前日から書き始められた。遅くなった津田を待って、「仕舞にあんまり淋しくつて堪らなくなつたから」（三十八）という理由で。そして翌日、津田の入院手術に同行し、岡本の芝居見物に付き合って帰宅してから、「たゞの淋しさが不安の念に変りかけ」、「何処からともなく逼つてくる孤独の感」（五十七）に耐えかねて、また吉川夫人から受けた「不愉快な感じ」にも耐えかねて、再び書き継がれた。そしてさらにその翌日、岡本を訪ねて、ついにそこには自分の居場所はないと悟らされてしまったお延が、「不安から逃れ」、「注意を一つ所に集める」（七十八）ために、三度書き継ぐことになったのである。そして、書き終わったお延は「心の中でそれを受取る父母に断つた」。

「この手紙に書いてある事は、何処から何処迄本当です。嘘や、気休や、誇張は、一字もありません。（中略）私は決してあなた方を欺いては居りません。私があなた方を安心させるために、わざと欺騙《あざむき》の手紙を書いたのだといふものがあつたなら、其人は眼の明いた盲人です。その人こそ嘘吐です。どうぞ此手紙を上げる私を信用して下さい。神様は既に信用してゐらつしやるのですから」

（七十八）

ここに書いてあるのは「嘘」ではない、「真相」なのだと言いつのるこのお延の心理は、あまりにもあからさまに彼女の「嘘」を隠している。いや、これが実際のところは彼女自身に向かって語られたことを考えれば、彼女は隠していることを隠すために書いたのだと言えるだろう。しかも、自分の「嘘」を自分自身から隠すために。お延はこの時、自分自身に対して他人になっているのだ。

手紙の言説は一種奇妙な言説だと言えよう。目の前に現前する他者に向かって話す言葉も、瞬間的に相手の反応を取り込みながら語られはする。しかし、目の前に他者の現前しない手紙の言説ではそれがさらに組織化して行なわれる。手紙の言説には他者の言葉が織り込まれているのだ。その意味で、手紙の言説は自己と他者の出会う場だと言ってよい。そのような手紙にお延は自己だけを書いたために、手紙の言説から復讐されるかのように、自分の「嘘」を告発する声に抗わなければならなくなってしまったのだ。その結果、「嘘」をついた自分自身に対して他人にならざるを得なかったのである。事実、この手紙を書き終わったあとのお延は、結婚前と結婚後とでは津田が「変つた」事実を意識の中で認めているのである（七十九）。お延の手紙は、二人のお延を作り出してしまったのである。

これと一見対照的に見えるのが、小林が津田に読ませる手紙だろう。それは小林に宛てられてはいるが、「差出人は津田の見た事も聴いた事もない全く未知の人」（百六十四）の手紙で、その時二人の目の前にいた原という画家の手紙でさえないらしい。手紙は画家志望の青年が叔父に欺されて書生としてこき使われている苦悩を書いたものである。その青年は小林に、「たゞ此苦痛の幾分が、貴方の脈管の中に流れてゐる人情の血潮に伝はつて、其所に同情の波を少しでも立てゝ呉れる事が出来るなら、僕はそれで満足です」と書いている。お延が両親に書いた手紙とは対照的であるにもかかわらず、この手紙は津田をみごとに引き裂いてみせる。「同情」し「金が遣りたい」と思う津田と、「それでゐて実際は金が遣りたくない」津田とに（百六十五）。小林の目論見は「其所に良心の闘ひから来る不安」を起こすことにあったが、いま注目しておきたいのは、このエピソードの別の意味での「教育」効果なのである。すなわち、この手紙を宛て先人である小林が読む限り彼を引き裂くようなことはないということなのである。宛て先人ではない全く無関係な津田が読むからこそ、彼が二人に引き裂かれてしまうのである。コミュニケーションの回路からズラされた手紙は、津田を引き裂くことによって、たぶん隠そうとする自分と、隠していることとそれ自体を隠そうとする自分との二人の自分に引き裂いて、なおかつそのことを自ら知ろうとしない津田のあり方をみごとに炙り出しているのである。この、「金が遣りたい」津田を暴き出す小林の手口は、自分で意識していない、津田の清子に対する「未練」（百三十九）を誘き出す吉川夫人の手法と酷似している。それがこの手紙の「教育」効果なのだ。

こうしたズラされた手紙の物語の頂点に立つのが記号表現《シニフィアン》としての手紙、すなわち津田が焼いた手紙であろう（八十九）。それはお延の記憶の中にあったのだが、小林の吹き込んだ疑惑が、その記憶にある意味を与えることになる。この不在の、誰のものともわからない手紙が、お延にとっては津田の裏切りのしるしとなってしまうのである。ないことによって逆に意味作用の中心になってしまうゼロというメタ記号に似ている。それは、あまりにも貨幣に似ている。

こうした手紙の多くがお金と深くかかわっていることに改めて注目しておくことにしよう。津田の月々の仕送りに関することが話題になっている以上、当然と言えば当然なのだが、津田の父からの手紙が、その内容＝文面ではなく、書留であるかないか（つまり為替であるかないか）だけが津田の関心事であるといったことが繰り返されれば、お金＝貨幣とこれらの手紙とに深いかかわりがあると考える方が自然だろう。

言うまでもなく貨幣（信用貨幣）こそが、社会の中でメタ記号として流通しているものなのである。小林が津田を「教育」する場面もまた、手紙と貨幣が結び付けられている。津田にとっての貨幣が、交換価値でさえなく、あらゆるものを象徴交換のレベルに対象化するメタ記号であり、手紙もまた内容のない記号表現でしかないのに対して、小林の示そうとしたのは、同時に「義務」にも「同情」にも「親切」にもなり得る記号表現としての貨幣ではなく、比喩的に言えば貨幣の人格《ペルソナ》ということに他ならない。だが、貨幣には人格＝アイデンティティなどありはしない。

貨幣をさしだして商品を買うこと——それは、貨幣にまさに無限の未来に向けての「命がけの跳躍」を強いることなのである[4]。

実は、京都へ手紙を書いたお延はこんなことも思っていた。「其人よりも私の方が真相を知ってゐるからです。私は上部《うわかわ》の事実以上の真相を此所に書いてゐます。それは今私に丈解ってゐる真相なのです。然し未来では誰にでも解らなければならない真相なのです」（七十八）。お延はこの時、貨幣のかわりに手紙を差し出して、未来に向けて「命がけの跳躍」をしてしまったのだ。そして、「今」と「未来」とに引き裂かれたお延の人格《ペルソナ》は、いつか彼女の顔《ペルソナ》に帰って来るだろうか。

それにしても、貨幣にはなぜ顔が刻まれるのだろう。そこにしか「私」はいはしないとでも言いたげに。

〈家〉の不在　『門』

漱石の小説では、ほとんど常に危機に瀕した形でしか〈家〉はテーマとして浮上しない。そして、そのような〈家〉においては、自我の歪みもまたはっきり現れていた。文化が壮大な差異の体系であるなら、自我は、その差異の体系の中で自己の価値を創出する働きに他ならない。しかし、それは自由に行なわれるわけでは決してない。このような自我の働きは、自己に向けられた〈他者の言葉〉を主体が編成した結果得られるものだからである。そして、〈家〉にささえられた文化の中にあって、主体が〈家〉への郷愁を完全に断ち切ることができないならば、〈家〉と自我との相関関係が消え去ることはあり得ないのである。

わけても、『門』は、「廃嫡に迄されかゝつた」（四）長男が主人公になっているだけに、〈家〉と自我との関係はさらに微妙にねじれている。ふだん〈家〉を忘れて生活している宗助にふりかかって来るいくつかの雑事は、失われてしまった〈家〉をくっきりと浮かび上がらせる。また、宗助の家は、〈家〉を守る力と〈家〉をこわす力との葛藤の場ともなるのだが、その時、宗助は何を選び取るのだろうか。ここでは、たとえそれが〈家〉の陰画《ネガ》に限りなく近付いてしまったとしても、「家族語」[1]によって『門』を語ることで、不在の〈家〉を周縁から炙り出しにし、宗助の姿を追ってみたい。

I　ダブル・バインドの夫婦

「おい、好い天気だな」と話し掛けた。細君は、

「えゝ」と云つたなりであつた。宗助も別に話がしたい訳でもなかつたと見えて、夫なり黙つて仕舞つた。しばらくすると今度は細君の方から、

「ちよつと散歩でも為て入らつしやい」と云つた。然し其時は宗助が唯うんと云ふ生返事を返した丈であつた。

二三分して、細君は障子の硝子の所へ顔を寄せて、縁側に寝てゐる夫の姿を覗いて見た。夫はどう云ふ了見か両膝を曲げて海老の様に窮屈になつてゐる。さうして両手を組み合はして、其中へ黒い頭を突つ込んでゐるから、肱に挟まれて顔がちつとも見えない。

「貴方そんな所へ寝ると風邪を引いてよ」と細君が注意した。細君の言葉は東京の様な、東京でない様な、現代の女学生に共通な一種の調子を持つてゐる。

宗助は両肱の中で大きな眼をぱち〳〵させながら、

「寝やせん、大丈夫だ」と小声で答へた。

（一）

あまりにも雄弁な冒頭近くの一節である。ここからは、『門』を読むための様々なコードを引き出すことができるが、とりあえず、縁側に横になっている宗助の有名なポーズを、「家族語」によって意味付けることから始めよう。

すでに何度も指摘されているように、この姿勢を〈胎児〉のそれであると考えることから逃れるのは大変難しい。ただし、〈胎児〉＝〈退行〉と直接的に結び付けてしまうのは短絡であろう。〈胎児〉と言っても、至福にポイントを置いてイメージされる場合と、退行にポイントを置いてイメージされる場合とがあり得るからである。ここで注意しなければならないのは、語り方にはっきり表われている偏向――宗助の姿勢を語る「どう云ふ了見か」「窮屈になつて」「黒い頭を突つ込んで」「ちつとも見えない」といった具合の、否定的なニュアンスを持つ言葉の連なりである。それが、関係を避けた〈胎児〉のイメージを喚起するのである。

一方、この宗助の姿勢は、縁側で日向ぼっこをしている〈老人〉のイメージをも喚起するのではないだろうか。たとえば、前の家に住む本多は、「同じ構内《かまへうち》に住んで、同じ坂井の貸家を借りてゐる隠居夫婦」（七）なのである。鉄道網の急速な整備によって、明治三〇年代後半から山の手の人口は爆発的に増加したとは言え、「電車の終点から歩くと二十分近くも掛る山の手の奥」（三）で、「下駄の響き」（一、三）だけが冴え渡るこの界隈は、決して通勤に便利とは言えず、本多のような「隠居夫婦」にこそふさわしい場所だったのかもしれない。佐伯の叔父・叔母夫婦から見ても、宗助は「丸で別人見た様に老け」込み「御爺さん〳〵」（四）しているのだ。

要するに、宗助のあの奇妙な姿勢は、現実を避けた退行としての〈胎児〉のイメージと、もう人生の終わりに近付いた隠居の〈老人〉のイメージとに引き裂かれているのである。これが、先の引用部のすぐあとの「近来の近の字」がわからない、「今日の今の字」がわからなくなったことがあるという、宗助の言葉と響き合っていることは言うまでもないだろう。〈いま〉の欠落を、宗助の姿勢が見事に身体的になぞっているのである。そして、この宗助の姿勢が御米に見られることによってはじめてイメージ化されていることに注目すれば、〈いま〉の欠落は、社会的なものとしてより、まず夫婦関係の問題として考えるべきものだということになるだろう。

〈胎児〉と言えば、三谷憲正氏が、『門』の「二人の精神を組み立てる神経系は、最後の繊維に至る迄、互に抱き合つて出来上つてゐた」（十四）という一節から、御米と宗助の関係は「母と胎児（あるいは幼児）の関係」ではないかと論じている。[2] 興味深い指摘だが、現実の関係としては、もう少し微妙な屈折を含んでいる。そこで、何度も何度も繰り返し語られる御米の「微笑」（「例の如き」四、「大抵苦しい場合でも」「忘れない」十一、「何時もの通り」十七、といった形容句とともに語られている）が、当時の夫に対する妻の作法の一つとしてばかりでなく、〈母〉の〈子〉に対する表情のような趣を感じさせることに注意したい。長年連れ添った夫婦が、〈男〉と〈女〉の関係より〈子〉と〈母〉の関係に似て来てしまうのは、日本的夫婦のあり方（?）としてよく指摘されるところである。しかも、京都時代の御米に関する記述には、この「微笑」は一度も表われていない。縁側での宗助の姿勢が一つの言説《ディスクール》であるならば、「微笑」もまた、二人だけのほぼ六年間の関係から作り出された、御米の表情《ディスクール》の一つなのである。

一方の宗助はと言えば、久しぶりの散歩に、「洋書」でも「金時計」でも「蝙蝠傘」でも「襟飾」

でも、そして御米の「半襟」でもなく、つまりサラリーマンの必需品や婦人のアクセサリーの類いでなく、神田の露店でゴム風船の「達磨」を買ってしまう（二）。実弟小六の学費問題の直談判を避けて、かわりに手紙で済ました帰りの買い物なのだから、小六ならずとも宗助の無責任を責めたくもなるだろう。久保儀明氏は、宗助は、「現実（他者）との間には有機的な関連が欠落」しており「他者との関係を修正し、調整する倫理主体を欠いている」ために、それらが「意志の問題であるより前に、神経（生理）の問題」になってしまう。つまり、『門』の主題は「ついに罪責者になることができなかった一人の男の幸福と不幸」（傍点原文）だと論じている[3]。山崎正和氏も、宗助の「罪」の意識の軽さと「罰」の重さとのアンバランスを指摘していた[4]。小六の学費に関する手紙を投函しに出かけたはずが、散歩と達磨の風船の買い物に化けてしまうような気紛れな宗助の態度、伊藤博文暗殺を御米に伝える「おい大変だ、伊藤さんが殺された」という言葉の内容と、「寧ろ落ち付いた」「語気」（三）との乖離。確かに、宗助の身体は「現実」での価値や秩序の体系を生きることができないらしい。そして、このような自己同一性の欠如、現実の断片化は、〈子供〉の特徴なのである。これらは、宗助が、夫婦の関係においてだけでなく、社会的にも〈子供〉であることを示唆している。

しかし、〈子供〉は〈母〉の〈微笑〉を自己の生を肯定する徴とし、その〈微笑〉に応える相互主観的な場において自己を自己として統一してゆく、つまり、自己同一性を確立してゆくものなのである。ところが、宗助は御米の「微笑」にただの一度も微笑を返していないどころか、ほとんど無視するか、せいぜい御米がいつもの御米であることを確認する（十一）以上のことをしないのである。微笑が微笑として受け取られていないのだが、実は、御米の側でも、微笑は微笑としての意味内容を伝えてはいないのだ。御米の「微笑」は、「微笑」には違いないのだが、ただの「微笑」ではない何かを含み持ってしまっているのである。御米の「微笑」を拾い出してみよう。ただし、「微笑《ほほ》えむ」と読む二例（六）には、以下のようなニュアンスはない。

御米は、佐伯に行った方がよいと思っているのに、手紙で済ませて「散歩」に出かける宗助に対して（一）、安之助が神戸から帰って来る前に一度佐伯に行った方がよいと思っているのに、放っておこうと言う宗助に対して（四）、東京の叔父のところへ行けたらよいのに、行けないのが残念な時に（四）、ほんとうは具合が悪いのに宗助を安心させるために（十一）、新年の行事も一段落付いて落着いて来たのに、坂井からお呼びがかかった宗助に対して（十三）、宗助がハイカラな鎌倉へ行く「不調和」に対して（十七）、恐ろしい夢から醒めた宗助の枕元で（十七）「微笑」する——という具合である。これらのいくつかは、この頃まだなかった「微苦笑」という言葉にでも置き換えたなら、極くありふれた日常生活の一齣に収まってしまい、とり立てて取り挙げる程のものではなくなる。しかし、『門』に頻出する御米の「微笑」の全ての例において、「微笑」という表現とその意味内容とがズラされていることは、注目に値するはずだ。特に最後の例は、宗助の悪夢と御米の「微笑」との懸隔を明示していて、宗助の参禅が日常生活によっていっきに水泡に帰すことの予兆のように読める一方、御米の「何時もの」「微笑」に、あたかも宗助の悪夢がしまい込まれているかのような印象をも与えるのである。

このことは二つのことを意味している、一つは、宗助が〈子供〉であることは彼を社会から疎外するが、それは御米との関係を強化するものでもないということである。二つは、「微笑」を介して見た二人の関係が、屈折したものであるということである。

ここで、先に引用した冒頭近くの一節に戻ろう。「おい、好い天気だな」以下の短い夫婦の会話である。この会話もまた「云つたなり」「別に話がしたい訳でもなかつたと見えて」「黙つて仕舞つた」「生返事をかへした丈」という具合に、否定的なニュアンスの言葉の連なりによって語られている。これが「障子越し」であることから、「会話はあるかもしれないが、対話は成立していない」と言い切りたいところだが、[5]それ程単純ではない。「好い天気ですね」「そうですね」といった天候に関する会話は、情報の伝達を目的とせず、相手と言葉を交わすこと自体が自己目的化した〈交わりの言葉〉として日常化しているからである。ローマン・ヤーコブソンのコミュニケーション理論で言う「接《コン》触《タクト》」にポイントを置いたメッセージ形態である。[6]しかもこの時、宗助は「おい」と「話し掛けて」いた。宗助は背中で受けた日差しの暖かさを、あるいは外の光を、御米と共有したかったのだろう。そして、この後、御米は、「其近江のおほの字が分らないんだ」という宗助の言葉に促されて、「立て切つた障子を半分ばかり開けて」、「澄み渡つた空を一しきり眺め」、「障子を開けた儘又裁縫《しごと》を始め」た。宗助が「始めて細君の顔を見た」のもこの時なのだ。二人の間に交わされた〈交わりの言葉〉は、十分にその役割を果たしていると言うべきだろう。

しかし、先に指摘したように、宗助の姿勢とこの会話とが、否定的なニュアンスの言葉の連なりで語られているのも事実である。しかも〈胎児〉の姿勢を見ているのは御米なのである。「覗いて見た」のに「顔がちつとも見えない」のだ。宗助があるものを隠し持っていることが、御米には見えていることを暗示しているのである。要するに、宗助から拒否と交わりとのダブル・バインドを御米は受け取っているのである。ただし、この場合も、御米に背を向けているのではないことに注意すれば、拒否よりは交わりの方に重きが置かれていると言えよう。この夫婦にあっては、交わりは言葉や表情に顕在化され、拒否は非言語的交通《ノンバーバル・コミュニケーション》や沈黙の底に押し隠されているのである。宗助の姿勢も御米の微笑も、そのようなダブル・バインドの表現なのだ。その裂け目に、彼らのそれぞれの主体がかけられていたのではないだろうか。それは、「自己の心のある部分に、人に見えない結核性の恐ろしいものが潜んでゐるのを、仄かに自覚しながら、わざと知らぬ顔に互と向き合つて年を過ごし」（十七）て来たこの夫婦が作り上げた関係なのだ。もっとも、それは多かれ少なかれどの夫婦もが抱えている闇だろう。たとえば、宗助の姿勢が作り出す内部の闇が、ちょうど坂井の家の書斎の「洞窟」と相同《アナロジー》をなしているように。[7]

II　性としての〈家〉／金銭としての〈家〉

〈子供〉と〈老人〉、それは近代社会が周縁に位置付けた人々であり、また、個人史の中でも周縁的な時期だと言えよう。たとえば、「成人」の規定とは別に明治民法が定める「婚姻の要件」（第七六五条「男ハ満十七年女ハ満十五年」）は、身体的、社会的に人が〈一人前〉となる年齢を定めたものだと言ってよいし、「満六十年」になれば「隠居」が可能だとする規定（第七五二条「戸主権ノ喪失」）は、一般的な引退の時期の指定であろう。そして、これらはどちらも〈家〉にかかわる規定だったのである。それは、男の場合、成人の時間が労働力として社会にあることを意味しているが、逆に言えば、

〈家〉にある成人の男は、労働力としてではなく、〈金銭〉として、そして〈性〉としてあったのだと言えよう。〈父〉は、〈性〉としての役割の一つだが、子のない宗助には無縁である。明治民法下で彼が引き受けるべき役割は、〈夫〉と〈戸主〉であった。しかし、〈胎児〉と〈老人〉の姿勢を身体的になぞってしまい、現実にも〈子供〉としてしか関係を持てない宗助は、〈家〉の中で不在の〈性〉を生きていたのである。[8]『門』のほとんど唯一のストーリーである小六の学費問題は、このことを顕在化させる。

宗助は〈胎児〉と〈老人〉とに引き裂かれているとして、御米の方はかなり微妙である。

五章に、御米が佐伯の叔母と自分とを比べるところがある。佐伯の叔母は太っていることもあって「年よりは余程若く見える」。御米が、そっと「自分の顔を鏡に映して見」ると「何だか自分の頬が見る度に瘠けて行く様な気がした」。年上の佐伯の叔母と比べても自分が老けているように見える。御米もまた〈老人〉のイメージを抱えているのである。しかし、それだけではない。

再び冒頭近くの一節に戻ろう。「貴方そんな所へ寝ると風邪を引いてよ」という風に、「細君の言葉は東京の様な、東京でない様な、現代の女学生に共通な一種の調子を持つてゐる」のだと言う。一章ではもう一度、小六が来た場面で繰り返される。「『御茶なら沢山です』と小六が云つた。『厭?』と女学生流に念を押した御米は、『ぢや御菓子は』と云つて笑ひかけた」と。宗助と小六との両方に「女学生」風の言葉をかけているのである。宗助の方は、「女の半襟」を御米に買おうと思いつつ、「そりや五六年前の事だ」(二)と打ち消してしまう。御米はもう「女学生」の年ではない、というわけだ。しかし、一方の小六の方はと言えば、先に引用したお茶を勧める場面のすぐ後に妙な一節があるのだ。

「待って頂戴、有るかも知れないわ」と云ひながら立ち上がる拍子に、横にあつた炭取を取り退けて、袋戸棚を開けた。小六は御米の後姿の、羽織が帯で高くなつた辺を眺めてゐた。（一）

女の帯が、性の拒否と許しとの両義的な意味合いを持つことは改めて確認するまでもないだろう。何かが感じられる視線なのである。それに、片山佳子氏が、「御米も相手が義弟だと見られる側に回る」[9]傾向のあることを指摘している。ところが、宗助が御米のお作りをしているところを見る場合には、「如何にも血色のわるい横顔」や「鬢」の「乱れ」や「襟の後の辺が垢で少し汚れてゐた」（六）ところばかりが目に付いてしまうのだ。小六と宗助の視線の、残酷なまでの対照である。

「細君の言葉は東京の様な、東京でない様な、現代の女学生に共通な一種の調子を持つてゐる」――根無し草的な御米のあり方をよく物語る一節だが、「女学生」という言葉は、当時それだけで雄弁な文化記号たり得ていた。本田和子氏は『金色夜叉』の発表された明治三〇年頃には「作品に登場させられた素人娘は、未だその堅気の美しさで人々を魅了するには至らず、花柳界のそれを借りねばならなかった」が、明治三〇年代の後半には、「女学生」はすでに「挑発する『性』の象徴」へと変容していたと論じている。[10]だからこそ、今度は芸妓の方が「女学生」風のスタイルで写真や絵葉書に収まることになるのである。「女学生」は性的な風俗として芸妓を越えてしまったのだ。本田氏はまた、当時の所謂「女学生ことば」（「テヨダワ」ことば）は、社会進出と良妻賢母像への囲い込みとの間に宙吊りにされた「女学生」の姿勢そのものだとも言っている。たとえば、田山花袋の『少女病』（『太陽』明治四〇年五月）は、「女学生」へ向けられたこのような男の視線を、あざといまでに描き出した小説に他ならない。[11] 文化記号としての「女学生」が、〈胎児〉と〈老人〉に引き裂かれた宗助の空白を突き、逆に、小六との間に性的な緊張関係を感じさせることになるのだ。

「宗助と小六の間には、まだ二人程男の子が挟まつてゐたが、何れも早世して仕舞つた」（四）ので、小六は、野中家の実質的な次男坊だといってよい。[12] 明治民法によって長男のスペアーたるべく運命付けられてしまった次男坊は、姉妹とはもちろん、他の兄弟とも異なる、〈家〉の境界線上に追いやられ／引き止められた存在、つまり文化記号となる。その、〈家〉の周縁にあるべき次男坊を、もし〈家〉の中に引き入れてしまったら、〈家〉の中には奇妙な空気が流れ始める。次男坊は、〈家〉を犯す者に変貌しかねないからだ。

『門』の野中宗助が京都に遊学中に起きた御米との事件が、刑法上の姦通罪に当たるものかどうかは微妙なところだろう。[13] 安井と御米の関係がはっきりしないからである。大学一年終了時の夏休み前に、安井は「一先郷里の福井へ帰つて、夫から横浜へ行く積り」だから「一所の汽車で京都へ下らう」（十四）と、宗助を誘っている以上、御米とのことは帰省後に突然持ち上がったのである。それに、その後の安井の世間を憚るような行動、御米を「妹」と紹介すること、御米が安井の郷里福井ではなく東京の出身であること、御米に所謂嫁入の仕度をしている様子のないこと等を考え合わせると、二人は、駆け落ちに近い形で京都に逃れて来て、内縁関係に留まっている可能性が高い。安井の生活にその後も不足がないところを見ると、この場合は、御米の方の「父母ノ同意」（明治民法第七七二条

①」が得られなかったと考える方が自然だろう。(14) 安井も御米との同棲を郷里へは伝えていないはずである。御米に、どこか世を忍ぶ風情の見えるのは、たぶんこういう事情があるからに違いない。

宗助と御米が、始めも終わりもない「徳義上の罪」に耐え続けなければならないのもそのためなのだ。その「罪」は、法律が定める物理的な時間を離れて、「親」「親類」「友達」「一般の社会」に、そして二人が共にいることそれ自体の中に、現在形として生き続ける。二人は、無限循環する「丸い円」の中に閉じ込められてしまう。子を得ることのできない彼らの身体は、未来に向かって閉ざされているし、「山の手の奥」にある迷宮のような二人の住まいのあり方は、このような閉ざされた無限循環の空間的表象に他ならない。

そこへ、佐伯の叔父の死で居場所を失った小六が入り込んで来たのである。二人は、小六の視線から絶えざる非難の色を受け取ってしまう、つまり、社会を感じてしまうのだが、小六の同居が暴くのは、野中家がもはや〈家〉ではないということだ。実質的な次男坊である小六は、宗助に長男＝戸主の役割を果たすことを強いることになる。しかし、宗助はそれを十分に果たすことができないので、小六は最後には佐伯と「直談判」をして、宗助の「形式的」な体面だけを保たなければならなくなるのである。宗助には、戸主の役割を引き受けることを忌避するためにのみ、叔父との対決を避けているふしさえ見える（四）。長男が長男の、次男坊が次男坊の役割を演ずべき〈家〉がないのだ。「御父さんの持つてたもので、おれの手に残つたのは今ぢや是だけだ」（四）という宗助の言葉は、〈家〉の不在を彼がはっきりと認識させられてゆくプロセスを示している。宗助が継ぐはずだった〈家〉のたった一つの記念であるその屏風さえ売り払ってしまわねばならない野中家にとって、長男のスペアーなど無意味であることは言うまでもない。〈家〉という舞台での役割を失った戸主の代わり《コピー》であったはずの小六（次男坊）は、宗助（長男）の男としての代わりを演じ始め、宗助の位置を直接脅かすことにならないとは限らないのだ[15]。

宗助は弟を見るたびに、昔の自分が再び蘇生して、自分の眼の前に活動してゐる様な気がしてならなかつた。時には、はら／＼する事もあつた。又苦々しく思ふ折もあつた。さう云ふ場合には、心のうちに、当時の自分が一図に振舞つた苦い記憶を、出来る丈屢呼び起こさせるために、とくに天が小六を自分の眼の前に据ゑ付けるのではなからうかと思つた。さうして非常に恐ろしくなつた。此奴も或は己と同一の運命に陥るために生れて来たのではなからうかと考へると、今度は大に心掛りになつた。時によると心掛りよりは不愉快であつた。（四）

宿命のような無限の繰り返しを、閉じられた時空に生きる宗助は予感してしまうのである。それは、宗助に残された裏返しの〈血統〉のアイデンティティかもしれないのだが、小六が、「己と同一の運命に陥」らなくてすむのは、彼が「自分の勝手に作り上げた美しい未来」＝「立身出世」という「新しい家」を作り上げるまでの夢を持っているために、宗助に戸主の役割を果たすことを強く望み続けているからに他ならない。記憶のなかの〈家〉と、まだ手に入れていない未来の〈家〉とが、〈家〉への犯しでもある姦通から小六を遠ざけているのだ。

その意味で、小六に屏風の記憶を確かめる宗助の行為（四）は重要だ。屏風は、正月を仕切った

〈父〉の記憶そのものだからである。[16] 屛風は、〈家〉の不在を暴き立てつつ、一方で、それと知らずに〈家〉を犯そうとする欲望から〈家〉を守っていたのである。そう言えば、「満州か朝鮮」へ行きたいと言う小六は、「満州」にいる安井とどこか似ている。小六は、かつての宗助だけでなく、安井に反転する可能性も秘めていたのだ。

これが次男坊としての小六の存在が炙り出す〈家〉なのだが、安井と共に出奔した経験を持つ御米にとって〈家〉とは何だろうか。

もう飽きてしまった京都も、御米がいればいい所に思われ、お互いに訪ね合いもしていた。感性の共振、つまり、ありふれた恋の始まりに過ぎないが、それだけで二人が「大風」に倒されたわけではなかったに違いない。

京都大学のたぶん法科大学に在学中の安井と駆け落ちをし、だからこそ親友宗助にさえ「妹」としか紹介してもらえない御米。おそらく、実家とも絶縁した御米が頼りにできるのは、自分の〈家〉でも、ましてや安井の〈家〉でもなく、安井その人だけである。その安井が「苛いインフルエンザに罹つ」て、「少し呼吸器を冒され」たので転地療養をする（十四）。ところが、藤井淑禎氏によると、当時インフルエンザは、肺炎を引き起こす可能性ばかりでなく、「こじらせると結核に変じるという把握」[17]があったと言う。「少し呼吸器を冒されてゐる」安井の将来に、御米が不安をつのらせても不思議はない。一方の宗助は「身体が丈夫だから結構だ」（同）と安井に羨ましがられた程なのだ。その宗助が御米と「結婚」したのち長煩いをするのは「因果の束縛」（四）と言う他ないが、安井との不安定な生活を強いられている御米が、恋だけでなく、何か別の基準を持っていなかったと言い切れるだろうか。そう言えば、「何にもしないで遊んでるんでせう。地面や家作を持つて」（七）とか、「坂井さん見た様に、御金があつて遊んでゐるのが一番可いわね」（十）と言ったのは、御米だった。坂井の「地面」や「家作」は御米と宗助夫婦の住んでいる借家のことだろうし、「御金があつて遊んでる」という言葉に皮肉な響きがないわけではない。「地面」「家作」「御金」は、まさに宗助が失った〈家〉だったのである。そして、叔父との交渉を催促するかのように口にするのも、小六の世話を宗助の方で見てほしいという佐伯の叔母の意図を当て、すぐその対策を考え出してみせるのも、御米である（四）。宗助がこういったことを何度も口にするのも、御米への「弁解」めいたものに見えないこともないのである。それだけではない。

今自分の前に坐つてゐる叔母は、たつた一人の男の子を生んで、その男の子が順当に育つて、立派な学士になつたればこそ、叔父が死んだ今日でも、何不足のない顔をして、腮《あご》などは二重に見える位に豊かなのである。（五）

たゞ息子が一人あつて、それが朝鮮の統監府とかで、立派な役人になつてゐるから、月々其方の仕送りで、気楽に暮して行かれるのだと云ふ事丈を、出入りの商人のあるものから耳にした。（七）

五章の、佐伯の叔母を目の前にした御米の感慨には、母子の「幸福」を羨む気持が前面に出ているだけのように見える。しかし、七章の、「出入りの商人のあるもの」から二人が得た本多夫婦についての「知識」は、先のような御米の感慨の裏にある、利潤としての子供という考え方を透かし絵のように見せてくれる。

川島武宜氏は、親からの「恩」に対して子が負うべき「孝」として、㈠「父母を尊みうやまうこと」、㈡「『立身出世』し、親と、そうして親や自分の属する『家』、との名をあげる義務」、㈢「親を養う義務は、孝のうちでももっとも重要な要素」、㈣「孝は子をつくる義務を含んでいる」（以上、傍点原文）と、四点を挙げている。[18] 佐伯や本多の長男についての記述から㈠は想像でき、「立派」という言葉には㈡のニュアンスが強く感じられる。「仕送り」が㈢に当たることは言うまでもない。佐伯や本多夫婦の長男達は、まさに孝行息子なのである。このような考え方は、儒教文化圏、特に〈家〉制度のもとでは極く普通の考え方だったのである。『門』の言説はあざとく言い立ててはいないが、御米のように〈家〉を棄てた人間にとって、このような考え方は、「恩」や「孝」といった思想《イデオロギー》の意匠をまとっては現れない。それが利潤としての子供という考え方なのである。

先の五章と七章との間にはさまれた屏風を売る話は、「商人」としての御米の感覚を示す恰好のエピソードとなっている。これは、勝田和學氏が言うように、宗助と祝福されない結婚をした御米にとって、今の二人の生活を対象化してしまうような宗助の〈家〉の記憶を忌避しようとする意志の現れでもあるが、[19] ここで注目しておきたいのは、〈家〉の記憶が経済原理にさらされる点である。しかも、値段が買い手と売り手の力関係や格によって決定されたり（六）、「素性」や「出」（九）が重視される品であるにもかかわらず、御米はとにかく六円から三十五円まで吊り上げることに成功するのだ。しかし、繰り返すが、この屏風は宗助にとってかけがえのないたった一つの〈家〉の記憶であった。〈家〉への執着を隠し持っている宗助は、事の本質を見抜いている。

けれども親から伝はつた抱一の屏風を一方に置て、片方に新しい靴及び新しい銘仙を並べて考へて見ると、此二つを交換する事が如何にも突飛で且滑稽であつた。　（六）

金銭に換算され、「交換」の場に引き出されてしまう〈家〉。宗助が坂井と親しくなったのも、盗難や屏風の売却といった〈流通〉によってだった。その結果、〈家〉の記念である屏風や弟の小六は坂井へ行ってしまうのである。一方、坂井では盗られた「記念《かたみ》」の「文庫」が戻って来るのも、何かの偶然だろうか。〈家〉としての実質を失っている野中宗助の〈家〉は、こうした経済活動でもろくも成し崩しに空洞化されざるを得ないのである。それは、「商人」としての御米の才覚がきっかけを作っていたのだ。

坂井が屏風を買ったことを知った宗助は、家へ帰っても「御米と清が台所で働く音が、自分に関係のない隣の人の活動の如くに聞えた」（九）。この時、宗助の心は、「自分がもし順当に発展して来たら、斯んな人物になりはしなかつたらうか」（十六）と考える、その坂井の家にあったのである。そこには、もし御米と結婚さえしなければあり得たはずの宗助がいる。御米は、屏風売却の発案者として、自ら知らずに内部から〈家〉をこわす力を働かせていたのである。

次男坊としての小六と商人としての御米の物語、欲望と金銭との対照は、男と女による〈家〉を内側からこわす力の質をはっきりと示すものとなっている。

「ちよつと散歩でも為て入らつしやい」（一、四）は、どうやら御米の口癖になっているらしい。御米はまた、どうして「山の手の奥」の住処で宗助と二人だけの日曜を過ごそうとしないのだろう。『門』の特に前半は、土曜の午後と日曜の時間で小説が構成されていると言ってもいい。平日は、宗助にとっては「六日半の非精神的な行動」（二）や「六日間の暗い精神作用」（三）としてしか認識されていない。それだけに、宗助は「暗い精神作用」を「只此一日で暖かに回復」しようと、日曜に「多くの希望」を投げ入れている。冒頭の宗助の姿勢は、将来を諦めた彼が、崖下の家で日曜を過ごすのにはふさわしい姿勢だったのである。あるいは、「二枚の芭蕉の葉と一対の白地の浴衣、それに花物の二鉢[20]」といった、対になったささやかなモノたちを御米と共有しながら、「小六の事を話した」り、「昼の話をし」（四）たりすることが、宗助にふさわしい夜の時間や日曜の過ごし方なのだ。ただし、これらは物語始発以前の夏の出来事であった。『門』の〈現在〉には、そのような時間は書かれていない。『門』は、宗助が、土曜と日曜の「回復」の時間を奪われる物語でもあったのである。しかし、それを宗助はほんとうに求めていなかったのだろうか。

東京と云ふ所はこんな所だと云ふ印象を、はつきり頭の中へ刻み付けて、さうして夫を今日の日曜の土産に、家へ帰つて寝やうと云ふ気になつた。（二）

都市は人々に様々な表情を見せる。しかし、宗助が「何時でも上の空で素通をする」暗い「六日間」の都市は、そっけない表情しか見せないだろう。労働者としての宗助には、都市は何も語りかけてはくれない。しかし、日曜の、消費者としての宗助には、都市は雄弁に語りかけて来る。まず、「平生」宗助の「気が付かなかつた」電車の「広告」が語りかけてくる。駿河台下でのウィンドー・ショッピングで見る「洋書」以下のモノたちもまた同様である。宗助の日々の生活の中にあるモノたちと比べて、いかにも花やかだ。宗助は、こうした都市が語りかける〈言葉〉を「土産」に家へ帰るのである。その〈言葉〉は、御米を喜ばせたに違いない。もっとも、この時宗助の買ったのは達磨の風船だった。買い物に、その人の都市へ同一化《アイデンティファイ》のし方（つまり、主体のあり方）が現れるのであってみれば、宗助は、確かに〈子供〉として都市にかかわっていたのである。

日曜の都市には、もう一つの特徴がある。平日が男（労働者）が主役の空間なのに対して、日曜の都市は女／子供（消費者）が主役の空間なのである。事実、この日宗助の乗った電車には、「御婆さん」「孫娘」「御神さん」という具合に女しか乗っていない様子だし、達磨の風船を売る露店では「子供衆の御慰み」と言いながら売っている。付け加えておけば、宗助が歯医者に行った土曜の午後にも、待合い室にいる三、四人は全て女だった。つまり、日曜（や土曜の午後）の都市の〈言葉〉とは、女たちの〈言葉〉だったのである。それは生産者や労働者のではなく、消費者の〈言葉〉である。御米の〈言葉〉とは、まさにそのような〈言葉〉だった。しかし、宗助はこうした女の言説が成り立つ時空を生きていながら、それを組織化することができない。宗助は、彼のまわりに張り巡らされた別の言説の網の目に絡み取られて行くからである。

「達磨」(二)「伊藤公暗殺」(三)「満州」(同)「満州か朝鮮」(同)「此間英吉利から来遊したキチナー元帥」(四)「風碧落を吹いて浮雲尽き、月東山に上って玉一団」(五)「論語」(同)「朝鮮の統監府」(七)「蒙古」(十六)――『門』に鏤められたこれらの〈言葉〉は、あるネットワークを形成している。実は、これらの〈言葉〉は、女ばかりの待合い室で、宗助がふと手にする『成効』(成功)という雑誌に、この頃実際に出ていたものか、あるいは出ていてもおかしくないものばかりなのである。たとえば、「達磨」は村上濁浪「禅学修養の実験」(明治四二年五月。なお、この一文には「禅と処世法」なる一章がある)、「伊藤公暗殺」は明治四二年一二月号の表紙「公爵伊藤博文君」(本文にも関連記事がある)、「キチナー元帥」は明治四二年一一月号(すなわち、宗助が手にしたと思しき号)[21]の表紙「英国元帥キッチネル将軍」、「風碧落を吹いて」の詩は清川乾々居士「明治四十三年度文学界未来記」(明治四三年一月)中の「風吹碧落浮雲尽/月上青山玉一団」、「論語」は毎日新聞主筆島田三郎「孔子教の研究」(明治四一年一二月)、「満州か朝鮮」や「朝鮮の統監府」「蒙古」などは『成功』が継続的に設けていた「海外活動」の欄などと、それぞれ直接、間接のかかわりがあると言えるだろう。安之助の発明熱も、明治四二年一一月号の特許局長の記事と間接的なかかわりがあろう[21]。

『成功』は、修養をベースとしながら、エリートではなく、庶民のささやかな立身出世に関する情報を提供する雑誌だったのだが、雨田英一氏の詳細な調査をもとにした論考[22]によって、『成功』の性格をもう少し詳しく見ておこう。雨田氏によると、『成功』は明治三五年一〇月に東京成功雑誌社から創刊、大正五年二月まで刊行された。発行者・主筆は村上濁浪(俊蔵)。創刊時には、次のような広告文を出していると言う（『実業之日本』明治三五年一一月）。

雑誌成功は立志成功の益友を以て任ずる空前の自助的雑誌なり志を立て名を成さんとする人之を以て唯一の良朋とすべく家を興し富を獲んとする人之を以て無二の益友とすべく処世の法と成功の訣とを知らんとする人之を以て暗夜の大燈台と為すを得べし読め満天下の士見よ満天下の人！（傍点省略）

つまり、「『立志成名興家獲富』という当時の『立身出世』」を手助けする雑誌だったのである。読者がほとんど男であったことは言うまでもないだろう。ただ、『成功』には「記者と読者」という、読者の質問に記者が答える欄があったが、この欄への投稿者には、帝大在学生や出身者はほとんど皆無で、また帝大への進学相談もほとんどないと言う。エリートには無縁だったわけで、宗助のような下級官吏には、ふさわしい雑誌だったのである。さらに、『成功』の一大特徴は修養を全面に押し出していることである。そのために、「『修養』教科書に匹敵するようなすぐれた修養雑誌」として、青年を「教育ないし指導・管理する立場」の人々からも大きな反響を呼んだ。そのような修養や自助のために禅が引き合いに出されることがしばしばあったわけである。『門』とのかかわりでもう一つ付け加えれば、この雑誌が「海外渡航・移民」を積極的に奨励していたことである。特に、明治四〇年頃から労働者の米国への渡航が難しくなっていたので、「清韓」への渡航希望が多かったと言うのだ。大学を中退して「満州」へ渡った安井、進学を諦めて「満州か朝鮮」へ渡ろうと考えたことのある小

六、「蒙古」へ渡った坂井の弟たちの選択は、帝大出身ではない庶民に残された一つの「立身出世」のためのコースと考えることもできるのである。以上のような、修養を基礎にした「立身出世」のための男たちの言説は（『成功』は、「男子たるもの」の気概をよく強調したと言う）、〈家〉の言説でもあったと言ってよいだろう。なぜなら、「立身出世」することは、個人が彼自身の力で「新しい家を形成していく」[23]ことに他ならなかったからである。

「論語に何かあつて」（五）、「論語にさう書いてあつて」（六）と御米によって「冗談」のような口調で語られてしまう『論語』、芸者が珍妙な解釈をする『ポッケット論語』（十六）。女の言説からみごとに相対化されてしまう『論語』を、宗助はたぶんありがたいものとして「久しぶり」に読み返している。宗助は、まちがいなく男の言説に生きているのだ。いや、小六の学資問題が知らず知らずのうちに、宗助にそのような選択を迫ったのだと言った方がいいかもしれない。そして、そのようなコンテクストの中で、彼はまたまちがいなく『成功』を手に取り、参禅へ赴くのである。「達磨」は言うまでもなく禅宗の始祖である。「達磨」の風船とは、子供の玩具であって、同時に、決して「覆らない」（三）い自助・養修のメタファーでもあった。宗助の苦悩は、いつでも、ささやかではあるが「立身出世」主義に反転し得る可能性を秘めていたのである。

もっとも、参禅の体験は、「達磨」の風船のように「しゆつと縮ま」って全く無に帰してしまったわけではない。確かに、「父母未生以前本来の面目」という公案に、宗助は言葉で答えることはできなかった。

彼は自分の室で独り考へた。疲れると、台所から下りて、裏の菜園へ出た。さうして崖の下に掘つた横穴の中へ這入つて、凝と動かずにゐた。（二十一）

冒頭の姿勢を思わせるポーズ。しかし、そのイメージはさらに拡大されている。ポーズは〈胎児〉に違いないが、全体としては墓のイメージを喚起するからである。〈生以前〉と〈死〉。冒頭近くの〈胎児〉と〈老人〉を思わせる姿勢が喚起するイメージは〈家〉を相対化する枠組となったが、参禅で宗助の見せる姿勢は、社会的な〈生〉をも相対化してしまう枠組となり得る。言葉で答えてはいないが、彼の身体は答えていたのではなかっただろうか。


お米は障子の硝子に映る麗かな日影をすかして見て、

「本当に有難いわね。漸くの事春になつて」と云つて、晴れ〳〵しい眉を張つた。宗助は縁に出て長く延びた爪を剪りながら、

「うん、然し又ぢき冬になるよ」と答へて、下を向いたまゝ、鋏を動かしてゐた。（二十三）

御米の佐伯へ行くようにという「催促」に対して、今度は手紙などにはせずに、「うん、思い切つて行つて来よう」ときっぱり答える宗助。「形式的」な戸主の役割を引き受けようと言うのだ。野中家は、もうすでに中の空洞な「形式的」な〈家〉でしかないからである。参禅の時の崖下の「横穴」でのポーズを宗助の身体は覚えている。それは、決して「覆らな」い「達磨」の

ように、〈家〉の不在に耐えぬく身体ではないだろうか。そう言えば、御米も、帰ってから、の宗助にあの「微笑」を一度も見せてはいないのだ。

劇としての沈黙

『道草』

『道草』における主人公健三の対他関係の構造はどのようなものだろうか。

健三の対他関係は様々な要因によって成立しているが、ここでは健三の、他者への働きかけと、他者認識[1]との二点について考察したい。その方法としては、健三の他者への働きかけを、さらに会話をも含めた健三の行動という身体的・個的なレベルと、〈交換〉という抽象化・制度化されたレベルとに分け、その位相差に応じて、概ね、前者においては健三とお住を軸に、後者においては健三とお住以外の人物を軸に検討し[2]、これを心身論的観点から意味づけ、健三の他者認識の在り方との関連を明らかにする方法を取った。

I　対他関係の構造

健三の行動の型の分析からはじめよう。

『道草』における夫婦関係の原型とも言うべき例が十章にある。風邪が治りかけた健三は、一旦会話をとぎらせてお住を〈追い出し〉てしまうが、手を鳴らして呼び戻す（追いかけ）。それがまた新たな対立を生み出し、再びお住を〈追い出す〉ことになる。ところが、次にお住が粥を持って来るとほとんど食欲のなかった健三は「それでも彼は何故だか床の上に起き返つて」（十一）その粥を食べる（受容）。これに類似した場面は以下何回か繰り返されている。(3) また、自分から書斎に籠ってしまい（逃避）、あるいは書斎に入って来る子供達を叱っておきながら（追い出し）、手を差し延べないお住に対し、あるいは自分に寄り付かない子供達に対し、「物足りない心持を抱いてゐた」（九）健三が、或時お住に「女は子供を専領してしまふものだね」（八十三）と問い質そうとするのは、〈離反〉と〈接近〉との間が時間的に離れている例である。

〈離反〉と〈接近〉のどちらか一方が具体的な行動に至らずに内化（内面化）した場合、一つの行動に二重の意味が託されることになる。〈接近〉の方が内化すれば、「内心に無事を祈りながら、外部《うはべ》では強ひて勝手にしろといふ風を装」（五十四）うことになり、〈離反〉の方が内化すれば「彼は征服されると知りながらも、まだ産褥を離れ得ない彼女の前に慰藉の言葉を並べなければならな」（八十三）くなる。しばしば繰り返されるお住と健三の相互沈黙や〈非行為〉(4) は、〈離反〉と〈接近〉が両方同時に内化した場合に起こる彼等の行為であると考えられる。一章で、「何にも打ち明けなかつた」健三は、「打ち明け」たかったのだし、二十一章で、アルバイトの給料を無言で放り出したのもお住の「嬉しさう」な顔を見たかったという意味が込められている。この沈黙や〈非行為〉は、〈拒否〉であり同時に〈追いかけ〉て来ないお住への不満と見做す事ができよう。このように、健三の行動は二面性を帯びていることが多いので、彼自身にとっても自分の行動はどこかよそよそしいのであり、お住には「仮装」（五十四）と映るのである。

以上のような健三のお住に対する対応の変化は、健三の気分の「上り下り」（五十四）と、お住の態度・反応とによって決定されている。五十四章の場合は、お住の〈ヒステリー〉への「怖れ」・「悪《にく》」しみと健三の不機嫌とが〈離反〉を外化し、八十三章では、お住が「産褥を離れ得ない」という健三の認識が〈離反〉を内化し、一章では健三の不機嫌が、二十一章ではお住の「無愛嬌」が健三の〈非行為〉を増幅していると考えられる。したがって、お住が、「死んだつて構はない」（八十二）という捨て鉢の表情を見せる場合にせよ、「笑つて取り合は」（八十四）ぬ場合にせよ、健三の働きかけを〈受容〉しようとしない場合には、健三の気分は対象を失い、「人が斯んなに心配して遣るのに」（八十二）「御前が困らなくつても己が困る」（八十四）と、「手前勝手」（同）な態度として空回りせざるを得ない。さらに、お住の反応が全く期待できない場合、すなわち健三の働きかけをお住が「沈黙」をもって総て〈受容〉してしまう時は、彼の気分は「憎悪」（五十四）に、お住が〈ヒステリー〉の時は〈拒否〉、「天に祈る時の誠」（五十）に分極化して現れる。

これは健三の気分の不安定さを示しており、さらに彼の気分が他者との関係性と何らかの関わりがあることを予想させるが、この二点については次節で述べる。

お住に対する態度に比べれば、他の登場人物に対する健三の態度は単純であり、消極的・受動的・間接的である。これはお住と並ぶ副主人公とこれまで見做されて来た島田についてもそうである。

冒頭、健三は道で島田に会っても声もかけない〈拒否〉にもかかわらず、お夏やお住に島田の暮らし向きを聞いてまわるが、この〈追跡〉は六十、六十一でも繰り返される。一方、島田が来れば必ず会い、また島田の要求をずるずると受け入れるのである（受諾）。しかし会えば「冷淡に近い受答へ」（十六）をし、早く帰ればよいという態度を示す（四十九）。したがって、この場合健三は〈離反〉の方を内化させているというよりも、受動的に島田を受け入れていると見るべきであろう。島田が「迷惑さうな健三の体を見ても澄まして」（十七）いるような人物なので、健三は自分の働きかけが島田に受けとめられることを期待していないのである。それは、島田の前で時折見せる健三の沈黙が〈拒否〉という一つの意味しか物語っていないことによく現れている。同じ沈黙でも、島田に対するそれは、お住との関係の中での沈黙のように様々の意味を帯びていないのである。その他の人物についても、健三は島田の事以外ではほとんど能動的に自分から関わろうとしておらず、親戚付き合いはお住の役目である。

このようにして、健三は他者と即かず離れずの関係を保っているのだが、『道草』に現れたもう一つの他者への働きかけ、すなわちより社会化されたレベルのそれとして、〈贈与〉に対する〈返礼〉を往復運動のように繰り返す〈交換〉がある。吉田凞生氏は、『道草』における〈家族＝親族〉間の「現実的な行動と思惟」を「『互恵的交換』作用」として論じたが、(5) ここでは一歩進めて、社会化された、そして他者への働きかけとしての〈交換〉という観点から捉えてみたい。そもそも〈交換〉とは、個的な生《なま》の人間関係の在り方を形式化・制度化し、心的部分を疎外することで永続化しようとした象徴的行為であると考えられるからである。

栗本慎一郎氏は、経済人類学の立場から、人間の経済活動の基軸の一つである〈交換〉は、実は

「経済的な動機を持たない社会的行為である」として、〈交換〉を次のように定義した。(6) 栗本氏によれば、交換の原型は一方的贈与だが、贈与は本来、物を与える事を目的としておらず、受け手を「圧倒」(7)しさえすればよいとされている。そこで受け手は「圧倒」されるだけでは社会的安定を喪失するので、そうしないために返礼を是非必要とする。その返礼が一般的支払い手段（例えば貨幣がそれである）として確立していない物品によってなされた場合が交換なのである。したがって交換とは「贈与の行為の一つの変形」であり、「その交換における返礼上の時間的ずれがある形態を貸借とか信用供与」と呼ぶのである。このように交換は贈与の変形であるがゆえに、それは参加者にとって一種の「ソシアル・コミュニケーション」たり得るのである。(8)

　島田夫婦の幼い健三への〈贈与〉は、明らかに相手を「圧倒」することを意図している。また健三と再会した島田が、健三の紙入を「こんだ要る時にや、私が頼んで上げませう」（五十六）と申し出たり、健三に無心を始める前に「李鴻章」の書の〈贈与〉を申し出たりするのも（四十六）、彼が〈交換〉の原理に生きている事を示している。お夏もまた同様であり、「他《ひと》から物を貰へば屹度それ以上のものを贈り返さうとして苦しが」（八十五）り、「客の顔さへ見れば、時間に関係なく、何か食はせなければ承知しない」（五）し、健三に小遣の増額を要求する直前にはやはり「達磨の掛物」（六）を健三に〈贈与〉しようと試みる。もちろん「江戸名所図絵」（二十五）を健三に貸したがり、頼まれた事は何でも安請合する比田も、島田の「李鴻章」の一件を正確に「無心」（四十七）と結び付けることのできたお住も例外ではない。

　しかし、健三だけは彼らとの〈交換〉の場に参加しようとしない。彼は「他《ひと》を訪問する時に殆ど土産ものを持参した例のない」（八十五）男であり、「李鴻章」の書も「達磨の掛物」も「江戸名所図絵」も一切受け取ろうとせず、お夏の〈返礼〉の習慣も「形式的」（八十五）として退けている。〈贈与〉の申し出を〈拒否〉しているのである。逆に、長太郎に「袴」（三十三）を貸したのも、岳父に「外套」（七十二）を贈ったのも、お夏から「切地」（八十五）を贈られお礼をするのも、実際の参加者はお住であり、いずれの場合もそれを聞いた健三には一種とまどいの色が見える。健三が受け取るのは、無理強いされた鮨（六）であり、軽蔑すべき安物の盆栽でしかない（五十五）。

健三が行なうのは彼らに金銭を与えることだけである。もちろん金銭の〈贈与〉も〈交換〉の一手段たり得るはずだが、相手からの〈贈与〉も受けず、〈返礼〉——四百円を用立てた岳父に対し「嘸嬉しがるだらうとも思はない」（七十五）ことに示されているように、感謝という形での〈返礼〉さえ期待しない健三の〈贈与〉は、〈交換〉となるべき契機が彼の主観として失われていることを意味していると言ってよい。あるいは、金銭は常に「『支払い』の意味機能を持つだけ[9]」だとすれば、健三は意味もなく支払い続けているのである。何故なら、島田に関してなら本来の意味での〈返礼〉は既に実父の手によってなされているからであり、他の人物についても、健三の主観として恩義を感じていない以上、他の人物が行なっているのと同質の〈交換〉ではあり得ないからである。

阿部謹也氏は、「モノの交換の背後には、本来人格と人格のふれあい」があるが、「貨幣はモノと違って人格の刻印を帯びてい」ないとして、「モノ」の〈交換〉と「貨幣」での〈交換〉との間にはっきりと区別を立てている[10]。「モノ」には、ちょっとした「紙入」（五十三）や「紫檀の机」（九十九）にも思い出が纏わり付き、あるいは贈与者の人格が刻み込まれるために、その〈交換〉は健三のとまどいを誘うが、金銭なら岳父に用立てても「何の方面に何う消費されたか」(七十五)無関心でいられるし、逆に他者に無関心なまま消費できる(八十六)。友人から借金をすることに、健三は何のためらいも示さない(七十四)。これは健三の金銭への関わり方の特性を示していると考えられる。健三は金銭の〈交換〉に対しては共同性を持たないのである。すなわち、本来〈交換〉の一手段であるべき金銭の贈与が、健三においては〈交換〉としての意味が剝奪され、自己完結した行為として意味付けされている。健三は金銭を与えることで最小限の関係を保ちつつ(接近)、金銭贈与から〈交換〉の意味を脱落させることで、他者との関係を〈拒否〉しているのである。

このように、〈交換〉たるべき往復運動を塞き止められた所に、「遣らないでもいゝ」のに金銭を「遣った」(百二)という形で、健三には「己は精一杯の事をしたのだ」(七十五)という自足感や「好意」(百二)が生じる。だから健三の金銭の〈贈与〉は、主観として恩義を感じていないことの埋め合わせたり得るのである。[11]

このことは同時に、健三が現在彼に与えられている〈役割〉を最小限しか果たしていないことをも意味している。G・H・ミードは、人が〈役割〉を引き受けることは自我形成に不可欠であるとして、「ある人にかれの自我の統一をあたえる組織化された共同体もしくは社会集団を、『一般化された他者』とよんでよかろう」[12]と言っているが、『道草』における健三の「一般化された他者」とは、先の吉田氏の論考に従えば〈家族=親族〉であり、そこで健三が引き受ける〈役割〉とは、彼自身「活力の心棒」とか「親類中で一番好くなつてゐると考へられるのは猶更情な」(三十三)いとか考えていることでも明らかなように、〈保護者〉であると規定できよう。

ところが、健三がこの〈役割〉に対して抱く感情は「苦痛」（二十四）や「悲し」み（三十三）でしかなく、金銭を与えることしかせず、親戚付き合いもあまりしない彼は、この〈役割〉を十分に果たしているとは言い難い。それは次のような理由によっている。

第一の理由は、健三の〈役割〉がほかならぬ〈保護者〉だからである。そもそも〈役割〉とは関係性の社会的な現れであるが、〈保護者〉と〈被保護者〉の関係は、〈支配〉〈被支配〉関係という形でそれを最も露わにするので、健三の言う〈自然〉と背反するからであろう。逆に彼の言うイデーとしての〈自然〉とはそのような形での関係意識を超越した、中性的・中立的な心的状態であると考えられる。いわば、生の〈感情〉や〈気分〉がそのまま人間関係となり得る立場である。(13)

第二の理由は、〈役割交換〉に対する健三の関わり方に求められる。健三は彼の親族の中ではじめから〈保護者〉の〈役割〉を担っていたわけではなく、お住を除外すれば、かつての健三は『道草』に登場する彼の親族の総てに対して〈被保護者〉だったはずである。ところが、現在は、それが劇的な形で逆転しているのである。

健三がお住と結婚する頃の岳父は、遠い所での結婚式で健三の用意した俗な団扇を「所相応だらう」（七十二）と言い放つ程、明らかに健三より社会的な「優者」（二十四）であった。しかし、健三に借金の申し込みをする現在の岳父は「健三に対して疑もなく一時的の弱者」（七十三）である。かつて健三の卒業式に薄羽織を与えた長太郎は、今は健三から袴を借り（三十三）、あるいは仕事の首繋ぎを依頼しなくてはならないし（三十四）、比田も今は慇懃な態度で健三に接するのである。健三が金銭を与えている島田、お常、お夏については言うまでもないだろう。

健三は時間の経過によるこのような〈役割〉の逆転を容認していない。市川浩氏は、「〈役割〉とか、〈地位〉とか、人間関係における〈位置〉」という「多かれ少なかれ交換可能な非人格的なもの」の〈交換〉を通して、抽象化した形で他者を認識するレベルを〈役割交換〉と定義している。[14]これは他者との関わり方として見れば、栗本氏の言う〈交換〉と同じ位相にあると考えられる。とすれば、健三の〈拒否〉している〈役割〉の〈逆転〉とは、〈役割交換〉という抽象化されたレベルでの共同性を他者と共有することなのである。例えば、健三がお住の〈形式〉を憎むのも、〈形式〉が二人の共同性を抽象化するので、健三の「淋しさ」が癒されないからだと考えられる。

さて、以上見てきた通り、健三の他者への働きかけは、具体的な行動レベルにおいても、社会的〈交換〉レベルにおいても、基本的に〈離反〉と〈接近〉の繰り返しであり、さらに、後者のレベルにおいては、健三は社会的な〈役割交換〉も含めてその共同性に参加していない。これはどのような意味を持っているのだろうか。この問題については、次のような心身論的観点を手がかりに考察を進めよう。

〈論理〉とはより反省意識的な、それゆえ精神の方向に対象化された〈情緒〉であり、〈情緒〉とはより前意識的な、それゆえ身体の方向に対象化された〈論理〉であると考えることができる。[15]

（傍点原文）

〈論理〉と〈情緒〉とについてのこのような考え方は、健三の〈接近〉から〈離反〉へ、〈離反〉から〈接近〉へという往復運動を解読する鍵となり得る。技巧・形式的・頭の悪さへの批判（対お住）、人格上の嫌悪（対島田・お常・その他の人々）という〈離反〉は、いずれも道徳的な、より精神的な理由によっている。これは身体中に「論理《ロジック》」（九十八）があるとまで言う健三には大変明確に意識されている。一方、お住についての「物足りなさ」や「淋しさ」、島田についての「厭だけれども正しい方法」（十一）「義理が悪い」（十九）という〈接近〉は、より身体的な理由による。お住についての「淋しさ」は言うまでもないが、島田についても、より精神的な認識を明確化する健三においては、より身体的な欠如感は、前述したような「恩義相応の情合」（十五）が欠けているという否定的な形か、あるいは欠けていることについての苛立ちや、それを「不義理」（十三）とする認識として現れざるを得ない。であってみれば、健三の、「義理が悪い」（十九）「己は御前とは違ふんだ」（五十六）という理屈が、お住には「意味が能く通じ」（同）ないのも当然であろう。健三が言いたいのは「三分の一の懐かしさ」（二十九）のことだからである。

　これを要するに、健三はより情緒的なレベルでの欠如感のために他者に〈接近〉し、より論理的なレベルでの道徳的な嫌悪感によって他者から〈離反〉するという自己矛盾を繰り返しているのであって、「平静な会話は波だつた彼の気分を沈めるに必要であつた。然し人を避ける彼に、その会話の届きやう筈はなかつた」（五十七）ということになる。この自己矛盾は、健三の関係性の意識が、より反省意識的に働けば他者への嫌悪感として現れ、より前意識的に働けば人間関係における欠如感として現れることを意味し、健三の自己と他者との間の断絶の意識が、二つの異なった位相として現れたものに他ならないことを示している。と同時に、健三が人間関係を、より身体的なレベルにおいて回復しようとしていることも物語っている。それが、健三が社会的なレベルでの共同性に参加しない理由の一つでもある。したがって、より身体的なレベルにある健三の〈感情〉や〈気分〉の不安定さが、彼の人間関係の危うさを決定していると考えられるのだが、それはどのような〈感情〉や〈気分〉なのだろうか。

II　気分の現象学

健三の作中人物に対する〈感情〉は、正負の二極に分裂している。例えば、お夏について健三は次のように感じている。

古い額を眺めた健三は、子供の時の自分に明らかな記憶の探照燈を向けた。さうして夫程世話になつた姉夫婦に、今は大した好意を有つ事が出来にくゝなつた自分を不快に感じた。（四）

ここにあるのは、対他的な意識であるよりは、むしろ健三の対自意識であり、それは「世話になった」過去の自分と、現在その事に感謝できない自分との間の断絶の意識として現れている。前述したように、この意識は特に島田に対して強く働く。島田に会うのは「厭だけれども正しい方法」（十一）だという健三の認識がそれである。しかし断絶を意識することは健三にとって「不快」なものであるために、彼はこの意識を「然しそんな事を忘れる筈がないんだから、ことによると始めから其人に対して丈は、恩義相応の情合が欠けてゐたのかも知れない」（十五）として、自己の過去と現在とにおける差異を、過去を現在に一致させる事ではぐらかす。このように時間的要素を漸次、空間的要素、すなわち自己と他者との質的差異に組み換えてゆけば、「忌み嫌ふ念は昔の通り」（四十五）「昔の因果」（六十三）「人格の反射から来る其人に対しての嫌悪の情」（十三）（以上対お常・島田）、「不愉快」（七十三）（対岳父）となり、さらに「教育」の違い（三、六十七）（対親類）として、あるいは自分と島田とは「魚と獣程違ふ」（四十七）として、健三は断絶意識を正当化できる。これに対して、時間的な要因による過去の自己と現在の自己との差異を対他関係に転移しない場合は、「他人の生活に似た自分の昔」（四十四）として自分の過去の方を拒絶しなければならない。ここから抽出できるのは、次の二つのことがらである。

第一は、健三の自己同一性の問題である過去と現在との断絶意識と、倫理的問題——ここでは他者認識の問題である自己と他者との断絶意識——との間には密接な関連があり、場合によっては相互転換する可能性を推定できること、第二は、健三は現在を過去によって相対化する視点を持ち得ていないということである。

ところで、この二重の断絶意識は、冒頭に「気が付かなかった」（一）とあるように、健三には明確には対象化されていない、あるいはしたくないものなので、ある意味で山崎正和氏の言う〈気分〉——〈不機嫌〉[16]に近い。それゆえ健三は、「厭な奴だ」「実に厭な奴だ」（五十六）と、この断絶意識を一つの〈感情〉の如く増幅させることもできるし、逆に他者との関係の認識をこの〈気分〉で埋め尽すこともできるのである。さらには、自己の生の連続性の再認識としての回想、他者との関係性の回復としてあるべき回想は、健三にとって常に強いられた形を取る。[17] 例えばベルグソンの「記憶に関する新説」（四十五）を青年に話す一節は、健三自身の、回想が強いられたものであるという自覚に基づいていよう。

健三が、時間的な断絶意識を空間化、すなわち個人的な対他関係の領域に転移すれば、欠如感が現れる。しかし健三は欠如感を時間的に、しかも社会的に埋めようとする。健三は、自己の過去から逃げ回っていながら（三十八）、仕事の上では「未来ばかり望んで」（四十五）いる。しかし、彼の望む未来は決して彼の手には入らない。「一歩目的へ近付くと、目的は又一歩彼から遠ざかる」（二十四）ので、彼は時間に対する「守銭奴」（三）のように働かなくてはならないのである。健三の言う「牢獄」（二十九）とは、このような、健三と時間との関係をイメージとして空間化した所に成り立つ喩、すなわち時間性と空間性の相互転換の可能性を示す喩である。

健三が、このような時間と空間とにおける二重の断絶意識を持つのは、彼のナルシスティックな他者認識の在り方によっている。

市川氏によると、ナルシシズムは「自己意識そのものの本質的な構造に根ざしている」。すなわち、「自己が実体ではなく、他者との関係および自己自身との関係においてある関係的存在であるかぎり、われわれもまた自己自身との再帰的関係に閉じこもることによって、実体がもつような、堅固で不可侵の自己同一性に到達したいという潜在的な欲望をもっている」のだと言う。[18]「自己意識」を「自分自身による自分自身についての意識性とほかの誰かの観察の対象としての自分自身についての意識性である」[19] とすると、ナルシシズムとは、例えば鏡に自分自身を映す事によって、鏡の中の自分と鏡の外の自分という形で「自己意識」の二面性を自分一人で同時に演じてしまうことだと言えよう。〈鏡〉に映った自己の像の方に注目すれば、健三にとって、他者は自己の生の断絶を写しだす歪んだ像であると言ってよい。健三は、自己の生の時間的な断絶から来る「不快」を、自己と他者との空間的な断絶から来る他者への「憎悪」に置き換えていると見做し得る。例えば、「みんな金が欲しいのだ。さうして金より外には何にも欲しくないのだ」（五十七）という健三の他者認識は、少なくとも彼らが〈交換〉の場としての共同性を共有していると考えられる以上、特に「金より外には何にも欲しくないのだ」の方は、客観的根拠を持てない。そればかりか、健三は、逆に彼らに金銭しか与えてない自分への自己嫌悪という彼の自己了解を、対他的な関係に転移させることで正当化しているのである。この究極は「己の責任ぢやない」（五十七）という開き直りにも似た感想であろう。一方〈鏡〉を見ている自己の方に注目すれば、

「自分も兄弟だから他から見たら何処か似てゐるのかも知れない」

斯う思ふと、兄を気の毒がるのは、つまり自分を気の毒がるのと同じ事にもなつた。（三十七）

というように、健三の他者認識は彼自身へ戻って行くことが多い。お夏に代表される病弱な親類の中にあって、健三が自己を「成し崩しに自殺する」（六十八）と認識するのはその典型である。これは関係性を自己了解性に転移した場合である。

いずれにせよ、これらの自己了解性と関係性との相互転換は〈鏡〉の周辺の出来事にすぎない。す

なわち、健三の二重の断絶意識は、彼が自己同一性を、現在とここという狭い範囲で保とうとしている事を示している。

さて、以上の考察によって、前節で述べた健三の〈自己矛盾〉の反復が、容易に〈不機嫌〉として固着する理由も理解し得る。健三の人間関係における嫌悪感や欠如感という自己と他者との断絶意識が、彼の時間的自己の断絶意識と相互転換することは、この嫌悪感や欠如感が、彼の時間的自己の断絶意識の対他的な現れ方にすぎないことを意味するからである。そして、そのような自己の生の不安がすなわち〈不機嫌〉なのである。[20]

この様な健三のナルシスティックな他者認識の在り方は、彼の人間関係の把握の危うさとして現れざるを得ない。なぜなら、自己が「関係的存在であるかぎり、私は私のアイデンティティを維持するために、自己確認のみならず、他者による確認を必要とする」[21]からである。その危うさは、より対他的には、健三の、お住がやつれたことについて、その罪を自分一人で引き受ける形での反省意識と(三十)、「緋鯉」に象徴される他者に自分が引き込まれる「怖れ」(三十八)とのゆれとして現れ[22]、より対自的には、既に水谷昭夫氏に指摘があるように[23]、「落付のない態度で」、しかも「規則のやうに」(二)通勤する矛盾として現れていると考えられるが、以下健三の他者認識の位相を検討することで、彼の他者認識の在り方をさらに明瞭にしておきたい。

前節でも述べたように、〈役割交換〉とは、他者を〈役割〉という抽象化した形で認識する、他者認識の一つのレベルでもあるのだが[24]、健三の〈役割交換〉が円滑にゆかないもう一つの理由は、そのナルシスティックな他者認識の在り方によっていると考えられる。『道草』における〈役割交換〉は、

〈保護者〉と〈被保護者〉との時間的逆転であったが、その逆転を健三の主観として見れば、「今昔の感」（三十三）として現れる。

斯んな談話を聞いてゐると、健三も何時か昔の我に帰つたやうな心持になつた。同時に今の自分が、何んな意味で彼等から離れて何処に立つてゐるかも明らかに意識しなければならなくなつた。（二十八）

健三は一面では「昔の我に帰つたやうな心持」になる。言い換えれば、回想的気分の中では、かつての〈役割〉に戻ることができる。それが持続するためには、時間が連続していなければならないのだが、二重の断絶意識を持つ健三にはその持続は不可能である。事実、今引用した一節においても、昔の「心持」はすぐさま自己と他者との距離感、すなわち関係の断絶意識にとってかわられている。そうなれば、健三は〈過去〉を現在の自己に繰り込み、いずれ時間的自己の断絶意識——〈不機嫌〉の中に閉じ籠もるだろうことは、火を見るよりも明らかであろう。〈過去〉が「突然現在に変化」（二十九）するのは、健三が〈過去〉を自分の〈過去〉として引き受けたからではなく、時間性と空間性との相互転換によって、常に関係性が〈過去〉を現在化する結果としてである。

ちなみに、お住と健三以外の登場人物の他者認識は、概して〈役割交換〉レベルにとどまっている。例えばお常は、彼女は自分の娘婿を捉まへて愚図だとも無能《やくざ》だとも云はない代りに、毎月彼の労力が産み出す収入の高を健三の前に並べて見せた。恰も物指で反物の寸法さへ計れば、縞柄だの地質だのは、丸で問題にならないと云つた風に。（八十七）

というように、自分の「娘婿」を、ただ自分を〈養う者〉という目でしか見ない。比田夫婦の、養子である「彦ちゃん」に対する認識も同様である。

それでは、健三にとって可能な他者認識とは、どのようなレベルにあるのだろうか。それは、市川氏によれば〈相互主観〉である。「相互主観性の世界は、私が他者を意識の対象としてとらえ、かつ自分が他者の意識の対象となっていることを自覚することをとおして把握される」。このような「主客の視点の交換可能性」の自覚は、自己の身体が、見るものであり同時に見られるものであるという両義性を持つことを認識させ、そのことによって人格的な自我は交換不可能な存在として自覚され、同じく交換不可能な人格としての他者認識に到ると言う。例えば、「ほほえみや赤面や顔のこわばりは、対他身体（見られている自己――石原注）を介して生成する相互主観的な場を設定する」。他者の赤面は、自己が他者を見ていることと同時に自己が他者に見られていること（だから他者は赤面したのである）を意識させる。それがまた自己の「赤面を呼ぶ」のである。そこに一つの〈共同主観〉が形成される。[25]

ここで大切なのは、「主客の視点の交換可能性」の自覚と、〈共同性〉の二点であろう。これを他者認識において平凡な言葉で言えば、健三が他者に対したときに自己を対象化できる度合の差であると言えよう。それはまた、健三の相手への期待、すなわち共同性を持ち得る度合に応じて、相手を他者として認識できる度合の差と相関している。その差のはっきり現れている例を挙げよう。島田とお住とについてである。まず健三が島田に出合った場合である。

彼の位地も境遇もその時分から見ると丸で変つてゐた。黒い髭を生して山高帽を被つた今の姿と坊主頭の昔の面影とを比べて見ると、自分さへ隔世の感が起らないとも限らなかつた。（一）

健三は珍しく過去によって彼の現在を相対化しているが、それでも彼の自覚している自己の変化は、「位地」「境遇」といった〈非人格的〉な〈役割〉についてである。しかもこれ程自己の変化を自覚していながら、そういう現在の自分が島田にどう見えるかについては考慮の内にない。この後でも健三はただ島田が自分よりよい身なりをしていればいいと思うにすぎない。

お住の場合はどうであろうか。

彼は今の自分が、結婚当時の自分と、何んなに変つて、細君の眼に映るだらうかを考へながら歩いた。（二十九）

健三はお住の視点を取ることによって、自己の変化を対象化し得ている。もっとも、これ程はっきりした例は『道草』全体でここだけである。また、健三の、見られているという意識だけなら冒頭の島田の眼差の意識もある。しかし、そこには共同性がない。そこで再び健三とお住の〈非行為〉が問題となる。

その後で烈しい噎が二つ程出た。傍にゐる細君は黙つてゐた。健三も何も云はなかつたが、腹の中では斯うした同情に乏しい細君に対する厭な心持を意識しつゝ箸を取つた。細君の方ではまた夫が何故自分に何もかも隔意なく話して、能働的に細君らしく振舞はせないのかと、その方を却つて不愉快に思つた。（九）

ここでは「黙つてゐ」るお住の、「何も云はなかつた」健三の、〈非行為〉というそぶりがお互いにしかも同時に、そのそぶりを見ていることと見られていることの両義性を保ちつつ、お互いの心に響き合うのである。前節で、健三の〈非行為〉を〈離反〉と〈接近〉の同時に内化したものだと述べたが、ここでも健三の〈非行為〉には「黙つてゐ」るお住への反感と同情を求める心とが同時に表現されている。このような二重性は、お住の〈非行為〉にもそのまま見て取ることができる。これが〈非行為〉に一つの象徴としてのはたらきを与える結果となっている。

象徴と言えば、健三がヒステリーと判断している、お住のヒステリー症状もまた象徴である。笠原嘉氏によると、ヒステリーは「未だ権威と服従というタテの価値体系が完全に温存され、同時に人間的連帯も密」な世界で「権威的ではあってもけっして冷酷ではない強力者の直接的庇護の下」にある人物の病である。しかもヒステリー症状が一つの象徴である以上、それを解読すべき「均質の情緒、共有の非言語的交通《ノンバーバル》をもった隣人が必要」であり、それは「一種の消極的暴力」なので「他者を捲きこみ、他者に献身を要求し、罪責感をかきたて、他者の自由をうばう」と言う。(26) これは恰も健三とお住の関係そのままではないだろうか。

健三は明らかに〈個〉としてのお住を求めつつ、一方でそのような他者としてのお住の存在が厭わしく、彼女を〈妻〉という〈役割〉に閉じ籠めようとする（七十二）「権柄づく」（十四）な夫であるし、お住もそれを表面上容認している。健三自身の言葉に従えば、彼は「冷刻な人間ぢやない」（二十一）。また今述べたように、二人は〈非行為〉という否定的な形での「非言語的交通」の共同性を共有しているし、お住のヒステリー症状に対する健三は「献身」的・自責的である（七十八）。お住のヒステリー症状は、「権柄づく」な健三に対する人間としての反逆だと言える。

サルトルは、他者を「私にまなざしを向けている者」(27)としている。これを他者認識のレベルにおいて言えば、視覚は最も対象化作用の強い知覚なので、人は自分が対象化されているのを意識することによって他者を認識できるという意味であろう。――お住の目からヒステリーの光が出ると健三はそれを「怖れ」、同時に「劇《はげ》しくそれを悪《にく》」（五十四）んでいるが、これはお住が何よりも他者として健三の前に現れたことを示していよう。そう言えば、健三は島田に〈眼差される〉ことをひどく嫌っていたし、逆に島田への嫌悪を〈眼差す〉ことによって表現していた（四十六、九十）。一方、健三が、お住に対して「天に祈る時の誠と願」（五十）をもって接するのは彼女がヒステリーの時に限られる。ヒステリー時では、お住の眼は閉じられているか、もし開いていても「生きた働きが欠けて」（同）いるので、健三は自己の内にある「感傷的《センチメンタル》な気分」（同）を生のままで二人の関係に転移できるのである。だからこそヒステリーは二人の関係の「緩和剤」(七十八)となるのだが、「然し其眠りがまた余り長く続き過ぎると、今度は自分の視線から隠された彼女の眼が却つて不安の種にな」(五十一)るのは、やはり健三の他者認識の不安定さを示している。お住のヒステリー症状が明らかに以上のように健三に受け止められ、例えば「嚏」一つにさえ意味が付与され象徴となり得る濃密な人間関係を二人が作り上げていることは注目すべきだろう。すなわち「互に顔を見合せた彼等は、相手の人相で自分の運命を判断した」(七十九)のである。

問題は、二人が〈共同主観〉を〈非行為〉という不安定な形でしか形成し得ない点にあろう。これは、二人の共同性が具体的な相貌の知覚という身体性を介して形成されていることにも示されているように、二人が、より身体的レベルにおいて関係を保とうとしていることによっていると考えられる。すなわち、健三が、自己了解としての〈不機嫌〉という否定的な〈気分〉を生のままでお住との関係に転移させ、またお住もそれに同調している結果なのである。(28)

III 関係としての病

思えば、『道草』は、神経衰弱の夫とヒステリーの妻の物語であった。ことに、お住のヒステリーに、この夫婦の関係が象徴されている。

神経衰弱もヒステリーも明治の中頃から頻繁に使われはじめた言葉で、極端に言えば、精神的障害や原因不明の身体的障害が、男に起こると神経衰弱、女に起こるとヒステリーということにされてしまう。あげくのはてには、男がちょっとでも煩悶の様子を見せれば神経衰弱、女が少しでも興奮しようものならヒステリーと呼ばれていたようだ。少し前のノイローゼ、現代のストレスと同じ位、日常的に気軽に使われていた言葉なのである。ただし、あたかも不治の病であるかのような、どこか暗い響きをもって。

漱石の小説を見渡してみると、神経衰弱は『明暗』を除いてほぼ満遍なく登場する。主人公の男たちは、二、三の例外のほかはどうやらほとんど神経衰弱の患者ということになる。もっとも、狩野謙吾という医者の『神経衰弱の予防法』（明治三九年四月、新橋堂書店）には、神経衰弱は「文明の病」であって、社会が複雑になるにつれて、また「勤勉」の度合が増すにつれて増加するものだと説かれていたから、多少は「名誉の病」という趣があったのかもしれない。こうした「文明の病」の象徴としての神経衰弱を最も熾烈に生きたのが、『行人』の長野一郎であることは改めて指摘するまでもないだろう。

一方、ヒステリーは、ほぼ『道草』に集中していて、しかも、健三とお住夫婦の鍵となる重要な要因となっているのである。『門』など他の小説の例もいくつかあるが、大抵のところはヒロインの言動の形容程度にとどまっている。

『道草』の時代のヒステリーはどのように説明されていたのだろうか。実は、ヒステリーに関する啓蒙的な文章は、大正期に入ってから目立つようになる。明治二一年に創刊された『婦人衛生雑誌』でも、こうした傾向は顕著であるし、国会図書館に収められている二冊のヒステリーについての概説的研究書（?）も、大正期のものである。そして、それらの多くには、現在の常識からするとかなり奇妙な記述が目立つ。

たとえば、中村芳助「上流の婦人に多き病」（『婦人衛生雑誌』大正二年四月）は、「神経病」が「上流の婦人」に多いとするが、「三叉神経痛」の原因の一つに「歇斯的里《ヒステリー》」をあげる一方、「比斯的里」（表記もまちまち）は「官能性の神経病」で、「精神の甚しき興奮、失望、苦慮、特《こと》に不適当なる生活及び教育、生殖器の疾患」を原因としてあげてもいる。中村は医学士ということになっているが、ここからは、いくつかの偏見や固定観念を見て取ることができよう。まず、この説明がヒステリーは女性のいわゆる「血の道の病」という俗説から遠く離れてはいないこと。次に「生活及び教育」をヒステリーと結び付けていることである。前者の傾向が根強くあったことについては多言を要さないだろうが、後者の説明も意外に広く信じられていたのである。この事例には事欠かない。先にあげた書物のうちの一冊、杉江董『ヒステリーの研究と其療法』（大正四年七月、島田文盛堂）はこの時期の最もまとまった研究書だが、「無教育のものは、教育のあるものに比して、何等かの原因により、一層迅速にヒステリーを起す」という説を紹介し、また、「教育」のあるものはヒステリーに対して抵抗力があるかのように説いている。この書物が、ヒステリーは「都会人」や「中上流社会」に多いとしているだけに、かえって「教育」に関する記述が浮き上がって見えるのである。こうした偏見や差別的な言説に出会うと、ふと『道草』の健三が投げかける「無教育」な者への視線を思い出してしまうのだ。むろん、ストーリーの中で、その視線の特権性自体が脱構築されて行くのだが、お住を「馬鹿」と極めつけて憚からず、彼女の文学趣味を軽蔑する健三の視線は、この偏見や差別を共有してはいなかっただろうかと思うのである。だとすれば、お住のヒステリーの身体は、こうした偏見や差別にさらされつつ、一方で身体をかけてそれらに抗っていたのだ。それは、身体によって行なわれる熾烈な闘争ではなかったか。

お住に現れる、朦朧状態、ヒステリー弓、自殺企図などは、教科書通りの典型的な症状だと言ってよい。先の『ヒステリーの研究と其療法』の記述にもピタリと当てはまる。しかし、ヒステリーの原因については、当時はまだ曖昧な説明しかなされていなかったことを考えると、この激烈な症状は、ヒステリーをまず身体の病として認識させたのではないだろうか。生殖器をはじめとする身体的な障害がヒステリーの原因とされがちな傾向も、そのためだったに違いない。だからこそ、健三もまた身体を通してお住に語りかけなければならなかったのだ。「彼は能く気の毒な細君の乱れかゝつた髪に櫛を入れて遣つた。汗ばんだ額を濡れ手拭で拭いて遣つた。たまには気を確にするために、顔へ霧を吹き掛けたり、口移しに水を飲ませたりした」。あるいは、「或時の彼は細君の鳩尾《みぞおち》へ茶碗の糸底を宛がつて、力任せに押し付けた。それでも踏ん反り返らうとする彼女の魔力を此一点で喰ひ留めなければならない彼は冷たい油汗を流した」(七十八)と。こうした健三の行為は、ヒステリーに対して何の治療的意味も持ってはいないだろう。ことに、ヒステリー弓に対してなぜ「茶碗の糸底」などで押さえ込むような乱暴な所作が必要だったのか、ほとんど不可解と言う外ない。ただ彼は、お住の身体に、身体で語りかけるより外なかったのだ。それは、身体によって行なわれる熾烈なコミュニケーションではなかったか。

先に引いた笠原嘉氏の説明からもわかるように、ヒステリーとは、他者の現前を大前提とする関係の病なのである。これは、まさに『道草』の夫婦関係そのままである。だが、笠原氏は、最近のヒステリーからは激烈な症状が消えてしまったとも述べている。お住のような患者はもう日本にはほとんど存在しないのである。ヒステリーのような「間接話法」は消滅しつつあるというわけだ。

こうした現在のヒステリーのあり方と比べてみると、お住と健三のヒステリーをめぐるかかわり方には、いかに重く、言葉では語れない程の希求が込められていたかがわかる。それは、濃厚な身体の対話だと言ってよい。『道草』のヒステリーは、ほとんどラブシーンのようにあった。

注

『坊っちゃん』の山の手

（1）北岡誠司訳「芸術テクストの《枠》」『現代思想』'79・2。
（2）『思想としての東京』'78・10、国文社。
（3）「山の手の変貌―東京の点描―」『文学』'85・11。
（4）国立教育研究所編『日本近代教育百年史　第四巻　学校教育2』'74・3、財団法人教育研究所。
（5）『鹿鳴館の系譜』'83・10、文芸春秋。
（6）小森陽一「裏表のある言葉―『坊っちゃん』における〈語り〉の構造―」『日本文学』'83・3～4（のち「『坊っちゃん』の語りの構造」『構造としての語り』'88・4、新曜社）はその典型。
（7）前掲（4）『日本近代教育百年史　第四巻』。なお、残りの五校のうち三校は文学系の学校で、理学の学校は、物理学校と順天求合社の二校である。
（8）「評釈・『坊っちゃん』」『国文学』'79・5（のち「『坊っちゃん』評釈」『「坊っちゃん」の世界』'92・1、塙書房）。

（9）前掲（4）『日本近代教育百年史　第四巻』。同書によれば、明治四〇年の時点で、中学入学者中、高等小学校第四学年修了者は四二パーセント、同三学年修了者は三八パーセント、つまり高等小学校第二学年修了者はわずか一八パーセントだったと言う。その結果、ストレートに進学すれば一七歳で入学になるはずの高等学校の入学者の実際の平均年齢は一九歳一〇か月になっているのである。

（10）後に大正八年の大学令によって私立の大学が正式に認められるまで、早稲田大学や慶応義塾大学でさえ、名称は「大学《（ママ）》」であっても制度上は専門学校であった。

（11）小野一成「『坊ちゃん』の学歴をめぐって—明治後期における中・下級エリートについての一考察—」『戸板短期大学研究年報』第28号、'85・10。「物理学校」についてのデータの一部はこの論文に依る。

（12）前掲（4）『日本近代教育百年史　第四巻』。「物理学校」や「専門学校」に関するデータは同書にも依っている。なお、小野一成氏によると（注10）、当時教員の国家試験（検定試験）の合格率は一〇%程度で、数学についてはほとんどゼロに近いので、〈坊つちゃん〉は、その頃全教員の四割は存在した無資格教員の一人だったと考えるのが自然だと言う。

（13）前者は、片岡豊「〈没主体〉の悲劇—『坊つちゃん』論—」（『立教大学日本文学』第39号、'77・12。なお、本稿は片岡論に有益な示唆を得ている）、後者は、越智治雄「見えない意味」（『群像』'76・3）の指摘による。

（14）明治一九年公布の「師範学校令」「尋常師範学校卒業生服務規則」による。さらに、この一〇年間のうちの五年間は、知事の指定する学校に勤める義務があった。

（15）この変化を言葉の問題として論じたすぐれた論考に、前掲（6）「裏表のある言葉—『坊っちゃん』における〈語り〉の構造—」がある。

（16）「『渡りもの』の教師たち—『坊っちゃん』ノート—」『武蔵大学人文学会雑誌』通巻51号、'82・3。

（17）エドワード・サイデンステッカー、安西徹雄訳『東京　下町山の手 1867-1923』'86・3、ティビーエス・ブリタニカ。

（18）『乱歩と東京　1920　都市の貌』'84・12、PARCO 出版局。

(19) 実際、有光隆司氏が指摘するように、彼は「悲劇」の本質にかかわることなどできてはいないのである(「『坊っちゃん』の構造―悲劇の方法について―」『国語と国文学』'82・8)。

(20) 川嶋至氏は、映画化された『坊っちゃん』のラスト・シーンが生徒の見送りの場面であることに注目して、「最後を師弟愛のオブラートで包んだ」のだとしている(「学校諸説としての『坊っちゃん』」『講座夏目漱石　第二巻』'81・8、有斐閣)。清の物語は、ちょうどこのオブラートの役割を果たしている。

イニシエーションの街

(1) 北岡誠司訳「芸術テクストの〈枠〉」『現代思想』'79・2。

(2) 「夏目漱石『三四郎』―本郷」『幻景の街―文学の都市を歩く』'86・11、小学館。

(3) この中学校令が発令された当時の森文部大臣の言葉によれば、高等中学校は「社会上流ノ仲間ニ入ルベキモノ」、「社会多数ノ思想ヲ左右スルニ足ルベキモノ」を養成する学校、尋常中学校は「社会ノ上流ニ至ラズトモ下流ニ立ツモノ」ではなく、中流社会で「最実用ヲ為スノ人」を養成する学校として考えられていた。つまり、尋常・高等の二つの中学校はそのまま接続するのではなく、はっきりと役割が分けられていて、しかもそれは社会階層に対応させて考えられていたのである(『学制百年史』'72・10、文部省)。だとすれば、高等中学校が、尋常中学校とは分離し、エリート養成校として東京帝国大学の進学校への道を歩むのは当然の成り行きであった。

(4) 当時の教育制度では、高等女学校(明治三七年頃の在籍者数は約二万八千五百人)、実業学校(同、四万人)が中学校と、専門学校(同、二万八千人)、高等師範学校(同、千三百人)が高等学校とほぼ同年代の学生の通う学校であり、師範学校(同、一万三千人)が、ほぼその中間に位置していた。師範学校は小学校教員の養成を目的としていたから、これを一応高等教育に組み込むと、中等教育を受ける学生の総数は一六万八千五百人、高等教育を受ける学生の総数は五万二千三百人なり、それぞれ同年代の中では、約一二人に一人、二三人に一人ということになる。この方が現在の中等教育や高等教育の概念には合うかもしれないが、少なくとも高等教育に関する限り、当時は高等学校と帝国大学は別格だったと考えるべきであろう。

(5)『通過儀礼』綾部恒雄・裕子訳、’77・6、弘文堂。

(6)『国文学　解釈と鑑賞』’84・4(のち『『三四郎』の世界　漱石を読む』’95・6、翰林書房)。

(7) 以前、「『国から母を呼び寄せて、美しい細君を迎へて』と夢想する三四郎が長男であることはまちがいないだろう。彼は、たぶん父親が三十四歳の時の子だから三四郎なのである」(「次男坊の記号学」『国文学　解釈と鑑賞』’88・8)と書いたところ、京都女子大学の工藤哲夫氏から、益田勝実氏に次のような指摘があるとの御教示をいただいた。厚くお礼申し上げたい。その指摘とは、「わが国の習俗では、親が四郎で、子がその二男ならば四郎次郎、五男ならば四郎五郎と呼ばれる。三郎の四男の三郎四郎は、つづめて三四郎ともいう。夏目漱石が自分の作品に登場させた主人公三四郎は、ある家族のなかのそういう座標点をもつ人物だった。」(「『山男の四月』」『作品論宮沢賢治』’84・7、双文社出版)というものである。工藤氏も判断を保留しておられる通り、『三四郎』中にどちらの決め手もない。ただ、「三四郎の家では、年に一度づゝ村全体へ十円寄付する事になつてゐる」(九)という家が三男の家だろうかという疑問は残るし、上三人の兄が死亡していれば別だが、「国から母を呼び寄せて」と夢想する三四郎が跡取り息子であることもやはりまちがいないだろう。そこで、代々続いた家に父親が三四歳でやっと生まれた跡取りという意味合いを、三四郎という名から読み取りたいのである。ところで名前と言えば、野々宮宗八や佐々木与次郎は跡取りの名ではないが、「長」の字に「艸冠が余計」(四)に付いた「萇」の名は、広田がまさに「余計」者の長男であったことを暗示してはいないだろうか。もちろん、十一章で語られる母の不義の話とのかかわりである。そう考えれば、広田は「上京した男」と言うより「家を捨てた男」というべきだろう。いずれにしろ、名前に関しては試論である。

高等教育の中の男たち

（1）「淋しい人間」『ユリイカ』'77・11。
（2）「猿股の西洋人──『こころ』の一描写について」『新潮』'88・2。
（3）国立教育研究所編『日本近代教育百年史　第四巻　学校教育2』'74・3、財団法人教育研究所。
（4）竹内洋『立志・苦学・出世』'91・2、講談社現代新書。ピエール・ブルデュー『ディスタンクシオンⅠⅡ』石井洋一郎訳、'90・4、藤原書店。ロジェ・シャルチェ編『書物から読書へ』水林章ほか訳、'92・5、みすず書房。「慣習《ハビトウス》」については、これらの書物に多く学んだ。
（5）前掲（4）『立志・苦学・出世』参照。
（6）「唐めいた趣味」とは中国風の文人趣味のこと。したがって先の「詩集」（下四）や「詩」（下十一）とは、漢詩集や漢詩である。つまり、男の趣味なのである。
（7）前掲（4）『立志・苦学・出世』参照。
（8）前掲（3）『日本近代教育百年史　第四巻』参照。中山茂『帝国大学の誕生』'78・1、中公新書。
（9）「食卓の風景──明治四十年代」『季刊文学』'91・1。

博覧会の世紀へ

（1）『国語と国文学』'88・8（のち『漱石　文学の端緒』'91・6、筑摩書房）。
（2）ブライアン・ロトマン『ゼロの記号論』西野嘉章訳、'91・2、岩波書店。
（3）『共通感覚論』'79・5、岩波書店。
（4）黄寅秀訳「ダブル・バインド　精神分裂病論のために」『現代思想』'81・9。

(5) これをもう一歩進めれば、叔父による遺産の管理になる。父の弟、つまり叔父による遺産の横領は、漱石文学に繰り返し現れるテーマであった（『門』『こゝろ』）。
(6)「パリ——十九世紀の首都」『ヴァルター・ベンヤミン著作集6』川村二郎訳、'75・9、晶文社。
(7) 吉見俊哉『博覧会の政治学』'92・9、中公新書。
(8) 鹿島茂『絶景、パリ万国博覧会』'92・12、河出書房新社。
(9)『商工世界太平洋臨時増刊　東京勧業博覧会』明40・3、博文館。
(10) 同前。
(11)「『虞美人草』論」『漱石研究』'87・9、有精堂。

語ることの物語

(1) この書簡における文体選択の重要性は、すでに相原和邦氏によって指摘されている（『漱石文学の研究——表現を軸として』'88・2、明治書院）。
(2)「『行人』の語り手と聴き手」『古典と現代』57、'89・9。
(3)「『彼岸過迄』の構造——運命のアイロニーとその超脱——」『作品論夏目漱石』内田道雄・久保田芳太郎編、'76・9、双文社（のち『漱石　その反オイディプス的世界』'93・10、翰林書房）。
(4) その残酷なまでの物語が『こゝろ』であることは言うまでもないだろう。
(5)「須永の話」や「松本の話」が、G・ジュネットの言う「擬似物語世界の物語言説」（花輪光、和泉凉一訳『物語のディスクール』'85・9、書肆風の薔薇）であることは言うまでもない。
(6)「仮象の街」『都市空間のなかの文学』'82・12、筑摩書房。なお、この前田論をふまえた、余吾育信「すでに彼岸を過ぎるテクスト——指示対象《レファラン》の喪失／差異化の生成——」（『文研論集』第十二号、'86・10）からも示唆を得た。

（7）内田道雄「『彼岸過迄』再考」『古典と現代』55、'87・9。
（8）「『彼岸過迄』の構造」『文学論藻』六十二号、'88・2。
（9）「漱石『彼岸過迄』論—時間と自己の構造—」『弘前大学　近代文学研究誌』第三号、'89・6。

階級のある言葉

（1）この最後の問いに関する直接の答えはテクストにはない。物語内容の指し示す時間については「明治四十二年以降の明治『四十何年』」（「彼岸過迄」）の夏から翌年の夏までの出来事」（須田喜代次「『行人』論(1)—新時代と『長野家』—」『大妻国文』第20号、'89・3）とほぼ特定できるが、たとえば『こゝろ』の手記の書かれた時が、この小説が『朝日新聞』に発表された大正三年以降でもかまわないように（中本友文「『こころ』の「私」／漱石の一人称小説の〈語り〉」『高知大学学術研究報告』第三十八号、'89・12）、『行人』の手記も大正元年に書かれたと考えなくてはならない理由はないのである。だからこそ、いつ書かれたのかという問いが本質的な問いとなり得るのである。
（2）内田道雄「『行人』の語り手と聴き手」『古典と現代』57、'89・9。
（3）G・ジュネット、花輪光、和泉涼一訳『物語のディスクール』'85・9、書肆風の薔薇。
（4）「『行人』の構成—二つの〈今〉二つの見取り図—」『国文学研究』第百三集、'91・3。
（5）穂積陳重『隠居論』'15・3、有斐閣書房。
（6）この点に関しては、飯田祐子「〈長野家〉の中心としての《母》—『行人』論のために—」（『名古屋近代文学研究』第七号、'89・12）にすぐれた指摘があるが、過渡期としての長野家という視点を欠いているために、ややスタティックな整理《モデル》になっている。
（7）二郎にはただ幸せそうにだけ見えるお貞も、お重から見ると「あんなに心配してゐる」（「帰つてから」八）。また、彼が岡田家の「下女」の言葉に違和感を覚えているのも、それがただ「此土地に親み」がないからだけなのだろうか（「友達」十二）。

（8）「交通する人々」『日本の文学』第8集、'90・12、有精堂。

（9）こうした「家族的共有言語」の質については、藤沢るり「『行人』論・言葉の変容」（『国語と国文学』'82・10）から有益な示唆を得ている。

（10）見合いと恋愛の問題に関しては、水村美苗氏のすぐれた論考から示唆を得た（「見合いか恋愛か夏目漱石『行人』論〔上・下〕」『批評空間』1〜2、'91・4、7）。なお、「男女相択ぶの説」（西村茂樹『女学雑誌』）などは明治の二〇年代から既に進歩的な改良主義者によって説かれていたわけだが、この頃になると穏健派を自認する者まで婚前の交際を力説している（一例として、東京高等師範学校教授佐佐木吉三郎『家族改良と家族教育』大6・6、目黒書店）。

（11）「お兼さんは何時の間にか」という言い方が二度繰り返されていることからそれがわかるが、二郎自身、お兼さんに「知らず〳〵注意を払つてゐた」ことを告白している。

（12）坂口曜子『魔術としての文学　夏目漱石論』（'87・10、沖積舎）に既に指摘がある。なお、当時の医学的啓蒙書の一つには、六種の避妊法が挙げられている（久慈直太郎『医学上より見たる婦人』大3・2、南江堂書店）。

鏡の中の『三四郎』

（1）池田浩士氏は「教養小説」のテーマを「ひとりの人間の成長過程を描くこと」としている（『教養小説の崩壊』'79・6、現代書館）。

（2）「『三四郎』論の前提」『国文学　解釈と鑑賞』'84・8（のち『『三四郎』の世界　漱石を読む』'95・6、翰林書房）。

（3）以下、「自己コミュニケーション」の論理については、Yu・ロトマン、磯谷孝編訳『文学と文化記号論』（'79・1、岩波書店）によった。

（4）例えば、「奇麗な手が二の腕迄出た。担いだ袂の端からは美しい襦袢の袖が見える」（四）など。

（5）ラカンの説の記述には以下の本を参照した。ジャック・ラカン、小出浩之ほか訳「鏡像段階論」、小出浩之「解説」『岩波講座　精神の科学　別巻』'84・3、岩波書店。ジャック・ラカン、佐々木孝次ほか訳『エクリ　I〜III』弘文堂、'72〜'81。佐々木孝次『ラカンの世界』'84・11、弘文堂。

（6）したがって、ラカンによれば、「無意識は（言語共同体としての）他者からの言葉」なのである。

次に、ラカンの考え方をはっきりさせるために、彼の公安した「シェーマL」という図に、我々に近しい言葉を付け加えて掲げてみた。

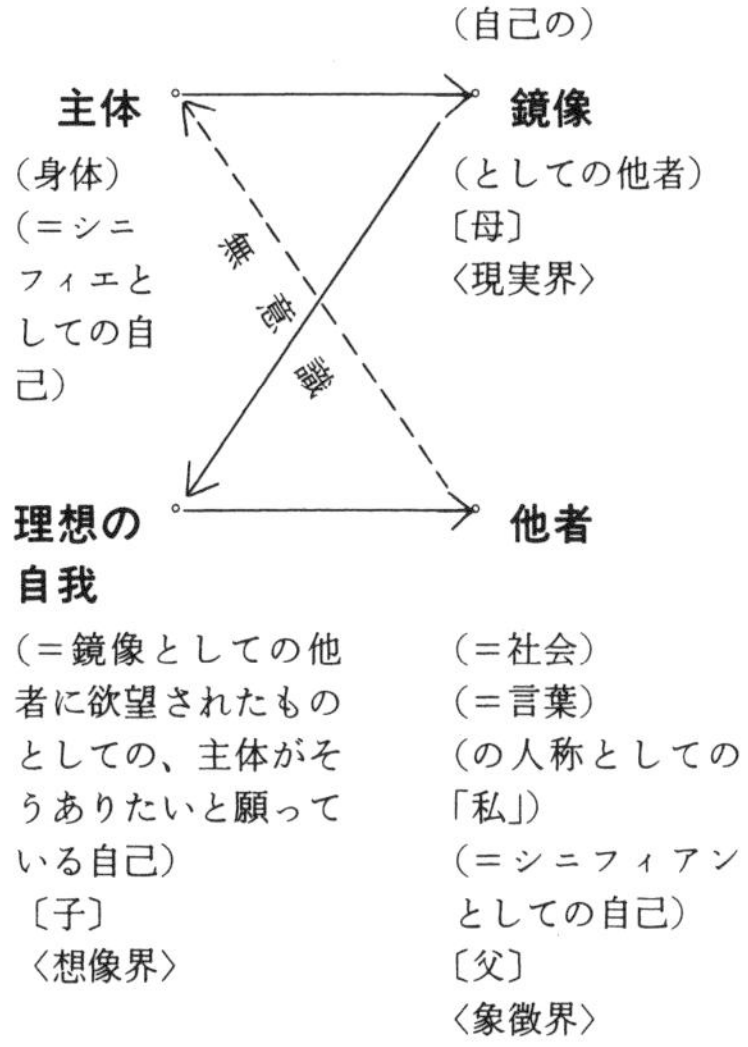

（7）「『三四郎』の母――〈森の女〉をめぐって――」『国文学研究』第七十二集、'80・10。

眼差としての他者

（1）『こゝろ』を「倫理」の物語として読む読み方は、テクストを、提出されたコードそのままに、言わば語りの「表層」しか読んでいないのである。そこで本論では、先生とKとの葛藤の劇を、先生の遺書における語られた物語そのものの位相（物語の層）において読む方法を採っている。この位相においては、語りの表層のコードによって与えられる、先生の生き方は崇高なものだという像は、先入観として排除される。なお、この点に関しては次章「『こゝろ』のオイディプス――反転する語り」で論じた。

(2)「意識と自然――漱石試論（I）」『畏怖する人間』'72・2、冬樹社。

(3) 松浪信三郎訳『存在と無　第二分冊』'58・2、人文書院。

(4) 遠藤祐「こころ」『夏目漱石必携』'67・4、学燈社。

(5) 阪本健二・志賀春彦・笠原嘉訳『ひき裂かれた自己』'71・9、みすず書房。

(6)『漱石の芸術』'42・12、岩波書店。

(7) 畑有三「心」『国文学』'65・8。

(8) 重松泰雄「Kの意味――その変貌をめぐって」『国文学』'81・11（のち『漱石　その歴程』'94・3、おうふう）。また、村上嘉隆氏も、Kによる「他者の絶対排除」を指摘し、「Kこそが最初の加害者であった」（傍点原文）とする（『漱石文学の人間像――自我の相剋と倫理――』'83・4、哲書房。

(9) 前掲（7）「心」。

(10) 菅野圭昭「実践報告　夏目漱石　『こころ』Kの死について――」（『国語通信』190号、'76・10）と、浅田隆「漱石『こころ』私解――Kの死因をめぐって――」（『奈良大学紀要』第八号、'79・12）が、この説を採っている。

(11) 越智治雄「こゝろ」（『漱石私論』'71・6、角川書店）、熊坂敦子「『こゝろ』の世界」（『夏目漱石の研究』'73・3、桜楓社）。

(12)「淋しい人間」『ユリイカ』'77・11（のち『山崎正和著作集』第7巻、'81・11、中央公論社）。

(13)『個人主義の運命――近代小説と社会学――』'81・10、岩波新書。

(14)『漱石の心的世界』'82・11、角川書店。

(15) ただし、その際の先生の自信のなさからくる「猜疑心」による躊躇は、お嬢さんや奥さんの「策略」を許す要因となっている。

(16) ここで再び語りの位相について触れておけば、先生がコードとして提出する「倫理」は、「世間的」な目から見ればKの自殺は全てが先生の責任ではないのにもかかわらず、先生は「明治」に固有の過剰な「倫理」をもってKが負うべきはずの責任までも引き受けてしまった、という「倫理的に潔癖」な先生による罪の物語を喚起することで先生の「K殺しのモチーフ」というほんとうの「罪」を覆い隠してしまう機能を果たすことになるのである。そのために先生には「明治の精神」という言葉が必要だったのである。一方、青年の語りの表層は、「策略家」としての妻(静)の像が先生の語りの表層における「罪」を半減させてしまうことも、また、表層の「罪」の下からほんとうの「罪」が見えてしまうことも回避するような方向付けがなされているのである。

『こゝろ』のオイディプス

(1) 沢崎浩平訳『テクストの快楽』'78・4、みすず書房。

(2) 「『こゝろ』の方法と構造」『日本文学』'81・5(のち『漱石文学論考—後期作品の方法と構造—』'87・11、桜楓社)。

(3) 『鑑賞日本現代文学 第5巻 夏目漱石』'84・3、角川書店(のち『三好行雄著作集 第二巻 森鷗外・夏目漱石』'93・4、筑摩書房)。

(4) 『漱石の芸術』'42・12、岩波書店。

(5) このような論を挙げておくと、「精神的親子」(瀬沼茂樹『夏目漱石』'62・3、東京大学出版会)「精神上の、あるいは魂の上での親子」(三浦泰生「漱石の『心』における一つの問題」『日本文学』'64・5)などだが、他に、「精神的同族意識」(熊坂敦子「『こゝろ』の世界」『夏目漱石の研究』'73・3、桜楓社)「精神的同族」(江藤淳「明治の一知識人」『決定版夏目漱石』'74・11、新潮社)という言い方もある。越智治雄氏もこれらの論をふまえている(「こゝろ」『漱石私論』'71・6、角川書店)。

（6）越智治雄氏、前掲（5）「こゝろ」。
（7）「こころ」『国文学』'69・4。
（8）秋山公男「『こゝろ』の方法と構造―補遺―」『立命館文学』第四三五号、第四三六号・合併号、'81・10（前掲『漱石文学論考』）。
（9）前掲（2）「『こゝろ』の方法と構造」。
（10）このような語りの位相に無自覚だと、酒井英行氏のように、先生の「倫理」に疑問を抱いても、結局それに「嫌悪感」を表明するだけで終わってしまうことになる（「『こゝろ』―「先生」への疑念―」『早稲田大学高等学院研究年誌』第23号、'79・3、のち『漱石 その陰翳』'90・4、有精堂）。
（11）「『こゝろ』の構造」『文学界』'73・9（のち『小説家夏目漱石』'88・5、筑摩書房）。
（12）「意識と自然―漱石試論（Ⅰ）―」『畏怖する人間』'72・2、冬樹社。
（13）石井和夫氏も、青年の語りに頻出する「若さ」に注目しているが、おそらくは従来の、青年の語りに若さが強調されるのは漱石に現在ある『こゝろ』以後の世界を描く構想があってのことだ、という構想変異説に引きずられて、若さを『道草』と結び付けてしまっている（「『こころ』―〈無名の死〉をめぐって―」『一冊の講座夏目漱石』'82・2、有精堂）。ちなみに、青年の語りにおいて「若」いという言い方は十五回出て来る。
（14）青年の語りの中で「解らない」「不得要領」などの表現は、十二回も使われている。
（15）「『こころ』の一考察」『日本文学』'71・9。
（16）青年の語りの中で、先生の笑いは十四回記述されている。
（17）注（14）参照。語りの表層では青年の側からの先生の「近づき難い不思議」（上六）であったものが、物語の層では先生の側からの「解る」ことへの誘いかけに反転するのである。
（18）黄寅秀訳「ダブル・バインド 精神分裂病論のために」『現代思想』'81・9。
（19）前田耕作訳『火の精神分析』'74・9、せりか書房。
（20）このような考え方をかなりはっきりと打ち出しているものに次の四つがある。松本洋二「『こゝろ』

の奥さんと御嬢さん」(『近代文学試論』第17号、'78・11)、寺田健「お嬢さんの〝笑い〟―漱石『こゝろ』の一視点」(『日本文学』'80・7)、秋山公男「『こゝろ』の死と倫理―我執との相関―」(『国語と国文学』'82・2、のち前掲(2)『漱石文学論考』)、米田利昭「『こゝろ』を読む」(『日本文学』'84・10、のち『わたくしの漱石』'90・8、勁草書房)。また、相原和邦氏もお嬢さんの技巧に注目している(『こゝろ』の人物像」『漱石文学の研究』'88・2、明治書院)。

(21) 前掲(3)『鑑賞日本現代文学 第5巻 夏目漱石』。

(22) 誤解のないように言い添えておけば、私は、青年が『こゝろ』という小説を「朝日新聞」に発表しているなどと言いたいのではない。それは、まちがいなく漱石の仕事だ。青年が先生の禁止を破り、先生の遺書を「公表」しようとするのは、あくまで『こゝろ』というテクストの中での出来事である。また、三好氏は、先の引用の「妻が生きてゐる以上は」(下五十六)という一節から、もし遺書が「公表」されたとするなら、それは静(お嬢さん)の死後のことであるとするが(「ワトソンは背信者か――『こゝろ』再説」『文学』'88・5)、この考えは、「奥さんは今でもそれを知らずにゐる」(上十二)という一節を無視している。静が生きているからこそ、こう言えるのだ。この「今でも」とは、青年がこの「手記」を書いている、まさにその「今」なのである。

(23) 秋山氏が、前掲(20)「『こゝろ』の死と倫理―我執との相関―」で、既にこの点に触れている。

(24) 前掲(19)『火の精神分析』。また、清水孝純氏が「『こゝろ』その隠蔽と暴露の構造」(『夏目漱石必携II』'82・5、学燈社、のち『漱石 その反オイディプス的世界』'93・10、翰林書房)において、『こゝろ』とソフォクレスの『オイディプス王』とをつなげて考察しているが、「『上』の〈隠蔽〉と、『下』の〈暴露〉の構造」とあるように、平板な図式に還元してしまっている。

(25) 逆に、静に対して「信仰に近い愛」しか持っていないと言う先生は、静をほんとうに犯すことはできなかったはずである。ここにも静の「処女性」の暗喩がある。

（1）実際には「誰か慌たゞしく門前を馳けて行く足音がした時、代助の頭の中には、大きな俎下駄が空から、ぶら下つてゐた」と始まっているが、少し後で、代助が門野に「郵便は来て居なかつたかね」と尋ねるところをみると、冒頭の「足音」は郵便配達夫のものであることがわかる。もっとも郵便配達夫は「俎下駄」を履いてはいない。夢による変形と考えておく。

（2）「明日午前会ひたし」という平岡と、「急ぐ用事でもない」という父とを比べれば、三年ぶりに会う平岡を優先させるのは極く自然な選択のはずである。

（3）「イデオロギーとしての『孝』」『イデオロギーとしての家族制度』'57・2、岩波書店。

（4）明治民法の第七四七条には、「戸主ハ其家族ニ対シテ扶養ノ義務ヲ負フ」とある。ちなみに、「家族」とは「戸主ノ親族ニシテ其家ニ在ル者及ヒ其配偶者」（同第七三二条）を言う。明治民法は「家」についての概念規定を避けているが、この場合の「其家」とは、「わが民法に於いて家と称するのは戸籍上の集団である。即ち戸籍簿に戸主とせられまたその家族とせられる者の一団を家といふのであつて、実際の家族的協同生活がその間に存在すると否とは問題でない」（中川善之助「家族法概説」『家族制度全集　法律篇第四巻　家』'38・2、河出書房）というのが、戦前からの法学者の定説である。

（5）上野雅和「扶養義務」『民法講座　第7巻　親族・相続』'84・12、有斐閣。

（6）第七五二条に、「戸主ハ左ニ掲ケタル条件ノ具備スルニ非サレハ隠居ヲ為スコトヲ得ス　一　満六十年以上ナルコト　二　完全ノ能力ヲ有スル家督相続人カ相続ノ単純承認ヲ為スコト」とある。

（7）明治民法の第九五七条参照。

（8）明治民法では、父母の同意のない婚姻届は戸籍吏が受理してはならないことになっていたし、もし誤って受理しても、父母は裁判で取り消させることができたのである（第七八三条）。ただし取消権は、父母が婚姻を知ってから六か月経つか、そのまま二年経つか、または追認することによって消滅したので（第七八四条）、今は死語に近いが、「駈け落ち」をすることで第七八四条の規定を引き出そう（多くはしぶしぶの「追認」であろう）とする者が後を絶たなかったのである。それも叶わない者は内縁関係にとどまることになったので、父母の同意権のあり方は、大正期に入ってからの民法改正の際に大きな問題となった。ただし、推定家督相続人ではない代助が、法的な「分家」をしていれば話は別である。なぜなら、「分家」をしていれば代助はその分家の戸主となるので、婚姻の際の父母の同意もいらないし、親権からも離脱できる上に、多少優先順位は下っても扶養される権利と遺産相続権は残るからである（舟橋諄一「分家」、前掲（4）『家族制度全集　法律篇第四巻　家』）。「一戸を構へ」（三）と言い、青山の実家を「本家」（三）と呼ぶところには、代助が「分家」をしているかのようなニュアンスがないわけではないが、「分家」には戸主の同意が必要なので（第七四三条）、いくら「驚く程寛大」（三）になった長井得でも、自分の代助に対する戸主権ばかり失なわれ義務だけが残る「分家」をそうそう認めるはずがない。むしろ、「独立の出来る丈の財産が欲しくはないか」（九）の「独立」を「分家」の意に解し、「子供に嫁を持たせるのは親の義務」だと言う得の押し付けがましさに、まだ残された戸主権を見る方が自然である。

（9）得には、父母としての同意権が消滅しても戸主としての同意権は残ることにはなるが、戸主の同意を欠いた婚姻届でも本人が希望すれば受理されたし（第七七六条）、罰則は「離籍ヲ為シ又ハ復籍ヲ拒ムコトヲ得」（第七五〇条）とあるだけである。戸主の同意権は婚姻そのものの有効要件ではないのである。

（10）明治民法では「家族ハ戸主ノ意ニ反シテ其居所ヲ定ムルコトヲ得ス」（第七四九条）とし、これに従わない家族に対しては、戸主は「扶養ノ義務ヲ免」れ、また「離籍スルコトヲ得」としている。

（11）前掲（4）「家族法概説」。また、青山道夫『日本家族制度の研究』（'47・7、巌松堂書店）の居所指定権についての解説にも依っている。

（12）この章の代助の感性の記述が、吉田凞生氏のすぐれた論考「代助の感性——『それから』の一面——」（『国語と国文学』'81・1）をふまえていることは言うまでもない。拙論のタイトルは、吉田氏が末尾で提出している「家族変動小説」の視点をもじったものでもあるのだが、同時に拙論は、氏の論考がややスタティックな構造化になっているのに対して、物語の時間を導入することで、その構造化モデルの脱構築を試みたものでもある。なお、平岡敏夫氏に、「『それから』の代助こそは『家』と『家庭』のはざまにいる人間である」（『日露戦後文学の研究　下』'85・7、有精堂）という指摘がある。
(13)「『それから』の構造――〈花〉と〈絵〉の機能の検討から――」『国文学　言語と文芸』第100号、'86・12。
(14)「指環」というモノの持つ記号論的な意味から三千代の情念を炙り出したすぐれた論考に、斉藤英雄氏の「『真珠の指輪』の意味と役割――『それから』の世界――」（『日本近代文学』第29集、'82・10、のち『夏目漱石の小説と俳句』'96・4、翰林書房）があり、本論も有益な示唆を得ている。
(15)同じ十三章に、もっとはっきりした例がある。いわく、「然しそれは眼の前にゐる平岡のためだと固く信じて疑はなかつた。」あるいは、「自分と三千代の関係を、平岡から隠す為の、糊塗策とは毫も考へてゐなかつた。」と。
(16)二度目の「待合」行きについては斉藤英雄「代助と『芸者』――『それから』の世界」『文芸と批評』'89・9（のち、前掲(14)『夏目漱石の小説と俳句』）による。
(17)デビッド・クーパー『家族の死』（塚本嘉壽・笠原嘉訳、'78・6、みすず書房）中の用語。クーパーの言う「家族語」は、フロイト思想によって「家族」や自我について語ることを指している。
(18)十三章に、「天意には叶ふが、人の掟に背く恋は、其恋の主の死によつて、始めて社会から認められるのが常であつた。彼は万一の悲劇を二人の間に描いて、覚えず慄然とした。」とある。

言葉の姦通

(1)「テクストの細部／物語の切片」『近代小説研究必携』'88・8、有精堂。
(2)この点に関しては前章「反＝家族小説としての『それから』」で指摘した。

（3）花の分析にあたっては、アト・ド・フリース『イメージ・シンボル事典』（'84・3、大修館）のほか、次の四論文から示唆を得た。江藤淳「『それから』と『心』」（『講座夏目漱石　第三巻』'81・11、有斐閣）、浜野京子「〈自然の愛〉の両義性──『それから』における〈花〉の問題──」（『玉藻』第19号、'83・6）、木股知史「『それから』の百合」（『枯野』第6号、'88・7、のち『イメージの図像学』'92・11、白地社）、水沢不二夫「『それから』のイメージ（1）（2）」（『国文学　言語と文芸』第108号、第109号、'92・4、'93・4）。

修身の〈家〉／記号の〈家〉

（1）『文学』'35・3。
（2）『明治大正文学研究』七、八、'52・6、10。
（3）デビッド・クーパー、塚本嘉壽・笠原嘉訳『家族の死』'78・6、みすず書房。
（4）荒正人「解説」『漱石文学全集　九』'83・6、集英社。
（5）〈次男坊〉という視点から、〈家〉の言説と漱石文学との関わりについて考察した拙稿「次男坊の記号学」（『国文学　解釈と鑑賞』'88・8）も参照いただければ幸いである。
（6）片山清一『近代日本の女子教育』'84・3、建帛社。
（7）少なくとも、家族愛は自然であっても当然ではないはずだ。たとえば、フィリップ・アリエスは、中世ヨーロッパでは、家族愛は実態としては存在しても、理念としては存在しないか、極めて弱かったことを指摘している（杉山光信・杉山恵美子訳『〈子供〉の誕生　アンシァン・レジーム期の子供と家族生活』'80・12、みすず書房）。

（8）『帝国図書館和漢図書書名目録　第四編　訂補縮刷版』（'86・1、汲古書院）は、「明治四十五年一月ヨリ大正十五年十二月マデ」（「凡例」）に「帝国図書館」に「増加」した本の目録だが、この目録によると、この時期に書名に「家庭」を冠した本は、百数十冊登録されている。「家政」の方はわずか二冊である。

（9）お延は、「昨日の見合に引き出されたのは、容貌の劣者として暗に従妹の器量を引き立てるためではなかつたらうか」（六十七）と考えるが、見合いの手引書には、比較されるのを避けるために、当人と同年代の人は出席は控えるようにという注意書のあるのが常である。お延の僻みは、あながち不当なものとは言えない。

（10）だから、この本には人格を説き、教育勅語の精神の徹底を説く章が設けられている（「八四　議論以上の人格」「九〇　教育勅語」）。

（11）「大正後期通俗小説の展開―婦人雑誌の読者層―」『近代読者の成立』'73・11、有精堂。

（12）上野雅和「扶養義務」『民法講座　第7巻　親族・相続』'84・12、有斐閣。

（13）お秀については、内田道雄氏に、「『我』を『家』という倫理によって素早く大義名分化している故に、慈善家めいた自分の口調に直ちに自ら酔えるのである」（傍点原文）という鋭い指摘がある（「『明暗』小論」『古典と現代』4、'58・7）。

（14）明治民法第七四九条の所謂戸主の居所指定権（「家族ハ戸主ノ意ニ反シテ其居所ヲ定ムルコトヲ得ス」）を悪用して、戸主が「家族」に住むことのできない「居所」を指定して「扶養ノ義務ヲ逸」れ、また「離籍」しようとした例が、「極めて屢々現はれてゐる」と言う（中川善之助「家族法概説」『家族制度全集　法律篇第四巻　家』'38・2、河出書房）。津田もうかうかしてはいられないのである。

（15）ジャン・ボードリヤール、今村仁司・塚原史訳『象徴交換と死』'82・10、筑摩書房。

（16）デビッド・リースマン、加藤秀俊訳『孤独な群衆』'64・2、みすず書房。ちなみに、リースマンは、他人指向型の人間の可能性を論じているのである。

（17）この「らしく」が『明暗』に頻出することについては、橋川俊樹「『明暗』―富裕と貧困の構図―」

（『稿本近代文学』第七集、'84・7）にすでに指摘がある。

(18)「『らしく』モラルの形成」『大正文化』'65・8、勁草書房。

隠す『明暗』／暴く『明暗』

(1)『思想』'35・6。

(2)『〈私さがし〉と〈世界さがし〉』'89・3、岩波書店。

(3) 黄寅秀訳「ダブル・バインド 精神分裂病論のために」『現代思想』'81・9。

(4) 岩井克人『貨幣論』'93・3、筑摩書房。

〈家〉の不在

(1) デビッド・クーパー、塚本嘉壽・笠原嘉訳『家族の死』'78・6、みすず書房。

(2)「『門』に関する一考察―宗助夫婦の造型をめぐって―」『稿本近代文学』第九集、'86・11。

(3)「『門』とその罪責感情」『ユリイカ』'77・11。

(4)「淋しい人間」同前。

(5) 小森陽一「都市の中の身体／身体の中の都市」『文学における都市』佐藤泰正編、'88・1、笠間書院。

(6) 川本茂雄訳「言語学と詩学」『一般言語学』'73・3、みすず書房。ただし、ヤーコブソンは「接《コン》触《タクト》」をやや否定的なニュアンスで説明している。〈交わりの言葉〉の可能性については、加藤春恵子「『伝達』と『交わり』―ブーバーのコミュニケーション論―」（『広場のコミュニケーションへ』'86・4、勁草書房）から有益な示唆を得た。

（7）この章での御米の「微笑」の分析が、岡崎義恵『漱石と微笑』（'37・3、生活社）から示唆を得ていることは言うまでもないが、同時に、氏の、「無知の故の安心は女性の運命」とか、「御米のやうな他力門の信者の通れる門ではない」等の、御米に対する極め付けへの異議申し立てを試みたものでもある。このような岡崎氏の女性観については、内田道雄氏、藤井淑禎氏との鼎談「漱石文学における男と女」（『解釈と鑑賞』'90・9）でも言及した。なお、本稿は、この鼎談でのレポートと重なる部分があることをお断わりしておきたい。

（8）「御米、御前子供が出来たんぢやないか」（六）という一節を無視しているわけではない。この場合の「不在の〈性〉」は、ある関係の喩として用いているのである。

（9）「『門』――「中ぶらりん」な男」『学習院大学　国語国文学会誌』第31号、'88・3。なお、片山論には御米の屈折した「微笑」についてもすぐれた指摘があり、示唆を得た。

（10）『女学生の系譜　色彩される明治』'90・7、青土社。

（11）石原千秋・十川信介・藤井淑禎・宗像和重「『少女病』を読む」（『文学』'90・7）参照。

（12）以下「次男坊」については、拙論「次男坊の記号学」（『国文学　解釈と鑑賞』'88・8）と重複することをお断わりしておきたい。

（13）もし仮に姦通罪に当たる事実があったとしても、当時安井が裁判に訴えた形跡がない以上、旧刑事訴訟法（明治二三年施行）第八条によって、すでに時効が成立している。

（14）小説中に、御米の実家との交渉が全く書かれていないのも、彼女がこの時「勘当」でもされたに違いことを暗示している。

（15）大岡昇平氏に、「お米と小六が姦通して、宗助が罰せられるという構想があったかと、私は一瞬空想した」（「姦通の記号学」『小説家夏目漱石』'88・5、筑摩書房）という指摘がある。

（16）吉川豊子氏は、この「屛風」を「法」の象徴だとしている（「『門』覚書き」『作品論夏目漱石』内田道雄・久保田芳太郎編、'76・9、双文社）。

(17)『不如歸の時代』'90・3、名古屋大学出版会。
(18)「イデオロギーとしての『孝』」『イデオロギーとしての家族制度』'57・2、岩波書店。
(19)「夏目漱石『門』の方法」『日本文学の心情と理念』小林一郎編、'90・2、明治書院。
(20)前田愛「山の手の奥」『都市空間のなかの文学』'82・12、筑摩書房。
(21)特に、珍しい雑誌ではないが、この雑誌の性格がよくわかるので、この明治四二年一一月号の目次を次に挙げておく。なお、表紙には「立志独立進歩ノ友　成功」とあり、定価は55銭。「**立志**　法学博士巌谷孫蔵君成功伝　石川半山／**修養**　我輩と耳学問　伯爵　大隈重信／青年と老後の覚悟　男爵　石黒忠悳／学生目的選択法　東京高等商業学校長　沢柳政太郎／青年の読むべき修養書　文学博士　前田慧雲／**英雄画伝**　偉人リンコルン（リンカーン——石原注）の回顧　記者／**主張**　古典趣味の勃興　市川静淵／**実業**　パナマ運河開通後の日本商業　海軍中尉　肝付兼行／学校卒業生の実力は何の位ある乎（「学校」は大学の意——石原注）明治生命保険会社長　阿部泰蔵／**思潮**　我発明界は如何なる状態にある乎　特許局長　中村盛雄／**家庭**　老牧師自白『生涯中に遭ひし面白き新婚』　渡辺独尊／**地方経営**　模範とすべき地方青年会　山川無涯／**文芸**　立志小説　銀貨　堀内新泉／漫興二筆　児玉花外／**学修法**　独逸語自修法　高田大観／余の数学独学経験　根矢熊吉／**処世**　快活なる生涯　山形東根／**偉人研究**　清国偉人張之洞の公生涯　早稲田大学講師　青柳篤恒／近代服装の古英雄　天空海濶道人／**海外活動**　日本商業家未墾の領土　満鉄会社記事　久保要蔵／細川侯経営韓国模範農場　代議士　安達謙蔵／**職業**　職業としての小学校教員　職業道人／学校及受験　海軍系統の諸学校　池辺冷泉／十一月受験案内　湖北散北／**漫録**　余は二十世紀の青年なり／焚火／引越／悪魔降服／阿房陀羅経／月　社同人／**雑録**　四畳半哲学　半狸哲人／悪小説の取締　北村濤声／韓国に放浪せる友を想ふ　破笠生／暗黒なる東京の半面　有村黙堂／**逸話**　野口米次郎と掛物、中村不折と二畳敷生活、異彩ある西園寺家公望郷の秘曲、犬養木堂と韓国、大隈伯と八太郎、愛国婦人会と奥村中村両女史／時事画報　大野静方／**時評**　偉人研究の流行。空中飛行熱。所謂米国式。実科中学と女子実業教育。新女学生訓の発表／記者と読者。新刊紹介。彙報／表紙写真—英国キッチナー元帥。口絵—雑誌記者としてのルーズヴェルト。巻中挿絵—法学博士巌谷孫蔵氏。偉人リンコルンと其手、南北戦争中のリンコルン、大統領官舎の同氏、将校と同氏、同銅像、張之洞、近代服を着せしクロンエール、那翁、ジャンダーク、セークスピア、渡米日本国大饗応ポンチ、機会の神と少年ポンチ、細川侯営韓国農場事務所。其他。」

(22)「近代日本の青年と『成功』・学歴—雑誌『成功』の『記者と読者』欄の世界—」『学習院大学文学部 研究年報』第35輯、'90・3。

(23) 前田愛『文学テクスト入門』'88・3、筑摩書房。

劇としての沈黙

(1) ここで言う「他者認識」とは、健三の対他意識の構造の総体であり、精神的・知的レベルばかりでなく、身体的な知覚レベルをも含んでいる。

(2)『道草』の語り手の他者認識の在り方にも、同様の位相差を認めることができる。(拙稿「叙述形態から見た『道草』の他者認識」『成城国文』第4号、'80・10)

(3) 十三~十四、二十一、八十三、八十四、九十二の各章である。

(4) 例えば、「遅くなりましたとも何とも云はない彼女の無愛嬌が、彼には気に入らなかつた。彼は一寸振り向いた丈で口を利かなかつた。するとそれが又細君の心に暗い影を投げる媒介となつた。」(十八)や、「書斎で話を済せた健三は、玄関から又同じ書斎に戻つたなり細君の顔を見なかつた。細君も父を玄関に送り出した時、夫と並んで沓脱の上に立つた丈で、遂に書斎に入つて来なかつた。金策の事は黙々のうちに二人に了解されてゐながら、遂に二人の間の話題に上らずにしまつた。」(七十四)などであり、この夫婦がこうした否定の弁証法とでも名付けたくなるような〈非行為〉を通して、ヒリヒリするようなコミュニケーションを交わしていることがわかる。(前掲(2)拙稿参照)

(5)「家族=親族小説としての『道草』」『講座夏目漱石 第三巻』'81・11、有斐閣。

（6）『幻想としての経済』'80・12、青土社。

（7）そこで、「贈与は実は、『富』の消尽とか破壊とかでも代替しうる」ので、実際にカナダ・インディアンは、相手の目前で自分の貴重な奴隷を殺すことで圧倒し、相手もまた自分の奴隷を殺して返礼するのだと言う。饗宴（散財）や、気づかい・心配（精神的な消費）等が〈贈与〉や「互恵交換」たり得るのはそのためであるが、それには〈圧倒する――される〉という感受性の上での共同性が前提となろう。

（8）G・H・ミードも「交換は高度に抽象的な関係形成である」としている。（稲葉三千男・滝沢正樹・中野収訳『現代社会学大系10　精神・自我・社会』'73・12、青木書店。

（9）前掲（6）『幻想としての経済』。

（10）『中世の窓から』（'81・3、朝日新聞社）。なお、阿部氏は、現代の日本やヨーロッパにも「贈答」や「贈与慣行」が残っていることも指摘している。

（11）吉田氏も、健三が島田に金を渡すのは「『恩義相応の情合』（十三）があったから遣るのではなくて、『欠けてゐた』（同）から」だとしている（「道草の影――『道草』論」『国文学』'76・11）。

（12）前掲（8）『精神・自我・社会』。

（13）山崎正和氏も、健三は「自分の感情状態を相手の感情状態との相関関係において決めようと」している、と述べている（『不機嫌の時代』'76・9、新潮社）。

（14）『精神としての身体』'75・3、勁草書房。

（15）吉田凞生「代助の感性――『それから』の一面――」『国語と国文学』'81・1。

（16）前掲（13）『不機嫌の時代』

（17）大平綾子氏は、『道草』には「被強制」を示す語が多い事を指摘している（「『道草』から『明暗』まで」『日本文学論叢』'78・1）。これは健三の受動性とも対応していると考えられる。〈不機嫌〉もまた同様の受動性を持つと言う（前掲（13）『不機嫌の時代』）。

（18）前掲（14）『精神としての身体』。

（19）R・D・レイン、阪本健二・志貴春彦・笠原嘉訳『ひき裂かれた自己』'71・9、みすず書房。

るといえよう。
（20）吉田氏が、健三の〈気分〉について、「関係の中に否定的気分が浸透してこれを内化し、逆に否定的気分は関係に牽引されて社会化する」と言い、「老いの自覚とは無関係に、健三の身体はあの時の身体なのである」（傍点原文）と言っているのは（前掲（5）「家族＝親族小説としての『道草』」）、この相互転換を前提としなければなるまい。この点に関する限り、吉田氏の指摘は問題提起にとどまっていると言えよう。
（21）前掲（14）『精神としての身体』。
（22）この点については前掲（2）「叙述形態から見た『道草』の他者認識」でも述べた。
（23）「『道草』論」『漱石文芸の世界』'75・6、桜楓社。
（24）極く単純な例を挙げると、子供が鬼ごっこの鬼という〈役割〉の〈交換〉を通して、自己と他者との相互性を認識することなどである。
（25）前掲（14）『精神としての身体』。
（26）『精神科医のノート』'76・9、みすず書房。
（27）松浪信三郎訳『存在と無　第二分冊』'58・2、人文書院。
（28）健三についてだけ言えば、逆に、お住以外の人物との関係においては〈不機嫌〉を生のままで転移させたことはなく、常に道徳的な嫌悪感という、より精神的なレベルに対象化した〈感情〉として関係性に転移させているのである。

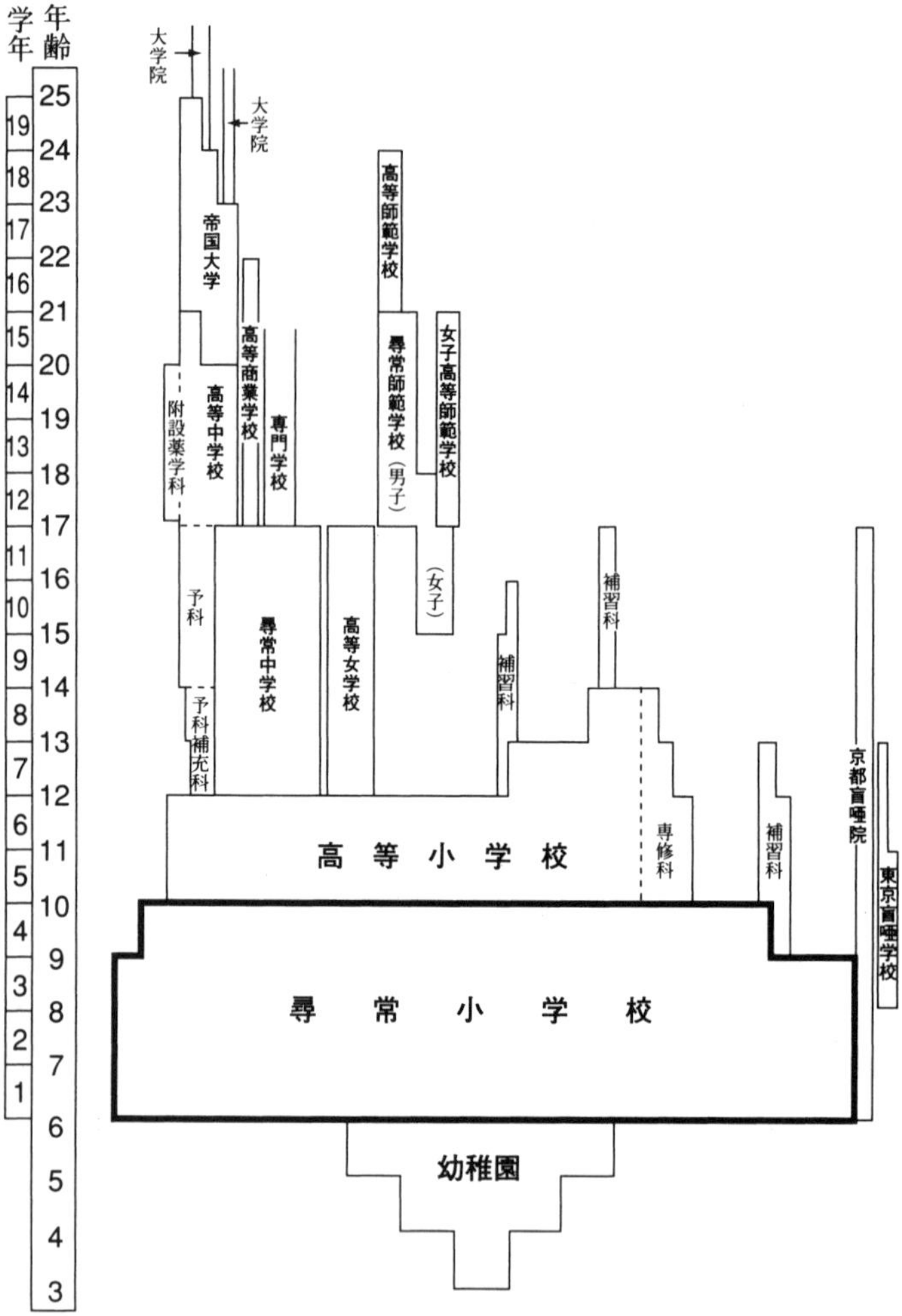

学校系統図Ⅰ（明治25年）〔『学制百年史』（昭和47年10月）文部省より〕

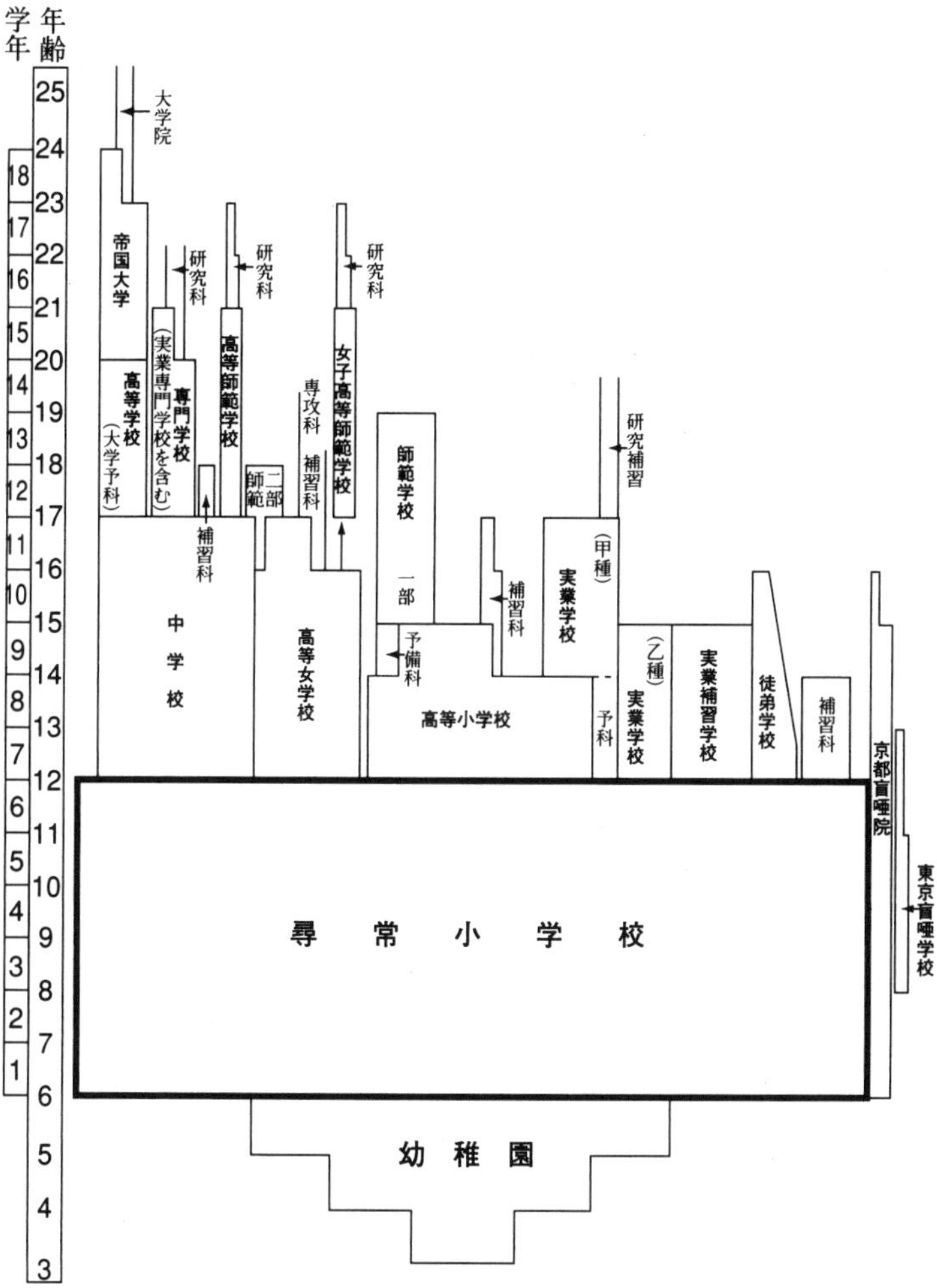

学校系統図II（明治41年）〔『学制百年史』より〕

初出一覧（漱石テクストの発表順に）

「『坊っちゃん』の山の手」　『文学』（岩波書店）一九八六年八月

「博覧会の世紀へ――『虞美人草』」　『漱石研究』（翰林書房）創刊号、一九九三年一〇月

「鏡の中の『三四郎』」　『東横国文学』第18号、一九八六年三月

「イニシエーションの街――『三四郎』」　佐藤泰正編『文学における二十代』（笠間書院）、一九九〇年二月

「反＝家族小説としての『それから』」　『東横国文学』第19号、一九八七年三月

「言葉の姦通――『それから』の冒頭を読む」　熊坂敦子編『迷羊《ストレイシープ》のゆくえ――漱石と近代』（翰林書房）一九九六年六月

「〈家〉の不在――『門』」　『日本の文学』（有精堂）第8集、一九九〇年一二月

「語ることの物語――『彼岸過迄』」　『国文学　解釈と鑑賞』（至文堂）、一九九一年四月

「血統の神話」（『彼岸過迄』論の後半部）　『文学』（岩波書店）第二巻第一号、一九九一年一月

「階級のある言葉――『行人』」　『國文學』（學燈社）、一九九二年五月

「眼差としての他者――『こゝろ』」　『東横国文学』第17号、一九八五年三月

「『こゝろ』のオイディプス――反転する語り」　『成城国文学』創刊号、一九八五年三月

「高等教育の中の男たち――『こゝろ』」　『日本文学』一九九二年一一月

「劇としての沈黙――『道草』」（初出「『道草』における健三の対他関係の構造」）　『日本近代文学』第29集、一九八二年一〇月

「『道草』のヒステリー」（『道草』論の終章）　『漱石全集』（岩波書店）第一〇巻「月報10」、一九九四年一〇月

「修身の〈家〉／記号の〈家〉――『明暗』」　『国文学　解釈と鑑賞』（至文堂）一九八八年一〇月

「隠す『明暗』／暴く『明暗』」　『國文學』（學燈社）臨時増刊号、一九九四年一月

「あとがき」（前半部）（初出「反転するテクスト」）　『文芸と批評』第六巻第八号、一九八八年一〇月

あとがき

文学を論じることの意味は、文学テクストが、どのような場でどのような意味を生成するのかを明らかにするところにあるのではないだろうか。テクストが書かれた時代にテクストを戻すことだけが、あるいは、はっきりした読みの枠組によって読むことだけが論文の仕事だとは思わない。しかし、極く自然にわかるものだとも思わないのだ。要するに、自分がなぜわかったのかを、何がわかったのかを明確にすることではないだろうか。そのためには、まず自分がどのような枠組《コード》でテクストを読み解いたのかをはっきりと意識して、示さなくてはいけないのだと思う。そこが、始まりだ。

たとえば『明暗』論も、まさにそこから始めた。『明暗』の読者の結末への期待はある思想《イデオロギー》に縁取られている。そこで、テクストの〈地〉に背景化されがちな津田的な言説を〈図〉に反転させることで、これまでテクストの〈図〉から織り出されてきた結末への期待を相対化しようと試みたのである。この、遠近法が逆転されるプロセスの中で、結末への期待に隠されている読者の思想も炙り出しにすることができると考えたわけだ。もっと簡単に言えば、「津田は悪い」と言えてしまう感性はどのような感性かを知りたかったのである。

テクストを反転させるプロセスは、「家族語」＝家族の言説の枠組でテクストを対象化して行なった。この選択は、論者の「好み」の問題だろう。『明暗』論のII章では、この枠組で論じる前提として、小説中の現在だと考えられる大正四年頃の家族主義イデオロギーについて記述し、Ⅲ章ではお延が、Ⅳ章では津田が、それをいかに脱構築してしまうのかを分析した。全体的に大正四年頃の歴史的な事実についての記述が多くなっているが、それはもともとは、分析の枠組を「家族語」に設定したことによっている。ただし、その手続きが大変危なっかしいことはよく承知しているつもりである。そして、それを承知の上であえて言えば、文学を論じる時には、自分を研究者《プロ》に見立てることよりも、素人《アマチュア》に見立てることの方が大切ではないだろうか。

では、テクストを、あるレベルで構造的に反転させることはどういうことだろうか。いまさらゲシュタルト心理学の好んで用いるルビンの壺（対象化する枠組《コード》の違いで、顔にも壺にも見える）を持ち出すまでもないだろうが、テクストは、読者がそのことに意識的であるか否かにかかわらず、読者の用いる読みの枠組によって、さまざまな相貌を見せる。しかし、実のところ読者はそれほど自由ではない。生身の読者がテクストに向かう時には、彼が所属している文化の体系、すなわち様々なディスクールの束や、そのディスクールで情報化された彼の個人史によって、半ば無意識裡にあるコードを選択してしまっていることが多い。テクストもまた、それを半ば予期し、半ばはぐらかしながら、自らを組織して行くのである。もちろん、それが読者の自己組織化のプロセスでもあることは言うまでもないだろう。

このような読者とテクストとの葛藤は、〈枠〉において最も緊張の度合いを高めるはずである。本書でも何度か援用したボリス・ウスペンスキーの考え方によれば、〈枠〉とは、「現実の世界から表現されたものの世界に移る移行の過程」のことで、この「境界こそが、記号による表現を成り立たせもする」。すなわち、芸術を芸術たらしめている要因、「表現を組織する要因であり、その表現に、記号としての意味を与えてもいる要因」（傍点原文）が、「芸術テクスト」の〈枠〉なのだと言う。したがって、〈枠〉の機能はあらゆる芸術テクストに指摘することができる。

〈枠〉の機能を、空間芸術から時間芸術の順にいくつか挙げてみよう。まず、絵画ならば額縁。模様のプリントされている壁に、四角い額縁を当ててみるだけでもいい。額縁の内側は、まちがいなく芸術に変容しているはずだ。風景をスケッチするときに、人差し指と親指をL字型にした手を組み合わせて額縁を作って、風景の中から芸術を探し出すあの仕種。カメラのファインダー。正遠近法と逆遠近法とを組み合わせた「構図上の特殊な形式」（ウスペンスキー）も、〈枠〉の機能を担うことになる。テクストの内部に、〈枠〉が持ち込まれる場合もあるわけだ。演劇ならば、舞台、幕などを含めた舞台装置。文学ならば、〈初めと終わり〉。音楽ならば、イントロとエンディング。つまり、〈枠〉とは、芸術テクストの自己言及性が集約的に高められた機能なのである。だからこそ、前衛芸術と呼ばれる程のものならば、例外なく〈枠〉に挑戦し、反逆を企て、あるいはあえて無視しようとし続けたのだ。遠近法を無視したピカソの絵。「泉」と題されたただの便器、路上での演劇、コードがなくコンテクストだけしかない自動筆記の意味不明の文字や言葉の羅列、韻律を無視した短歌、無季の俳句、などなど枚挙に暇がない。

文学テクスト、小説の場合をもう少し考えてみよう。文学テクストにおける〈枠〉の機能は、文学テクストが読者の積極的な解読作業によらなければ意味を生成しない、コンテクスト依存型のメッセージ形態なので、読者との葛藤によって生成されるコードを、早めに、しかも、あまり大きなズレがない形で提示することにあろう。小説の読者は、〈始め〉を読んでいるわずかな時間の間に、記号の織り物を解読するためのコード、モチーフ、テーマ、あるいは、登場人物の名前や自分が最も感情移入し易い／感情移入すべき人物等々、その小説を読むために必要なすべての情報を得ようとする。つまり、読者は小説の〈始め〉において、現実から虚構世界への入り方（読者がその小説に対してとるべき態度）を学ぶことになるのである。そして、テクストは、〈始め〉で構築した枠組の記憶を読者に持続させるために、あるいはズラすために（脱構築）、それを何度かテクスト内で変奏することが多い。読者が〈始め〉の枠組をステレオタイプ化するために、次々にやって来るシークエンスを変奏として意味付けてしまうのでもある。読者が、ああこれは〈始め〉と同じだな、と感じる時、そこはもう一つの〈始まり〉、すなわち、テクスト内部の「境界」になっている。ちょうど、絵画における、「構図上の特殊な形式」が、テクスト内の〈枠〉であったようにである。ト書き風の〈語り〉がテクストに顕在化して、〈始め〉の枠組を集約的に反復する場合も、〈枠〉がテクスト内に入れ子型に仕組まれている例と考えていい。『三四郎』では、「けれども田舎者だから、比色彩がどういふ風に奇麗なのだか、口にも云へず、筆にも書けない。」(二)などがこれに当たる。一方、現実世界におけるその小説の意味付けの機能は〈終わり〉が担う。虚構世界が、現実世界で持つ価値について、ある示唆を与えるのである。

ところが、まさにこれらの機能のために、〈枠〉は読書行為の終了と同時に意識の周縁に追いやられてしまうのである。そこで、〈枠〉を意識の周縁から呼び戻し、対象化することで、テクストの冒頭で集中的に提示される読みの枠組の〈図〉と〈地〉の関係を反転させ(あえて逆様に読んでみる)、両者を統合している遠近法にゆさぶりをかける。すなわち、テクストを構造的に――構造的にと言う以上は、テクストをどのレベルで対象化しても、金太郎飴のように全く同じ性質が取り出せるのでなければならないだろう――ひっくり返すことで、新しい読みの枠組(テクストの可能性)をいっきに浮上させることができるのである。もちろん、これが自己を編成しているディスクールを対象化するプロセスになり得ることは言うまでもないだろう。一度構築されたテクストとの関係を自ら反転(脱構築)させるプロセスには、読者が自己の内なる他者と出会う契機が孕まれている。

漱石のテクストには、〈枠〉のはっきり提示されているものが多いので、このような方法がかなり有効だと言える。たとえば、『坊つちやん』なら、「無鉄砲」というコードを逆様に読むことで、〈坊っちゃん〉と清との山の手志向を浮上させる。『三四郎』なら、「教養小説」という読みの枠組をズラすことで、三四郎自身にも気付かれていない欲望を顕在化させ、『それから』なら、代助の〈恋〉ではなく、彼と〈家〉との関係を中心化して読むことで、代助の〈恋〉こそが実はメタフィジカルな〈家〉の言説の再生産でしかないことを炙り出しにする。『こゝろ』なら、冒頭の「先生」という呼び方にしみ込んでいる、これから自分（青年）の語る四〇男を尊敬してほしいという、メッセージに対する方向付けの機能を剝ぎ取り、逆に、隠微な批判にも似たメタ・メッセージを顕在化させることで、青年と「先生」との葛藤の劇に読み換える、という具合だ。

こうして、テクストは次々に新たな対立項を生成し、めまぐるしく反転し続けるのである。その反転は止まるところがない。なぜなら、テクストに裂け目を入れるのは、私達の生きられた身体だからだ。

＊

本書に収めたのは、この一五年間程の間に書き継いできた漱石論である。一五年とはいっても最初と最後は数が少ないから、ほぼ私の三〇歳代の漱石論ということになる。実際に一本にまとめるための作業に入ると、文体の変化にはとまどわざるを得なかった。初期に書かれたものは理論一点張りでいかにもゴツゴツしている。歴史に興味を持ち始めた中頃からはかなり読みやすくなっているとは思うが、いずれにせよその落差はいかんともし難かった。文体を変えれば違う論文になってしまうからである。論の枠組がそれに応じた文体を必要としていたのだし、それに、三〇代には三〇代にしか書けない文体があったのだ。ともあれ、本書は現時点での私の総決算であり、同時に今後の研究の出発点ともなるはずである。

私の漱石論はすでにかなり引用されたり批判されたりしている。誤植や不備は正し、文章にも多少の手入れはしたが、論旨は変えていない。また、テーマに沿って通読できるように編成する一方、それぞれ独立した論文としても読めるように重複部分もあえて残しておくことにした。なお、テクストは『漱石文学全集』（集英社）の縮刷版、特に断わらない限り、傍点は全て私の施したものである。

収めた論文の過半は書肆の求めに応じて書かれたものだが、こと漱石論に関しては、テーマも自由で、紙幅にもゆとりがあり、かつ論じる対象を選べることが多かったので幸いだった。今回、テーマに沿った目次作りができたのもそのおかげである。機会を与えてくれた編集者の方々には感謝している。感謝といえば、かつて二七歳の大学院生だった私を採用してくれた東横学園女子短期大学と、今年一年国内研修の機会を与えてくれた、現在の勤務校である成城大学の名を挙げておかなければならない。自転車操業のようなやり方でしか仕事のできない私には、ふだんは論文集をまとめるゆとりさえなかったのである。大学院生時代からあたたかく見守って下さっている東郷克美先生に私の漱石論をまとめて読んでいただけるのは大きな喜びである。そして、苦楽をともにする妻朋子と息子達也への感謝の言葉も書きとめておきたい。――「あとがき」に個人的な事柄を書くのは私の趣味ではないのだが、初めての単著なので、それを自分に許したいと思う。

青土社に紹介して下さったのは同僚の富山太佳夫氏である。企画から出版の実務までを担当して下さったのは西館一郎氏である。お二人に心からお礼申し上げたい。

一九九七年秋

石原千秋

増補新版のためのあとがき

『反転する漱石』は、一九九七年一一月三〇日、私の四二歳の誕生日に刊行された。これは偶然ではなく、進行上秋の刊行となったので、いっそのこと誕生日の日付でとお願いしたのだった。はじめての単著だった。しかもあこがれの青土社からだったので、どれほど嬉しかったことか。昨秋還暦を迎えたから、もう一八年以上も前のことである。

この本では、バリバリのテクスト論として、それまでの読みの「定説」に対して、テクストを読み換えることだけを目標としていたところがある。知識人をテーマとした小説から家庭人をテーマとした小説へである。なぜそうした枠組みを採用したのかは当時十分に意識できていなかったが、「朝日新聞」の専属作家としての夏目漱石は、山の手の中流から上流階層読者に向けて、山の手の中流から上流階層家族を書き続けたから、この読み換えには妥当性があったわけだ。テクストのノイズと思われていた〈音〉を、テクストの〈声〉として聞くことができたのかもしれない。

この頃の私は、どんな小説でも、少し強引でも〈家〉の枠組みから読み続けて、この読みの枠組みを鍛えたものだった。

その後、私の関心は、漱石文学の主人公たちがなぜあれほどまでに恋愛の必然性を求めるのか、彼らはなぜあれほどまでに女性を「謎」と感じるのか、漱石文学は当時どのように読まれたのか、なぜいまなお『こゝろ』が近代小説の頂点に君臨し続けるように見えるのかといったテーマに移っていったが、そのすべての出発点はこの本にある。あるいは、その後の私の仕事は、この本の「読み」をもっと大きなコンテクストに位置づけることだったと言っていいかもしれない。

そこで、その一端を書いた論文を巻頭に「増補」してみた。これはふつうの意味で「実証」できることではないが、もともと「実証」は苦手だし、この歳になったらもう「実証」できないことを書いてもいいのではないかと思っている。それもまた「研究」だと思っている。今後は、この「漱石のジェンダー・トラブル」に書いたことをふくらませていくことも私の仕事の一つになるだろう。

なお、とても無粋なことを書いておくと、この「漱石のジェンダー・トラブル」は「科学研究費助成事業・学術研究基金助成金・基盤研究（C）平成二六年度～平成二八年度・課題番号二六三七〇二五三」の成果の一部である。

今年と来年が漱石の記念イヤーだと知ったのは、昨年、漱石の仕事がいつもよりたくさん来るのを不思議に思って、ある編集者に教えてもらったからである。漱石文学を同時代的コンテクストに置く仕事が増えていたのに、うかつなことだった。テクスト論は作者への回路を断つところからはじまるが、テクスト論の感性はこういうことへの関心まで奪ってしまうようだ。それでも、こうして『反転する漱石』が装幀も新たに復刊されるのだから、漱石の記念イヤーに感謝しなければならない。

増補新版を担当してくださったのは足立朋也さん。漱石文学では『三四郎』が一番好きで『坑夫』が二番という変わった趣味の持ち主で、「漱石のジェンダー・トラブル」と不思議な縁を感じている。お礼申し上げたい。
装幀は、今度も戸田ツトムさんにお願いすることにした。これも嬉しい。

二〇一六年八月

石原千秋

著者　石原千秋（いしはら・ちあき）
1955（昭和30）年、東京都生まれ。成城大学大学院文学研究科博士後期課程中退。同大学文芸学部教授などを経て、現在は早稲田大学教育・総合科学学術院教授（日本近代文学）。徹底したテクスト論の立場から文学の新しい読みの可能性を考究し、夏目漱石から村上春樹まで、国語教科書から国語入試まで、近現代に生成されたテクストを分析した著作を多数著している。近著に『近代という教養　文学が背負った課題』（筑摩選書、2013年）、『生き延びるための作文教室』（河出書房新社、2015年）などがある。

反転する漱石　増補新版

2016年 9 月30日　第1刷印刷
2016年10月11日　第1刷発行

著　者――石原千秋

発行者――清水一人
発行所――青土社
〒101-0051　東京都千代田区神田神保町1－29　市瀬ビル
［電話］03-3291-9831（編集）、03-3294-7829（営業）
［振替］00190-7-192955

印刷・製本――モリモト印刷

装幀――戸田ツトム・今垣知沙子

ISBN978-4-7917-6948-3